Andrea Meitinger

Die Waldtochter

Herz an Herz, Wald an Mensch

Bibliografische Information der Deutschen Nationalbibliothek
Die Deutsche Nationalbibliothek verzeichnet diese Publikation in der Deutschen Nationalbibliografie; detaillierte bibliografische Daten sind im Internet über http://dnb.de abrufbar.

Satz, Herstellung und Verlag: BoD – Books on Demand, Norderstedt
ISBN 978-3-7460-0049-7

Vorwort

Die Bäume, meine Freunde fürs Leben

Diese Geschichte ist meiner Liebe für die Natur entsprungen. Gespeist von ihrer unendlichen Fülle, Fantasie und Beseeltheit. Ihrem Schöpfergeist, der immer war, immer ist und immer sein wird. Vor allem widme ich dieses Buch den Bäumen.

Wenn ich durch Waldpfade streife, dann fühle ich, wie mein Herzschlag sich ruhig ebnet, wie mein Atem tief und fließend wird, wie meine Sinne sich öffnen und klar werden. Ich spüre, wie bereits nach wenigen Schritten meine Lebenslust gespeist wird, wie sie erwacht und neu entfacht wird.

Bäume haben mir schon mehrmals das Leben gerettet. Als ich einmal in einen Sturm geriet, fiel direkt auf meine Motorhaube ein etwa 30jähriger Baum. Ich war geschockt. Nachdem ich mich ein paar Minuten später gesammelt hatte, kamen mir folgende Worte in den Sinn: Du musst deine Arbeit aufgeben, du musst einen radikalen Schnitt machen in deinem Leben. Ich war geflasht. Da hatte sich dieser große Kerl mir vor das Auto geworfen, um mir diese radikale Botschaft so extrem zu verdeutlichen. Ich tat, wie mir geheißen und in mir vollzog sich ein ebenso extremer Wachstumsschub. Das zweite Mal erlebte ich eine dieser wundersamen Begegnungen, als ich krank war und auf den Fluren meiner Heimat entlanglief. Ich war komplett unschlüssig und wusste nicht, wie es weitergeht, welche Schritte ich tun sollte, damit ich wieder gesund wurde. Als ich in die Nähe eines großen Baumes kam, spürte ich schon von Weitem, dass eine Nachricht zu mir kommen mochte. Besser gesagt, ich spürte und hörte eine klare Botschaft in mir. Die Lösung für mein Problem. Es waren solch klare Worte, dass ich mich umschaute, weil ich erst nicht wusste, wo sie herkamen.

Doch dann erkannte ich aus dem Text heraus, dass die Kraft von diesem Baum kommen musste. Ich wusste es deshalb, weil er in seiner Sprache zu mir sprach. Er erzählte mir ein Gleichnis. Eine Geschichte von seinem Leben, anhand der Fotosynthese. Da wusste ich, er hatte Kontakt mit mir aufgenommen. Auch diese Entscheidung, die ich aufgrund seines Tipps gefällt habe, war wieder richtig gewesen.

Dies sind nur zwei der unendlichen Geschichten, die ich im Laufe der Zeit in liebevoller Zwiesprache mit der Natur erlebt habe. Die Waldtochter soll nun diese Verbindung mit den Waldriesen und ihrer Familie im Herzen der Leser, in der Natur ihrer Sinne, im Zentrum ihrer Gefühle wachküssen und zu neuem Leben erwecken.

Viel Lesefreude verbunden mit neuen Impulsen fürs Leben!
Das wünsche ich allen Lesern meines Buches!

Herzlichst!

Andrea Meitinger

I.

Dieser Apriltag heute spiegelte komplett die Szenen der vergangenen Stunden. Das Wetter hatte den ganzen Tag über schon seine volle Schöpfungspallette ausgebreitet. Von starken sonnendurchfluteten Phasen bis zu einem kurzen aber heftigen Regenguss zeigten sich alle Witterungen am Firmament des Frühlingshimmels.

Dania stand am Ostfenster ihrer Mietwohnung im 2. Stock. Ihr Blick schweifte über die Parklandschaft, die sich hinter der Mauerfassade ihres Blocks in einem gehobenen Villenviertel ausbreitete. Elstern flogen zankend um laubsprießende Baumwipfel, ein dunkelbraunes Eichhörnchen spreizte sich zackig einen Ahornstamm hinauf, Hunde liefen in elegantem Dauerlauf neben Joggern her. Alles schien ganz normal. Wie immer. Und doch war heute alles anders. Was war nur passiert, was war in sie gefahren?

Einen Tag zuvor bewegte sich Danias Leben noch in grundsoliden Bahnen. Sie arbeitete bei der Bank in der örtlichen Stadt. Einer schnuckeligen Kleinstadt im Herzen des bayrischen Waldes. Gut, schon seit langer Zeit plagten sie ihre „guten Geister“ und hielten ihr ein um das andere Mal vor, dass dieser Job gewiss nicht ihrer Berufung entsprach. Aber die Gefühle, die nun in der 37jährigen hochstiegen, schienen sie fast komplett umzuhauen.

Ihr Chef hatte doch wie gewöhnlich nur zur allwöchentlichen Teambesprechung aufgerufen. Und alle ihre Kollegen waren wiedermal diesem ständigen Horrorritual, in dem es um nichts anderes ging als Zahlen, Daten und Fakten, gefolgt. Oh wie sie alle diese Meetings hassten. Bisher konnte Dania ihr Unbehagen noch bestens überspielen und dank Pokerface und krampfhaft aufrechterhaltendem Teamgeistgehabe kaschieren. Doch gestern war alles anders gewesen.

Als der Geschäftsstellenleiter wieder die neuen Forderungen aufgelegt hatte und abermals die forcierte Zielmenge der immer selben und öden Produkte in den Raum geworfen hatte, war sie aufgestanden, hatte die zuvor abgelegte Jacke ihres Kostüms genommen und voller Inbrunst verlautet, dass sie mit sofortiger Wirkung kündige. Schwindlig von dem zuvor Gesagten war die scheidende Bankkauffrau auf Ihren High heels aus dem Konferenzzimmer gestakst. Ein paar Meter weiter hatte sie sich bitter weinend in die Arme ihrer Servicekolleginnen fallen lassen. Natürlich waren auch Antonia und Katharina wie aus allen Wolken gefallen, als sie den Entschluss von Dania zu Ohren bekamen.

„Du kannst uns doch nicht alleine lassen, spinnst du jetzt komplett?“, hatte Antonia mit hysterischer Stimme gekreischt. Danias Körper hatte sich daraufhin fast komplett selbständig gemacht. Ihre Nasenflügel hatten gebebt, die Halsschlagader hatte sich immer mehr wild pochend nach außen gedrückt und in ihre Wangen schien sekündlich mehr Blut hineingepumpt worden zu sein. Innerlich völlig abgedreht waren ihre Augen von Katharina zu Antonia gewandert und wieder zurück. Das Ganze gefühlt in einer Endlosschleife.

Aber es war, wie es war. Die Kündigung war raus gewesen und mit einem Mal hatte sie gespürt, dass es kein Zurück mehr gab. Irgendetwas Magisches hatte die junge Frau geleitet und zwar mit solcher Wucht, dass es nun wohl eine 180-Grad-Wende in ihrem Leben geben würde.

Tja und nun stand sie da. Ihre Stirn an die Fensterscheibe gedrückt, die Welt in einem weißen Schleier wahrnehmend und ihre heißgeliebte Tasse Kaffee, heute mit einer besonders bitteren Note, schlürfend.

Schrill klingelte ihr Telefon und riss Dania aus dieser für sie ungewohnten Lethargie. Es dauerte ein Weilchen, bis sie das schnurlose Teil fand.

„Warum brauchst du denn so lange, bis du rangehst", fuhr eine ungebremste Stimme am anderen Ende der Leitung Dania an. Es war Sole, ihre beste Freundin. „Ich habe mir schon Sorgen gemacht, nach all dem, was ich zu Ohren bekommen habe."

Dania schob eine Haarsträhne ihrer brünetten, auf einen flotten kinnlangen Bob geschnittenen Haare hinters Ohr. Sie befeuchtete ihre trockenen Lippen und rang damit, die richtigen Worte zu finden. Es kam ihr vor, als müsse sie sich vor sich selbst rechtfertigen und als versuche sie dabei, eine Absolution für ihr eigenes Handeln zu finden.

„Meinst du, ich sitze jetzt nur noch am Telefon und warte auf die hochdotierten Angebote, die minütlich bei mir eingehen?", trotzte sie zurück. Oh, oh, das war kein gutes Zeichen. Wenn Dania schnippisch und giftig wurde, verbarg sich dahinter oft eine arge Verletzung. Weil sie sich jedoch oft nicht getraute, Angst oder Traurigkeit zu zeigen, hob sie deshalb oft ihr Zickengetue als Schutzschild vor sich her. Mit sanfter und verständnisvoller Stimme sprach Sole also weiter.

„Verzeih mir, es kommt nur schon einer kleinen Katastrophe gleich, dass jemand so Durchorganisiertes und Rationales wie du so mir nichts dir nichts das Handtuch wirft. Und da dein inneres Sicherheitsdenken sich bisher am liebsten in Ordnung und Bewährtem bewegt hat, schrillen bei mir alle Alarmglocken. Meidej, meidej!!"

„Tja, der Kapitän ist von Bord gegangen, um in deiner Seemannssprache weiter zu artikulieren." Kaum hatte Dania die Worte ausgesprochen, füllten sich ihre Augen mit einer Flut von Tränen, welche sich reißend freie Bahn schafften und in einem breiten Strom über ihre Wangen in ihre Kaffeetasse klatschten. Ihr Magen schmerzte. Der Klos in ihrem Hals brachte ihre Atmung komplett außer Kontrolle und laut hicksend war es Dania fast unmöglich, eine weitere Beschreibung ihres Desasters auszusprechen. Sie verstand es ja selbst nicht. Da hatte sie sich schon seit Langem nichts anderes gewünscht, als dieser Höhle des Drachen zu entkommen, und nun kam es ihr vor, als wäre sie in eine Grube gefallen, verlassen und tief unten in der Erde verschluckt, ohne Aussicht auf Rettung. Auf dem Weg zur Taschentuchbox im Bad glitt der Telefonhörer aus ihrer Hand und knallte auf Ihre rote Keramikbadewanne – ihr Lieblingsstück des Hauses.

Ja, Innenarchitektin oder Raumausstatterin, das wäre auch ein Beruf für sie gewesen. Aber nein, es musste ja die damals hochangesehene Finanzbranche sein. Und nach den Worten ihres Vaters habe dieser Beruf auch Zukunft, denn Geld brauche man schließlich immer. Liebe auch, Essen auch, Schuhe auch… herrje, warum nur hatte sie sich nicht noch mehr mit der Berufsagentur auseinandergesetzt? Nein, jetzt war sie ungerecht mit sich. Sehr wohl hatte sie sich damit beschäftigt. Aber wie sollte man auch im zarten Alter von 14 Jahren schon wissen, was ein Leben lang für einen bestimmt war? Und doch, es gab Menschen, die wussten das schon von Kindertagen an. Dania gehörte jedenfalls nicht zu dieser beseelten Sorte, welche immer den richtigen Weg vor Augen hatte.

„Dania, sprengst du jetzt auch noch die Bude in die Luft? Was war das denn für ein Kanll gerade?“ Sole versuchte ihre liebste Freundin etwas aufzuheitern. Aber schon mit dem Ende ihres Satzes kam sie sich albern vor. Heute klappte ihre Konversation ganz und gar nicht.

„Nein, ich hab den Hörer verloren, scheint heute nicht mein Tag zu sein, nicht nur meine Nerven sondern auch meine Muskeln sind momentan vollkommen blank.“ Dania blickte in ihren großen Spiegel mit der antiken, weißen Holzumrandung. Intensive Augen schauten ihr entgegen. Wenn sie wütend oder aber extrem begeistert war, sprühten sie regelrecht vor grüner Farbe und die honiggelben Sternchen um ihre Iris unterstrichen noch mehr die Intensität ihres Ausdrucks. Sinnlich, so hatte sie sich immer schon beschrieben, wenn man sie nach ihrem Aussehen fragte. Hübsch würde in keinster Weise zu ihrer Person passen. Außerdem fand sie dieses Adjektiv viel zu oberflächlich. Ihr Ausdruck war durch und durch pur, intensiv. Sie hatte große Augen, eine wohlgeformte, ausdrucksstarke und mit einigen süßen Sommersprossen versehene Nase und rund geschwungene Lippen. Die Betonung lag bei Dania also schlicht und ergreifend auf all ihren Sinnen, was sich eben exakt auf ihr Erscheinungsbild übertrug. Und nicht nur das. Je mehr die 37jährige in den letzten Jahren den Focus von ihrer bisherigen Tätigkeit weggelenkt hatte, desto mehr erwachten ihre Kindheitstalente, ihre Sinnlichkeit.

Ganz vergrabene Wünsche, Träume und Begabungen traten da wieder ans Licht. Und auch neu entdeckte Freuden entfalteten sich zart und wild zugleich. Sie hatte Reitunterricht genommen, war wöchentlich zu einer Gitarrenschule gegangen und die Natur, die hatte es Dania schon immer gewaltig angetan. Zwischen Gräsern und Blumen, Wäldern und Wiesen fühlte sie eine Freiheit und Leichtigkeit, aber auch eine Geborgenheit und Sicherheit, wie sie es noch nie zuvor gekannt hatte. Fernab von Handygeklingel, Computersurren und Elektroniksteuerungen eroberte sie sich ihre Wildheit und Natürlichkeit bei Mutter Erde zurück.

„Hallo? Haaaaalo? Ich glaub, dein ansonsten bestens ausgebautes Sprachzentrum befindet sich heute ebenfalls im Sparmodus." Wieder stockte Sole. Eine kleine Wut auf sich selbst und ebenso auf ihre Freundin stieg in ihr hoch. Sie war es bald leid. Sie wollte Dania doch helfen, aber irgendwie mochte es zwischen ihnen beiden verbal heute nicht klappen. Dania schien das auch zu spüren.

„Weißt du was Sole, am besten ich gönn mir jetzt etwas Ruhe in meiner Badewanne. Ich kann im Moment schlecht reden, muss erst selbst so recht alles verdauen. Ich meld mich bei dir, sobald ich in etwas besserer Verfassung bin. Nichts für ungut. Tschüss."

„Mhhhhhhh", all ihre Sehnen und Muskeln durchlief ein wohliger Schauer, als Dania sich in ihre Wanne gleiten ließ. Beim Baden fühlte sie sich wie im Himmel. Hier konnte sie alles ausblenden, genießen und ganz im Hier und Jetzt sein. Nebenbei strömten bei diesem schönen Ritual auch regelrecht neue Ideen, Inspirationen und Gedankenimpulse auf Dania ein. Mittlerweile begann es draußen schon zu dämmern. Die Sonne des Frühjahrs zeigte sich zwar täglich von ihrer größer werdenden Kraft, aber ein frisches Lüftchen und kalte Nächte ließen die Erinnerung an den Winter noch etwas nachklingen. Die entzündeten Teelichter um sie herum leuchteten und warfen schöne Schattenbilder an die Wand.

Die Zeit zwischen Tag und Nacht oder auch zwischen den Welten – wie Dania das immer nannte - war ihre Lieblingszeit. Es erinnerte sie stets an etwas Vollkommenes. Die Geister des Tages und der Nacht vereinten sich in diesen Momenten. Oder anders gesagt: Die Nacht küsste den Tag. Im Sommer war dies besonders hübsch an den Licht- und Schattenspielen im Freien zu sehen.

Ihr schöner 8 Quadratmeter großer Balkon, der mit Holzbrettern belegt war, bedeutete für Dania einen Vorgeschmack auf ihren großen Traum, irgendwann einen eigenen Garten zu besitzen. Nach den Eisheiligen im Mai stand sie jedes Jahr frisch und voller Vorfreude in den Startlöchern, um Kübelpflanzen und Blumen für Ihre Balkonkästen bei der hiesigen Gärtnerei zu erstehen. Ja, dieser Gedanke ließ ihr Herz höher schlagen.

Mit dem Einstieg in die Badewanne war sie wiedereinmal eingetaucht in ihre sinnliche Welt voller Phantasie, Freude und Leichtigkeit. Dania war anders als alle Menschen es von ihr dachten. Ihr äußeres Auftreten hatte von Natur aus einen dynamischen Esprit und ein starkes Selbstbewusstsein. Dass dieses Mädchen auch nur im Geringsten an sich zweifeln könnte, geschweige denn in trüben Gedanken versinken könnte, kam kaum jemandem in den Sinn. Aber auch das war Dania. Ihre Seele und ihr Herz waren ganz zart und sie konnte auch die kleinsten Schwingungen im Umfeld schon von Weitem wahrnehmen. Ihre eigenen Schatten blickten ihr auch täglich ins Gesicht. Während sie sich früher in die Arbeit stürzte oder durch einen vollgestopften Freizeitkalender diese kleinen Ungeheuer zu umgehen versuchte, so gelang ihr dies nun nicht mehr. Sie wurden immer präsenter, größer und aufdringlicher. Ihr Herz war es, das um Liebe und Heilung bettelte. Dania hatte vor langer Zeit eine große Enttäuschung hinnehmen müssen. Sie war von ihrer ersten großen Liebe verlassen worden. Von heute auf morgen. Das hatte ihr damals so den Boden unter den Füßen weggezogen, dass sie dachte, sie könne nie mehr aufstehen, nie mehr lachen, nie mehr ihre elfenhafte Leichtigkeit in ihrem Herzen spüren.

Oder war diese Leichtigkeit damals nur gespielt gewesen? Hatte sie gar nicht ihre Tiefe und Mitte erreicht, sondern nur an ihrer Oberfläche gekratzt? Eine Art vorgegaukelte Illusion der Glückseligkeit? Lag das Problem also noch tiefer? Die Psychologin, die sie damals als 20jährige einige Male besucht hatte, kam zu dem Ergebnis, dass es in Danias Leben nur den Erfolg und die Kontrolle gab, an denen sie sich maß, die ihr Leben taktierten und somit ihr Ego puschten. Danias Verstand hatte der Expertin damals in keinster Weise Recht gegeben und sogar mit Händen und Füßen versucht, den schwarzen Peter der Therapeutin selbst zuzuschieben. Sie sei ja wohl neidisch auf ihren Erfolg, ihre Zielstrebigkeit und Disziplin, wetterte ihre innere Stimme. Konzentrierte sie sich aber auf Ihren Körper, so musste sie den Vorwurf bejahen. Denn ihr Bauch krampfte sich knotenhaft zusammen bei dem Gedanken, ihren Titel als Vermögensberaterin nicht mehr in ihrer Vita aufblitzen zu sehen.

Danias Leben war wirklich seit ihrem Schuleintritt nach den Erwartungen und Anforderungen ihres Umfelds gesteuert gewesen. Ab diesem Zeitpunkt war irgendetwas bei ihr kaputtgegangen, oder von ihr abgeschnitten und ins Abseits gedrängt worden. Mit einem Mal hatte sie damals ihre ganze Aufmerksamkeit nur noch auf ihre Noten und auf die Ziele der Lehrer gelenkt. Auch das wurde ihr damals in einer der wöchentlichen Coachingsitzungen bewusst. Plötzlich wurde sie ganz traurig. Ja, ihr war, als starb damals ihr inneres Kind. Und der Ernst des Lebens – groß und mächtig wie ein schwarzes Gespenst – hatte die damals 6jährige zäh und wild ins Erwachsenenleben gerissen.

„Iiiiiiiiiiihhhhhhh!" Dania hatte in ihren Sinnierversuchen versehentlich am Handtuch gezerrt und den Blumenstock auf der Ablage mit in die Wanne gezogen. Wut und Traurigkeit vermischten sich in ihrem Bauch. Sie sprang auf. Das Wasser spritzte und perlte von ihrem Körper. Gänsehaut bedeckte die komplette Haut und schien ihre Gefühle in jeder Pore aufblitzen zu lassen. Trauer über die Wahrheit dieser Leistungstheorie. Und Wut darüber, dass ihr Plan heute ganz und gar nicht aufgegangen war. Sie wollte doch all ihre miesen Gefühle abwaschen und mit dem betörenden Duft von Zitrone und Orange glückliche Geister in ihre Seele rufen. Aber nein, das Leben hatte ihr wiedermal einen Streich gespielt. Wie sollte sie jetzt die Erde aus der Wanne bekommen? Was war nur los in ihrem neuen Leben? Egal, sie musste nun das Malheur beheben. Tropfnass und auf Zehenspitzen, ein Handtuch um ihren Körper gewickelt, tapste Dania zur Küche, um ein kleines Sieb zu holen. Mit ihm versuchte sie, den Ausguss vor der Topferde zu bewahren. Für heute reichte es mit Fettnäpfchen.

Jetzt würde sie Ihr Bad wieder auf Vordermann bringen und dann den Tag auf ihrem Sofa mit ruhiger Musik besiegeln. Geprägt von hoffentlich schönen Träumen, Träumen auf eine bessere Zeit….

Ein dunkler Wald mit wilden Strauchranken, die gierig nach ihren Beinen schlangen, umgab Dania. Bis ins Mark bohrte sich der Ruf einer Eule, die hinter ihr in einem ausgehölten Buchenbaumstamm mit großen gelben Augen von oben auf sie schielte und somit alle Nervenspitzen in ihr zum Vibrieren brachte. Der Mondschein beleuchtete gebrochen den Waldboden, zeichnete große Schatten in die Landschaft und ließ mit dem aufsteigenden Nebel ein schaurig, mystisches Naturbild entstehen.

Wo war sie? Wie um alles in der Welt war sie hierhergekommen? Langsam bewegte sich Dania mit ausgestreckten Händen balancehaltend von einem Baum zum anderen. Schritt für Schritt. Der Duft von Harz umgab sie und das gelegentliche Rascheln um sie herum ließ darauf schließen, dass noch andere Waldbewohner – hoffentlich tierischer und sattfriedlicher Art – im Dickicht unterwegs waren.

An was sollte sie sich nun orientieren? Mit einer tiefen Bauchatmung versuchte Dania ihre gepressten Atemzüge wieder in einen langsameren Rhythmus zu dirigieren. Ein hellerer Schein auf einer wohl freien Stelle des Waldes oder gar einer Lichtung zog plötzlich die Aufmerksamkeit auf sich. Astruten prallten Dania ins Gesicht und hinerließen grässliche Blutkratzer auf ihren Wangen. Neben ihrer Kehle waren auch die Lippen vollkommen trocken und vor Sprödigkeit aufgeplatzt. Diese Todesangst würde auch all ihre anderen Körperflüssigkeiten zum Versiegen bringen, dachte sie sich. Ihr Blut gefror schier in ihren Adern. Als sie endlich die Lichtung erreichte, schlug ihr Herz bis zum Hals, erst vor Verzweiflung, dann plötzlich vor Erleichterung.

Ein Haus, wie aus einem Märchen, mit nostalgischem, weißen Putz, roten Holzläden, wunderschönem Reetdach und einem rauchenden Kamin tauchte vor ihren Augen auf. Ihre Rettung!! Als sie darauf lossteuerte und ihre Schritte beschleunigen wollte, war ihr jedoch, als wäre sie angewurzelt. Sie konnte sich nicht von der Stelle rühren. Mehr noch, der Boden schien unter ihren Füßen nachzugeben. Moor und Morast schienen sie nach unten zu ziehen. Dania schrie aus Leibeskräften als plötzlich kräftige Hände nach ihr griffen und sie an den Schultern packten.

„Aaaaaaaaaah", keuchend schreckte Dania vom Sofa hoch. Der Schweiß rann ihr an den Schläfen und ihren Rücken hinab. Mit gestockten Atemzügen versuchte sie ihre Realität wiederzufinden, und langsam gelangte sie aus ihrem vor kurzem Erlebten und Erspürten zurück in ihre Wohnung. Ein Traum. Ein Albtraum. Nicht einmal die Nacht ließ ihr im Moment eine Atempause. Es kam wohl alles geballt gerade. Was brach da alles heraus aus ihr? Am liebsten wollte sie sich in einer Höhle verkriechen. Nun, fürs erste würde sie jetzt mit ihrem Bett Vorlieb nehmen, das ihr hoffentlich noch etwas Ruhe und Geborgenheit für die restlichen dunklen Stunden bescheren konnte.

II.

Samu war immer schon anders gewesen. Im Gegensatz zu den vielen Menschen, die ihm im Laufe seines Lebens begegnet waren, machte ihm das nichts aus. Nein, er war sogar total stolz darauf, stets ganz bei sich zu sein und sich nicht um die Gedanken und Meinungen anderer zu scheren. Er war ein richtiger Naturbursche. Groß, breitschultrig, dunkles Haar, himmelblaue Augen. Seine markanten Gesichtszüge spiegelten vorzüglich die Ecken und Kanten seines Charakters und seiner Persönlichkeit. Schule hatte ihn noch nie interessiert. Den Abschluss hatte er an den Nagel gehängt. Er war ein von Passion und Begeisterung geführter Mensch, und sein Element war seit je her das Holz. Er war Schreiner. Übte diesen Beruf als wahres Naturtalent aus und hatte sich die letzten 4 Jahre seinen Kindheitstraum erfüllt: Ein kanadisches Blockhaus in Kalifornien, am Rande des Waldes, direkt am See gelegen.

Mit eigenen Händen, architektonischem und gestalterischem Talent und jeder Menge Liebe zimmerte er sich seine 4 Wände in äußerster Perfektion und Grandiosität. Für ihn war dieser Ort der Garten Eden, das Paradies, der Himmel auf Erden. Diese selbsterschaffene Geborgenheit war nämlich einer tiefen Verletzung geschuldet. Samus Leben war der beste Beweis dafür, welch große Wunder den tiefsten Verletzungen und grausamsten Erlebnissen entwachsen konnten. Welche Kraft die eigene Verzweiflung und die innere Wut durch die Adern und Muskeln pumpen kann. Wie Visionen dadurch unendlich in ihrer Umsetzung und Verwirklichung befeuert und unterstützt werden können, wenn der Focus immer wieder auf das Lebensbejahende gelenkt wird.

Wie Phönix aus der Asche, so hatte er sich ein neues Leben, eine neue Identität errichtet. Samu war glücklich in diesem Moment. Er saß an diesem Nachmittag auf der großen Holzveranda seines Hauses, der Kaffee vor ihm auf dem Tisch dampfte, der Nebel des Morgens hatte sich aufgelöst und durch die Waldwipfel brachen Sonnenstrahlen hindurch, die auf der Wasseroberfläche des Sees reflektierten. Wie schön das Frühjahr doch war. Wie ein neues Versprechen an das Leben, dass es stets weitergeht und aus Abgestorbenem und Totem neues Leben erwacht. Die Vögel hüpften vor ihm schon von Ast zu Ast, von Baum zu Baum, auf der Suche nach einem schönen, sicheren Nistplatz. Ein wahres Pfeifkonzert, als würden sie mit ihrem Zwitschern den Frühling auf die Erde heruntersingen. Die Luft war so klar. Ihr Duft verriet eindeutig das Kommen der blühenden und warmen Jahreszeit. Schon wieder eine Parallele in seinem Leben. Nicht nur sein neues Zuhause bereicherte ihn in seinem neuen Leben, auch in beruflicher Hinsicht erklamm er langsam neues Terrain.

Neben seiner Selbständigkeit und der Spezialisierung im kanadischen Blockhausbau fertigte er seit neuestem Holzskulpturen an. Die kreative Handarbeit in einem fast schon meditativen Zustand tat ihm gut. Hier konnte er ganz bei sich sein und auch mal seine feinen Seiten zum Klingen bringen. Ja, er war so facettenreich. Er konnte in voller Kraft seine maskuline Seite leben, vor Stärke und Testosteron nur so strotzend. Aber auch seine weiche Seite nahm von ihm ab und an Besitz. Das war anfangs zwar ungewöhnlich für ihn, aber mittlerweile gestand er sich auch diesen Teil seiner Persönlichkeit ein.

Mitten in seiner philosophierenden Phase hopste ein Hase auf die Verandatreppen. „Guten Tag mein Freund, na mit wem habe ich denn da die Ehre", purzelten leise die Worte aus Samus Mund, viel mehr noch aus seinem Herzen.

Der Hase spitzte die Langohren und zuckte mit seinem Mäulchen.

„Lampe, so so, welch schöner Name, was kann ich für Dich tun?"

Der süße fellige Freund hoppelte nun längs des Holzgeländers, die Schnurrhaare stark spreizend und mit dem Näschen schnuppernd.

„Die Salattheke befindet sich einen Stock weiter unten, im Gemüsebeet, aber du mußt mir versprechen, noch genug für mich übrig zu lassen."

Als sei Meister Lampe der Menschensprache mächtig setzte er zum Sprung an, und mit einem weiten Satz flog er die Veranda hinab. Seine Schwänzchenrückseite, weiß wie aus Watte, beleuchtete bildlich sein Hinterteil. Frohen Mutes setzte er seinen Weg Richtung Salat- und Möhrenbeet fort.

„Ach ja, und pass auf, wenn dir Meggan in die Quere kommt. Du weißt, sie ist und bleibt eine Diva und duldet keine Nebenbuhler, nur Untertanen."

Meggan war Samus treue Weggefährtin. Sie war das weibliche Wesen, welches ihm im Moment am Nahesten stand und hatte auch das Privileg, sich nachts fest an seinen muskulösen Körper zu schmiegen. Meggan war eine Katze. Unter Kennern eine Glückskatze, ein kleiner Menkunverschnitt, aber wild und mit verschiedenen Rassen vermixt. „Tuuuuuuuuut", tut, tut. Die Hupe eines Geländejeeps schrillte und Samu wußte, wer ihn heute mit einem Besuch beehrte. Freudig tat auch er es dem Kaninchen gleich und glitt von der Veranda herunter, jedoch übermütig das Geländer überspringend.

Beim Gang um sein Haus - einen Grashalm abreisend und denselben genüsslich im Mund schwelgend - sah er, als er um die Ecke bog, die überdimensionale Ausführung des neusten, liebsten Spielzeugs seines besten Kumpels.

„Wen haben wir denn da? Ist der nicht eine Nummer zu groß für dich, wie machst du das mit dem Gaspedal, das wird doch schwierig mit deinen Beinen, oder? Kommst du da dran?"

Die Augen von Jack, Samus bestem Freund, formten sich zu Schlitzen.

„Na warte, du Bastard, dir werd ich gleich Beine machen."

Mit einem Satz glitt Jack auf den Rücken seines Freundes, so dass dieser entweder zusammenbrechen oder ihn Huckepack durch die Prärie schleppen mußte. Eine dritte, noch vergessene Möglichkeit zog Samu den beiden anderen Vorschlägen vor. Er schüttelte sich wie eine Katze die ihr nasses Fell von den Wasserbenetzungen befreite und warf somit den Angreifer rücklings in die angrenzende Blumenwiese. Gleich nach dem unglücklichen Abgang hievte Jack sich jedoch schnurstracks auf seine Viere. Mit den Fingerspitzen seiner rechten Hand konnte er somit gerade noch den Fuß des Kampfgegners umklammern. Da dieser in keinster Weise damit gerechnet hatte, ging er zu Boden. Ein Geräusch ähnlich dem Aufprall eines Zementsacks.

Über das Geschehen total verwundert, um nicht zu sagen verdattert, lagen die beiden Zankhähne im Gras und blickten in den wolkenlosen, blauen Nachmittagshimmel. Als Samu ein Schluchzen und Jauchzen nicht mehr unterdrücken konnte, schallte helles Gelächter durch die Wald- und über die Seenlandschaft. Nur langsam beruhigten sich ihre Bauchmuskeln, bettelnd nach einer Entkrampfung. Schließlich brach Jack das Schweigen.

„Drinnen im Haus ist nun das Meiste fertig Samu. Bis auf den oberen Bereich, der ja noch Zeit für die Winterarbeit hat. Was ist dein nächster Schritt? Wie ich dich kenne, wird nun dein Herzensprojekt so langsam angeschubst werden. Die Gestaltung deines Waldgartens – wie du ihn bisher immer bezeichnet hast. Eingefügt in die wunderschöne, idyllische Wildnis dieser Seen- und Waldlandschaft." Samu brach nochmals einen Grashalm ab, steckte ihn sich abermals in den Mund und begann wieder daran herumzukauen. Sein grünes Holzfällerhemd bewegte sich gleichmäßig ruhig auf seinem Brustkorb. Er atmete tief und gedankenversunken und blickte zum Himmel, so als wolle er seine Visionen von oberster Stelle aus dem Firmament lesen.

Ja, das war sein nächster Traum. Als seine Mutter ihm früher immer die Märchen mit all ihren magischen Walderlebnissen vorgelesen hatte, fühlte er stets in seinem Herzen, wie schön es wohl sein mochte, ein Häuschen mit Garten mitten im Wald an einem See zu haben. Vollkommen autark zu leben, eins zu sein mit Mutter Erde und dort die Liebe zu Mensch, Tier und Natur auf das Natürlichste und Reinste komplett zu leben.

Hoffentlich hörte sein Freund Jack nicht dieses mädchenhafte Gefusel in seinem Kopf. Wenn der das auch nur ansatzweise spitz kriegte, würde er sehr tief in der Machoskala bei ihm fallen, ging es Samu durch die Gedanken.

Und da war er, der Schmerz, der ihn immer noch in seinem Herz berührte, die Kehle trocken und eng werden ließ und seinen Bauch mit einem Ziehen durchwob, welches er ganz und gar nicht mochte.

Seine Mutter, er hatte wieder an sie gedacht. Sie war sein ein und alles. Sie sang ihm seine Seelenlieder, wie sie es immer nannte, schaukelte ihn sanft mit dem Rauschen der Tannen in den Schlaf und wusste für all seine kleinen und großen Wehwehchen stets mit Kräutern um Rat. Wenn er sie immer fragte, woher denn all diese Weisheiten in ihr kämen, blitzten ihre Augen wie Sternenlichter. Ihr Gesicht nahm einen tief grundgütigen Ausdruck an und ihre Stimme war wie von Engelhauch getragen.

„Frau Holle ist meine große Meisterin.

Wo er denn diese Holli fände, fragte Samu stets von innerer Neugier getrieben, endlich diese weibliche Superwoman kennenzulernen.

„In deinem Herzen und verbunden durch die Liebe zur Natur", bekam er daraufhin stets zur Antwort. „Nur wer reinen Herzens ist und sich unabbringlich wie ein Fels zu ihr bekennt, dem lehrt sie ihre Weisheiten, den überhäuft sie mit Schätzen und Wundern." Kein Problem, dachte sich Samu damals mit seiner Kinderseele. Das hab ich, dafür bin ich wie gemacht. Und vor Selbstbewusstsein strotzend stellte er sich dann immer auf einen Schemel, breitetet seine Arme aus und spannte seine Armmuskeln wie ein Bodybilder an.

Sehnte er sich heute deshalb so nach der Natur, weil er hoffte, dadurch wieder dieses unerschütterliche Urvertrauen, diese Geborgenheit zu finden? Weil er eine Wunde, die soweit klaffte wie ein offener Riss in der Erde, endlich zum Verschließen, zur Heilung bringen wollte? Wer weiß schon, was uns alle zu unseren Taten bewegt? Samu wusste nur, dass diese innere Verletzung ihm bisher Motor war für all seine großen Taten. Innerlich wollte er immer, dass seine Mutter stolz auf ihn war. Aber er wusste doch nicht mal, wo sie war, ob sie überhaupt noch lebte und warum sie ihm das angetan hatte. Er spürte aber auch, dass es an der Zeit war, diesen arbeitswütigen Ansporn und damit die Ursache des Ganzen, seinen Schmerz, nun zu bearbeiten und loszulassen. Warum kam das ganze denn überhaupt nochmal hoch? Er hatte die Geschichte doch vor 7 Jahren schon zum Teufel gejagt. Aber sie war seit einigen Tagen präsent. Wieder. Die ganze Sache. So war es eben.

Die Seele war nun mal mächtiger als der Geist. Er würde also mit seinem Gartenprojekt ganz genau auf die Stimme seines Herzens achten. Die Dämonen und Ängste ansehen, ihnen Raum und Verwandlung möglich machen und somit ein neues Refugium für sich, seine Seele und seine wahre Natur schaffen. Wenn er es jetzt nicht anpackte, würde ihn dieser verletzte Seelenanteil kaputt machen. Er würde ihn überrollen, niederwalzen. Manchmal musste das Leben wohl solche Geschütze auffahren, dass man auch wirklich einen Kurswechsel vornahm.

Plötzlich wurde es still um Samu. Ein großer Schatten kam über ihn. Als er sich wiederbesann, stand Jack in einer Grätsche über ihm und beugte seinen Oberkörper langsam zu seinem Gesicht hinab. Wie schlaksig er doch war. Ein bisschen erinnerte er ihn an Ian von den Ghostbusters. Wie ein zerstreuter Professor mit Nickelbrille und wellendem aber wohlgeschnittenem Haar.

„Geh mir aus dem Licht“, fuhr Samu Jack schnippisch an. „Du versaust mir meinen ganzen Teint.“

„Wenn du mir sagst, auf welchem Planeten du gerade gedanklich verweilt hast, werde ich deiner Aufforderung Folge leisten, ansonsten bleibt die Gewitterfront über dir.“

„Eigentlich war ich gar nicht so weit weg von hier. Ich habe mich im Garten Eden befunden. Und du hast natürlich Recht mit deiner Vermutung Jack. Diesen Sommer werde ich meinen Focus auf die Außenanlagen legen. Mein nächstes Ziel, die Gartengestaltung, steht quasi in den Startlöchern. Damit unsere Grillpartys in naher Zukunft einen passablen Rahmen haben werden."

Jack reichte Samu die Hand. Mit einem großen Ruck half er seinem besten Freund wieder auf die Beine.

„Also los Kumpel, fang an! Kann es kaum erwarten das erste Steak auf deinem Grill zu brutzeln!"

III.

„Na bravo!"

Gerade hatte Dania das Putzen des Treppenhauses beendet und den Flur wie einen Tanzsaal auf Hochglanz geschrubbt, schon tappte ihr Nachbarsjunge Tom durch die Eingangstür in den Gang, im Schlepptau, auf leisen Pfoten, seine Katze Huckleberry Finn. Diese war wohl auf der Jagd nach Mäusen querfeldein gelaufen und hatte dabei weder Halt vor einer Pfütze noch vor nasser Erde gemacht.

„Schönes Bodenmuster jetzt, oder nicht?" stieß Tom kurz und knapp hervor und machte damit seinem Namen und der Frechheit des wohl etwas damit verbundenen Serienjungen von „Tom Saywer" alle Ehre.

Putzen tat Dania immer schon gut. Als reinige sie neben dem Boden auch gleich den Innenraum Ihres Herzens. Oder als wische sie den ganzen Balast und all die Unklarheiten und Schleier von ihrem Gemüt. Und da die ganze Wohnung sich schon einer solchen Generalüberholung unterzogen hatte, stellte sich somit das Treppenhaus bereitwillig zur Verfügung.

Ja, ein paar gute Pluspunkte bei den Nachbarn oder dem Universum zu sammeln, das konnte ja nicht schaden.

Mittlerweile war Dania komplett aus dem Bankwesen ausgeschieden. Sie hatte sich mit ihrem damaligen Chef auf ein Verlassen des Hauses in beiderwilligem Einverständnis geeinigt. Ihre Habseligkeiten hatte sie alle in einen Karton verstaut, mit ihrem bisherigen Team die eine oder andere Träne vergossen und somit ein langes Kapitel ein für alle mal geschlossen.

Was hatte die Welt nun wohl vor mit ihr, was bescherte ihr das Schicksal für neue Wege?

Ja, sie würde jetzt erst mal auf den Stadtmarkt gehen und dort wunderbare Zutaten für eines Ihrer Hobbies, das Kochen, an den Marktständen erstehen.

In Dania kämpften immer noch zwei Seelen in der Brust. Eine, welche sich total verlassen, unsicher, traurig und vor allem total minderwertig fühlte. Ihre Therapeutin, welche sie zufällig bei einem Spaziergang getroffen hatte, sagte ihr, sie solle diesen Anteil mit Liebe annehmen. Denn es gehöre alles zum Menschen, die Freude, die Trauer, die Liebe, das Verzagen, der Mut…… Nur wenn man sich selbst als Ganzes und mit vollem Herzen annehme, dann kann Altes losgelassen und Neues empfangen werden.

Bei dem spontanen Treffen am See dachte sie sich schon, ob es ein Wink des Schicksals war, das ihr den Weg in eine neue bzw. weitere Therapie weisen wollte? Immerhin taten ihr die Worte der Psychologin sehr gut. Sie spürte dabei die zweite Seele in ihrer Brust. Eine Seele, die aufatmete, die sich total wohl fühlte, von Dania bemuttert zu werden, die frei war, die froh war, nicht von Anforderungen eines Chefs drangsaliert zu werden. Es fühlte sich nur leider wie ein Kampf an, bei dem momentan fast immer der minderwertige, trostlose Anteil die Oberhand gewann.

Das Bild, das sich Dania nun bot, als sie durch den Torbogen den Stadtmarkt erreichte, glich einer wunderbar idyllischen Landschaft, wie aus einer vergangenen Zeit entsprungen. Rechts des Torbogens ergoss sich der bei starkem Regen leicht reißende Strom des Stadtflusses. In zarten Kaskaden strömten die Wassermassen an den kantigen Flusssteinen hinab, links und rechts davon wurzelten mächtige und wunderschönprächtige Salweiden, Birken und Linden. Zu deren Füßen webten tausendfach zartlilafarbene Hyazinten, gelbe Primeln und weiße Schlüsselblumen einen bunten Fleckchenteppich. Dania konnte ihren Blick kaum von diesem Naturidyll nehmen. Sie atmete tief ein und aus und versuchte, dieses Bild einer perfekten Welt tief in ihrem Herzen zu verankern.

Als sie weiter auf den kopfsteingepflasterten Marktplatz zusteuerte, vorbei an Fachwerkhäusern, bunten Salat- und Gemüseauslagen und fröhlich schreienden Verkäufern, die Ihre Ware feilboten, kam in ihr der Gedanke, dass sie bisher wohl am Leben vorbeigelebt hatte. Es hatte sich aber so echt angefühlt. Jetzt kam ihr alles wie eine Lüge, wie Selbstbetrug vor.

Was treibt einen an, sich so einer Fremdbestimmung im Leben zu unterwerfen? Das Massendenken der Menschen? Ein Strudel, der sich im Laufe der Zeit aufgebaut hatte, entstanden aus der armen Zeit der Kriegstage? Sich dem vergangen Leben der Vorfahren in Armut und Entbehrung entheben zu wollen, fliehen zu wollen, auch auf der sonnigen Seite des Lebens stehen zu wollen? Aber macht Geld wirklich den Wert des Lebens aus? Ist es der Garant für Liebe, Glück, Wohlstand und Harmonie? Wohl kaum, denn derartige freie Glücksgefühle, wie sie es in dieser Minute empfand, kannte Dania bisher nicht. Und sie war bisher schließlich umgeben von Geld, als Mitarbeiterin der örtlichen Bank.

Dania unterbrach ihre Gedankengänge und wandte sich der wunderbaren Ware an den Verkaufsständen zu. Frische

Kräuter für eine kräftigende Frühjahrsbrühe, Radieschen und grüner Salat sowie Frühkartoffeln und frischer Fisch fanden schließlich den Weg in Ihren Korb. Als Dania die letzte Marktgasse hinabschlenderte, strich etwas felliges, weiches an ihrem Knöchel vorbei. Ihr Blick glitt nach unten und fiel auf eine wunderschöne Glückskatze. Sie hatte das Tierchen schon oft in der Stadt gesehen. Beim Hin- und Herhetzen zwischen Bäcker und Metzger. Eine fröhlich-schelmische Aura umwob den kleinen zahmen Tiger. Verschmust rieb der Kater sein Kinn an Danias Jeanshose. Sie beugte sich nach unten und kraulte das dichte Fell der Menkuhnrasse. Was für ein Prachttier. Im Nu erhöhte sich Danias Herzschlag und ein fröhliches Kribbeln durchströmte ihren Körper. Prompt schmiss die Katze sich auf ihren Rücken und reckte ihr in voller Pracht die Bauchseite entgegen. Dieser Streichelaufforderung der direktesten Art kam Dania sofort nach. Ein Hin- und Herwälzen von der einen zur anderen Seite zollte den Erfolg Ihrer Handlung. Die Katze war glücklich, durch und durch, ganz in diesem Moment.

„Was für ein schönes Bild. Eine bezaubernde Frau und ein süßes Kätzchen, in Liebe und kindlicher Freude ganz innig einander zugetan."

Danias Augen wanderten nach oben. Aus ihrer Hocke heraus erblickte sie einen ca. 60jährigen, korpulenten, leicht untersetzten Mann, sein Haar grau mit einigen noch dunklen Strähnen durchsetzt, die Arme kräftig, wie die eines früheren Boxers. Das Bedeutendste an ihm waren jedoch seine Augen. Sie strahlten eine solche Liebe und Herzlichkeit aus, dass es einem ganz warm ums Herz werden ließ.

„Sind sie öfters auf dem Stadtmarkt, ich habe sie bisher noch nie gesehen?"

Dania erhob sich, beim Aufrappeln leicht schwankend, behielt sie Augenkontakt und konnte im ersten Moment noch gar keine Worte fassen.

„Die Zeiten, in denen es Frauen die Sprache verschlagen hat, sind bei mir eigentlich vorbei, aber ich freue mich immer, wenn es ab und zu noch passiert." Der Mann reckte Dania seine Hand entgegen. „Hermann, ich bin Hermann und ich bin mit meinen Körben und Pflanzen immer hier."

„Dania, mein Name ist Dania, verzeihen sie, dass ich momentan so verstockt bin, aber irgendetwas an ihnen hat mich jetzt total fasziniert. Ich bin in der Tat noch nie auf dem Stadtmarkt gewesen. In einem früheren Leben jagte ich im wahrsten Sinne des Wortes dem Geld nach. Meine Tage waren getaktet und ich fühlte mich damals auch unwohl, wenn dies nicht so war."

„So, so, dann hat dir das Schicksal also eine neue Richtung herbeigetragen." „Ach bitte, sag Du zu mir. Sonst ist die jugendliche Stimmung zwischen und dahin." Hermann schmunzelte.

„Wenn du das so schön philosophisch sagst, dann klingt es gar nicht mehr so dramatisch, wie ich es zeitweise verspüre."Dania lächelte, weil ihr diese Worte wirklich guttaten. „Körbe und Pflanzen sind also dein Metier. Hat dir das auch das Schicksal zugespielt oder gehörst du zu den Glücklichen, die ihre Bestimmung schon von Anfang an wußten?"

Die Milde auf dem Gesicht von Hermann begann sich noch zu verstärken. Dania war auch, als hätte dieser Mann die Gabe, sie komplett zu durchschauen und jeden ihrer Gedanken bereits lesen zu können. Etwas Unbehagen stieg in ihr auf, denn sie wollte doch so ungern die Kontrolle in ihrem Leben abgeben, schon gar nicht, die Steuerung jemand anderem gewähren. Trotzdem war es bei diesem Menschen anders. Er hatte eine Ausstrahlung, alles und jeden anzunehmen, wie es und er war, niemandem etwas aufdrängen zu wollen, schon gar nicht belehrerisch zu sein. Jemandem die Freiheit zu lassen, wie er ist und was er tun möchte.

„Nein, ich wußte das auch gar nicht. Mein Meister war und ist das Leben", erwiderte Hermann. „Ich muss jetzt aber an meinen Stand zurück, Dania, wenn du möchtest, dann schau doch mal bei meinem Blumenladen und der Kunsthandwerkstatt vorbei. Ich wohne am Waldrand von Drachselsried, ca. 10 Minuten Autofahrt von hier. Der Name ist Birkenhardt. Ich würde mich sehr freuen, dir meine kleine Welt zu zeigen, nebenbei kann ich dir auch meine Lebensgeschichte erzählen. Ich habe mir immer Kinder und Enkel gewünscht, aber alles ist anders gekommen. Und trotzdem ist alles gut, wie es ist. Also, vielleicht sehen wir uns ja bald."

Mit einem Augenzwinkern und gefühlten tausend Lachfältchen verabschiedete Hermann sich von Dania. Er reichte ihr noch einmal die Hand.

„Oh ja, ich werde dich ganz gewiss besuchen. Da bin ich schon ganz neugierig Hermann. Bis bald!"

Dania wandte sich um. Die Katze hatte sich auch heimlich davongeschlichen. Also mach ich mich nun auch vom Acker, dachte sie sich.

Ihren vielfältig bestückten Korb voll Freude schwenkend, fühlte sie sich unendlich reich beschenkt. Das größte Geschenk befand sich aber nicht in ihrem Korb. Es stand hinter seinem Verkaufsstand, mit Blumen und Flechtwaren. Was für eine nette Begegnung. Ihr Leben schien eine komplett andere Richtung zu nehmen. Sie fühlte sich, wie in einer anderen Welt. Angst flatterte in ihrem Bauch. Aber ein noch viel größeres Gefühl machte sich in ihrem Herzen breit. Sie konnte ihm nur noch nicht vertrauen. Dafür war es zu neu und frisch und unbekannt für sie.

IV.

Samu hievte einige Baumstämme von seinem roten Pik-Up. Wunderbares Holz für sein künstlerisches Werkeln. Apfel, Birne und Zwetschge. Wie gemacht für seine kräftigen Hände, die daraus wahre Wunderwerke hervorzuholen vermochten. Waren es bisher bodenständige Figuren, wie ein Adler oder eine Frauenbüste, so begann sich nun die Fabelwelt in seine Kunst einzuschleichen. Feen und Kobolde, Nixen und Elfen, Zwerge und Drachen. Sie schienen Kontakt mit ihm aufzunehmen, um mit seiner Hilfe den Weg in die Menschenwelt zu finden.

Neben seiner Baumbeute befanden sich noch Granitsteine, Zement und Splitt auf seinem Pik-Up. Eines seiner ersten Gartenprojekte wurde heute gestartet. Ein Sitzplatz unter einem Rosenpavillon, mitten im Garten auf der Westseite mit Blick auf den See. Da sein Holzhaus etwas erhöht lag, würde er den Garten terrassenförmig zum Ufer anlegen. Er würde die Gestaltung so vornehmen, dass man sowohl das Konzept und die Struktur einer Planung erkennen würde, jedoch auch die Wildheit und die Freiheit der Natur in gleichem Maße spürte. Eben wie ein richtiger Waldgarten.

Er holte den Hubwagen hervor und begann den Bigbag von der Rampe zu ziehen. Die körperliche Arbeit würde ihm guttun. Mochten andere doch zu Therapeuten und Psychologen gehen, bei ihm waren es Bewegungen und aktive Kraftausübungen, die seine Seele heilten. Oder zumindest mithalfen. Die letzten Tage hatte Samu schon mit einem Minibagger die Terrassen des Grundstücks geformt. Seine Muskeln und Sehnen brannten und der Schweiß rann ihm an Brust und Rücken hinab. Die Schwielen an seinen Händen schmerzten, als er mit der Schaufel den Splitt in den Schubkarren beförderte. Das einrädrige Gartenhilfsmittel ächzte, als er es hinab zum Pavillon schob. Hoch am Himmel brannte die Sonne hitzig herab. Mittagszeit. Wie auf Kommando knurrte auch schon Samus Magen. Gleich würde er sich ein paar Sandwiches aus der Küche holen. An diesem schönen Maitag spürte man schon sehr, dass das Frühjahr seine Fahrt Richtung Sommer aufnahm. Schließlich stach er seine Schaufel in den aufgeschichteten

Splitt, wischte seine Hände an der Workerhose ab und krempelte sich die Ärmel seines karrierten Baumwollhemds hoch.

Als er die Küche betrat, gab es noch ein zweites Wesen, welches von Hunger geplagt war.

„Meggan, kleine Dramaqueen, wie geht es dir? Was machen die Mäuse? Ist heute noch eine Zusatzration von mir als Zubrot notwendig?“

Dramaqueen war ein äußerst treffender Kosenamen für die Stubentigerin. Hatte die Kätzin sich etwas in den Kopf gesetzt, dann konnte sie mit allen Sinnen verdeutlichen, wie wichtig das Erfüllen ihres Begehrens nun war, und dass es im Moment wohl nichts wichtigeres als die Befriedigung ihrer Bedürfnisse gab.

Ein Tick von ihr war, dass sie ihre linke Pfote hob, wenn sie Hunger hatte. Eigentlich ein Kunststück und auch eine Geste, dass sie doch sehr wohl um etwas bitten konnte und sich vielleicht auch mal sekundenkurz unterordnen konnte. Als wolle sie mit dieser Haltung eine ehrwürdige Ergebenheitspose einnehmen, die dem Fütterer wenigsten minimalst das Gefühl gab, wichtig für ihre Existenz zu sein.

„Was bist du nur für eine Schauspielerin“, murmelte Samu vor sich hin. Kaum hatte Meggan nämlich ihr Ziel erreicht, verschwanden alle Untergebenheitsposen. Mit großem Schmatzen und kraftvollen Kaubewegungen wurde ihre Beute dann verschmaust. Ihre Tischmanieren ließen auch zu Wünschen übrig. Manchmal schleuderte sie schon den einen oder anderen Fleischfetzen in die verschiedensten Richtungen. Doch Meggan war sich keiner Schuld bewusst. Für sie schien es eher, dass es wohl eine Anstandsregel sei, zu sehen und zu hören, wie wohl die Kost tat. Und wie wohl es auch dem Herrchen tat. Manchmal konnte er seine Augen gar nicht von Meggan abwenden. Jetzt zum Beispiel gerade, als sie die Zunge von links nach rechts und wieder zurück schnellte und das in einem ca.

1-Minuten-Modus. Schließlich wollte sie wieder ein sauberes Mäulchen und freie Schnurrhaare vor der Haustüre haben. Also hatte sie doch Anstandsregeln. Aber wohl nur für das andere Volk. Vor Samu gab sie sich echt schamlos.

Er musste schmunzeln und entließ Meggan wieder in ihre Freiheit. Entzückt ging er dann zum Kühlschrank, um nun für sein eigenes Wohl zu sorgen. Leckeren Schinken, gekochte Eier und einen Salat nahm er aus dem Kühlgehäuse heraus. Dann teilte er frisches Chiabatta in handsame Stücke, belegte sie und packte die ganzen Leibesschmeichler auf einem Tablett.

Als er sich damit auf die Terrasse begab, jubilierte sein Gemüt beim Anblick der köstlichen Speisen und dem wunderschönen Blick in den Garten und zum See. Er sah auf das terrassierte Gelände. Die Granitsteine lagen schon verarbeitungsbereit zu einem Berg aufgeschichtet. Der Betonmischer war startklar für den Beginn seines Vorhabens, der Befestigungsreihe für das Kreisfundament des Freisitzes. Herzhaft biss Samu in sein Sandwiche.

Gerade hatte er das letzte Stückchen verspeist, da erklang seine Türglocke. Da der Gang durch das Haus den längeren Weg bedeutet hätte, ging Samu die Veranda entlang um die Ecke, auf die Nordseite des Hauses. An der Tür stand in Polizeiuniform der zustände Officer dieses Bezirks. Ein Stich ins Herz begleitet von einem zarten Schweißfilm, der sich auf den Handflächen ausbreitete, befiel Samu.

„Was kann ich für Sie tun, Officer Baker?“ Die Worte kamen nur gestockt aus Samu`s Mund.

„Hallo Samu“. Officer Baker kannte Samu schon von Kindeszeiten an. Und er kannte seine Geschichte. Er war ein so süßer kleiner Kerl gewesen. Einer, der viel zu viel in seinem Leben, vor allem in seinen jungen Jahren, durchlitten hatte.

„Ähm, die Sache ist die“, stotterte der Officer, „ wir haben einen neuen Chief auf der Polizeistation bekommen. Sein Name ist Inspektor Meyer. Er ist einer, der seine Karriereleiter gerne noch weiter nach oben steigen möchte, der die Bergspitzen erklimmen möchte, ein Cliffhänger sozusagen. Hm, hm, hm." Er lachte unterdrückt. „Wie du dir sicher denken kannst, erreicht man das am besten, indem man scheinbar unlösbare Fälle aufklärt, Licht ins Dunkel bringt."

Der Officer versuchte durch seine gepressten Scherze und das künstliche Lachen, der Sache eine banale Note zu verleihen. Aber diese Bagatellisierversuche konnten nicht vertuschen, welch tiefgreifende Wirkung diese Worte hatten.

Samu spürte, dass dieser Besuch alles in seinem Leben wieder auf den Kopf stellen würde. Als würde der Karton seines Lebens komplett umgedreht und alle darin befindlichen Teile lägen danach chaotisch, stumpf und zertrümmert auf einem Haufen. Nur die kaputten Überreste einer von Tragik geprägten Vergangenheit. Bei dessen Anblick niemand auch nur einen Penny darauf verwetten würde, dass hier jemals wieder die Aussicht auf etwas Fruchtbares oder gar Heiles bestand.

„Bei der Durchsicht der Akten fiel sein Blick auf den Fall deiner Mutter, Jade", fuhr Mr. Baker fort. „Er möchte um alles in der Welt diesen Machenschaften auf den Grund gehen." Samus Magen krampfte sich zusammen. Nahm das Ganze denn gar kein Ende. Er hatte doch seine Vergangenheit so schön in seinem Unterbewusstsein in Schach gehalten. Warum mußte jetzt wieder jemand daran rütteln, alles zum Einsturz bringen?

Ein Gefühl überkam ihn, wie tausend Messerstiche, die immer und immer wieder in seine Lungenflügel ritzten. Das Gefühl der Ohnmacht und der Verzweiflung, machtlos sich einer Situation ausgeliefert zu sehen. Wie damals.

„Für morgen um 14.00 Uhr hat der Inspektor ein Treffen mit dir angesetzt. Er möchte, dass du im Revier erscheinst und ihm hilfst, die Einzelheiten von damals aufzuschlüsseln. Kann ich mit deinem Erscheinen rechnen?"

Voller Mitgefühl, die Hände hilflos an seinem Körper herabbaumelnd und das Gewicht von einem auf den anderen Fuß verlagernd, blickte der Officer auf Samu. Ein roboterhaftes, steifes Nicken konnte Samu gerade noch als Antwort abgeben. Sein Blick vernebelte sich. Er konnte dem Officer gerade noch seine Hand schlaff entgegenrecken, um dann auf der Stelle kehrt zu machen und sich auf die Holzveranda zurück in seinen Garten zu schleppen. Seine Leichtigkeit wich einer bleiernen Schwere. Er kannte das Gefühl. Er hatte es doch aus seinem Körper verbannt, und doch war es nun plötzlich wieder da. Noch viel mächtiger und kraftvoller als damals. Er meinte, es würde ihn erdrücken.

V.

„Puh", wieder und wieder rieb sich Dania die Augen. So als könne sie immer noch nicht fassen, in welche Bahnen das Leben sie gerade lenkte. Das Schreiben des Arbeitsamtes lag vor ihr auf dem Tisch. Sie hatte heute um 10.00 Uhr einen Termin bei der Agentur. Sie solle sich überlegen, welche Stellenangebote in ihre engere Auswahl kämen, damit sie gemeinsam über das Weitergehen ihres beruflichen Lebens sprechen konnten. „Kein Schimmer", das war die genaue Beschreibung ihres aktuellen Bewusstseinstatuses.

„Wie soll ich denn gemeinsam mit den Mitarbeitern der Agentur für Arbeit etwas finden, wenn ich noch gar nicht weiß, nach was ich suche?"

Ihre Haare standen verstrubbelt nach allen Seiten und ihr süßer Schlafanzug umspielte sanft ihre zarten Kurven. Dieses Gefühl, des Geborgenseins, das ihr der Schlafanzug und das lässige Leben in ihren schönen vier Wänden gab, das war es, was sich Dania auch für ihr berufliches Leben wünschte. Keineswegs ein Lotterleben, sondern ein Leben in Leichtigkeit und Beschwingtheit. Ein Leben aus einer Inspiration und Freude heraus. Ganz anders als vorher. Nicht stur zielbestimmt, von Erfolgszahlen getrieben, sondern aus einem inneren Feuer und einer Begeisterung heraus fruchtend und lodernd.

„Tja, jetzt werd ich erst mal mit Sole beim gemeinsamen Frühstücken in unserem Lieblingscafe Schwung in meinen Bauch und meine Seele bringen, dann wird schon auch der Geist dem nachziehen und mir vielleicht eine kleine Erleuchtung in Sachen Zukunftsperspektiven bringen", murmelte Dania vor sich hin. Sie wußte, dass diese anscheinend von einer Coolness begleiteten Worte nur eine Überspielung ihrer Existenzängste waren. Ebenso wie ihr Schlafanzug. Sie wollte sich wenigstens dieses geborgene Gefühl im Äußeren, ihren Kleidern und ihren Worten geben, wenn sie es denn noch lange nicht in ihrem Inneren verspürte.

Trotzdem freute sie sich, bei dem Gedanken daran, auch mal in die Vorzüge eines Frühstücks an einem Wochentag, zu kommen. Bisher war sie da ja immer arbeiten. Um halb neun hatten sie sich verabredet.

Pünktlich trafen beide an der einladenden Pforte des Cafe`s „Madita`s" zusammen. Mit einer herzlichen Umarmung und einem liebevollen Kuss auf beide Wangen begrüßten sich die Herzensfreundinnen.

„Sole, du bist wirklich die Sonne meines Lebens", verlautete Dania. Und wie auf Knopfdruck spitzelten auch schon die ersten Lichtstrahlen hinter den Dächern hervor.

„Dania, ich freu mich auch."

Sole war eine wunderschöne Halbitalienerin. Sie war mit ihren Eltern vor ca. 10 Jahren nach Deutschland gekommen. Damals war sie 25 Jahre alt. In einem Italienisch-VHS-Kurs, den Sole leitete, lernten sie sich kennen. Sole war die Dozentin. Wie das leichtfüßige italienische Leben so ist, so dachte sich die junge Italienerin damals, dass sie in Deutschland halt fürs Erste einfach das machte, was sie konnte. Und das war ihre Muttersprache. Da Dania sich immer schon für Sprachen begeisterte und bisher Englisch und ein klitzekleinwenig Französich an ihrer Schule belegt hatte, nahm sie dieses Interesse auch nach ihrer Schulzeit noch in ihr Freizeitangebot mit auf. Sole war das Abbild der typischen Italienerin. Sie hatte lange, lockige, schwarze Haare, ihr Teint war im Sommer von einer Bräune durchdrungen, die allein schon beim bloßen Anblick ein Urlaubsgefühl verströmte, und ihre Worte waren von einem solch großen Temperament beseelt, dass es Spannung pur war, ihr zuzuhören. Dieses Temperament war es auch, das in Soles Leben viel Abwechslung brachte. Männerbekanntschaften – ihrer Schönheit sei Dank – hatte sie viele. Aber sich so richtig fest an einen binden, das mochte Sole ganz und gar nicht. Die einzig treue, beständige und eben auch männliche Seele in Sole`s Leben war Lupus, ihr Hund. Und der zerrte just in diesem Moment auch an seiner Leine.

„Ja Lupus, mein großer Schatz, du bist für mich Sonne, Mond und Sterne zusammen."

Mit einem dicken Schmatz bekam auch Lupus nun sein gewünschtes Begrüßungsritual von Dania. Gemeinsam betraten die drei das Cafe. Es war seit 3 Jahren ihr beliebter Treffpunkt.

Das alte Haus, das damals eine Seilerei beherbergte, wurde vor ca. 4 Jahren kernsaniert. Es wurde in ein Cafe und einige schöne Wohnungen unterteilt und bekam neben einem traumhaften Cafegarten auch einen wunderschönen neuen Anstrich. Das Innere bestach durch eine geniale Kombination von Alt und Neu, in seiner schnuckeligsten Art. So zierten alte Kerzenleuchter, Blumentöpfe, Bilder und ein rustikaler Kamin die Räumlichkeiten, während moderne Holzdielen und eine moderne Theke den neumodischen Touch vertraten.

Als die Damen an ihrem Lieblingstisch Platz nahmen und

Lupus darunter seine Liegefläche einnahm, kam auch schon die Bedienung, um die Frühstücksbestellung aufzunehmen. Frischgebrühter Kaffee mit Croissants, Marmelade und einem leckeren Müsli wurden in Auftrag gegeben.

„Was möchtest du denn nun in Zukunft machen“, fragte Sole Dania. „Hast du schon einen Wink des Schicksal erhalten?“

Dania legte ihre Stirn in Falten. „Wenn ich das wüßte, dann wäre ich auch schon ein großes Stück weiter. Weißt du Sole, zur Zeit überwerfen sich meine Gedanken. Manchmal erwische ich mich sogar dabei, dass ich mein ganzes Leben in Frage stelle. Ob das alles falsch war, was ich bisher gelebt habe. Kennst du das?“

„Ganz ehrlich? Nein.“ Sole saß ihr gegenüber mit einem breiten Grinsen. „Ich meine das keineswegs lächerlich. Es ist mein purer Ernst, Dania. Aber du weißt ja, dass das schon immer der Hauptunterschied zwischen uns beiden war. Ich vertrete ja immer schon die Meinung, dass das Leben ein Spiel ist. Und wir uns auf dieser Spielwiese total austoben dürfen.“ Wie ein glückliches Kind, die Hände fröhlich nach oben werfend, unterstrich Sole noch ihre Worte mit ihren Gesten.

„Ich weiß, dass du immer die Berechnende warst, und das war und ist auch gut so. Es gibt kein richtig oder falsch und ich glaube, zur rechten Zeit verändern wir uns dann auch und entdecken Eigenschaften und Verhaltensweisen, die wir dann vielleicht neu ausleben möchten. Obwohl ich mir für mich nicht vorstellen kann, mal ein Organisationstalent zu werden, da bin ich wohl ein hoffnungsloser Fall. Aber bei dir kann es ja vielleicht nun an der Zeit sein, das lockere, spielerische Leben zu begrüßen.“

Das Frühstück wurde serviert und genüßlich trank Dania einen ersten Schluck ihres Milchkaffees.

„Gibt es dafür dann auch einen VHS-Kurs oder eine Bedienungsanleitung? Warum hast du das von Natur aus intus und ich tu mich so schwer damit und muss es mir mühsam erarbeiten."

„Klingt witzig, sich das leichte Leben zu erarbeiten. Irgendwie gegensätzlich, findest du nicht?" Sole`s Augen blitzten spitzbübisch zu ihrer Freundin.

„Ja, du hast ja Recht. Aber für mich ist es echt schwer, sorgenlos zu sein. Irgendwie merk ich gerade voll, wie angespannt ich immer bin, so als müsse man im Leben immer auf „Hab-Acht-Stellung" sein, denn es könnte immer was Schlimmes passieren.

„Meine psychologischen Kenntnisse sind ja sehr begrenzt, aber meinst du Dania, dass das mit der Trennung von Tim zusammenhängen kann? War das nicht das letzte traumatische Erlebnis, das du mit diesen schlimmen Geschehnissen in Verbindung bringst?"

Dania kniff angestrengt die Augen zusammen und schmierte gedankenverloren das Sauerkirschmarmelade auf ihr Croissant.

„Meine Therapeutin sagt, die Wurzel liegt noch weiter zurück". Dania hatte seit einer Woche wieder einen Platz bei ihr erhalten. Zwei Monate hatte sie gewartet, und nur, weil sie schon Klientin bei ihr war, wurde ihre Aufnahme beschleunigt. „ Es hängt wohl mit meinem Vater zusammen."

Danias Vater hatte sich eine „Auszeit" genommen, damals, als sie ihn doch so dringend brauchte. Er war Journalist und hatte ein großes Angebot im Ausland. Es war wie eine Explosion damals. Die Familie war doch heil, glücklich. Dania war 5 Jahre alt, ihr Bruder 10. Auch die Liebe zwischen ihren Eltern hatte sie immer als frisch und beflügelt erlebt. Doch plötzlich von heute auf morgen kam der Schnitt. Wie ein Damoklesschwert, das über die Familie fegte. Unendlich viele Tränen wurden vergossen, so lange, bis ihnen allen die Worte fehlten und es einfach keine Antwort auf das Warum gab. Keine Anrufe, keine Briefe. Nichts.

Nach zwei Jahren kam ihr Vater wieder zurück. Er beteuerte, dass es eine Karrierechance war, die er unbedingt in seinem Leben nutzen mußte, er jedoch immer in Gedanken und im Herzen bei seinen Lieben war. Danias Mutter war erst hin- und hergerissen. Dann jedoch gab sie den neu erblühten Avancen ihres Mannes nach und sie wurden wieder eine Familie.

Aber es wurde nie mehr wie es vorher war. Die Unsicherheit schwang immer mit. Mochten die 3 anderen Familienmitglieder sich wieder in Harmonie wiegen, Dania hing die Verletzung immer hinterher. Obwohl sie sich immer wieder an ihren Vater schmiegte und ihm das Versprechen abnahm, sie nie mehr zu verlassen, konnte sie es tief in ihrem Herzen nicht mehr verankern. Dieses sichere Gefühl, geborgen und beschützt zu sein. Es war weg und sie suchte seitdem vergeblich danach. Und schließlich war es Tim, der ihren Schmerz wieder in ihre Erinnerung, ihre Seele rief.

Er hatte sie damals auch aus heiterem Himmel sitzengelassen. Wie ein Schutzengel war Sole damals in Dania`s Leben gekommen. Genau zum richtigen Zeitpunkt. Als hätte der Himmel schon einen Engel für sie reserviert, der sie in dieser schweren Zeit auffangen und durch die traurigen Tage tragen konnte.

„Kannst du mir mal die Marmelade reichen?" Sole riss Dania wieder aus ihrer Vergangenheit und holte sie ins Cafe „Madita`s" zurück.

„Ja klar. Hier, bitte." Dania reichte die Konfitüre an ihre Freundin. „Mir ist gerade der Gedanke gekommen, was für ein Schutzengel du für mich warst und bist, Sole. Du hast mir damals so geholfen, als Tim aus meinem Leben verschwunden ist. Weißt du, wie wichtig du für mich warst?"

„Ich weiß es Dania, und du mußt es mir auch gar nicht sagen, ich spüre, was für eine innige Verbindung uns vereint. Das ist vielleicht auch der Unterschied zwischen der deutschen und der italienischen Mentalität. Wir spüren viel mehr, ihr Deutschen seid doch sehr kopfgesteuert, größtenteils jedenfalls. Mein Vater hat immer gesagt: „Dein Körper ist ein unendlich intelligentes Instrument. Lerne, ihn zu verstehen und zu nutzen. Aber sei achtsam, manchmal trügen unsere Gefühle oder wir interpretieren das Falsche in ein Gespür. Das Ziel des Lebens ist es, diese Unterschiede zu erkennen und somit im Einklang mit dem Körper, seinem Geist und seiner Seele zu sein."

„Oh, das ist jetzt sehr tiefsinnig für diesen frühen Morgen." Dania kräuselte ihre Nase. „Und trotzdem finde ich, dass dein Vater ein sehr weiser Mann ist. Hätte ich gar nicht hinter dem „adriano italiano" vermutet."

Ein herzhaftes Lachen entfachte sich erst in Sole, dann auch in Dania. Wußten sie doch beide, dass Soles Vater Tiziano ein herzensbrecherischer Frauenschwarm war und Sole wohl eben dieses Talent oder auch diese Tugend von ihrem Herrn Papa geerbt hatte. Sie beide liebten die Liebe, nahmen sie mit Leichtigkeit hin, um sie dann auch wieder von Dannen ziehen zu lassen. Welch ein Segen, dem Gefühl des Liebeskummers so entfliehen zu können oder diese Empfindung einfach gar nicht erst zu kennen.

Ein bitterer Schmerz durchzog Danias Brust. Ja, ja, schon gut lieber Körper, ich nehme alles an. Der Schmerz will nur gefühlt werden, angenommen werden, damit er in Liebe transformiert werden kann. Danias Gedanken vollzogen nun schon aus dem FF die Anweisungen ihrer Therapeutin.

VI.

Nervös tippelte Samu den Gang auf und ab. Er hatte eine schlimme Nacht hinter sich.

Das große Doppelfenster seines Schlafzimmers hatte er vor dem zu Bett gehen weit geöffnet und auch noch stundenlang auf den ruhigen See gestarrt. Die Nacht war klar. Die Sterne funkelten vom Himmel und eine schmale Mondsichel kündete den Neumond an. Ein paar Nachteulen gurrten in die nächtliche Stille hinein. Grillen zirpten und auf dem See malten luftschnappende Fische wiederholt wunderschöne Kreismuster an die spiegelglatte Oberfläche. Wie beruhigend. Am liebsten wollte er eintauchen in diese ruhige Stimmung. Alles aufsaugen was die Natur ihm an Trost zukommen ließ. Trotzdem schien sein Puls zu rasen.

Jetzt kam also Samu`s Lebensthema von außen auf ihn zu. Eigentlich hatte er es ja in letzter Zeit schon in seinem Inneren gespürt.

Später wälzte er sich die ganze Nacht auf seinem Laken hin und her, an Schlaf war nicht zu denken. Dann kam Wind auf. Plötzlich und heftig. Er plusterte die Vorhänge auf. Im Schlepptau ein heftiger, durchdringender Regenguss. Die Tropfen groß und voll, eigentlich gar nicht mehr einzeln zu erkennen, sondern eher wie dicke Fäden, die vom Himmel heruntergesponnen wurden. Donner und Blitz am Firmament. Ein Ebenbild seiner Erinnerungsblitze, die in Samu`s Gedächtnis aufflackerten. Grell und penetrant drängten sie sich in ihn. Wie böse Geister, die mit Peitschen und einer bis ins Mark erschütternden Fratze um ihn herumtanzten.

Samu`s T-Shirt klebte an seinem Körper. Schweißdurchtränkt. Obwohl er so gerne diese Gefühle unterdrückt hätte, so wusste er in diesem Moment, dass er sie nun bearbeiten würde, damit sein Seelenfrieden wieder zu ihm zurückfinden würde. Es würde hart werden, aber es würde die Mühe wert sein.

Eine Tür quietschte. Samu drehte sich um, und auf dem Gang des Polizeireviers erschien der neue Polizeichief, Inspektor Meyer.

„Mr. Lander?“ Mit strengem Blick musterte der Inspektor Samu. Durchdringende Augen. Sofort fühlte Samu sich wieder wie ein kleiner Junge.

„Inspektor“. Stumpf hielt Samu ihm die Hand entgegen. Schweigendes Händeschütteln.

„Bitte kommen Sie in mein Büro.“ Samu trat mit steifen Schritten dem Officer hinterher. Kurz kam ihm der Gedanke, auszureißen. Einfach abzuhauen. „Du schaffst das“, ruhig murmelte Samu dieses Mantra vor sich hin. Beide setzten sich.

„Nun, Officer Baker hat ihnen ja schon erzählt, dass ich den Fall Ihrer Mutter wieder aufrollen möchte.“

Inspektor Meyer hielt einen Kugelschreiber, den er mit den Fingerspitzen seiner linken Hand umfasste, wie einen schuldzuweisenden verlängerten Zeigefinger auf Samu gerichtet. Samu wurde von einer Welle von Schuldgefühlen erfasst. An seinen Füßen aufwärtskriechend glitten sie heiß und brennend nach oben, umgriffen wie mit mörderischen Händen seinen Hals und stiegen ihm in seinen Kopf.

„Können Sie uns aus Ihrer Sicht nun nochmal die Ereignisse schildern, welche sich am 04.04.1984 ereigneten? Mir ist bewusst, dass das für Sie nicht einfach sein wird, aber bitte haben Sie Verständnis, dass es unsere Pflicht ist, Fälle aufzuklären.“

Bewusst, ihm ist bewusst, dass es nicht einfach für mich ist. Was weiß der denn schon von mir? Samus Gedanken kreisten noch immer wild durcheinander.

„Inspektor, wie Sie wissen, war ich damals noch ein Kind. Ich schildere Ihnen gerne das was ich weiß. Aber als Kind hat man eine ganz andere Sicht als ein Erwachsener.“

Samu räusperte sich. Wie um noch einmal Kraft zu schöpfen, atmete er tief ein und aus. „Wir waren eine glückliche Familie. Vater, Mutter, Kind, wie man so schön sagt. Meine Schwester Kiri war drei Jahre alt, ich war fünf. Aber unsere Familie war nicht nur auf uns vier bezogen. Wir waren wie eine Großfamilie, dazu zählten mein Onkel Hermann, meine Tante Jenna und unsere Tiere. Wir lebten am Stadtrand. Mein Vater war als selbständiger Schreiner immer in seiner Werkstatt neben unserem Haus zu Gange. Über der Werkstatt hatten mein Onkel und meine Tante eine wunderschöne Wohnung ausgebaut. Übrigens, mein Onkel war der Bruder meines Vaters, meine Tante die Großcousine meiner Mutter. Eigentlich waren unser Hof und unser Garten immer voll mit den Kindern unseres Dorfes. Wir spielten Zirkus mit den Tieren."

Samu machte eine Pause, als ihm in diesem Moment ins Gedächtnis kam, wie gefühlsdusselig er vor diesem Polizeichef wohl erscheinen mochte. Auch um seines Willens entschied er sich nun, die folgenden Ausführungen nüchterner zu erzählen.

„Das Glück währte so lange, bis plötzlich meine Tante Jenna krank wurde. Sie war so ein Engel mit einem so großen Herzen."

Da war ihm doch schon wieder eine Gefühlsregung durchgeglitten. Die vorgenommene Kontrolle hatte also abermals versagt.

Als hätte der Inspektor nur darauf gewartet, Samus emotionalen Ausbrüchen mit Abneigung zu begegnen, wechselte er prompt das Thema.

„Verzeihen Sie, Mr. Lander, wenn ich Sie unterbreche." Er schien keine Zeit verschwenden zu wollen. Was einzig und allein für ihn zählte, waren Fakten. Sonst nichts.

„Was uns noch ein wenig Unklarheit bescherte, war, warum beide Familien jeweils den Namen Lander als Familiennamen gewählt hatten? Also jeweils den Namen von Seiten der Frauen. Die Männer, die beiden Brüder, sind geborene Rosenthal`s."

Samu wurde schwindlig. Davon hatte er keine Ahnung. Seine damaligen Recherchen waren, was die amtlichen Unterlagen betraf, erfolglos geblieben. Die Familie schien nicht nur physisch sondern auch gesetzlich ausgelöscht geworden zu sein. Kein einziges Dokument war auffindbar gewesen, als Samu als junger Mann die Nachforschungen wieder aufgenommen hatte. Inspector Meyer erhob sich von seinem Schreibtisch und schlenderte an eine Pin-Up-Tafel, die Samu bisher noch gar nicht aufgefallen war. In Reih und Glied waren hier die Fotos aller Beteiligten angeheftet. Schmerzhaft wanderte Samus Blick über die Bilder seiner Lieben. Wie erbarmungslos sie alle auseinandergerissen wurden. Hier hing ihre ganze Vergangenheit, leblos und kalt mit einer Stecknadel angeheftet. Ein Windhauch zog durchs Zimmer und riss mit seiner Kraft das Bild des Onkels von der Tafel. Stoisch bückte sich der Inspector, griff mit seinen steifen Fingern nach dem Foto, um es ungeschickt wieder an der Tafel festzustecken.

Samu fühlte sein Unbehagen dem Inspector gegenüber weiter wachsen. Dieser Mensch war durch und durch rational geprägt. Dann wandte er sich mit einer mächtig unterdrückenden Körperhaltung wieder Samu zu.

„Haben sie die Frage nicht verstanden, Mr. Lander?“ Wie ein Rottweiler starrte der Inspektor ihm ins Gesicht.

„Doch, aber dazu kann ich ihnen nichts sagen, dafür war ich noch zu klein. Ich denke, meine Mutter wollte wohl das Erbe und den Namen der Familie aufrechterhalten.“

„Na gut, lassen wir das dann mal so stehen.“ Meyer setzte sich wieder, legte seine Ellbogen auf der Tischkante auf, die Finger ineinander verschränkt vor seinem Gesicht erhoben. „Was geschah dann?“

„Das ganze zog sich viele Wochen hin. Ein Auf und Ab in allen Bereichen. Gesundheitlich, gefühlsmäßig, kräftemäßig. Und wie gesagt, ich habe das ganze ja aus meiner kindlichen

Sicht wahrgenommen. Meine Mutter versuchte mit ihren Tinkturen, die sie selbst aus den Waldkräutern herstellte, noch alles menschenmöglich für meine Tante zu tun." Samus Hände krampften sich um die Sitzfläche seines Stuhls. Er wusste, dass nun der Tag des Grauens zur Sprache kommen würde. Doch Meyer lenkte vorher nochmal ein.

„Welche Qualifikationen hatte ihre Mutter, die es ihr erlaubte, Heilmittel herzustellen?"

Samu kräuselte seine Stirn. Was sollte das denn jetzt?

„Dazu kann ich ihnen ebenfalls nichts sagen. Ich weiß nur, dass meine Mutter ein großes Talent hatte im Umgang mit der Natur, den Kräutern, den Früchten, vor allem mit dem Wald."

Wieder Unverständnis auf Seiten des Polizisten. Ein Blick sagte mehr als tausend Worte. Meyer kritzelte etwas auf seinen Notizblock und drängte mit ungeduldiger Miene und bohrenden Wortpfeilen zum Fortfahren der Geschichte.

„Und weiter, was geschah am Tag des Verbrechens?"

Samu wusste nicht, ob er die Schilderungen körperlich und emotional ertragen konnte. Er hatte Angst, sein Bewusstsein zu verlieren, so schien ihn diese Energie zu übermannen. Er meinte, sein Herzschlag würde körperlich sichtbar, als vibriere seine Haut am ganzen Körper im Takt seines Herzmuskels.

„Am 04.04.1984, es war schon am Dämmern, fuhr ein fremdes Auto in unseren Hof. Ich weiß es deshalb so genau, weil ich in der Werkstatt meines Vaters mit einem Bollerwagen spielte. Und dann ging alles total schnell. Zwei Männer stiegen aus dem Wagen, rannten ins Haus, Schreie, Schüsse. Ich war wie in einer Schockstarre, schielte durch das Werkstatttor und sah die beiden Gestalten blitzschnell wieder in ihr Auto und von unserem Hof verschwinden."

Samus stimme erstarb, jetzt kam die Szene des grauenhaftesten Moment`s seines Lebens. Er meinte, seine Adern würden gleich platzen. Das Adrenalin sprengte sein Blut durch seinen

Körper, sein Herz würde bestimmt gleich aus der Brust springen.

„Völlig benommen stolperte ich über den Hof ins Haus. Ich sah, wie mein Vater und meine Schwester blutüberströmt am Boden lagen. In diesem Moment stürmte auch schon meine Mutter zur Tür herein. Sie war im Wald Kräuter sammeln gewesen, und hatte die Schüsse gehört. Sie zog mich sofort an sich, kniete sich zu mir herunter. Zitternd und bebend drückte sie mein Gesicht und meinen Leib an ihren Körper. Ich glaube an diesem Tag waren wir auch gestorben, jedenfalls ein Teil von uns." Samu sprang auf, seine Stimme kratzte heißer.

„Verzeihen Sie Inspektor, wir müssen das Weitere vertagen, ich brauche frische Luft". Er stolperte aus dem Zimmer den Gang hinab zur Ausgangstür des Reviers. Als er sich einige hundert Meter von dem Gebäude entfernt hatte, lehnte er sich an einen alten, großen Baum, der neben einem Gebirgsbach wurzelte. Hier fühlte Samu sich sicher und allein. Behütet. Hier konnte er seinen Gefühlen freien Lauf lassen. Und wie von diesem fließenden Strom begleitet rissen nun all seine inneren Dämme. Er schluchzte wie ein Hund, als würde nun die ganze aufgestaute Trauer der letzten Jahrzehnte aus seinem Körper, seiner Seele fließen. Sein Weinen, das wie das eines kleinen Jungen war, würde nie mehr aufhören, die Tränen nie mehr versiegen, dachte er.

Im Dunkel der Verzweiflung wurde ihm klar, dass er Hilfe brauchte. Er musste seinen Onkel finden. Er musste ihn sehen und jetzt würde er ihn finden. Denn jetzt wusste er endlich seinen Nachnamen.

VII.

Der Termin bei der Agentur für Arbeit war für Dania zweideutig. Zum einen war sie positiv überrascht, welche Hilfen und guten Adressen der Beamte für sie hatte. Zum anderen kam sie sich aber vor, als wollten die Damen und Herren Dania so bald wie möglich wieder im Arbeitsmarkt integriert haben und zwar wieder in der Bankenbranche oder in einem kaufmännischen Bereich.

Aber wollte SIE das? Wollte sie wieder so weitermachen wie vorher oder sollte sie einen kompletten Kurswechsel vornehmen? Also, dass das Bankleben passee für sie war, das war klar. Aber für Industrie und Handel konnte sie sich ebenfalls nicht erwärmen. Und was machten die eigentlich für eine unangemessene Hektik? Es war gerade Mal Mitte Juni. Seit Ende April war sie der Bankenwelt entlassen worden. Sie fühlte sich unschlüssig über den Inhalt des Gesprächs und konnte im Moment keinen klaren Gedanken für Ihre Zukunft fassen.

Also beschloss sie, mit dem Rad ein paar Runden zu drehen und frische Luft zu schnappen. Eigentlich war heute kein idealer Tag dafür.

Sanfter Nieselregen prasselte auf die Erde herab und ein Nebeldunst schien den Tag mit seinen milchigen Schwaden verschleiern zu wollen. Aber Dania setzte sich – in letzter Zeit übrigens immer mehr - über ihre Zweifel hinweg, folgte ihrem Impuls und zog sich ein rotes Basecap tief in ihre Stirn.

Als sie auf dem feuchten Asphalt vor sich hin strampelte, fühlte Dania eine unendliche Freiheit und eine tiefe Erdverbundenheit in sich. Die zarten Tropfen, die ihr Gesicht besprenkelten, der leichte Wind, der ihre Nase umspielte, der Duft nasser Erde. Kindliche Freude stieg mehr und mehr in ihr empor. Sie explodierte in ihrem Bauch , wärmte ihn vollends und zog in Wellen durch ihren Körper bis zu ihren Fingerspitzen.

Wann hatte sie sich zum letzten Mal so lebendig gefühlt? Als am Stadtrand an einer Kastanienallee die Straße abschüssig wurde, nahm Dania ihre Füße vom Pedal, streckte sie weit nach links und rechts und ließ sich einfach von der aufnehmenden Kraft der Räder treiben. Sie kam sich wie in einem ihrer kindlichen Räuber- und Gendarmspiele vor. Wild und frei. Plötzlich stob sie an einem Wegweiserschild vorbei. Dania hatte solche Fahrt aufgenommen, dass sie nicht mehr die Worte auf der Tafel lesen konnte.

„Huch, bremsen!", rief sie als Kommandoanweisung an ihre Hände. Einen großen, wackeligen Kurvenkreis vollziehend kehrte sie zu dem Schild zurück. BIRKENHARDT stand in großen Lettern auf der Holzvertäfelung. Wo hatte Dania diesen Ort zum letzten Mal gehört? Und in welcher Verbindung?

„Hermann!!", platzte es aus ihrem Mund heraus. Ja der Gärtner mit seinen Blumen und der Korbflechterei, den sie auf dem Wochenmarkt kennengelernt hatte. Das Schild wies also den Weg in sein Refugium.

Flugs bog Dania nach rechts ab, vorbei an Strauchknicks, die den Weg säumten, weiter den Berg hinab, als würden die Bäume ein großes Tor über den Weg spannen und sie durch dieses Spaliergestrüpp hindurch in eine andere Welt verfrachten. Mittlerweile wandelte sich der Asphalt in einen Kiesweg. Der Splitt knirschte unter den kreisenden Rädern, Nebelschleieren lichteten sich auf und helle Sonnenstrahlen wagten sich neckisch hinter weißen Quellwolken hervor.

Hermann, deine Sonne strahlt mir schon entgegen, ging es Dania durch den Kopf. Am Fußende des Bergs, als der Weg wieder gerade und glatt verlief, tauchte Dania in eine wunderschöne Wiesenlandschaft hinein, welche in weiter Ferne kreisförmig von einem schützenden Wald umringt wurde. Wilde kleine Bäche schlängelten sich durch die Felder, und kleine Holzbrücken, umsäumt von bunten Strauchreihen und herrschaftlichen Baumriesen, markierten die Landschaft. Große Greifvögel machten auf Holzpflöcken eine kurze Rast. Neugierig beäugten sie den Gast auf Rädern.

Links in einem Weizenfeld raschelten die Halmspitzen. „Uahhh", stockte es erschrocken aus Danias Kehle heraus. Ein paar Rehe wurden durch ihre Reifengeräusche erschreckt und suchten sich mit einigen graziösen Sprüngen ein neues, entferntes Plätzchen.

War hier der Himmel auf Erden? So muss es wohl im Paradies sein. Wie friedlich die Welt hier in ihrer Lieblichkeit lag. Tief sog Dania die frische Luft in ihre Lungenflügel. Gesundheit gratis, von höchster Qualität, flatterte es in ihrer Gedankenwelt. Dania glitt in eine neue Welt und gleichzeitig in eine neue Wetterfront hinein. Der Himmel riss auf. Er war mittlerweile tiefblau, von leichten dunklen und hellen Schlieren durchzogen. Das satte, frische Grün glänzte auf den sprießenden Getreidefeldern und das helle, gelbe Licht der Morgensonne strahlte. Danias Augen quollen über in diesem heilsamen Farbenrausch. Was hatte sie doch die letzten Jahre alles verpasst? Dania hatte plötzlich Lust zu pfeifen. Wie lange hatte sie nicht mehr gepfiffen? Fröhlich trällerte sie vor sich hin.

„Ah, das nächste Schild." Eine scharfe Rechtskurve nehmend steuerte sie weiter Richtung Birkenhardt. In naher Ferne, am Waldesrand, vor Beginn der zahllosen Baumreihen, sah man das Juwel schon. Und es war wirklich wie aus Kinderträumen. Große Birken umsäumten das ländliche, unendlich verträumte Anwesen. Eine Lichtung mit unzähligen Waldwiesen wirkte wie der erweiterte Vorgarten dieses Hauses und in ihrer Phantasie dachte Dania, gleich würde Frau Holle aus der Pforte treten und über ihre Felder wandeln.

Geflasht von ihrer Traumvorstellung nahm sie nun tatsächlich eine Person wahr. Am Staketenzaun winkte ihr mit beiden Händen, wie ein Pilot auf der Landebahn, ein vertrauter Mensch entgegen.

„Hermann", schrie Dania auf. Auch sie fuchtelte mit einer Hand, kam jedoch prompt ins Schwanken. Erschrocken umfasste sie sofort wieder das Lenkgestänge mit beiden Händen, damit die Räder sich sicher durch den Schotter graben konnten. Hermann trat durchs Tor und empfing Dania mit einem herzerfüllenden Lächeln.

„Haben dir die Trolle und Zwerge schon von meiner Ankunft erzählt oder wer hat dir mein Erscheinen ins Ohr geflüstert?"

Dania stieg schnaufend von ihrem Zweirad ab, lehnte es an den Gartenzaun und lief auf Hermann zu, der mit ausgebreiteten Armen auf sie wartete.

„Ich habe es geträumt", flüsterte er ihr mit seiner tiefen, freundlichen Stimme ins Ohr. Als Hermann Dania so liebevoll in die Arme schloss, quoll ihr Herz fast über vor Liebe. Es fühlte sich so tief an, wie sie es schon längst nicht mehr gekannt hatte. Nicht mal bei ihren Eltern.

Sofort mischte sich ein komisches Gefühl in ihr Glück. Dass etwas nicht richtig sein konnte in ihrem Leben. Es waren doch die Eltern, die einem den größten Halt im Leben geben sollten, oder etwa nicht? Aber Danias Mutter war Zeit ihres Lebens sehr mit Arbeit beschäftigt gewesen. Da fällt der Apfel wohl nicht weit vom Stamm.

Da ihr mittlerweile die Tür zu der Psyche des Menschen immer mehr geöffnet wurde, konnte Dania langsam auch die Beweggründe und Charakterzüge von anderen Menschen besser verstehen. Klar hatte ihre Mutter in der Zeit, als ihr Vater sie verlassen hatte, die beiden Kinder alleine großziehen müssen. Die ganze Verantwortung lag auf ihren Schultern. Sie musste Vater und Mutter für die zwei Schützlinge sein. Dieses Drama hatte sie wohl auf Zeit geprägt. Denn irgendwie hetzte sie seitdem immer noch dem Arbeitsleben nach, als wären die Existenzängste noch genauso präsent.

Und auch Dania hatte wohl ihren bisherigen Leistungsdruck und die Arbeitssucht diesem Muster zuzuschreiben.

Als Hermann die Umarmung löste, traten sie beide durch einen von bunten, duftenden Rosen berankten Laubengang in das gärtnerische Kleinod. Übertroffen wurde das Geruchserlebnis nur noch von dem beherzt würzigen Geschmack von Kaffee. Da erblickte Dania die massiven Holzbänke und den wunderschönen Eichentisch im Vorgarten des Waldhäuschens.

„Wie wär`s mit einem schönen Morgenkaffee, Dania?“ Hermann wies mit seiner Hand an die mit einem Fliederstrauß geschmückte Tafel.

„Mmmmmmh, sehr gerne,“ schnupperte Dania sich genussvoll zum Tisch.

„Wann hast du denn dieses schöne Refugium aufgebaut, Hermann? Bisher sehe ich es zum ersten Mal.“ Dania strich sich die vom Wind zerzausten Haarsträhnen etwas glatt und setzte sich auf die gemütliche Bank. „Ich muss es mir in Ruhe ansehen, um mal die ganze Pracht dieses Anwesens in mich aufnehmen zu können.“ Danias Blick wanderte von den in südländischem Flair verputzen weißen Wänden zu den mit Blumenkästen verzierten Fensterbänken. Ihre Augen folgten weiter, den roten Holzfensterläden, die mit wunderschönen Zierfräsungen und Schnitzkunst versehen waren und malerisch noch mit alten Ornamenten aufgewertet wurden. Das Reetdach verlieh dem Ganzen noch die ursprüngliche Note, als befände man sich in einem Erdhäuschen, welches sich von selbst aus der Tiefe von Frau Holles Reich nach oben geschoben hätte. Auf dem Dach rauchte der Kamin und weckte ein Gefühl von Geborgenheit, die im Inneren des Häuschens wohl auf die Bewohner wartete.

Plötzliche hatte Dania ein Dejawue. Das hatte sie doch schon mal gesehen, genau in diesen Einzelheiten. Ihr wurde ganz schwindlig.

„Hermann, ich glaub, ich hab auch von dir geträumt. Jedoch war es damals ein Alptraum für mich. Ich irrte ziellos in einem Wald umher, es war Nacht, und ich hatte das Gefühl, als ob ich sterben würde. Dein Häuschen erschien mir dann wie meine Rettung, jedoch konnte ich es nicht erreichen. Es war, als würde mich jemand festhalten, denn ich kam nicht mehr vom Fleck, trat immer auf der Stelle."

Ein breites Grinsen überspannte das Gesicht von Hermann.

„Da haben wohl meine Waldgeister schon mal den Kontakt zu dir gesucht. Vielleicht stellt dieses „Nichtweiterkommen" deine inneren Hemmungen und alten Verhaltensweisen dar, die uns oft daran hindern, in unser eigenes Paradies zu kommen."

„Ja, das fühlt sich richtig für mich an."

Dania nahm einen großen Schluck aus ihrer Tasse Kaffee, die Hermann ihr in der Zwischenzeit serviert hatte. Ihr Kopf wanderte auf die andere Seite. Rechts vom Haus befand sich wie in einer alten Orangerie ein wunderschönes Glashaus, in welchem sich der Blumenladen mit den Flechtwaren befand. Citrusstämmchen mit prallen Früchten lachten aus den Fenstern, ein Blumenmeer an Balkonpflanzen erstreckte sich vor dem Haus. Orange Elfenblumen, gelbe Tagetes, maisfarbener Goldzahn, violette Petunien und rote Geranien strahlten auf süßen Tischchen und Stühlchen um die Wette. Und die Körbe, Rebenkränze und Flechtkunstwerke machten den Traum vom Landhausstil vollkommen. Dania hatte sich inzwischen erhoben und war mit ihrer Kaffeetasse in der Hand zu dem schönen Blumenladen hinübergelaufen. Wunderschöne alte Obstbäume umrahmten das große Glashaus, Birne, Apfel, Kirsche, Zwetschge, alles was das Herz begehrte.

Aus dem hohen Gras, welches die Stämme der Streuobstwiese umwob, bewegte sich plötzlich auf leisen Pfoten ein kleiner

Rotschopf. Zerzaust und wohl noch einen Revierkampf der letzten Nacht in den Gliedern streckte der Kater mit murriger Miene die Schnurrhaare und das Näschen in Danias Richtung, als wolle er ihre Aura erriechen und erspüren.

„Das ist Filius, meine Kampfkatze."

Hermann beugte sich liebevoll zu seinem Hausgenossen nach unten, strich ihm mit seiner starken Hand über den Kopf und den Rücken, bis er am Ende des Katzenwedels das Spitzchen sanft nach oben zog.

„Miauuuuuu", Filius schien im Moment keine Streicheleinheiten gebrauchen zu können, und kleine Neckereien schon zweimal nicht. Mit zickig, spitzen Lauten aus seiner Kehle und einer abwendenden Haltung machte er diesem Empfinden auch eindeutig Luft.

„So lebt eben jeder das, was seiner Natur entspricht. Bei ihm ist es eindeutig der Kampfgott Mars, der stets seine und die Kräfte der anderen herausfordert."

Wie auf Kommando sprang Filius auf eine an der Westwand des Hauses aufgeschichtete Holzbeige und präsentierte durch maskulines In-Szene-Setzen seinen Prachtkörper. Er bäumte sich auf und zeigte durch ein langes Gähnen seine Zähne. Eine hoheitsvolle Geste, wie die eines Löwen.

„Bin sehr erfreut Filius", murmelte Dania fasziniert vor sich hin, den Blick gebannt auf dieses Schauspiel gelenkt. Sie war begeistert von dem Tier, das so in seiner Kraft und Herrlichkeit lebte. Und es schien ihm auch keiner zu verübeln, dass er seinem Charakter treu die Stange hielt. Er blieb sich treu. Nicht wie bei uns Menschen, die wir uns im Laufe der Evolution immer nur noch mehr und mehr anpassen wollten. Uns bestimmte Verhaltensweisen verboten oder auf`s Schlimmste verurteilt haben. Wie haben wir dadurch unsere Kraft verloren, ging es Dania durch den Kopf. Mit den Augen der Liebe betrachtet wird alles, was uns im Leben begegnet, als göttlicher

Ausdruck bewusst. Da kann ein Gebrüll zu süßem Gesang werden, eine Faust zu einer sanften Hand. Alles wandelt sich zu einem göttlichen Schauspiel, zu einem göttlichen Ganzen.

„Wau, wau, wau“, wuselig und voller Adrenalin hopste ein bildhübscher Collie an Danias Beinen empor.

„Ja und Bruno musst du natürlich auch gleich noch kennenlernen.“

Hermann nahm den Kläffer am Halsband und versuchte, ihn zärtlich von seinem neu erkundeten Fund wegzuziehen.

„Bruno hat eigentlich sein Körbchen in der Orangerie. Dort, auf einer schönen Bank, den Blick über alles erhebend, ist sein Lager oder sollte ich sagen, sein Regierungssitz.“

Hermanns Augen formten sich zu Schlitzen und gefühlte tausend Lachfältchen legten sich sonnig auf sein Gesicht. Bruno hatte sein Temperament inzwischen etwas zurückgefahren und zeigte seine Zuneigung durch genussvolles, langsames Abschlecken von Danias Hand.

„Wie du siehst, ist dieses Fleckchen bisher etwas einseitig von vermehrt männlichen Seelen belebt. Außer meiner Teilzeitkraft Angie gibt es keine weibliche Hilfe. Da könnten wir wirklich sehr gut Verstärkung gebrauchen.“

Dania hörte Hermann‘s Worte wie durch einen Wolkennebel. Ihre Gedanken und Gefühle schienen sich zu überschlagen. War das eben ein Stellenangebot?

VIII.

„Aua“, Samu knallte gegen einen Gepäckwagen, der sich ihm am Flughafen einfach in den Weg schob.

„Verzeihen Sie mein Herr, ich habe Sie nicht gesehen.“

Eine kleine, ältere Dame stotterte nervös und sichtlich von Schuldgefühlen durchdrungen ihr Bedauern aus ihrer Kehle heraus. In Samu`s Gemüt machte sich sogleich ein schlechtes Gewissen breit.

„Schon gut, ich bin nur erschrocken, sonst ist nichts passiert", beruhigte er das niedliche Frauchen. Es war inzwischen 18 Uhr, also 10 Stunden später als er in Amerika in die Maschine gestiegen war. Irgendwie war ihm alles über den Kopf gewachsen. Die ganze Verhörerei, die dunklen Geister, die ihn Nacht für Nacht heimsuchten. Er musste raus, brauchte Tapetenwechsel und vor allem Streicheleinheiten für seine Seele. Die Qualen brachten ihn dazu, über einen lang zurückliegenden Schatten zu springen. Er hatte Kontakt zu seinem Onkel aufgenommen. Nach langer Zeit. Da war kein Streit, keine Zwietracht gewesen. Nur das Ergebnis der ganzen Tragödie. Manchmal wusste er selbst nicht, wie es dazu kommen konnte. Es war wohl all den tiefschichtigen Emotionen geschuldet. Der Angst vor der Wahrheit. Der Wut über das Verlassenwerden. Der Trauer über den Verlust dieser Familie.

Er hatte ihn zudem erst jetzt ausfindig machen können, wegen der Namenssache.

Draußen winkte er sich ein Taxi herbei und ließ sich zu seinem Hotel bringen. Er würde sofort eine heiße Dusche nehmen, dann etwas Leckeres essen gehen und – damit die Nacht ihm auch gewiss nicht wieder übel zusetzen würde – sich ein paar Drinks in einer netten Bar genehmigen. Und es lief auch wirklich alles so, wie er es sich vorgestellt hatte. Nun ja, wenigstens fast alles.

Sein Hotelzimmer war wunderschön eingerichtet. Im modernen, eleganten Holzstiel mit warmen Wandfarben und einem Badezimmer, dessen Ausstattung mit einem Mix aus Luxus und Nostalgie bestach. Die leckere Pizza in einer italienischen Taverne ließ seine Sehnsucht nach Italien wieder aufflackern. Und als er die Bar betrat, erbot sich vor ihm eine noble Lounge, deren erster Blickfang seine Erinnerungen an heiterdurchzechte Nächte mit Jack weckte.

Eine lange Bartheke, ummantelt von Glas und Glitzermosaik, setzte den bewusst forcierten Pol auf Prunk und Party. Äußerst gelungen, wie es Samu empfand. Eine Unmenge an Whiskyflaschen, Likören, Sekt und Spirituosen aller Art ergötzte sich in ihrer Fülle, dem Gast sinnliche Genüsse und rauschende Erlebnisse verheißend. Wie Komparsen standen die Flakons in den verschiedenen Regalen, auf mehreren Etagen, zum Schaulauf parat. Der dunkle Marmorboden glänzte frisch poliert. Moderne Raumteiler mit Hochpflanzkübeln und zauberhaften Blumenarrangements schufen trendige, punktuelle Kunst und unterteilten nebenbei die Räumlichkeit in behagliche Nischen. Die Holztische und Stühle entsprangen zu 100 % einer handgemachten Anfertigung. Was für ein Architekturerlebnis für Samus geschultes Auge!

Als er an die Bar trat, bestellte er sogleich den ersten Whisky. Während er darauf wartete, wanderte seine Aufmerksamkeit zu den restlichen Details. Indirekte Beleuchtung schaffte eine äußerst angenehme Atmosphäre. Lieder aus alten Zeiten drangen in sein Ohr und ließen Bilder vergangener Tage in ihm hochsteigen. Er fühlte sich wieder jung und wild. Womit sich der Teil anschloss, der unter die Rubrik „Ungeplant“ fiel.

Als Samu den ersten Schluck seines Getränks zu sich nahm, öffnete sich die Eingangstür der Bar. Ein Traum von einer Frau bewegte sich in Richtung Theke. Er wusste nicht, wie ihm geschah, so etwas war ihm noch nie passiert. Aber er konnte seinen Blick nicht von ihr lassen. Gleichzeitig kam er sich auch ziemlich dämlich vor. War seine Masche doch immer die, des Unnahbaren gewesen. Er wusste auch nicht, was diese Faszination auslöste, oder besser gesagt, was von allem. Zum einen war es ihr Gang, der so sexy, selbstbewusst und doch so unschuldig war. Zum anderen ihre brennenden Augen, die einen so durchdringen, umarmen und in den Bann ziehen konnten, dass es einem schwindlig wurde. Und dann war da noch ihre Stimme. Sie klang für ihn göttlich. Weich und erotisch, aber auch stark und klar, von einer unglaublichen Kraft durchzogen. Allein das einsilbige Begrüßungswort entfachte diese Gefühle in ihm. Dieses Gefühl berührte etwas in ihm, dass er schon lang verloren hatte oder vielleicht auch noch nie gefunden hatte.

Mit einem Stuhl Abstand ließ sich Dania auf den Barhocker sinken. Ihr Herz war beschwingt. Nach dem tollen Tag bei Hermann heute und einem bevorstehenden lustigen Mädelsabend mit Sole war dies ein geradezu perfekter Tag für sie. Fröhlich bestellte sie einen Hugo und ihr Blick fiel sogleich auf das piepsende Handy in ihrer Handtasche.

„Eine SMS, bestimmt ist mein Sonnenschein Sole wieder ein paar Minuten zu spät", plapperte Dania beschwingt vor sich hin. Man hätte meinen können, sie hätte schon ein paar Drinks intus gehabt, aber sie war einfach nur beschwipst von diesem schönen Tag, volltrunken vor Glück. Wenige Sekunden später machte sie eine komplette Bauchlandung. Wommm.

„Na bravo, wär auch zu schön gewesen", ihre helle Miene wurde von traurigen Schatten verfinstert. Süß sah sie aus, immer noch, immer noch süßer, dachte Samu. Konnte irgendetwas den Glanz dieses Wesens verändern? Nein. Erst in diesem Moment wurde Dania richtig bewusst, dass der Mann neben ihr sie die ganze Zeit angestarrt hatte.

„Meine Freundin Sole hat mich soeben versetzt", quoll es aus ihr heraus. Ihre sprudelnde Stimmung war also noch nicht ganz versiegt. Vor allem nicht, als sie in das Gesicht des gutaussehenden jungen Mannes blickte. Umgehend verschlug es ihr die Sprache. Was war das zwischen ihnen? Sie kannten sich doch gar nicht. Hatten sich noch nie gesehen. Trotzdem knisterte die Luft zum Zerreißen zwischen ihnen. Ihre Herzen schienen zu brennen. Eine wilde Bettszene vollzog sich geistig in Danias Phantasie. Oh mein Gott, schnell raus aus meinem Kopf, dachte sie sich, was sollte der Kerl von ihr denken, würde er ihre schmutzigen Gedanken lesen können. Vor allem geschah ihr das wirklich zum ersten Mal in ihrem Leben. Ihr Herz pochte bis zum Hals, ihr Mund wurde trocken, wünschte sich nichts mehr, als von ihm geküsst zu werden. Wild und zärtlich zugleich, heiß und feucht.

Da brachte der Barkeeper auch schon den für`s erste erlösenden Hugo. Übertrieben eifrig packte Dania das Glas und schüttete die Hälfte des guten Safts ihre Kehle hinab. Oh Gott, was sollte der Kerl von ihr denken, schon wieder nicht-ladylike. Richtig verrucht musste sie ihm vorkommen. Dania vibrierte innerlich, ihre Haut kribbelte und brannte. Sie konnte keinen klaren Gedanken mehr fassen. Samu ergriff das Wort.

„Tja, Pech für Sole, Glück für mich. Ich bin übrigens Samu, bin vor ein paar Stunden aus Amerika hier angekommen. Und da hat mir der liebe Gott doch gleich so eine nette Bekanntschaft für meinen ersten Abend in Deutschland besorgt."

Besorgt, das Wort zerging auf Danias Lippen wie Schokolade. Sie hatte wohl wirklich schon zu lange keinen Sex mehr gehabt. Verrückt, was sollte sie tun, sie konnte an nichts anderes mehr denken. Am besten zahlen und sich aus dem Staub machen. Sie wusste, heute ging es sonst wirklich mit ihr durch. Aber sie konnte es nicht. Konnte sich nicht aus dieser wunderbaren Zuwendung lösen. Sie fühlte sich keineswegs nur sexuell von ihm angezogen. Nein. Sie fühlte eine solche Vertrautheit und Geborgenheit wie noch nie in ihrem Leben. Und dann geschah das vollkommen Unerwartete. Eigentlich folgte Dania auch nur dem Rat ihrer Psychologin. Hatte die ihr nicht geraten, manchmal klar und eindeutig mit der Wahrheit herauszurücken? Das nehme aus der Situation einen oft spürbaren Druck. Bezog sich das auch auf diese Szene? Es sei manchmal eine wichtige Erfahrung, so spontan ehrlich zu sein. Dania drängte ihre Psychologin bildlich zurück und...... tat es. Völlig irrational, vielleicht auch durch den Hugo gestärkt. Sie sprach aus, was der Kerl mit ihr machte.

„Samu, das klingt jetzt vielleicht komisch für dich, aber ich spüre so eine Anziehung von dir, dass ich am liebsten mit dir schlafen würde."

Ihre roten Bäckchen verrieten, dass sie das eigentlich noch nie gesagt hatte und es sich auch eigentlich nie getraut hätte.

Samu`s Blick verschleierte sich. Obwohl ihm das früher bestimmt auch komisch vorgekommen wäre, sogar abgestoßen hätte, vollzogen diese Worte eine wahre Explosion in seinem Herzen und zündeten ein Feuerwerk in seinem Unterleib. Denn alles an ihr hörte sich wahrhaftig an. Kein bißchen verrucht. Es war sexy auf höchstem Niveau. Er legte einen Geldschein auf den Tresen, zog Dania hinter sich her und betrat mit ihr draußen vor der Türe das Kopfsteinpflaster des Altstadtviertels.

In der Ecke des Hauseingangs eines schönen Altbaus konnten die beiden ihren inneren Drängen nicht mehr widerstehen. Samu presste Dania gegen die Hauswand. Sein Körper lag eng an ihrem Bauch. Sie spürte seine Erregung, die sich gegen ihren Unterleib presste. Als sich ihre Lippen berührten, dachte Dania, dass sie gleich kommen würde. Wild und zärtlich fand seine Zunge den Weg in ihren süßen Mund. Sie vereinten sich, neckten sich, wanden sich, um sich wieder und immer wieder gegenseitig zu berühren. Seine Lippen wanderten ihren Hals hinab. Als sich seine Hand unter ihre Bluse schob, stieß Dania einen kehligen Ton aus ihrem Mund, der Samu nur das bestätigte, was er längst fühlte. Sie mussten miteinander ins Bett.

Die Zeit im Taxi schien sich endlos hinzuziehen. „Wie heißt du eigentlich?", presste Samu die doch nicht unerhebliche Frage aus sich heraus. Sie konnten einfach nicht voneinander lassen. Jedoch war ihm sehr bewusst, dass sie sich in einem öffentlichen Verkehrsmittel befanden und sie sich jetzt wirklich kurz zusammennehmen mussten. Dania hauchte ihm ihren Namen zu. Sie stand förmlich in Flammen.

Im Hotelzimmer fielen sie wie liebende Raubtiere übereinander her. Als Samu Danias Bluse aufknöpfte und sie von ihren Schultern gleiten ließ, dachte er beim Anblick ihrer wunderschönen Brüste, dass er die Beherrschung verlieren würde. In seidene Spitze waren sie gepackt und boten sich ihm in formvollendeter Ästhetik dar. Welcher Gott hatte eine so schöne Frau erschaffen? Wo hatte sie sich so lange versteckt? Bei ihrem Anblick, dachte er, könnte man allen Kummer vergessen und nur noch wirklich vertrauen und bejahen, dass es einen Gott gab, eine Macht, die alle Wege nach und nach zur Erfüllung führte.

„Samu, ich brenne, magst du bitte weitermachen?“ Dania, die wohl bemerkt hatte, dass Samu aus Bewunderung kurz innegehalten hatte, wollte ihn noch mehr reizen. Sie kannte sich selbst nicht mehr, aber sie beide hatten eine solche Symbiose erschaffen, in der alles magisch von alleine geschah. Die Worte bildeten sich geradezu von selbst.

Dania spürte, wie ihr Höschen mehr und mehr nass wurde. Auch das hatte sie in einem solchen Maß noch nie erlebt. Sie war feucht und heiß zugleich. Ihr Unterleib schien sich schon lange für Samu geöffnet zu haben. Zärtlich öffnete Samu den Büstenhalter. Dann warf er Dania auf`s Bett. Er musste endlich an ihren Brüsten saugen, sie berühren mit Händen, Mund und Zähnen. Er dachte, er fliege zum Himmel und dann wieder stürzten sie sich hinab in den Garten Eden, von Paradies zu Paradies. Sie flogen so hoch, ließen sich tragen von den Flügeln der Lust, von den Wellen der Begierde. Einer so reinen und göttlichen Begierde, die unendlich schien. Zeitlos und tief.

Als er an seiner Hose zu nesteln begann, richtete sich Dania auf.

„Lass mich das machen. Ich möchte das Geschenk gerne selbst auspacken.“ Wieder Worte, die Dania noch nie über die

Lippen gekommen waren. Samu küsste Danias Mund, aus dem solche erfüllenden Worte kamen. Worte, die von seinem Herz in seinen Bauch wanderten, dann durch seinen Unterleib bis in sein Herzstück in der Hose. Geschickt öffnete Dania den Gürtel, die Hose, den Reißverschluss. Sie ließ sich Zeit dabei, denn sie spürte, dass es Samu`s Verlangen nur noch mehr steigerte. Ihre Hände fühlten sich so gut an auf seiner Haut. Zärtlich und weich, dann wieder fest und fordernd. Als sie Samu`s Glied umschlossen, war es fast vorbei mit seiner Kontrolle. Jetzt drohte er zu kommen. Also mußte er vorher das Ruder noch einmal umlegen.

Sanft drehte er Dania auf den Rücken, zerrte ihren Rock über ihre Beine nach unten und genoss den Anblick, der sich ihm erbot. Wie eine Göttin lag sie vor ihm. Heiß und rein, voller Liebe und Begehren. Ganz Frau mit so unschuldigem Strahlen, dass er fast zu weinen begann. Er beugte sich über ihren Venushügel und begann ihn zu massieren.

„Samu, das tut so gut!! Bitte mach weiter." Dania flüsterte und schrie zugleich. Alles war eins. Sie waren eins. Sie spürte, dass ihre Gedanken seine Gedanken waren, ihr Herz sein Herz berührte. Dania stöhnte auf. Lust, der sie über ihren Mund Ausdruck verleihen musste. Sie konnte gar nicht anders. Als sein Mund, seine Lipppen und seine Zunge ihren Venushügel liebkosten, konnte sie nicht mehr anders. Sie musste kommen, und sie kam. Überrollt von einer Welle von Orgasmen wurde Dania überschwemmt. Übergossen von Liebe, Verzückung, Einheit, Grenzenlosigkeit, Glückseligkeit. Sie schrie auf vor Seligkeit.

„Samu, ich fliege!" Samu, der zu ihr nach oben gerückt war, suchte ihre Augen. Ihr Blick war verschleiert, sie schien mit ihm zu verschmelzen.

„Und jetzt fliegen wir gemeinsam", flüstete sein Mund. „Spürst du, wie ich dich begeher?"

„Oh ja, oh ja, ich spür es." Dania weinte vor Glück. Sie presste ihren Unterleib an Samu`s Prachtstück.

„Bitte, komm zu mir." Samus`s Atem begann, sich zu beschleunigen. Sein erigiertes Glied fand fast alleine den Weg in die heilige Grotte. Als er mit dem ersten Stoß in sie eindrang, dachte er, sein Herz setze aus, würde platzen vor der Übermannung seiner Gefühle. In diesem Moment dachte er, dass es nichts Schöneres auf der Welt gäbe. Sich mit dieser Frau zu vereinen. Mit jedem Stoß, den er tiefer in sie eindrang, drang er auch tiefer in seine eigene Seele. Und sie vollführten einen Tanz, den es noch nie vorher gegeben hatte. Ihre Seelen vereinten sich. Ihre Körper vereinten sich. Ihre Herzen vereinten sich.

Ihr Liebesspiel vollzog alle Phasen, die ihre Gefühle ihnen vorgaben. Mal berührten sich ihre Zungen sanft und leicht, dann wälzten sich ihre Körper wild und maskulin auf den Bettlaken. Mal übernahm sie die Führung. Ritt auf ihm wie eine Domina und rieb dabei so stark an seinem Glied, dass er fast aufschreien musste. Dann nahm er wieder die Macht an sich, führte Dania zum Gipfel ihrer Liebe. Und sie war wunderbar. Sie ließ sich komplett fallen. Vertraute ihm, ließ ihn gewähren.

Als er merkte, dass sie beide nur noch eines wollten, den erlösenden Orgasmus, setzte er zu den Endstößen an. Dania schrie als erstes vor Verzückung auf.

„Ich liebe Dich, Samu", drang es aus ihrem Mund, als auch Samu komplett entrückt seinen Samen aus sich herausschleuderte und nur noch ihren Namen und seine Liebesbeweise ihr entgegenhauchte.

„Ich auch Dania, ich liebe dich auch!"

IX.

Am nächsten Morgen, es dämmerte noch, erwachte Dania aus ihrem Schlaf. Erschrocken setzte sie sich auf. Wo war sie? Total benommen und benebelt versuchte sie ihre Gedanken zu sortieren. Ihr Blick wanderte durch das noble Hotelzimmer. Neben ihr lag dieser wunderbare Mann. Es dauerte eine Weile, bis die vergangene Nacht wie ein Film an Dania vorbeizog. Beglückung machte sich in ihr breit. Jedoch hielt dieses schöne Gefühl nicht lange an. Angst und Scham walzten diese Empfindungen gnadenlos nieder.

Was hatte sie getan? War sie jetzt ein Flittchen? Normalerweise verabscheute sie begierlichen Ausschweifungen dieser Art. Es war doch alles immer so geordnet und gesittet gewesen in ihrem Leben. Sie verstand die Welt nicht mehr. War es denn nicht schon anstrengend genug, seit sie ihren beruflichen Kurswechsel vollzogen hatte? Musste sich nun auch noch ihr Wesen komplett verändern? Neue Eigenschaften ans Licht bringen und alle bisherigen Tugenden über Bord werfen? Wer war sie? Sie kannte sich selbst nicht mehr.

Unbewusst umfasste Dania die Bettdecke und verhüllte damit schamhaft und unsicher ihre bloßen Brüste. Ihr Unbehagen wanderte durch ihren Körper. Krampfte Bauch, Herz und Hals zusammen. Ein übler Geschmack in ihrer Mundhöhle schien ihr zu bestätigen, dass hier etwas ganz gewaltig stinkte. Ihr Gewissen.

In diesem Moment rührte sich Samu neben ihr. Ganz selbstverständlich wand er sich unter der Bettdecke, kuschelte sich intuitiv an ihren Unterleib, umfasste ihre Oberschenkel. Sanft streichelte er sie. Danias Herz ging auf. Sie wurde von purer Zärtlichkeit durchströmt.

Aber nein! Sie durfte sich diesem Verlangen nicht willenlos ausliefern. Das war gefährlich. Hörte man doch überall. Widerstrebend löste sie sich aus Samus Umarmung, kroch aus dem Bett und zog sich in Windeseile ihre Kleider wieder an. Den Blick immer wieder angespannt auf Samu gerichtet und eine Bitte zum Himmel schickend, er möge doch weiterschlafen, tapsten Danias Füße über den warmen Holzdielenboden. Und ihr Wunsch wurde erhört. Samu blieb in seiner Traumwelt. Er drehte sich zufrieden schlummernd auf die andere Seite.

Es war nicht zu übersehen, dass es ein paar Stunden vorher recht wild zugegangen war, so verstreut lagen die Stoffteile in allen Zimmerecken verteilt. Danias Kopf war vollkommen dumpf. Alle möglichen Gedanken schossen hindurch. Zwängten sich durch ihre Synapsen und schienen durch diese Flut alles zu blockieren. Sie wusste nicht mehr, wie ihr geschah. Wollte nur noch fliehen, um wieder Klarheit zu bekommen. Diese Verwirrtheit machte sie verrückt. Wo waren nur ihre Socken? Ah, unter der rechten Bettseite am hinteren Fußpfosten. Und wie kam sie nun zu ihrem Auto? Mein Gott, wie verrückt war das alles hier? So etwas hatte sie noch nie erlebt! Sie musste sich nun wohl ein Taxi nehmen, denn sie wusste gar nicht recht, wo sie sich befand.

Die Tür hinter sich zuziehend stieg Dania die Treppenstufen hinab, ihr Handy ans Ohr gedrückt. „Hallo, können Sie bitte ein Taxi zu...... Moment mal“, Dania musste raus auf die Straße um an der Hauswand die Adresse abzulesen, „ zur Friedwaldstraße 5 schicken?“ Sie kam sich total dämlich vor. Wie ein Hippie, total high und chaotisch.

„In 5 Minuten ist es hier? Wunderbar, danke.“

Die 5 Minuten erschienen Dania wie Stunden. Sie wollte weg. Weg von wem eigentlich? Oder von was? Samu war es gewiss nicht. Er war für sie wie eine Begegnung mit dem Göttlichen gewesen. Instinktiv wusste sie, dass sie am liebsten vor sich selbst fliehen wollte. Aber ihre Projektion dachte fürs Erste, wenn sie sich von diesem Ort entfernte, dann würde sie sich auch von dem ganzen Durcheinander entfernen. Und sie würde wieder die Kontrolle haben, über sich, über das Leben.

Aber während ihr Verstand sich hoffnungsvoll in diese Flucht hinein begab, schlugen all ihre guten Absichten gewaltig fehl. Denn all die Gedanken und Gefühle stiegen mit ihr in das Taxi hinein. Machten sich breit, machten es sich richtig bequem auf der Rücksitzbank. Genau neben ihr.

X.

Zwei Stunden später wurde Samu durch einen hereinblitzenden Sonnenstrahl geweckt. Er kitzelte ihn an seiner Nase. Sein Bewusstsein war erst etwas durcheinander, dann jedoch, als alles klarer wurde, umfing ihn ein wohliges Gefühl.

Die vergangen Nacht war fantastisch gewesen. Instinktiv glitt seine Hand auf das Bett neben ihm. Sie fuhr das Laken auf und ab. Suchte nach dem traumhaften, weichen Körper, der ihn vergangene Nacht so liebevoll umfangen hatte, ihn in sich aufgenommen hatte. Der keine Trennung mehr kannte zwischen dem Ihren und dem Seinen. Weiter und weiter strich seine Hand die Matratze entlang. Irgendetwas passte nicht. Seine Augen folgten seinen Bewegungen. Plötzlich krampfte sich sein Herz zusammen. Der Platz war leer. Mit einem Stich in die Magengegend unterstrich sein Körper diese Erkenntnis.

„Dania?“, krochen die Buchstaben fast lautlos wie mit angehaltenem Atem aus ihm heraus. Er setzte sich auf. Sein Blick durchwanderte das Zimmer in einem 180° Winkel. In ihm drehte sich alles, noch viel mehr als 180°. Sie war weg.

Wie ein trauriges, dunkles Tuch legte sich diese Tatsache über Samu. Eben noch im Himmel und dann wieder der Absturz in die Hölle, ging es ihm durch seine Gedanken.

Konnte denn nichts in seinem Leben Bestand haben. Warum riss das Leben immer wieder das Liebste von ihm weg.

XI.

Jetzt war es nicht mehr zu leugnen. Der Wald flüsterte schon seit einiger Zeit wundersame Verheißungen in ihr Ohr. Ihre Träume gaben dem Ganzen noch die restliche Klarheit hinzu.

Und auch die Tiere machten eindeutige Zeichen.

Es war nur so, dass diese Prophezeiungen etwas in ihr anstießen, was sie so lange verschlossen hatte in ihrem Inneren. Weil es ihr Herzenswunsch war, ihre innigste Hoffnung, eigentlich der Grund, der sie am Leben hielt.

Weil der erlittene Verlust ihr aber bisher fast jede Lebenskraft nahm und sie Angst hatte, dass diese Gefühle sie somit ein weiteres Mal zerreißen würden, hielt sie alles noch so gut wie möglich unter Verschluss.

Ja, sie lebte noch. Oft mehr schlecht als recht. Manchmal wusste sie gar nicht, wie ihr Körper es die ganze Zeit geschafft hatte, sie am Leben zu halten. Dass er immer noch atmete und ihr Herz schlagen ließ.

Wie viele Jahre waren nun vergangen? 20 oder 30? Ihrem Gefühl nach waren es 100 oder gar 1000 Jahre gewesen. Viel zu viele, viel zu lange.

Aber welche Kraft und Ausdauer man in sich bergen konnte, das lehrte einem das Leben. Wenn man nicht daran zerbrach.

Sie blickte an ihrem Körper herab. Ausgemergelt sah er noch immer aus. Aber ihre sehnigen Gliedmaßen hatten wieder mehr Kraft, spiegelten wohl auch die Zähigkeit, die sie aufbringen musste, um zu überleben.

Jade blickte über den Zaun ihres Kräutergartens, der neben dem heimeligen Waldhäuschen platziert war. Wie sie diese

Ruhe genoss. Und doch drohte sie manchmal, sie zu erdrücken. Denn sie lebte fernab von der Zivilisation. Notgedrungen und doch freiwillig. Sie blickte in die Ferne, in der die Wiesen blühten und die Waldbäume durch das dichter werdende Blätterdach wieder lichten Schatten warfen.

Wie würde er wohl aussehen? Ob er immer noch die süßen Grübchen hatte, die sich beim Lachen in seine Wangen bohrten? Bestimmt, so was blieb doch für immer. Seine funkelblauen Augen. Welche Fülle hatte er ihrem Leben gegeben. Sie hatte ihn sich so gewünscht. Dieses Kind. Ihr Erstgeborener. Damals spürte sie, dass es eines der größten Glücksgefühle war, diese Liebe einer Mutter zu ihrem Kind.

Jade nahm ihre Hacke und lockerte die Erde ihres angebauten Bodens. Wie gut das duftete. Vergangene Nacht hatte es geregnet. Platt lagen die Pflänzchen und der Boden nun vor ihr. Jedoch auch satt und ganz im Wissen, dass sich alles wieder aufrichten würde. Was für eine Hoffnung. Ein Spiegel für ihr Leben? Rosmarin, Thymian, Koriander, Lavendel, Zitronenverbene, Liebstöckl, Bohnenkraut und Oregano, um nur einige ihrer Schätze zu nennen, rankten buschig und krautig zu allen Seiten und in allen Ecken der Beete. Sie liebte ihre Kräuter. Bestimmt hatten sie sie am Leben gehalten. Still und leise und jahrelang auch unbewusst.

Denn sie hatte sich lange Zeit von ihnen abgewendet. Aus Verzweiflung und der großen Verletzung wegen. Erinnerungen. Gedanken an eine heile Welt, die von einem Tornado durchfegt und bis ins Mark zerstört und zermalmt worden war.

Wie grausam konnte ein Leben sein? Was hatte sie verbrochen? Diese Frage ging ihr Tag für Tag, Woche für Woche über Jahre und Jahrzente durch den Kopf. Sie drohte keinesfalls an körperlichem Gebrechen zugrunde zu gehen. Obwohl dies auch jederzeit hätte passieren können. Es gab Zeiten, da ernährte sie sich nur noch von Beeren und mageren Kräutern, die der Wald ihr spärlich spendete. Es gab auch Tage, an denen sie gar nichts mehr aß. Und trotzdem war es der Kummer, der sie aufzufressen drohte. Der an ihrer Seele nagte und sie innerlich zerfleischte. Nachdem sie sich jahrelang diesen inneren Geißelungen hingeben musste, war doch irgendwann der Zeitpunkt der Befreiung da gewesen. Die erbarmungslosen inneren Stimmen kamen zum Verstummen. Die Zeit war da, um wieder Frieden zu finden. Zwar nicht den Himmel auf Erden aber doch ein Stück davon.

Wann war das gewesen? Sie wusste es nicht. Hatte jegliches Zeitgefühl verloren. Lebte in einer anderen Welt. Sie hatte sich oft gefragt, was denn den Ausschlag zu dieser Wende gegeben hatte. Aber sie fand keine andere Antwort als die, des richtigen Zeitpunkts. Der Reife. Alles hatte seine Zeit. Eine Zeit zum Lachen, eine Zeit zum Weinen, eine Zeit zum Zerreißen und eine Zeit zum Vereinen. War dieser Zeitpunkt nun gekommen? Eine Zeit zum Vereinen?

Wie so oft dachte sie an ihre Großmutter, deren Leben irgendwie so dem ihren glich. Wo man doch immer seine Kinder und Kindeskinder beschützen möchte, vor dem eigenen erlebten Unglück. Aber anscheinend weben wir alle mit am Teppich des Lebens. Und Unklares oder Ungelöstes löst sich wohl manchmal erst nach mehreren Generationen auf. Aber sei es, wie es sei. Das Vergangene war vergangen. Sie lebte jetzt. Jetzt wieder. Immer mehr. Hatte wieder Kraft um mutig in ein neues Leben zu gehen. Heute öffnete sich der Himmel. Im Osten zeigte die aufgehende Sonne einen neuen Tag an. Einen Tag voller Sonne, den Duft von Aufbruch und frischer Erde im Gepäck. Zärtlich zupfte Jade ein paar Minzblätter ab. Sie würde sich jetzt einen wunderbaren Tee kochen und dann in den Wald gehen, um im Waldsee zu baden.

XII.

„S.O.S." buchstabierte Dania in die Muschel ihres Telefonhörers. „Sole, ich brauch dich ganz dringend, ich glaub ich dreh jetzt völlig durch", stieß sie weiter hervor. Kannst du zu mir kommen? Ich hab das Cafe`Dania heut extra für dich geöffnet. Meine schöne Dachterrasse bietet mit ihren Kräutern und den bunten Blumen eine Kulisse per Excellence."

„Mensch Dania, du brauchst doch keine derartigen Anpreisungen, damit ich zu dir komme. Mit dir würd ich auch in einem Kellerloch kredenzen. Also, ich bin schon unterwegs zu dir. Bis gleich."

Dania ging ins Bad. Sie wischte sich noch einmal die Reste der verschmierten Wimperntusche aus den Augenrändern. Verunsichert blickte sie in zwei grünleuchtende Augen. „Dania Sigmund, was passiert nur gerade mit dir? Was machst du nur für Sachen?", stellte sie die Fragen an sich selbst. Wie ein Tiger lief sie den eleganten roten Hochflorteppich auf und ab. „Ich brauch jetzt echt ein paar verständnisvolle Worte von Sole. Sonst kann ich mir nicht mehr in die Augen sehen."

Schnell huschte sie in die Küche, nahm ihre zwei Lieblingstassen aus dem Schrank und bereitete ihre beiden Lieblingsgetränke zu. Einmal Latte Macchiato für sie und einmal Cappuccino für Sole. Wie immer stieg ein liebevolles Gefühl in ihr auf. Sie hatte durch Zufall eine Espressomaschine mit Siebdruck zu einem Spottpreis ergattert. Und das Beste daran: Sie hatte nun den besten Kaffee in den verschiedensten Varianten zu Hause. In keinem Cafe` hatte Dania bisher so gut gebrühten Kaffee genossen.

„Nun noch schnell die beiden schönen orangen Platzhalter auf den Teakholztisch, die grünen Sitzkissen bausch ich noch hübsch auf und das Teelicht im Windgläschen zünd ich auch an." Dania plapperte vor sich hin. Ein Zeichen für ihr inneres

Durcheinander. Als würden diese beruhigenden Worte ihrem inneren Kind Sicherheit geben.

Da klingelte es auch schon an der Wohnungstür. Wie eine Gestrandete, eine fast Ertrunkene umarmte Dania ihre Freundin, klammerte sich an sie.

„Hallo Sole, du bist wiedermal mein Rettungsanker!"

Sole konnte Dania's Gefühlsregungen nicht richtig einordnen. Zum einen machte sie sich Sorgen. War etwas schlimmes passiert? War sie krank? Hatte sie einen Unfall gehabt? Zum anderen spürte sie auch so ein Feuer in Dania. Fast wie eine freudige Explosion. Jetzt war sie wirklich gespannt und auch froh, bei ihr zu sein.

„Dania, was ist los?", hechelte Sole noch etwas außer Atem. „Ich weiß gar nicht, mit was ich jetzt rechnen muss bei dir. Ist diese Aufregung in dir nun positiv oder negativ?"

„Du hast wiedermal genau den richtigen Riecher, denn eigentlich betrifft es beide Seiten, also das Positive und das Negative", erwiderte Dania. „Aber komm. Lass uns den Kaffee von der Küche auf den Balkon tragen, dann sag ich dir da alles."

Während Sole im Freien genüsslich ihren Cappuccino schlurfte, begann Dania mit ihren Ausführungen. Soles Wangen röteten sich leicht als sie den Schilderungen ihrer Freundin folgte. In ihrem Gesicht konnte Dania oft erkennen, wie ihre Freundin empfand und auch wie das auf sie selbst wirkte. Wie ein Spiegel, sozusagen. Als Dania kurz vor der Bettszene war, fiel Sole ihr schließlich abrupt ins Wort.

„Halt!"

Dania runzelte die Stirn. Sie blies sich eine Strähne aus den Augen und hielt schuldbewusste Inne. War das jetzt eine rügendes „Halt" oder ein überdrüssiges „Halt"? Ging sie ihrer Freundin auf die Nerven mit ihren gefühlsduseligen Worten? Schämte sich Sole für sie? Danias Gefühle fuhren Achterbahn.

Dann sah sie Sole tief in die Augen und erkannte eine unendliche Freude darin.

„Dania, du bist von Amore so was von getroffen worden. So etwas kenne ich gar nicht bei dir. Ich bin von den Haarspitzen bis zu den Zehen von einem Kribbeln durchzogen. Mein Herz strahlt. Du hast den „One and Only" gefunden, was also ist dein Problem?"

Dania verschlug es die Sprache. Schweigend saßen sich die jungen Frauen gegenüber. Dania nestelte an ihrer Bluse, blickte überfordert über das Metallgeländer ihres Balkons in den Park. Dann brach der Damm. Tränen strömten aus ihren Augen, ein Schluchzen entstieg ihrer Kehle. Es war total erleichternd. Alle Verunsicherung löste sich aus ihr heraus. Die vergangen Nacht, die enttäuschten Gefühle ihrer letzten Partnerschaft, die Traurigkeit darüber, dass ihr Vater sie damals verlassen hatte. Alles schwemmte und schwappte nach oben. Nach einer gefühlten Ewigkeit und zwei Päckchen Taschentücher später beruhigte sich langsam die Flut. Sowohl die der Tränen als auch die der Gefühle. Ein tiefer Frieden beseelte Dania. Sole war inzwischen zu ihr gerückt und hatte sie die ganze Zeit gehalten. Es fühlte sich so richtig an. Die vergangene Nacht. Jede Faser ihres Herzens spürte nun die tiefe und innige Verbindung zu diesem Mann. Aber da war auch ihr schlechtes Gewissen. Sie war einfach weggegangen, ohne ein Wort, ohne eine Nachricht. Sogleich teilte sie ihren Gedanken mit Sole.

„Aber was hab ich getan? Ich hab ihn einfach sitzen gelassen. Ohne irgendetwas. Fast so, wie Tim es mit mir damals getan hatte."

„Also meine Liebe", fiel Sole ihr ins Wort, „das war doch etwas ganz anderes. Ich verstehe dich total. Du hast etwas gemacht, was du noch nie vorher getan hattest. Zumal es auch etwas ist, dass vor allem bei euch in der Gesellschaft unter ein schlechtes Licht gestellt wird. Für mich war diese Verurteilung allerdings schon immer ein Rätsel. Denn was soll denn an Liebe und Sex schlecht sein? Aber gut. Jeder so, wie er meint. Für mich ist es immer schon ein heiliger Akt gewesen. Die Vereinigung von Mann und Frau. Aber weiter zu dir. Deine ganze Situation ist ja gerade aus den Fugen geraten. Und schließlich sind da auch noch deine vergangenen Erfahrungen, die dich ebenfalls unbewusst beeinflussen. Die Summe all dieser Tatsachen hat dich damit komplett überfordert und du konntest gar nicht mehr klar handeln und reagieren. Also hast du alles richtig gemacht."

Danias Erleichterung machte sich gleich in ihren Schultern spürbar. Sie wurden lockerer und senkten sich entspannter.

„Wie ist er denn so, dein Traumprinz?" Sole`s Gesicht schaute Dania mit einem erfreut neugieren Fragezeichen an.

„Er ist alles, er hat alles." Dania`s Blick verschleierte sich entzückt. Sie schien in eine andere Welt abzutauchen, in die der vergangenen Nacht. Er ist sanft und wild zugleich, lustig und tief ehrlich, verrückt und doch so bodenständig. Er ist total echt. Er hat dunkelbraunes Haar, ein markantes Gesicht mit schönen blauen Augen. Sein Körper ist stark, muskulös und total durchtrainiert. Und am allersüßesten sind seine Grübchen, die sich in seine Wangen bohren, wenn er lacht. Er strahlt so eine innere Stärke aus und ist doch so weich und verletzlich wie ein Kind. Sole zog eine Schnute.

„So jemandem bin ich noch nie begegnet. Das scheint ja wirklich Mr. Right zu sein."

„Ja, aber es ist alles so kompliziert. Er sagte, er sei mit dem Flugzeug aus Amerika hergekommen, um seinen Onkel zu besuchen. Verstehst du Sole, er kommt aus Übersee. Wie soll das nur funktionieren?"

Dania stöhnte laut auf und blies sich dabei verkrampfte Luft aus ihrem Brustkorb. Verschmitzt blitzten Sole`s Augen auf.

„Mensch Mädel, du bist ja noch viel weltverschlossener und steifer als ich dachte. So was ist doch heutzutage kein Problem.

Und falls ich dich daran erinnern darf, ich komm auch von einem anderen Land."

„Das hat doch gar nichts damit zu tun", fiel ihr Dania ins Wort. „Ich liebe die Vielfalt unterschiedlicher Kulturen. Das befruchtet und beschwingt sich gegenseitig", fuhr Dania fort. „Ich denk halt nur schon weiter. Wo sollen wir wohnen. Wie sieht.."

„Ja so was!" Jetzt schnitt Sole ihrer Herzensfreundin das Wort ab. „Eben noch aus der Affäre geflüchtet und nun schon vor dem Traualtar und in einem schönen Häuschen mit ein paar Kindern. Das sind echt mega Gedankensprünge."

Verlegen putzte Dania sich die Nase. Ja, sie schämte sich etwas für ihre zutiefst romantische Ader. Aber es war schon immer ihr Kindheitstraum gewesen. Eine Familie. Das Haus voller Kinderlachen und tapsender Tierpfoten.

Sole, die sofort erkannte, dass sie mit ihrem forschen Witz wieder einmal eine tiefe Berührung ihrer Freundin kaputtgetrampelt hatte, ruderte blitzschnell zurück.

„Schon gut meine Liebe, genauso kenn ich dich. Und es fühlt sich wirklich so an, als könntest du mit diesem Mann alles auf die Beine stellen."

Sekundenschnell hellte sich Dania`s Gesicht wieder auf. Sie strahlte wie ein Engel. Wie schön, sie so zu sehen.

„Aber wie treff ich ihn wieder?" Sehnsuchtsvoll blickte sie zu Sole, in der Hoffnung, die Antwort in deren Augen abzulesen.

„Das ist ja wohl das kleinste Problem mein Schatz. Das wird sich schon fügen. Und übrigens möchte ich dich darauf aufmerksam machen, dass ich schon ein bisschen Lob verdient habe, dafür, dass ich für dein persönliches Liebesglück gesorgt habe. Nur, dass du dir das auch so richtig bewusst machst. Ich schätze mal, da ist ein Eisbecher fällig, oder ein Cocktail."

Dania runzelte die Stirn. Etwas ungläubig blickte sie zu ihrer Freundin hinüber. Dann fiel auch bei ihr der Groschen.

„Ja, ja, hättest du mich nicht versetzt gestern Abend, dann wäre wohl kaum der Kontakt mit meinem Herzbuben entstanden. Du Biest, du findest doch wohl immer ein gutes Argument für deine schlechten Tugenden."

„Durchaus, aber in diesem Fall war es dein Glück!!" Soles Augen blitzten und beide stimmten in ein herzerfrischendes Gelächter ein.

XIII.

Samu hatte sich ein Taxi genommen. Etwas zerknautscht und innerlich komplett aufgewühlt war er nun auf dem Weg zu seinem Onkel. Sehnsuchtsvoll dachte er an die vergangene Nacht. Er hatte sich selbst, seine Seele, in einer anderen Person gesehen. Sie war so bezaubernd. Alles war so himmlisch gewesen. Bis die ersten bewussten Atemzüge des Morgens ihn aus seinen Träumen gerissen hatten.

Mit bleischweren Beinen hatte er sich aus dem Bett gehievt. Jedes verstreute Kleidungsstück hatte ihn an den damit verbundenen Moment der vergangenen Nacht erinnert. Die Schmetterlinge tanzten in seinem Bauch. Und doch versuchte er, sie zurückzuhalten. Doch die Freude wollte sich nicht zurückdrängen lassen. Ein Schmunzeln durchzuckte Samu`s Mundwinkel bei dem Gedanken daran, wie er die Schmetterlinge belehrte, still zu sein, und ihren Flügelschlägen damit Einhalt gebot. Vor seinem inneren Auge stellten sich die süßen Falter starr wie die Soldaten in Reih und Glied auf, wohl bedacht, keinen Mucks und kein Zucken mehr von sich zu geben.

„Schschschsch", ein tiefer Seufzer verließ seine Lungenflügel mit einem großen Atemschwall, der aus seinem Inneren nach oben quoll. Ja, er wollte sich schützen. Vor einer übereifrigen Hoffnung. Vor diesen süßen Verheißungen. Vor einer möglichen Verletzung. Zerplatzte Träume gab es schon zu viele in seinem Leben. Aber er wollte dieses Glück so sehr. Seine Sehnsucht erfasste ihn mit jeder Faser seines Körpers.

Er war heute Morgen ins Badezimmer geflohen, hatte sich unter die Dusche gestellt und dort gehofft, dass das niederprasselnde Wasser seine Ängste von ihm abspülen würde. Er hatte sich frisch rasiert, sich jedoch dabei fast selbst massakriert. Zweimal glitt ihm der Nassrasierer gedankenverloren aus der Hand. Zwei Schnitte an seiner Kehle waren die Folge. Auch sein Kleidungsstil heute verriet augenscheinlich seinen unkontrollierten Gemütszustand. Er hatte sich total schwer getan, etwas Passendes und Stimmungsgerechtes aus seiner Tasche zu ziehen. Die Folge war, dass er sich heute wie ein Teenager vorkam. Seine Schuhe und sein kurzärmeliges Hemd waren für seinen Geschmack etwas zu bunt geraten. Aber was soll`s. Er hatte weit andere Sorgen. Das war sein nun wirklich Kleinstes Übel.

Und trotzdem hatten die Ereignisse der vergangenen Nacht etwas Gutes. Seine Angst, seinem Onkel wieder gegenüberzustehen, trat heute Morgen fast gänzlich in den Hintergrund. Es war keine Furcht, eher eine innere Aufregung gepaart mit einer großen Unsicherheit. Denn sein Onkel war ein durch und durch gütiger Mensch. Er war wie ein Vater für ihn. Das innere Bangen war somit nicht seiner Person geschuldet, sondern ihrer gemeinsamen Erinnerungen wegen. Samu hatte ja einige Zeit damals bei ihm in Amerika gewohnt. Bis ihm auch dieser Mensch wieder aus seinem Leben gerissen wurde. Ein Jahr lang kämpften sie sich gemeinsam durch die schlimme Zeit nach dem Verbrechen. Klammerten sich gegenseitig aneinander wie zwei Ertrinkende.

Denn dem Tag des Verbrechens folgte damals zwei Wochen später ein weiterer Schicksalsschlag. Hermanns Frau Jenna starb. Ihre Krankheit und bestimmt auch die tragischen Ereignisse hatten sie besiegt, ihr Leben mit in den Sog gerissen. Somit waren zwei Familien zerstört worden. Ausgelöscht, wie von einem Ungeheuer verschluckt. Da waren sie dann nur noch zu dritt gewesen. Jade - Samu`s Mutter -, Hermann - Samu`s Onkel - und er. Als Jade 3 Monate nach dem Verbrechen dann plötzlich auch noch verschwunden war, gab dies nochmals einen Ruck bei Samu auf dem Weg ins Bodenlose. Er wusste bis heute nicht, was der Grund für ihr Verschwinden war. Er war ja noch so klein gewesen. Lange hatte er sich Vorwürfe gemacht, wie es bei Kindern so üblich ist. Was hatte er falsch gemacht? Warum hatte seine Mama ihn verlassen? Hatte er sie enttäuscht? Welche Gedanken auch immer wieder auf ihn einhämmerten, er kam doch stets auf das gleiche Ergebnis, das tief in seinem Herzen ruhte. Seine Mutter hatte ihn geliebt. Diese Liebe war so stark, dass sie ihn noch bis heute hielt, ihm Kraft und Mut gab. Aber die Unsicherheit blieb.

Warum war sie gegangen und hatte ihn sich selbst überlassen? Warum war auch Hermann dann nach einem Jahr aus seinem Leben verschwunden? Er wusste, diese Fragen würden ihn Zeit seines Lebens quälen. Eigentlich hatte er damit auch schon abgeschlossen, dachte, dieses Fragezeichen würde bis zum Ende seiner Tage bei ihm bleiben. Vielleicht konnte sein Onkel ihm nun helfen? In wenigen Sekunden würde er ihm gegenüberstehen.

Die Fahrt über den holprigen Feldweg holte Samu für einen kurzen Moment wieder in die Gegenwart zurück. Jetzt konnte es nicht mehr weit sein. Sie fuhren dem Wald und damit Hermann entgegen. Als sie um die Kurve bogen und das Haus schon in Sichtweite war, begann Samu`s Herz wild zu pochen. Sein Puls beschleunigte sich und sein Blut schoss ihm in die Wangen. Das vor seinen Augen auftauchende Bild kam ihm wie ein Dejawue vor. Der Zaun, das Häuschen, die Orangerie, alles glich in gewisser Weise dem Landgut seiner Kindheit.

Wieder zog eine Erinnerung ihn zu vergangenen Tagen. Sein Vater, wie er ihn und seine Schwester Kiri im Bollerwagen über den Hof und an den See gezogen hatte. Das fröhliche Schnattern der Enten, wenn ihnen das Rattern der Räder zu laut war. Ein großer, reich gedeckter Tisch unter den Apfelhainen hinter den landwirtschaftlichen Gebäuden. Auf einer bunt gedeckten Tafel duftete ein Apfelkuchen und eine zartbittere Note heißen Kakau`s zog durch die Lüfte. Die Streuobstwiese fiel in leichten, wellenartigen Hügeln hinab zu dem allseits geliebten See. Wie hatte er den Anblick genossen, wenn Wildgänse auf der glatten Oberfläche des Wasserspiegels zu ihren Landungen ansetzten und somit auf das klare Nass klatschten. Wahrlich sind dies die größten Schätze der Welt. Für ihn jedenfalls. Diese Idylle, dieser glückselige Friede, eingebettet in der Natur, mit den liebsten Menschen und Tieren.

Samu stieg aus dem Taxi. Und da stand er auch schon vor ihm. Einer seiner liebsten Menschen. Samu hatte ihn gar nicht kommen sehen. Sie blickten sich in die Augen und sein Herz quoll über vor Freude und auch vor Traurigkeit. Hermann breitete seine Arme aus, wie einen großen Fächer, einen Mantel aus Liebe, um Samu darin ganz und gar aufzunehmen. Hier war er, sein kleiner Neffe, so groß mittlerweile und doch noch in bestimmter Weise so klein. Es waren Verletzungen, die ihm damals so zugesetzt hatten, dass ein Teil von Samu irgendwie nicht mehr weitergewachsen war. Ein Teil, der starr in der Verletzung ausharrte, als schrie er hilfesuchend schon lange nach Befreiung.

Sie blieben sehr lange in dieser Haltung, diesem innigen Festhalten. Hermann war wie ein Fels in der Brandung. Samu ließ all seine Ängste, seine zerreißenden Gefühle und auch seine innere Abwehr gegen diese Empfindungen los. Bei Hermann konnte er sein wie er war. Ohne Maske. Und Hermann wirkte wahre Wunder, indem er einfach nur da war. Diese innere

Heilung bedurfte keiner Worte. Wie etwas, das sich selbst gebärt. Eine große Welle, die schon lange auf ihre Ankunft an dem Felsen wartet. Die sich aufbäumt und die Gischt immer mehr zu Schaumbergen auftürmt. Bis schließlich die erlösende Klippe das Ende bringt. In gewisser Weise den Tod und gleichzeitig die Erlösung. Das Ende und den Neuanfang. Manchmal muss ein Gefühl wirklich am Platzen sein. Und das geschieht erst zum rechten Zeitpunkt. Wenn der Moment reif ist dafür.

Wir Menschen denken doch so oft, dass es doch längst genug sein müsste. Aber die Erlösung bahnt sich ihren eigenen Weg und nimmt sich ihre eigene Zeit.

Bei Samu war die Welle ein Symbol für das Gefühl des Verlassenwerdens, der Machtlosigkeit, der Ausgeliefertheit und der Schuld. Jahrzehntelang hatten sie ein schwarzes Loch in sein Herz und seine Seele gebohrt. Ihn wie einen Gefangenen tyrannisiert und eingesperrt in ein Verließ. Wie besessen hatte er versucht, dagegen anzukämpfen. Gegen all die Schuldgefühle, die ihn zu übermannen versuchten. So hatte er sich in seine Arbeit gestürzt. Er war getrieben von dem Gefühl, dass er durch Arbeit seine Fehler wieder gutmachen könne. Dass er dann doch endlich seine Absolution erhalten würde. Als müsse er sich sein Glück immer und immer wieder erarbeiten. Mit seiner ständigen Schufterei.

Gewiss hatte dieser Tyrann in seiner Seele ihm auch zu viel Erfolg verholfen. Im Leben hat ja alles so seine zwei Seiten. Dieser Tyrann hatte ihn zur Höchstleistung getrieben. Aber Samu sah über viele Jahre gar nicht mehr, was er eigentlich alles auf die Beine gebracht hatte. Er war innerlich blind. Vollbrachte Leistungen in größtem Maß, ließ den Motor bis an seine Grenze aufheulen und kam sich vor, als würde er mit den niedrigsten Umdrehungen unterwegs sein. Eine völlig falsche innere Wahrnehmung, die ihm diese minderwertigen Gefühle bescherten. Die sozusagen seine Sicht vernebelten. Er hatte es ja in letzter Zeit schon gespürt, aber diese Klarheit der Dinge öffnete ihm erst jetzt sein volles Bewusstsein. Als hätte Hermann es ihm mit seiner Liebe auf einem Tablett herbeigetragen. Wie magisch doch manche Begegnungen waren.

„So lange habe ich auf diesen Moment gewartet, Samu." Hermann umfasste Samu's Schultern und drückte ihn sanft von sich, auf einen kleinen Abstand, so dass sie sich auf Augenhöhe gegenüberstanden. Wie schön seine blauen Augen waren. Trotzdem sie im Moment wie ausgewaschen aussahen, von all den Tränen, wie in Wasser getaucht. Hermann sprach weiter, denn Samu konnte noch immer nicht seine Stimme finden. Hermann wusste auch warum. War doch die Stimme ein so großer Teil der Seele. Ein Therapeut hatte ihm das einmal erklärt. Daher fielen manche Kinder nach einem Trauererlebnis in eine Phase, in der sie nicht mehr redeten. Ein Schutzmechanismus der Seele sozusagen. Als würden die ausbleibenden Worte die eigene Seele speisen. Als würde die Seele sich an der Stimmkraft bedienen, ihre Särke nach Innen tragen, um einen tiefen Verlust wieder zu heilen.

Hermann war dankbar, dass er sich damals, nach diesem Lebensabschnitt voller Tragödien, so intensiv mit sich selbst und auch mit dem Wesen Mensch beschäftigt hatte. Er konnte somit auf allen Ebenen spüren und sehen, was in einem Menschen vor sich ging.

Vorsichtig löste er eine Hand von Samus Schulter, die andere umgriff ihn noch fester in einer seitlichen Umarmung. Behutsam setzte Hermann einen Fuß nach vorne. Er wollte ein paar Schritte mit Samu zur Orangerie gehen, ihn zu den mittlerweile fruchttragenden Streuobstbäumen führen, zu den rotleuchtenden Erdbeeren, die aus den Hängeampeln rankten, vor allem aber wollte er ihn zu seinen Tieren führen. Und das gelang ihm fast wie auf's Stichwort.

Bruno sprang in einer glanzvollen Parade von seinem Körbchen in dem schönen Glashaus und spurtete wie in einem Wettrennen auf Samu zu. Seine Ohren waren angelegt, als wolle er jeden noch so kleinen Windwiderstand eindämmen und somit eine noch größere Aerodynamik erreichen. Dieser Kerl da, der mochte ihn, das spürte Bruno. Sein Instinkt hatte ihn noch nie getäuscht. Sogleich zog er sich an Samu's Hosenbein nach oben. Tiere kannten wirklich keine Berührungsängste. Wie herrlich natürlich bei ihnen doch alles war. Samu's Seele schien auch sofort darauf zu reagieren. In diesem Moment fand er seine Sprache wieder. Und auch alles andere an und in ihm begann sich zu lockern und zu entspannen. Seine Schultern wurden weich und die Gesichtszüge entzerrten sich.

„Hey, was ist das denn für ein nettes Kerlchen?“ Bruno schleckte inzwischen Samu's Gesicht. Er war zu ihm in die Hocke gekommen.

„Der süße Racker erinnert mich total an Tiger, unseren kleinen Terrier in Amerika. Mann, was haben wir gelacht wegen diesem Streuner, der wirklich keinen tierischen Rock ausließ, um seine Gene weiterzuverbreiten.“ Aus Samu‘s Kehle gellte ein schallendes Lachen.

„Was für ein schöner großer Bub du geworden bist, Samu.“ Hermann musterte seinen Neffen. Sollten sie gleich schon mit dem Reden beginnen, oder sich erst einmal gegenseitig beschnuppern? Er wollte nichts kaputt machen. Er wusste, welche sanften Schnüre um ein Seelchen gespannt waren, die unterdrückte Gefühle noch in Schacht zu halten versuchten. Er wollte sie nicht zu früh zerschneiden, wollte den richtigen Zeitpunkt erwischen. Wortlos streichelte Samu den Hund. Da bemerkte Hermann, dass er ihm noch gar nicht seinen Namen genannt hatte.

„Das ist Bruno. Mein treuer Gefährte. Das Schicksal hat ihn zu mir gebracht. Ein Freund musste überraschend Beruf und Wohnort wechseln. Er konnte Bruno nicht mehr in sein neues Leben integrieren. Und somit wurde ich dann sein neues Zuhause. Dass er Tiger so ähnlich ist, sah ich auch als Wink des Schicksals. Ich spürte sofort meinen inneren Traum wieder aufkeimen. Der Wunsch und die Sehnsucht nach unserer heilen Familie. Vielleicht, dachte ich mir, ist er der erste des ganzen Mosaiks, der den ersten Stein legt, zu einer heilen Familie.“

Hermann blinzelte vorsichtig zu Samu. Er wollte sehen, ob Samu bereit war, sich zu öffnen. Irgendwie fand er, hatte er das ganz sachte und ungezwungen hinbekommen. Und es schien auch zu klappen. Ein zarter Schmerz überspannte zwar Samu‘s Augenlieder, jedoch schien er ebenfalls darin bestärkt, nun den richtigen Schritt zu tun.

„Ich habe Besuch bekommen von einem Officer, Hermann“, begann Samu zu erzählen. „Ich spürte schon Wochen vorher, dass das Familienthema sich in mir aufbäumte, nach oben drang. Aber ich wollte es eigentlich ein für alle Mal unter Verschluss halten. Dachte mir, ich hätte doch schon genug verarbeitet, dass es doch schon abgeschlossen wäre. Aber wie es das Schicksal so will, kommt dann der Anstoß von außen, wenn es im Innen losgelassen wird. Ein neuer Inspector hat den Kriminalfall von damals wieder neu aufgerollt. Stell dir das mal vor. Ich musste vorsprechen, Hermann. Das hat mir wirklich den Boden unter den Füßen weggezogen. All die Fragen, die rätselhaften Ereignisse, die ich rekonstruieren musste. Wo ich doch selbst das alles bisher nur am Rande nachvollziehen konnte. Dann all die Gefühle des Verbrechens und der Zeit danach.....“, Samu‘s Stimme erstarb. Sein Brustkorb bebte. Ein Zittern durchdrang seinen Körper, seine Muskeln. Hilflos blickte Samu in die Weite, durch die Obstbäume hindurch in die Flur, auf die Wiesen, als könne diese großzügige Landschaft die Enge in seinem Inneren, in seinem Hals wieder vertreiben. Hermann blieb ruhig. Er wusste, dass es auch eine hohe

Kunst war, zur richtigen Zeit zu schweigen. Der Wind blies sanft durch die Bäume. Aufstehende Körperhäärchen und ein wisperndes Rascheln der Blätter waren die Folge.

„Was willst du wissen Junge?“ Hermann spürte, dass auch er nun reden musste. In ihm lag die gleiche Schwere. Vor allem jetzt. Noch mehr denn je.

XIIII.

Oh, tat das gut. Dieses kühle Nass. Das tiefe Licht der aufgehenden Sonne, das sich schon vereinzelt an der Wasseroberfläche brach und von dort in die Waldlichtung reflektierte. Die langen Schatten, die immer mehr Hand in Hand dem Tag freiwillig Platz machten. Nur das Zwitschern der Vögel und die sanften Geräusche der Schwimmbewegungen waren zu hören. Sanft schob Jade in ihren geschmeidigen Bewegungen das Wasser mit ihren Händen beiseite und glitt durch den wunderschönen Waldsee. Vor allem zu den frühen Morgen- oder den späten Abendstunden hatte er einen Hauch von Mystik und Zauberei. Glücksgefühle sprudelten aus Jade`s Bauch heraus. Ins Wasser, in ihre Fingerspitzen, zu ihren Füßen, zum Himmel. Magie lag in der Luft. Ein Gefühl, dass nach langer Suche sich ein Zyklus vollendet, dass sich der Kreis wieder schließt und ein neues Leben beginnen kann. Am Rand des Sees trank eine Rehkuh mit ihrem Kitz. Welche Geborgenheit doch dieser Anblick vermittelte. Eine unglaubliche Reinheit, den Glauben an die Liebe und an den heiligen Weitergang des Lebens verströmend. Die Tiere kannten Jade. Sie gehörte zu ihrer Familie.

Sie hatten sie aufgenommen als sie völlig verwirrt und auf der Suche nach ihrer Seele den Waldboden betreten hatte. Es war Sommer gewesen. Sommer 1984. Ein Arzt hatte ihr Amnesie diagnostiziert. Irgendetwas hatte total dicht gemacht in ihr. All die schmerzhaften Ereignisse hatten damals wohl ihre Seele und ihr Herz übermannt. Zu viel für sie. Zu viel zu ertragen. Wohl ein Sicherheitsmechanismus, der sich automatisch bei dem Wunderwesen Mensch einstellt, wenn die Belastung zu groß wird. Aber selbst wenn ein Zustand einen Namen oder eine Diagnose hat, heißt das noch lange nicht, dass er damit erträglicher ist. Das Heilungswort in dieser doch so hochtechnisierten Welt heißt Geduld. Annehmen, ertragen und Geduld. Denn hier gab und gibt es wohl keine Statistik, keine Arbeitsanweisung, die den Verlauf des einzelnen Seelenzustands kontrollieren konnte.

Ja, die Seele hat ihren eigenen Plan. Jedes Menschenschicksal schreibt seine eigene Geschichte. Klar ist es manches Mal hilfreich, Berichte über wissenschaftliche Ergebnisse und bestimmte Krankheitsverläufe zu dokumentieren. Damit macht man Krankheiten und Symptome etwas greifbarer. Aber eine der vielen Erkenntnisse, die Jade von der Natur empfangen hatte, lautete, dass wir alle Individuen sind. Und eine der größten Heilungskräfte befindet sich tief innen, im Zentrum eines jeden Menschen. Die hohe Kunst des Lebens bestand wohl darin, trotz aller Forschungen und Studien der inneren Stimme zu vertrauen und aus den eigenen Impulsen heraus im Innern wie in einer Bibel zu lesen. Am besten verhält es sich im gesunden Miteinander. Im Einklang von Schul- und Naturmedizin mit der inneren Stimme zu leben. Denn alles hat seine Berechtigung, seine Wirkung.

Jade hatte damals also begonnen, in ihrem eigenen Lebensbuch zu lesen. Hatte sich immer mehr auf ihr Innerstes, die Kraft ihrer Seele verlassen. Ein Meisterwerk war so in ihr entstanden. Auch wenn sie das selbst nie zuzugeben vermochte. Denn sie tat es immer damit ab, dass sie ja einen großen Vorschuss an Wissen von ihrer Großmutter geerbt hatte. Vor allem die Kräuterkunde war ihr Fachgebiet gewesen. Aber dass dies erst ein kleiner Schritt der ganzen Reise sein würde, hätte sie nie gedacht.

Ein Falke flog über Jade`s Haupt und platzierte sich auf einem Flussstein am Rande des Ufers. „Ja mein Lieber, du hast ja Recht, euch habe ich sehr viel zu verdanken, dass ich zu mir, zu meiner inneren Natur gefunden haben. Dank euch konnte ich meine innere Geschichte lesen und leben."

Die Tiere hatten ihr damals Zeichen gegeben, Signale gesendet. So entstand immer mehr das tiefe Verständnis füreinander, bis sie eines Tages fließend miteinander kommunizieren konnten. Jade blinzelte durch die Sonnenstrahlen hindurch auf den Falken. Wasserperlen umgaben ihre Wimpern und sprenkelten das Licht in ihren Augen zu Regenbogenfarben. Ein kreischender Ruf ihres Vogelfreundes schien seine Zustimmung zu verlauten. Ein bisschen kam sich Jade wie Schneewittchen vor.

Märchen waren überhaupt ein wichtiger Bestandteil ihres Lebens gewesen. Auch sie wurde in den tiefen Wald verbannt, verschluckt von der Natur, um dort in tiefster Einsamkeit und Finsternis ihren wahren Kern zu erkennen. Denn nach der Zeit der Amnesie, der Gefühlslosigkeit und der Geistesabwesenheit kam die Zeit der Aufarbeitung. Jade hatte sich dafür helfen lassen. Die Schulmedizin hatte den Seelenschmerz etwas gedämpft, so dass in ihr wieder die Kraft entstehen konnte, die sie zur Aufarbeitung brauchte. Es war schwer, aber sie hatte es geschafft. Der Lohn dafür war unermesslich, hatte sich vervielfacht. Jeder Schmerz und jedes traurige Gefühl hatten sie näher zu sich selbst gebracht. Sie betrachtete mittlerweile ihre Gefühle und ihre körperlichen Empfindungen als einzelne Wesenheiten, ja fast wie Persönlichkeiten, die alle ihren eigenen Bereich in ihr hatten. Somit hatte alles seinen Sinn, seine Berechtigung.

Schritt für Schritt lernte Jage immer besser, mit sich selbst klar zu kommen, ihre eigene Sprache zu verstehen. Sie war zwar keine gelernte Psychologin, aber dieses Wissen, das hatte ihr das Leben mit all seinen Erfahrungen geschenkt. Sie spürte, dass es eine der vielen Antworten auf das Warum sein würde. Diese Antwort lautete, dass sie es nun in die Welt hinaustragen würde. Ihr Wissen, ihr Verständnis für das Leben, mit all seinem Heil und all seinen Wunden, seiner Süße und seiner Bitterkeit.

Jade nahm kräftig Schwung für die folgende Schwimmbewegung und tauchte unter in die Tiefen des Gewässers. Wie ein Aal glitt sie hinab, die Hände fest an ihrem Körper gepresst, mit leichten, wellenartigen Bewegungen ihres Unterleibs und ihrer Beine. Gleich den rhythmischen Abläufen einer schwimmenden Meerjungfrau. Wie immer öffnete sie ihre Augen unter der Wasseroberfläche. Sie liebte diese Klarheit des Sees. Am Grund konnte sie zauberhafte Wasserpflanzen, fruchtbare Fischnester und bunt schillernde Flusssteine erkennen. Eine magische Welt. Die Welt der Nymphen, der Wassergeister und der Meerjungfrauen. Auch über sie würde sie berichten. Sie spürte diesen inneren Drang.

Und parallel zu ihrem natürlichen Bewegungsinstinkt nach oben, an die Wasseroberfläche, wusste sie, dass dieses Wissen nun ebenfalls nach oben dringen würde. In die Welt. Zu den Menschen. Zum Heil des Lebens.

XV.

„Wieso hast du nie etwas gesagt, nie nach mir gesucht?“ Samu rieb sich mit gemischten Gefühlen sein Kinn. Er konnte es einfach nicht glauben. Etwas zwischen wütender Fassungslosigkeit und erleichternder Traurigkeit machte sich in ihm breit. „Dieses jahrzehntelange Schweigen. Hatte es das gebraucht?“

„Die Dinge sind nicht immer so, wie wir sie zu sehen glauben." Hermann versuchte ruhig zu bleiben. Denn auch er spürte durch Samu`s aufkeimende Wut ein Unbehagen in sich.

„Kurz nach den Unfällen fiel ich ja selbst in ein schwarzes Loch. Da musste ich erst mal mit mir und den traurigen Verlusten klarkommen. Ich hatte meinen Bruder, meine Nichte und kurz darauf meine geliebte Ehefrau verloren. Und dann war auch noch Jade, deine Mutter, weg. Wie vom Erdboden verschluckt. Am meisten brach mir dein Anblick das Herz. Du warst und bist für mich immer wie mein eigener Sohn gewesen, Samu. Deine schöne Seele, die so fröhlich war wie ein wolkenfreier Sommerhimmel und so rein wie der Tau auf einer Rose. In deiner Seele war etwas zerbrochen. Ich war total überfordert. Es war mir ein Rätsel, wie Gott so etwas zulassen konnte. Einen so lieben und prächtigen Jungen in so ein Schicksal zu stoßen. Was sollte aus solchen Scherben noch werden? Wie konnte ich diesem kleinen Lausbub sein Lachen wieder zurück auf sein Gesicht und in sein Herz zaubern? Zumal ich ja selbst nichts mehr spürte damals. Tot, wie lebendig begraben, so fühlte ich mich. Wenn ein Gefühl noch möglich war für mich, dann war es Wut. Wut darüber, dass wir noch hier waren und nicht gleich mit von diesem Planet gegangen waren."

Eine Staubwolke erhob sich über dem Feldweg auf der kleinen Anhöhe, von der Stelle, ab der herannahende Gäste sichtbar wurden. Sie stob nach oben mit kleinen Sandkristallen. Erleichtert über diese kleine Ablenkung versuchte Hermann einen Blick auf den Fahrer erhaschen zu können. Aber er kannte weder das Auto, noch konnte er Gesichtszüge aus dieser Entfernung erkennen.

Auch Samu blickte auf. Aber er nahm eigentlich nur Bewegungen wahr. Etwas regte sich in naher Ferne. Was es war, schien ihm in seinem verschleierten Blick uninteressant. Als der kleine rote Minicooper vor der Holzeinzäunung haltmachte, sprang eine hübsche, Hermann wohl bekannte, junge Dame heraus.

„Wir werden die nächsten Tage alles in Ruhe, von Anfang an, Stück für Stück, besprechen Samu. Ich glaube, für heute wär es gut, wenn wir das Ganze mal ruhen lassen, damit es in uns arbeiten kann."

Erleichtert lief Hermann die Granitwege zum Eingangstor nach vorne entlang. Sein Herz machte einen Sprung. Was für ein positiver Zug des Schicksals. Sein Neffe und er hatten immerhin schon das Tor für ihre Gespräche aufgestoßen. Der Beginn war gemacht. Jetzt würde es von Tag zu Tag leichter gehen.

Etwas zerzaust aber spritzig wie immer durchschritt Dania den Laubengang im Eingangsbereich. Zu den blühenden Rosen hatten sich seit Kurzem schlingenden Clematis hinzugesellt.

„Hallo Hermann!" Sie fiel ihm um den Hals. Hermann war wie ein Ersatzpapa für sie. Vielleicht sogar noch mehr. Sie brauchte seinen Rat. Sole war zwar ihre Herzensschwester, aber jetzt brauchte sie etwas Väterliches. „Oh Hermann, alles ist so kompliziert gerade", schluchzte sie, die Nase tief in seine Schulter gegraben. In ihren Augen bildeten sich kleine Tränenpfützen. In Hermanns Armen schien die Welt still zu stehen. Ruhe breitete sich in Dania aus. Ein tiefes Gefühl von „verstanden werden" und „angenommen sein". Und Kraft. Kraft, die ein Mensch dem anderen spendet, um ihn wieder aufzurichten. Gefühlt eine Ewigkeit lang verharrten sie in ihrer Umarmung. Als Dania dann langsam ihr Gesicht aus seiner etwas durchnässten Jacke hob, verharrte sie starr und wie vom Blitz getroffen in ihrer Position.

Hinten am Glashaus saß Samu. Sofort beschleunigte sich ihr Puls, ihre Hände wurden von einem zarten Schweißfilm überzogen und das Herz sprang ihr fast aus der Brust. Oh mein Gott, was sollte sie jetzt sagen? Was würde er sagen? Was machte er hier? Und wie sah sie überhaupt aus? Hatte sie heute Makeup aufgelegt? Tausend Gedanken schossen durch ihren Kopf. Da bemerkte sie erst, dass seine Haltung sehr traurig und niedergeschlagen wirkte. Den Kopf nach unten gesenkt, sein Gesicht in seinen Händen vergraben, saß er auf der Bank und schien seine Umwelt im Moment gar nicht wahrzunehmen. Die Schultern wirkten niedergedrückt. War es ihretwegen? Eine Flut an Schuldgefühlen wühlte sich sogleich durch Danias Bauch und ihre Eingeweiden. Sie verspürte einen tiefen Impuls, Samu einfach in die Arme zu nehmen, ihn aufzufangen und ihn zu halten, ihm ihre Nähe zu geben und all ihre Kraft.

Von diesen gedanklichen Vorgängen getragen löste sich Dania von Hermann und setzte in einem Automatismus einen Fuß vor den anderen. Hermann schaute dem Geschehen interessiert und verwundert hinter her.

Als Dania bei Samu ankam, ging sie vor ihm in die Hocke und versuchte, durch seine Fingerspalten einen Blick in sein Gesicht zu erhaschen. Sanft legte sie eine Hand auf sein Knie, denn er hatte sie noch immer nicht bemerkt. Etwas erschrocken und mit einem leichten Ruck nahm er den Kopf aus seinen Handschalen und rieb sich verlegen die Tränen aus den Augen. Dann geschah etwas, gleich des Verwandlungszaubers einer Metamorphose. Ein funkelndes Leuchten flackerte in Samus Augen auf. Es kam von tief innen. Es war voller Liebe und unendlicher Erleichterung. Diese Freude und das tiefe Vertrauen, das sie vom ersten Augenblick miteinander empfunden hatten, schob dann sogleich die nächste Gefühlsreaktion hinterher. Samu ließ sich fallen. Die unendliche Freude vermischte sich mit den Erinnerungen seiner Vergangenheit und alles blätterte von ihm ab, wie der Putz einer alten Hausfassade.

Dania wußte ohne Worte, was zu tun war. Sie spürte seine Wünsche, seine Bedürfnisse. Sie setzte sich auf seinen Schoß und umklammerte mit all ihrer Liebe und all ihrer Kraft diesen wunderbaren Mann. Die Zeit schien stillzustehen. Alles unwesentliche im Außen nahmen die beiden kaum noch wahr. Dafür wurde das Wesentliche umso intensiver. Samu schien sich in Dania verkriechen zu wollen. Er roch den Duft ihrer Haut, ihrer Haare. Tief atmete er diesen köstlichen Körpergeruch in seine Lungen ein. Seine Augen hielt er geschlossen, damit er sich noch mehr auf den puren Duft von Dania konzentrieren konnte. Dania blickte, den Kopf eng an Samus Hals geschmiegt, über seine Schulter. In Zeitlupe schien die Welt um sie herum wie ein Film abzulaufen. Ein Schmetterlingspaar tanzte auf den Blütenkelchen. Der Kater wälzte sich in der Blumenwiese, den Bauch freudig nach oben gereckt. In den Apfelbäumen piepsten ein paar neugeborene Amselbabys hungrig aus den Nistkästen heraus. Aus der Ferne hörte man das knirschende Reifengeräusch von fröhlich strampelnden Radfahrern. Weißgeflockte Wolken zeichneten am Himmel stets wechselnde Muster ins Firmament. Und dieses blau. Unendlich. Man konnte sich darin vergessen. Dania fiel ein kürzlich gehörtes Zitat ein: Das Leben ist vielleicht nicht immer perfekt, aber es gibt Momente, die sind manchmal sogar mehr als perfekt.

Nach einer gefühlten Ewigkeit kamen sie beide wieder in ihrer realen Welt an. Sie schauten sich in die Augen. Stille. Sie wollten sich alles erzählen und brauchten sich doch gar nichts zu erzählen. Wussten alles voneinander, fühlten alles voneinander. Samu fand schließlich als erster seine Stimme wieder.

„Sollen wir ein paar Schritte über die Wiesen gehen?“ Sanft strich er Dania eine Haarsträhne aus dem Gesicht. Dania schluckte und nickte. Sie fand noch immer keine Worte. Samu nahm sie an der Hand. Am Sitzplatz an der Haustüre lugte noch immer Hermann schüchtern um die Ecke. Sein Herz zerfloss vor Liebe beim Anblick der beiden. Wie war das möglich? Die beiden kannten sich? Was für eine glückliche Fügung des Himmels! Dem Jungen konnte gerade jetzt nichts Besseres passieren, als die Liebe seines Lebens zu finden.

Zaghaft und auch etwas taumelnd stapften Samu und Dania durch die bereits kniehohen Gräser. Noch ein klein wenig des Morgentaus haftete an den unteren Blätterpartien. Die flammende Hitze des Tages mit der kühlen Frische des Morgens im Grasboden vereint. Herrlich. Nur fühlen, noch immer Schweigen zwischen den beiden. Vereinzelt blinzelten sich die beiden verliebt und schüchtern zu. Wo sollte sie jetzt anfangen? Dania spürte, dass es jetzt dann wirklich an der Zeit war, die Stille zu brechen. Wie sollte sie ihre Flucht am Morgen verständlich erklären? Schließlich fasste sie sich ein Herz.

„Heute Morgen war ich ziemlich erschrocken, Samu." Sie schielte vorsichtig in Richtung seiner Augenhöhe. Er blickte sie ernst und gleichzeitig unendlich zärtlich an. Im Blick die bange Erwartung, dass sie ihm die vergangene Nacht als Fehlpass beichten könnte. Dania sprach mutig weiter.

„Ich weiß, dass es aussehen könnte, als wäre ich ein Flittchen. Aber ich habe so etwas noch nie in meinem Leben gemacht. Ich hoffe, du glaubst mir das? Weiter sprudelte es jetzt heraus aus ihr. „Ich wurde so sehr von meiner ersten Liebe verletzt, dass ich mich eigentlich gar nicht mehr an die Liebe herantraute in den letzten Jahren. Was ich bei dir aber fühle Samu, das ist wie von einem anderen Stern. Ich fühle mich bei dir so unendlich geborgen und gleichzeitig von einer solch großen Leidenschaft durchzogen. Das kannte ich bisher nicht. Und heute Morgen, da kam dann alles zusammen. Die Angst vor einer weiteren Verletzung. Das Entsetzen über mein entgleistes Verhalten."

Dania hielt inne. Ihr schien die Luft auszugehen, so pressten sich ihre Lungenflügel zusammen. Samu hielt an und zog sanft an Danias Hand. Dann griff er auch nach ihrer zweiten, stand ganz nah vor ihr, die Hände ineinander verschlungen.

„Dania, ich kann dir gar nicht sagen, wie erleichtert ich bin. Wir fühlen nicht nur gleich, sondern auch unsere Gedanken sind eins. Auch ich hab mir gedacht, dass ich jetzt bestimmt den Stempel „Frauenabschlepper" verpasst bekommen habe. Dass ich vielleicht zu schnell vorgegangen bin, dabei war alles wie von selbst gegangen. Wie von Engeln geleitet. Und ich kann dir versichern, dass ich ein noch größerer Angsthast bin, was die Liebe betrifft. Ich hatte noch nie eine feste Freundin. Die ein oder andere Liebesnacht gab es, klar. Aber in mein Herz hatte ich bisher noch niemanden blicken lassen." Danias Augen glitten über Samus Gesicht. Welche Stärke er ausstrahlte indem er sich seine weiche Seite eingestand, und ihr damit Einblick in seine Seele gewährte. Das war genau die Mischung Mann, die eine Frau sich nur wünschen konnte. Unendlich stark und doch sanft und verständnisvoll zugleich. Ihr Blick wanderte zu seinem Mund. Er war so verlockend süß. Seine Lippen waren mittelschmal geschnitten, hatten damit etwas Starkes, durch die geschwungenen Formen jedoch auch etwas Feinfühliges.

„Ich mach zwar einen Fehler nicht gerne zweimal, aber ich würde dir auch jetzt wieder gerne sagen, dass..." Samu unterbrach Danias Wortfluss und platzte in ihre weiteren Ausführungen hinein.

„Stopp, du willst mich doch nicht schon wieder dazu auffordern, dass wir miteinander schlafen?"

Er ließ ihre Hände los, um seine Arme um Dania zu legen. „Du weißt, dass ich deinen Wünschen nur schwer Widerstand leisten kann. Außerdem sehe ich hier weit und breit kein Bett."

„Wer spricht denn hier von Sex im Bett, da wüsste ich schon andere Möglichkeiten. Fürs Erste wäre ich mit einem Kuss äußerst glücklich."

Samu's Augen wanderten nun auch zu Dania's Mund. Wie sexy er war. Volle Lippen in zartem rosa, herzförmig geschwungen. Verliebt und zärtlich sank Samu mit seinem Kopf zu ihren Lippen, umfasste mit beiden Händen zärtlich Danias Wangen und küsste sie aus seinem Innersten heraus.

Als sie sich nach einiger Zeit voneinander lösten, entdeckte Dania für einen kurzen Moment traurige Schatten auf Samus Gesicht . Ein starker innerer Impuls sagte ihr, dass sie nachfragen musste. Sie wusste, dass jetzt die Zeit war, die Trauer beim Namen zu nennen, damit sie irgendwann davonflattern konnte, sobald sie geheilt war.

„Was fehlt dir Samu? Da liegt doch etwas auf deiner Seele, dass endlich raus möchte. Magst du es mir sagen?“ Samu wurde schlecht. Fast einem Würgereiz gleich schien in seinem Hals ein Klos aufzuquellen.

„Viel weiß ich ja selbst noch nicht, Dania. Aber ich sag dir mal das, was ich als kleiner Junge erlebt habe und was mich bis heute belastet hat. In kurzen, stockenden Sätzen schilderte Samu das Verbrechen, die Zeit in dem Jahr danach, die er bei seinem Onkel lebte und erstmals auch von der Zeit im Waisenhaus.

„Wenn jemand weiß, wie es ist, verlassen zu werden und sich ganz allein auf dieser Welt zu fühlen, dann ich Dania. Trotz allem muss ich sagen, dass ich im Kinderhaus auch Glück erfahren durfte. Die Leiterin des Anwesens, Mrs. Austen, war ein Engel von Mensch. Ich glaube auch, dass sie mich besonders in ihr Herz geschlossen hatte. Ich spürte das, weil sie mir immer ein klein bisschen mehr ihrer Aufmerksamkeit schenkte, als dies bei meinen anderen Heimgeschwistern der Fall war. Natürlich völlig unbemerkt, ohne dass man uns dabei ertappen konnte.“ Samus Gesicht wurde von einer liebevollen Güte und kindlichen Herzlichkeit umschmeichelt. Diese Mrs. Austen musste wirklich sein rettender Engel gewesen sein. Als er sich in seinem Sinneswandeln ertappt fühlte, schien wieder der strengfunktionierende Teil in ihm die Kontrolle übernehmen zu wollen. Schade, dachte sich Dania, sobald wir uns in einem innigen Glücksgefühl wiegen, scheinen wir uns sofort wieder zurechtweisen und zurechtrücken zu müssen, als erlaubten wir es uns nicht.

„Ich muss meine Lebensgeschichte wieder aufrollen Dania, bzw. die wenigen Mosaiksteinchen, die ich habe, ordnen, um dann die anderen aufsuchen zu können, damit schließlich das Bild meiner Vorfahren und mir als komplettes Ganzes wieder hergestellt und geheilt ist." Eine stille Pause entstand zwischen den beiden. Jeder schien seinen Gedanken nachzuhängen. Wenn ich doch schon durch wäre, durch diesen ganzen Schlamassel, ging es Samu durch den Kopf. Wie kann ich ihm am besten helfen, geisterte es in Dania hin und her. Ruhe musste auf jeden Fall einkehren in Samus Kopf und in seiner Gefühlswelt. Dass war Dania glasklar.

„Samu, wir gehen ganz langsam und Schritt für Schritt vor. Überfordere dich nicht, nimm dir die Zeit, die du brauchst. Sieh es als riesengroßen Schlüssel für dein weiteres Leben, der dir nun geschenkt wird und der dir ein Tor für eine neue Welt, ein neues Leben öffnet. Wenn dir die Tragweite deiner momentanen Situation bewusst ist, dann fällt es dir auch leichter, dir für diesen großen Schritt Zeit zu nehmen, die Zeit, die du brauchst. Ich helfe dir wo ich nur kann."

Danias Augen schienen Samu zu streicheln, zu liebkosen, zu halten, unendlich zu lieben. Er spürte, dass jedes Wort wahr war und dankte Gott innerlich, so einen Engel an seine Seite bekommen zu haben.

„Wie wäre es, wenn du für den Rest des Tages mit deinem Onkel das Haus und sein Gut ansiehst und wir uns am Abend bei mir zum Essen treffen? Ich liebe es zu kochen. Zur Zeit mehr denn je. Kommst du zu mir in die Isoldenallee 21?"

Ja, das fühlte sich wunderbar an für Samu. Dania besänftigte genau den Anteil in ihm, der ihn bis jetzt so sehr angetrieben hatte. Er wäre wieder mit Volldampf den Nachforschungen nachgejagt und hätte damit wieder sich selbst und seine Seele übergangen. Überfordert. Zärtlich nahm er Dania in den Arm.

„Da kenne ich dich jetzt noch nicht mal einen Tag und du scheinst mir aus dem Herzen zu sprechen. Ich hoffe, du verstehst mich jetzt richtig, aber es macht mir ein bisschen Angst Dania. Oder wäre Verzweiflung die bessere Beschreibung? Weil ich eine so große Liebe für dich verspüre und ich jetzt schon keine Ahnung habe, wie ich jemals wieder ohne dich leben könnte."

Samu drückte Dania fest an sich. Sein Herz pochte gegen ihre Brust. Wärme und Stärke übertrugen sich von seiner Haut auf ihre Haut. Tat das gut. Ob Samu wusste, wie er in seiner Schwäche ihr doch so viel Kraft gab?

„Ich weiß sehr gut, wie sich das anfühlt Samu, denn ich trage dieselbe Angst in meinem Herzen. Wir müssen sie überwinden und darauf vertrauen, dass Gott uns füreinander bestimmt hat. In diesem ständigen Bangen, dass das Liebste von uns weggerissen werden könnte, verwehren wir uns, den Moment und das Glück zu leben und zu spüren. Vertrauen, das ist es, was wir uns geben müssen. Vertrauen in uns, in das Leben und in die Liebe."

Ihre Worte waren wie zarte Blüten einer Blume auf dem Gipfel eines Bergs. So rein, so selten, so überwältigend. Er wollte diesen Engel, diese Fee nie wieder aus seinen Händen geben. Es schmerzte fast, so sehr liebte er sie.

Dania war es schließlich, die sich sanft aus Samus Armen schälte.

„Ich muss jetzt leider für ein paar Stunden von deiner Seite weichen, wenn wir heut Abend etwas Leckeres zu essen haben wollen." Mit traurigem Hundeblick ließ Samu Dania gewähren.

„Gut, ich kann es kaum erwarten, dich wiederzusehen und vor allem dich in deinen heiligen Wänden besuchen zu dürfen.

Wenn deine Wohnung nur einen Hauch deines Seelenglanzes hat, dann ist es ein himmlischer Palast."

Mit einem letzten Abschiedsküsschen trennten sich die beiden. Dania ging den gelaufenen Weg zurück zu ihrem Auto. Samu spazierte über die andere Seite zum Haus seines Onkels. Er hatte ihn dort schon stehen sehen und bereitete sich innerlich darauf vor, ihm ein paar Auskünfte zu den Geschehnissen seiner letzten 24 Stunden geben zu müssen. Aber er freute sich auch darauf. Hermann war schließlich wie ein Vater für ihn. Ihm wollte er sich gerne anvertrauen. Ihm wollte er alles sagen, wie ein Sohn seinem Vater.

XVI.

Jade saß vor dem Bänkchen ihres Häuschens und genoss die letzten Sonnenstrahlen des untergehenden Feuerballs. Wie großartig die Erde doch war. Innerhalb weniger Minuten zeichneten die Himmelsgeister die herrlichsten Kunstwerke ins Firmament. Apfelrote Schlieren verliefen am Horizont wie mit Wasserfarben gemalen. Vermischten sich mit gelben Streifen und orangegesprenkelten Klecksen.

Ihr fielen die Patchworkbilder ein, die sie mit den Kindern immer gemalt hatte. Ihr Mann Matthis hatte eine Eigenkreation entworfen, die kunterbuntes Gestalten mit Farben und Dynamik möglich machte. Er hatte eine Drehscheibe mit einer Pumpe verbunden, sodass beim wiederholten Niederdrücken des Hebels die Plattform sich wie ein waagrechtes Rad zu drehen begann. Auf der Scheibe war ein Blatt Papier gespannt. Aus ca. 25 cm Höhe wurde dann Farbe auf die drehende Leinwand gekippt, gegossen oder gespritzt. Durch die Drehbewegungen entstanden auf dem Blatt Papier kunterbunte, abstrakte Aquarelle, deren Farben sich fließend ineinander ergossen. Was für ein Spaß, zumal natürlich nicht die ganze Farbe auf dem Papier landete, sondern ein Großteil sich davon auf Nase, Händen, Kleidung, Hund oder sonstig greifbaren Plätzen niederließ.

Jade hielt inne. „Es war schon wieder möglich." Leise flüsterte sie vor sich hin. Sie hatte schon wieder eine Erinnerung in sich wachgerufen und war nicht von Trauer und Schwere zerrissen worden. Sie hatte nicht mehr das Gefühl, zu sterben beim Gedanken an ihre heile Welt vor so langer Zeit. Im Gegenteil, sie konnte die Freude von damals fast körperlich spüren. Es hatte sich verwandelt. Alles in ihr hatte sich verwandelt. Die Trauer in Demut, die Verzweiflung in Dankbarkeit, die Wut in Frieden.

Ihr Blick wurde verklärt, fast selig. Das war ein schöner Tag für sie heute gewesen. Sie hatte wieder eine Information für ihren nächsten Schritt erhalten.

Nach ihrem morgendlichen Bad war sie zu den grünen Felsen tief im Wald gelaufen. Diesen Namen hatte sie den Steinen – die sie liebevoll ihre Väter und Großväter nannte - gegeben. An diesem Ort schillerten alle Grüntöne in ihren schönsten Schattierungen. Moose, Flechten, Gräser und die Pflanzen, denen der lichte Schatten ein Dasein ermöglichte. Die hohen Kiefern, die vereinzelten Tannen und die lichten Birken machten es der Sonne möglich, hier die Erde zu berühren. Sie zu kitzeln und zu liebkosen. Hohe Felshügel und sanfte Laubtäler gingen an diesem Platz eine tiefe Verbindung ein mit dem heilsamen Grün. Wie eine Erdhöhle, ein Haus in Stein und Erde gebaut, so wirkte das Plätzchen. Im Schoß von Mutter Erde. Von fließendem Gebirgswasser noch in Vollkommenheit gebracht. In sanften Kaskaden, dann wieder steil an einer Felsklippe vorbei, stieß es sich die starken und sanften Hügel hinab. Mal als ruhiger Strom, dann wieder als reißender Gebirgsbach.

Da! Wieder blitzte eine Erinnerung in Jade auf! Sie dachte an das Lieblingsmärchen ihrer Tochter Kira. Ronja, die Räubertochter. War sie deshalb in diesen Wald geflüchtet? Er ähnelte der Wald- und Märchenwelt aus diesen Erzählungen so sehr. Vielleicht fühlte Jade sich gerade deshalb hier so tief mit ihrer Tochter verbunden, weil dieses Fleckchen Erde es sie spüren ließ. Das geborgene, vereinte Gefühl, ein Hauch von Vollkommenheit.

Jeden Tag spürte Jade, dass sich wieder ein Schleier in ihr lüftete. Die Zeit war geradezu magisch. Als würde etwas von ihr weichen, das sie über lange Zeit in sich beherbergt hatte. Etwas, das ihr zwar Leid und Trauer bereitet hatte, sich jetzt aber dankbar verwandelte, weil sie es so lange in sich aufbewahrt hatte. Sie hatte sich dieser Energie, wie eine Mutter es für ihr Baby tat, hingegeben. Als Dank dafür würden nun neue Geister in ihr Einzug halten, neue Gedanken, neue Impulse, neue Energien. Lichtvoll, strahlend und glänzend.

Als sie heute Morgen ihren Lieblingsplatz betrat, wusste sie, dass wieder eine neue Botschaft auf sie warten würde. Hier konnte sie die Nachrichten am besten empfangen. Die Verbindung war einfach glasklar. Mit allen Sinnen war sie hier an das Göttliche angeschlossen. Doch nur bestimmten Menschen eröffnete dieses Plätzchen seine magischen Kräfte. Denn den Schlüssel dafür konnte man sich nicht erkaufen. Man erhielt ihn, wenn man ein reines Herz besaß. Wenn man eins war mit dem unendlichen Strom der Liebe.

Das war nun Jades Lohn aus der vergangenen Zeit, den der Himmel über sie ausschüttete. Ihre Gabe. Sie setzte sich also auf ein Felsplateau, den plätschernden Bach zu ihrer rechten, blühende Waldblumen zu ihrer linken Seite. Stille. Nichts als Stille. Als sich ihre Augen an dem dunklen Grün gesättigt hatten, ließ Jade ihre Lider fallen, um sich ihrer anderen Sinne gewahr zu werden. Um damit eins zu werden mit dem Himmel und der Erde. Sofort wurden die Gerüche und Geräusche noch intensiver für sie. Eine holzige Note vermischt mit dem süßlichen Nektar der Duftnesseln umspielte ihre Nase. Das Rauschen des Wassers schien zu leiser Musik zu werden.

Vor ihrem inneren Auge sah sie einen Wald. Aber es war ein anderer als der, in dem sie lebte. In diesem inneren Film blickte Jade um sich. Was gab es hier für sie zu sehen? Wie durch Nebelschwaden, die sich immer mehr lichteten, erschien das Antlitz ihres Schwagers Hermann, der vor einem bezaubernden Haus auf der Bank saß, die Augen auf etwas gerichtet, das sich links von ihm abspielte. Jade kribbelte es den ganzen Körper auf und ab. Es vibrierte in ihr. Ihr Herz fühlte sich wie kurz vor einer Dynamitsprengung in einem Steinbruch an. Sie wusste, dass der Anblick dessen, was Hermann gerade betrachtete, ihre Welt sprengen würde. Aber sie wollte es sehen. Was war es?

Leise sprach Jade ein Gebet. Sie wusste, Visionen und Eingebungen konnte man nicht erzwingen. Sie wurden einem geschenkt, aus der Liebe der Schöpfung heraus. Also bemühte sie sich, geduldig zu sein. Sie versuchte langsam und ruhig zu atmen, um sich im Gleichgewicht halten zu können. Ein und aus, ein und aus, ein und aus. Auch öffnete sie immer wieder mal ihre Augen, um sich zu erden, um fest in ihrer Umgebung verankert zu sein. Dann senkten sich wieder ihre Lider.

Da, jetzt war es wieder da, das klare Bild dieses schönen Waldanwesens. Und jetzt wurde ihr auch der Blick für das ersehnte Bild freigegeben. Es war ihr Sohn Samu, ihr herzallerliebster Schatz, der auf der Bank vor einem Glashaus saß. Jades Herz zerfloss wie zartschmelzende Schokolade. Vor Samu kniete eine junge, liebreizende Frau.

Jade stockte fast der Atem, so verkrampft wollte sie unbedingt an diesem Bild festhalten. Ihr Bedürfnis nach der Nähe ihres Sohnes und ihr stets gebrochener Wille dazu bäumten sich zu einer Urgewalt auf. Sie wollte nach ihrem Sohn greifen, ihn berühren, ihn mit ihren Armen an ihre Brust drücken. Ihr Herz schwoll an. Gleich dem Herzen einer Bärenmutter, die mit übermenschlichen Kräften ihr Leben für das ihres Kindes lassen würde. Sie wusste, sie musste sich nun diesen Gefühlsausbrüchen stellen. Ihre Augen sahen Samus traurige Haltung. Wie heißer Draht glühten ihre Nervenbahnen, wurden immer wieder mit kleinen Stromstößen von Schmerzen durchsetzt, die sie innerlich aufschreien ließen. Es durchzuckte sie. Alles wurde steif und hart, schien sich innerlich zu krümmen. Sie dachte, sie würde es nicht mehr lange aushalten, diesen Gefühlen und den körperlichen Folterungen standzuhalten. Ihre Wahrnehmung schwankte. Flimmern, sie nahm nur noch ein Flimmern wahr. Als sie kurz davor war, ohnmächtig zu werden, wurde ihr ein letzter erlösender Blick auf ihren Sohn geschenkt. Kurz flackerte das Bild nocheinmal vor ihrem inneren Auge auf. Es war der Moment, in dem Samu die Anwesenheit der neben ihm knienden Frau bemerkte. Es war ein unendlich tiefes Glitzern, das seine Augen durchdrang.

Beeeaaatzzzzzz! Aus.

Wie ein Filmriss verschwand alles vor Jades Anblick. Nur noch tiefe Schwärze.

Mit lautem Keuchen und ringendem Hecheln, das wieder etwas Luft in ihren Leib schaffen sollte, sank sie auf den großen Stein nieder und rollte sich auf die Seite. In der Haltung eines Embryos, das sich sicher und geschützt im Bauch der Mutter fühlte, verweilte sie eine Zeit lang. Diese Körperposition tat ihr gut. Brachte Ruhe und Vertrauen in ihre Seele. Jades Atem ebbte langsam ab. Leise summte sie vor sich hin. Ihr Wiegenlied, das sie damals für ihre Kinder gesungen hatte, inzwischen aber ihr eigenes Seelenlied geworden war. Die Wärme des Felsens tat noch ihr Eigenes dazu, ein wohliges Gefühl in Jade auszubreiten.

Friedlich entschlummerte sie schließlich dieser Welt und wurde getragen in das Land ihrer Träume. Dort warteten ihre Seelenführer, ihre Ahnen, ihre himmlischen Begleiter. Jade sah sich in einem großen Himmelbett liegen. Umringt von wunderschönen, großen und kleinen Engeln, die ihr mit großen Federn, so groß wie Engelsflügel, Luft und Liebe zufächerten. Glückselig schmiegte sie sich in die weißen Daunenfedern.

„Bin ich jetzt im Himmel?", geisterte es ihr durch die Gedanken, bis sie bemerkte, dass sie diese Frage auch ausgesprochen hatte.

„Wo ist denn der Himmel für dich?", bekam sie als Gegenfrage zurück.

„Oben, bei den Wolken und bei den Sternen", kam es Jade sofort über ihre Lippen.

Da setzte sich eine Lichtgestalt auf ihre Bettkante, nahm ihre Hand und schaute ihr dabei tief in die Augen. Jade konnte das Gesicht nur mit zarten Linien und Konturen ausmachen. Ein richtiges Antlitz konnte sie jedoch nicht erkennen. Sie spürte einzig und allein die tiefe Liebe, die von diesem Wesen ausging. Dann sprach es zu ihr:

„Du bist nicht über den Wolken, bei den Sternen, Jade, du bist ganz bei dir. Da ist der Himmel."

XVII.

Laute Zischgeräusch und ein unwiderstehlicher, aufsteigender Duft drangen von Danias Kochinsel, vorbei an der langen Eichentafel durch die großen bodentiefen Fenster hinaus auf die wunderschöne Dachterrasse.

Ihren Nachbarn würde wohl das Wasser im Munde zusammenlaufen.

Da Samu für Dania der Inbegriff eines waschechten Cowboys war, fiel ihre heutige Menüwahl auf ein saftiges Rindersteak. Behutsam legte sie die Filetstücke nach einem kurzen, kräftigen Anbraten in die ovale Glasschale, um sie dann bei niedriger Temperatur im Backofen schön schmoren zu lassen. Hoffentlich gelangen ihre Kochkünste. Sie wollte Samu doch imponieren. Ihre Schmetterlinge tanzten im Bauch. Sie konnte es noch gar nicht fassen.

Nun war sie 10 Jahre alleine gewesen, hatte mit Sole tage- und nächtelang immer wieder ihr Männertrauma durchackert. Auch ihr Beruf, der ihr eigentlich schon seit der Ausbildung Magenschmerzen bereitet hatte, heftete 18 Jahre lang an ihrem Bein und ließ sie keinen Ausweg finden, um ein anderes Leben führen zu können. Und dann, von einem Tag auf den anderen, drehte die Welt sich plötzlich anders. Ihr ganzes Leben schien aus den Angeln gehoben zu werden.

Dania fühlte sich stark und frei, als wäre jahrzehntealter Ballast von ihr gefallen. War es nun Fortuna, die ihr wohlgesinnt war, nachdem sie diesen mutigen Schritt der Kündigung gewagt hatte? Irgendetwas in Dania regte sich bejahend. Ja, so musste es wohl sein. Wir Menschen sollten wohl wieder mutiger sein, um dem Schicksal unser Vertrauen entgegenzubringen. Denn Angst kann eng machen, gefangen nehmen und Ketten um Körper und Seele schlingen. Doch auch hier gilt es zu unterscheiden. Denn es gibt eine Angst, die schützt und eine Angst, die hemmt. Der Zauber lag in der Unterscheidung.

Und dann war da noch das Thema mit der Zeit. Dania war sich auch gewiss, dass Chancen stets zur rechten Zeit an die Tür anklopften. Denn es gab bei ihr vorher einfach nie eine Möglichkeit, den Situationen zu entfliehen. Das Gespür für die richtige Zeit war wohl auch eine Himmelsgabe, die es wiederzufinden galt.

Dankbar, Dania war einfach unendlich dankbar. Sie blickte nach oben. Schickte ein paar Handküsse gen Himmel und rief sich dann sofort wieder in Erinnerung, dass sie noch die Petersilienkartoffeln, den Kräuterdipp und die herzhaften Salate zubereiten musste. Außerdem wollte sie ja nicht gerade wie ein Wischmopp vor ihrem Liebsten dastehen, also würde sie gleich noch schnell unter die Dusche hüpfen, ihre Haare waschen, trocknen und hochstecken, den fruchtigen Lippgloss auftragen, ihre schönste Unterwäsche anziehen……

Pünktlich um sieben stand Samu dann vor ihrer Haustür. Mit zitternden Knien betätigte Dania den Türöffner und ging den Gang entlang nach vorne. Diese aufwallenden Gefühle mussten einfach der richtige Gradzeiger für diese große Liebe sein. Sie kam sich wie ein Teenager vor, wie wundervoll. In ihrem schönen roten Sommerkleid, das mit einem Wasserfallausschnitt und einem luftigen Umhang aus Chiffon ausgestattet war, kam sie sich vor, wie von Engelsflügeln begleitet. Der cremefarbene BH rückte ihren Busen in eine wunderschöne Position, so dass ihr Dekolleté wie mit reifen Früchten bestückt aussah. Es schimmerte broncefarben, ihre kleinen Radtouren hatten ihrem Teint eine sanfte Bräune beschert.

Wie würde Samu auf ihre heiße Hinteransicht reagieren? Streifte man den Chiffonumhang zur Seite, so öffnete er den Blick für einen langen wunderschönen Rückenausschnitt. Danias Po kam damit noch verlockender zur Geltung, denn eine schöne Glitzerbordüre verpackte mit einer frechen Stoffkreation ab der Taille abwärts ihr wohlgeformtes Hinterteil. Natürlich nur mit dem allernötigsten Stoff. Dies aber gekonnt und raffiniert. Wieder eine neue Seite, die in Dania zum Vorschein kam.

Früher hatte sie sich eher immer bedeckt gehalten und viel mehr zu dem „Liebe-Mädchen-Style“ tendiert. Jetzt fühlte sie sich plötzlich wie eine Frau.

Da stand sie nun, in ihren neuen silbernen High Heels wie Aschenputtel vor ihrem Prinzen. Nur noch die Wohnungstür trennte die beiden voneinander. Mit zitternder Hand drückte Dania die Türklinke nach unten. Einen großen Strauß aus

Wiesenblumen in den Händen haltend stand Samu vor ihr. Tränen stiegen in Dania auf. Ein Strauß Wiesenblumen war ihr liebstes Accessoire auf ihrer Kochinsel oder dem eleganten Eichentisch.

„Hi, ich geb zu, bei der Blumenauswahl hatte ich einen treuen Helfer an meiner Seite."

Samus Mundwinkel zogen sich zu einem schelmischen, bubenhaften Lächeln auseinander. Dania konnte nicht anders. Sie flog ihm in die Arme. Drückte sich fest und schutzsuchend an seine Brust und seinen Hals. Samu umschloss sie ebenfalls, die Blumen mit behutsamer Vorsicht noch weiterhin in seiner Hand haltend. Dania roch den Duft des Flieders, der Wildrosen, vor allem aber den Duft von Samu. Da war es schon wieder. Dieses Pochen in ihrem Unterleib. Ein süßes Ziehen, das ihren Verstand vernebelte und nur noch einen Wunsch in ihr hegte. Den Wunsch zu fühlen. Zärtliche Umarmungen, Hände, die streichelten, Lippen die ihre Haut umschmeichelten. Gott sei Dank meldete sich ihr Gedächtnis zurück. Das gute Essen war ja schließlich auf dem Herd. Und überhaupt, sollte sie Samu nun nicht erst mal in ihre Wohnung bitten?

„Hmkh", verlegen und mit leicht geröteten Wangen räusperte sie sich. „Komm doch rein, geh einfach immer der Nase nach, das Essen müsste gleich fertig sein."

Sanft überreichte ihr Samu das Blumenbündel, putzte seine Schuhe wohlerzogen am Außenteppich ab und betrat gespannt Danias Wohnung. Ja, das passte 1:1 zu dieser Frau. Eine Kombination aus Eleganz, Wärme und kindlicher Unschuld, das traf die erste kurze Beschreibung ihres Wohnstils am besten.

Die Farbnuancen waren äußerst harmonisch in edlem Weiß, warmem Dunkelbraun und sattem Orange-Rot gehalten. Weiß waren die Türen, die Hochglanzküche und die Garderobe. Braun waren die Esstischmöbel, der Teppich auf dem die Couchmöbel standen, der Wohnzimmertisch und natürlich der Dielenboden. Vorhänge und Kissen sowie einige Bilder schufen die erfrischenden Farbkleckse in Orange und Rot. Die Polsterung hob sich durch ihre schokobraune Farbe nochmal aus den anderen Brauntönen hervor. Augenblicklich verschlug es Samu fast den Atem, sein Puls raste. Da er beim Eintreten vor Dania hergegangen war, konnte er sich aufmerksam der schönen Wohnung widmen. Jetzt, als Dania eine Vase aus dem oberen Schrank in der Küche herausnahm, fiel sein Blick auf ihre atemberaubende Rückenansicht. Er konnte gar nicht anders. Wie ein Magnet zog es ihn hinter die Kochinsel zu den Hochschränken, zu Dania. Zärtlich umarmte er sie von hinten, streifte den leichten Umhang zur Seite, senkte seinen Kopf zu Danias Schulter herab und gab ihr einen langen Kuss auf ihren Nacken. Mit einer unendlich erotischen Geste streifte seine rechte Hand Danias Rücken auf und ab.

„Wuaaah, das ist gerade sehr gefährlich, was du da machst". Gänsehaut. Prickeln und Gänsehaut.

„Ich habe eine teure Vase und deine schönen Blumen in der Hand. Es wäre doch schade drum, wenn du mich nun so zu Fall bringst." Dania lachte verzückt.

„Das hast du dir aber ganz und gar selber zuzuschreiben. Schließlich ist deine Rückenansicht verboten verführerisch. Am liebsten würde ich dich jetzt als Vorspeise vernaschen."

Samus Stimme war leicht heiser geworden, ein Zeichen, wie sehr ihn diese Frau erregte. Wilde Bilder stiegen in ihm auf. Erotisch und heiß. Ein Liebesspiel auf der Kochinsel. Dania, wie sie weit geöffnet vor ihm lag, sich ihm hingab und nur darauf wartete, von ihm genommen zu werden. Und er, wie er in seiner ganzen Männlichkeit tief in sie eindrang und sie beide sich der Lust und der Verzückung entgegenbewegten.

Die Uhr am Backofen klingelte und riss Samu wieder aus seinen Träumen. Dania entwand sich ihm, schaltete den hochgelegenen Backofen aus und öffnete sogleich die Ofentür, den

Blumenstrauß in die linke Armbeuge geklemmt. Irgendwie war sie innerlich total aufgeladen und lief zu Hochtouren auf. Mit der freien rechten Hand ließ sie sogleich kaltes Wasser aus der Spüle in die Vase laufen, zupfte dann den Strauß in die richtige Vasenoptik und platzierte das Arrangement wunderhübsch auf der Kochinsel.

„Wenn du magst, dann kannst du gleich die roten Platzsets und das Geschirr auflegen." Sie wollte doch gleich von Beginn an fest machen, dass Teamarbeit in ihrem Leben ein wichtiger Aspekt war. „Du findest beides auf der Seite zum Tisch in den Schränken unter der Kochinsel."

Deutlich abgekühlt und etwas unbeholfen ging Samu auf die andere Seite der Kochinsel und verrichtete dort die ihm aufgetragenen Arbeiten. Nach erfolgreicher Ausführung machte Dania ihm einen weiteren Vorschlag.

„Schau dich doch mal auf der Dachterrasse um und genieß noch die schöne Aussicht mit der traumhaften Abendsonne. Ich werde in der Zwischenzeit die einzelnen Menübeiträge fertig garen und dann auf unsere Teller drapieren. Wenn alles zum Essen bereitet ist werd ich doch holen."

Samu schlenderte in Richtung der zur Seite aufgeschobenen Glasfront. Wo schön hier doch alles war, so hell und so elegant. Ganz anders als in seinem Haus am See, aber auch unendlich heimelig. Die Note, die in dieser Wohnung noch mitschwang, war eindeutig die, der Noblesse. Ein Hauch von Luxus zog von Raum zu Raum. Auch schön, so etwas zu fühlen. Die Zimmerdecke über dem Wohnzimmertisch hatte Dania mit einem prachtvollen Kronleuchter behängt. Dania, die kleine Prinzessin, die doch so von einem Schloss und einem Prinzen auf einem weißen Schimmel träumte, ging es Samu durch den Kopf. Hoffentlich konnte er ihre Ansprüche erfüllen. Wie ein Prinz kam er sich nun nicht vor. Eher wie ein Naturbursche.

Da war sie wieder. Die Angst, sein treuer Gefährte. Er könnte ja Danias Ansprüchen nicht genügen oder könnte es verbocken, weil er vielleicht zu wenig gab. Samu versuchte positiv zu denken und sich abzulenken. Die Aussicht hier oben war herrlich. Nach Süden gab der Balkon den Blick frei in einen wunderschön angelegten Naturpark. Ein Quellbach schlängelte sich an Kopfweiden und Sommerlinden vorbei. Hohe Gräser teilten sich entlang des Ufers den Platz mit Springkraut, Storchschnabel und vereinzelten Wildrosen. Im Inneren des Parks hatte die Stadt einen Naturspielplatz anlegen lassen, wie es schien. Durch lichte Stellen im grünen Blätterdach konnte Samu einzelne Gerätschaften erkennen. An dicken Ästen befestigte Schaukeln, quergespannte Seilbahnen sowie Klettertürme durch Felsen und Baumdickicht machten sogar den Erwachsenen Lust auf wildes Toben und Krackseln. Aufgeschüttet war der gesamte Platz mit feinstem Sand. Wie wunderbar es war, Sand unter den Füßen zu spüren. Samu liebte es, barfuß zu gehen.

Da schlangen sich zwei Arme von hinten um seinen Körper. Dania schmiegte sich an ihn. Ihre Hände streichelten sanft seinen Bauch. Und weg waren sie. All seine Ängste vergruben sich wie im Sand des Kinderspielplatzes. Da wusste Samu, es waren Ängste seiner Kindheit. Die er so lange in sich gehegt hatte. Er schaffte es bisher nicht, ihnen Herr zu werden. Aber jetzt war die Zeit reif. In diesem Sommer würde er es schaffen, da war er sich ganz sicher.

„Essen ist fertig", hauchte Dania Samu ins Ohr. Zärtlich ließ sie ihre Umarmung locker, um Samu an der Hand zu nehmen und an die Tafel zu führen. Am Tisch flackerten bunte Teelichter in hübschen Windlichtern aus Glas. In kleinen Porzellanschalen schwammen Rosenblüten, und der Duft von Orangenschalen zog durch den Raum. Samu musste schlucken. Wieder überkamen ihn Zweifel. Träumte er oder war das jetzt wirklich wahr? Er spürte eine solche Fülle in sich, die, wie es schien, die kargen Zeiten seiner Vergangenheit sanft verscheuchten. Gerührt verharrte er neben dem Tisch.

„Setz dich doch Samu oder hab ich etwas vergessen, das du noch zum Essen brauchst?“

Samu, schon wieder in Gedanken, fühlte sich abermals ertappt. „Ja klar, das heißt nein, du hast nichts vergessen und ja, ich setz mich sehr gerne.“ Samu stotterte vor sich hin. „Verzeih mir Dania, aber es passieren einfach zu viele Dinge gerade bei mir. Ich kann es gar nicht fassen und spüre auch ein wenig Angst, dass der Traum in der nächsten Sekunde zerplatzen könnte und ich wieder mit einer weiteren Enttäuschung klar kommen muss.“

„Heute Abend gibt es nur uns zwei Samu. Dich und mich, Liebe und Genuss, Vertrauen und Lebenslust.“

Als Dania das letzte Wort über die Lippen kam, spürte Samu sogleich wieder das Aufbäumen seinens Freundes in der Hose. Leicht röteten sich seine Wangen. Dania kapierte das auch ohne Worte. Süß war er, sooooo süß.

Wie wunderbar doch die Anziehung zwischen Mann und Frau war. Welche Leidenschaft sie ineinander entfachen konnten, welche Lust und welche Begierde. Solch eine sexuelle Anziehung hatte sie noch nie vorher empfunden. Aber es war viel mehr als nur auf körperlicher Ebene. Es war wie etwas unendlich Kostbares, der Gleichklang zweier Seelen, zweier Herzen, die eins wurden. Als wäre Dornröschen aus ihrem Schlaf erwacht. Als hätte Samu sie wachgeküsst.

Zur Abkühlung schenkte Dania Samu ein kühles Bier ein. Sie selber nippte an einem Erdbeersecco. Die Kartoffeln, der Kräuterdipp und das saftige Steak waren ein Gaumenschmaus. Still hingen beide ihren Gedanken nach und genossen das Essen. Dania hatte sich selbst übertroffen und ließ erleichtert den Quark auf ihrer Zunge zergehen. Ihre Geschmacksknospen schienen ebenfalls verändert. Sie schmeckte auf einmal viel mehr. Was die Liebe so alles bewirken konnte.

Auch Samu spürte, welche Kräfte in ihm erwachten, von solch gutem Essen erfüllt. Und noch ein Gefühl tauchte in ihm auf. Das Gefühl, mit dieser Frau alles erleben zu wollen. Als seien sie schon Mann und Frau und wären auf dem direktesten Weg, eine Familie zu gründen. Ja, er wollte Babys machen mit dieser Frau, eine ganze Schar. Nicht nur um des Triebes willen. Klar, es törnte ihn zwar auch unendlich an, mit dieser Frau zu schlafen. Aber er wollte mehr von ihr, viel mehr. Er wollte ihr Herz und ihre Seele, sich ihrer ganz und gar hingeben. Nun war es soweit. Samu konnte nicht länger warten. Er wusste, jetzt käme der schönste Teil des Abends. Sanft erhob er sich von seinem Sitzplatz, ging um den Tisch herum und empfahl Dania mit einer bedeutsamen Geste, ebenfalls aufzustehen. Sie konnte sich gerade noch mit einer Serviette den Mund abwischen, aber sie sehnte sich genauso nach dem, was nun folgen würde. Samu zog langsam ihren Stuhl nach hinten, um sie zu sich zu drehen und an der Taille zu umfangen. Sanft küsste er sie seitlich in die Halsbeuge. Der süße, blumige Duft ihres Parfums umfing seine Nase. Er war der Inbegriff für Liebe, Anziehung und tiefe Geborgenheit.

Der Kontrollfreak in Dania wünschte sich zwar kurz, das gespülte Geschirr in die Schränke und den Tisch in sauber gewischtem Zustand, aber da kreuzten sich auch schon ihre Gedanken und ihre innigsten Wünsche zu einem ganz anderen Schauspiel.

Samu schob mit seinem kräftigen Unterarm das Geschirr der Tafel zur Seite. Entschlossen aber trotzdem achtsam. Liebevoll und mit beiden Händen hob er Dania leicht an, so dass sie auf der Eichentafel vor ihm zum Sitzen kam. Er spreizte ihre Beine und presste seinen Unterkörper fest an ihren Schoß. Ihr Allerheiligstes rieb sich aneinander und auf beiden Seiten brachen sich die sexuellen körperlichen Reaktionen ihre Bahn. Dania wurde feucht, unendlich feucht. Es ging in Sekundenschnelle.

Das kannte sie bisher auch nicht. Von kurzer Peinlichkeit berührt ließ sie Samu jedoch gewähren. Schließlich gestand sie sich diese tiefen Gefühle ein, die doch so rein und doch so richtig waren. Ja, sie wollte wilden Sex mit ihm. Mehr als alles andere im Moment. Sollten es ihretwegen alle mitbekommen. Alle ihre bisweilen aufgebürdeten moralischen Glaubenssätze schienen in dem Feuer und der Leidenschaft zwischen ihnen zu verbrennen.

Dania konnte nur noch ihrem Instinkt folgen und dieser wollte nur noch eins: Einen wunderbaren Orgasmus mit diesem Mann. Oder gern auch mehrere Höhepunkte. Was geschah da mit ihr? Sie war wie in einem Rausch. Samu erging es keineswegs anders. Sein bestes Stück wurde hart, richtig hart. Auch er war überrascht über diese tiefen, begierigen Gefühle. Aber es konnte nur richtig sein. Er wusste, heute musste er sich echt beherrschen, um nicht gleich komplett zu explodieren. Er fühlte es mit jedem Atemzug, denn sie beide waren füreinander gemacht. Als sie ihre Körper immer mehr aneinander rieben, spürte er, wie Dania innerlich zu zittern begann. Sie war aufs Tiefste erregt. Sanft schob er die Träger ihres Kleides zur Seite. Hocherotisch und vollkommen frivol im Weitergang. Mit einem festeren Ruck zog er dann den Stoff über ihre Brüste hinab. Mit gekonntem Griff löste er zugleich die Verschlüsse ihres BH´s.

Nackt und blank saß Dania vor ihm. Sie stöhnte vor Erregung. Allein schon seine Blicke lösten Luststöße in ihr aus. Wie sollte sie die weiteren Empfindungen noch aushalten, wenn sie jetzt schon an der Grenze zur Ekstase war?

„Samu, ich halte es fast nicht mehr aus. Was machst du mit mir? Ich komme gleich“, keuchte sie mit heißerer Stimme.

„Wenn du denkst, dass das das höchste der Gefühle ist, dann werde ich dich gerne eines Besseren belehren.“ Samus Stimme klang verrucht. Er brachte durch seinen schnellen Atem die Silben nur noch stoßweise hervor. Er umfasste ihre rechte Brust mit seiner Hand und begann an ihrer Knospe in stetem Wechsel mal sanft kreisend, dann wieder wild und fest reibend, zu streicheln.

Danias Wangen röteten sich. Wie konnte es etwas so Herrliches geben. Mit diesem Mann gab es keine Tabus mehr. Sie wollte und würde ihm alles von sich zeigen, alles mit ihm machen. Alles was ihr und ihm die größte Erfüllung bringen würde. Alles würde zu einem heiligen Akt werden. Danias Unterleib zuckte wild. Ein Ziehen und Verlangen pochte tief innen in ihr. Beide spürten plötzlich, dass es nun kein Aufschieben mehr gab. Samu hätte so gerne das Liebesspiel noch ins Endlose gezogen. Aber das würden sie im Laufe ihrer Beziehung noch hinkriegen, er würde fleißig am Ball bleiben. Jetzt mußte er zu ihr. Er musste sie von innen spüren. Ihr Innigstes reiben und reiben, bis sie und er sich ineinander ergossen. In schnellen Handlungen zog er Hose und Shorts seine Beine hinab. Er schaffte es gar nicht mehr, aus den Hosenbeinen zu steigen. Tiefgegrätscht nahm er Dania hoch, um auch ihren Slip von ihr zu streifen. Als er sie wieder sanft absetzte, glitt seine rechte Hand zu ihrer Vagina. Perfekt, alles war perfekt. Er würde gleich bei ihr sein können. Tief blickten sich die beiden in die Augen. Dania wollte nur noch von ihm getragen werden. Sie ließ sich fallen in alle Tiefen der Liebe, ganz im Vertrauen, dass dieser Mann in ihr jetzt ein Feuerwerk entzünden würde. Sie blieb komplett passiv. Denn sie wollte seine Männlichkeit als eine Frau, die vollkommen bereit für ihn war, mit Haut und Haaren spüren.

Dann, mit einem wortlosen Übereinkommen, wussten sie, dass sie sich nun vereinigen würden. Tief und sanft drang Samu mit einem langen Stoß in Dania ein. Ihr wurde ganz schwindlig vor Glück. Und wieder wussten beide, dass es ihnen jetzt nach schnellen, heftigen Stößen verlangte. Kraftvoll und in vollendeter Ekstase stieß Samu schneller und schneller in sie hinein, während Dania ihren Körper lustvoll unter seinen Armen bog. Alles schrie nur noch nach dem befreienden, erlösenden Orgasmus. Und schon kam sie. Die Welle, die die höchste Verzückung ankündigte. Es war wohl einer der schönsten Momente. Zu spüren, dass dieses göttliche Gefühl an die Tür klopft, man kurz vor der wunderbaren Explosion stand. Samu und Dania schrien auf, konnten ihre Lust und den innigen Erguß nicht mehr für sich behalten. Alles vibrierte, innen und außen, und die Welle der Befriedigung erfüllte beide bis ins Tiefste ihrer Körper und ihrer Herzen.

XVIII.

Mit zitternder Hand zog Hermann die Schublade seines Sekretärs auf. Ein geschnürtes Bäckchen Briefe lag darin. In die sanfte Dunkelheit des Abends getaucht leuchteten sie ihm mit ihrer weißen Farbe wie Mondsteine entgegen. Darin verpackt, von Hand geschriebene Zeilen, die auch in ihm eine verriegelte Tür aufstießen, die für lange Zeit verschlossen war. Worte, die ihn tief bewegten. Ihm aber trotzdem viele Fragen offen ließen und vor allem, ihm keine Absolution erteilten. Er wusste auch, dass nur er allein sich verzeihen konnte und musste. Aber das war manchmal so schwer.

Nun nahm ihr Leben also komplett Fahrt auf. Und zwar mit brachialer Geschwindigkeit. Aber es war gut so. Gedanken und innere Vorwürfe konnten manchmal gewaltsamer sein als körperliche Schläge. Ob Samu ihm jemals verzeihen würde? Jetzt, wo das Schicksal ihn endlich wieder zu ihm gebracht hatte, war wieder alles auf Messers Schneide. Wahrheiten und Erklärungen, die wieder alles auseinanderbrechen konnten.

Aber jetzt gab es kein Entrinnen mehr. Die Chance zur absoluten Wahrheit war da, und er würde sie ergreifen. Was würde der nächste Tag alles mit sich bringen? Als er das Bündel in seine Hand nahm, entzog er ihm den Brief, der ganz oben auf lag. Es war der letzte, den er von Jade erhalten hatte. Er nahm das gefaltete Papier aus dem Umschlag, seine Augen suchten die ersten Buchstaben im Schein der entzündeten Kerze. Er begann zu lesen:

Rheinhardsforst, 01.08.2016

Lieber Hermann,

Mein Herz ist immer noch schwer. Schwer wie Blei. Trotzdem geht es mir besser. Viel besser als in den Zeiten der Amnesie. Schließlich ist es viel schlimmer, nichts mehr zu spüren, als sich der Trauer und der Verbitterung zu stellen. Meine Sorge gilt weiterhin meinem geliebten Sohn Samu. Ich glaube die Überwindung all meiner inneren Leiden kann nur über ein Wiedersehen mit ihm geschehen. Trotzdem schäme ich mich. Was für eine Mutter bin ich, die ihren Sohn zurückgelassen hat? Kann Gott mir verzeihen? Kann ich mir verzeihen? Niemals hätte ich gedacht, dass mein Leben solche Entwicklungen nimmt. Manchmal weiß ich selbst nicht, wie sich alles bis zu dem heutigen Tage gefügt hat. Ich bin noch nicht bereit, dich zu sehen. Zu viel Scham und Selbstverachtung trage ich noch in meinem Leib, in meiner Seele. Ob ich mich noch an die schöne Zeit damals erinnere? Ich weiß es nicht. Alles ist anders jetzt, damals ist vorbei. Vielleicht habe ich mein Recht auf Liebe und Freude verspielt, all meine lebensbejahenden Gefühle verbannt? Ich weiß es nicht. Habe ich noch ein Recht auf Glück? Ich hoffe und bete, dass mir das Leben wieder als Freund begegnen kann.

Ich grüße Dich von Herzen,

Jade

Ein Jahr war das nun her. Er brauchte ihre Hilfe so sehr, gerade jetzt. Ob sie schon bereit wäre? Sollte er sie aufsuchen, ihr einen Besuch abstatten? Er konnte kein Gefühl dafür bekommen, ob es richtig war. Die Zeit würde die Antwort bringen. Besser noch, es würde sich fügen, so wie sich alles seine Bahn bricht, wenn wir loslassen und vertrauen.

XVIIII.

Frischer Wind kam auf und blies die weißen, wallenden Vorhänge, die sonst in großen Schwüngen am Fenster ihres Schafzimmers den Boden berührten, ballonförmig auf.

Dania erwachte aus einem erfüllten Tiefschlaf. Es war noch tiefe Nacht. Barfuß und nackt tapste sie zu den geöffneten Glastüren, nahm sich ein großes Seidentuch von ihrem Korbstuhl und trat hinaus auf den Balkon. Schlaftrunken schlang sie sich den weichen Stoff um ihren Körper. Sie liebte dieses seidige Gefühl auf ihrer Haut, wie das sanfte Gewebe ihre Brüste umschmeichelte und ihre Schultern frei und schwerelos machte.

Aber etwas beunruhigte sie. Sie hatte gestern, als sie aus der Dusche stieg, eine Nachricht auf ihrer Mailbox erhalten. Sie stammte von ihrem Vater. Er wolle sie unbedingt sprechen. Er brauche ihre Hilfe. Zu dem gewohnten Unbehagen, das Dania überkam, wenn ihr Vater sie anrief, mischte sich auch noch eine komische Vorahnung.

Ihr Vater war Journalist. Sehr erfolgreich sogar. Er war es gewohnt, Dingen auf den Grund zu gehen. Geheimes aufzudecken war seine Berufung. Und anstatt ihr endlich mal der Vater zu sein, den sie all die Jahre gebraucht hatte, benutzte er sie nun wieder, um beruflich voran zu kommen.

Dania blickte zum Himmel. Wie klar die Nacht heute war. Sofort verflog ihre Verbitterung als enthebe sie jemand aus ihrer Seele.Ein Urvertrauen senkte sich in sie hinein. Die Sterne funkelten golden am Himmel. Geführt und geleitet von der Königin der Nacht, dem Mond. In halbrunder Form und mit leichtem Rot durchzogen stand er da oben. Mächtig und doch so ruhig. Beim Anblick seiner Shiluette schauerte es Dania den Rücken. Seine Kraft schien sich sofort auf sie zu übertragen. Allein durch den Blick auf diese Naturschönheit.

„Helft mir, ihr lieben Sterne, und mein lieber Freund, der Mond."

Schon öfter hatte Dania Gebete und Anliegen zum Himmel geschickt. Als Kind hatte sie immer Briefe an Gott geschrieben. Auf kleinen Zetteln hatte sie ihre Wünsche gekritzelt und sie in ihren Lesebüchern, den Schreibtischschubladen oder einer Hosentasche aufbewahrt. Ihre Mutter sagt heute noch, wie schön sie das fand und wie sehr sie sich freute, wenn der Wind wieder einmal ein Liebesbriefchen vom Tisch segeln und ihr in die Hände flattern ließ. Das kindliche Vertrauen und diese Art, mit Gott und dem Universum zu sprechen, das fühlte sich so schön und so wunderbar an.

Mit dem Aufschreiben ihrer Bedürfnisse verlieh sie ihren Anliegen eine besondere Kraft, das hatte Dania damals schon gewusst, und tief und felsenfest darauf vertraut. Bis heute war es allerdings in Vergessenheit geraten. Jetzt erinnerte sie sich wieder. Sie würde das wieder machen. Gleich morgen würde sie sich ein wunderschönes, mit Ornamenten verziertes Tagebuch kaufen, in dem sie ihre Erlebnisse, ihre Wünsche und ihre Wunder niederschreiben würde.

XX.

Am frühen Morgen wurde Dania vom Duft frisch gebrühten Kaffees und knuspriger Croissants geweckt. Sogleich zauberte sich ein Lächeln auf ihr Gesicht und die Erinnerungen der vergangenen Nacht stiegen in ihr Gedächtnis. In der Küche war fleißiges Hantieren zu hören. Samu kam wohl wunderbar zurecht dort. Und den Bäcker hatte er wohl auch schon gefunden.

Wie schön es klang, wenn der Liebste für seine Herzdame das Frühstück zubereitete. Das hatte Dania noch nie erlebt. Tim war da ganz anders gewesen. Aber Tim war Geschichte.

Wenn Samu das Ergebnis dieses damaligen Abserviertwerdens war, dann war dieser Schmerz es allemal wert gewesen. Es war ein Segen, diesen Weg gegangen zu sein. Tim hatte sie damals freigegeben für diesen Mann. Auch wenn Samu etwas lange Lieferzeit hatte, es musste wohl so sein. Als könne sie wieder an ihr Urvertrauen von damals, als Kind, anknüpfen, fühlte sie Sicherheit in ihrem Bauch und in ihrem Herzen. Alles war gut. Die Wege des Lebens waren unbegreiflich und doch so heilbringend.

Dania konzentrierte sich weiter auf die Geräusche, die sie aus der Küche erreichten. Wasser wurde aus dem Spülenhahn gelassen, wohl in eine Karaffe. Dann vernahm sie Tassengeklapper, klirrendes Besteck, wie es aus der Schublade genommen wurde, der Eierkocher klingelte. Nach dem Rascheln einer Bäckertüte waren immer näher kommende Schritte zu hören, bis diese schließlich kurz vor ihrer Schlafzimmertür verstummten. Leise und langsam, in einer Hand das Tablett haltend, öffnete Samu ein Türblatt der doppelflügeligen Schlafzimmertüre. Diese Tür ließ in Dania das Gefühl entstehen, einer Schlossherrin gleich zu sein, die in ihrem Himmelbett dort ihr Schlafgemach hatte. Dieser Raum war ihr heilig, und mit dieser besonderen Tür öffnete er somit auf majestätische Weise die Tore zu ihrem Allerheiligsten. Dem Ort, wo sich Dania komplett fallen lassen konnte und geborgen fühlte.

Der Mann, der soeben durch die Tür schritt, war es, der in ihr die allerschönsten Gefühle hervorbrachte. Samu blinzelte glücklich zu Dania, zu seiner Liebsten. Wie süß sie aussah. Sie war schon wach, hatte sanft die Bettdecke um ihre Brust geschlungen und strahlte ihn, sich aufsetzend, mit ihren funkelnden, grünen Augen an.

„Guten Morgen, sie hatten Frühstück aufs Zimmer bestellt?" Samu vollzog eine kleine Verbeugung. Dania quietschte vergnügt und spann das Spielchen sofort weiter.

„Sagen sie, wieviel kostet es, wenn ich den Überbringer gleich mit vernasche?“

„Mit Verlaub Madame, der ist unbezahlbar. Der Preis seines Herzens ist hoch aber doch unbezahlbar. Gleichzeitig wird es auch nur verschenkt. An die eine, die seine Seele zutiefst zu berühren vermag.“

Samu stand vor ihr, wie ein Minnesänger, der seiner Geliebten eine Muse vortrug.

„Und sagt mein Herr, ist das Herz von ihm denn schon vergeben?“, fragte Dania mit gespieltem Beben und tiefer Inbrust in ihrer Stimme weiter.

„Oh ja“, flötete Samu in feierlichem Ton. „Da ist nichts mehr zu machen. Es ist bereits um ihn geschehen.“ Er beugte sich zu Dania herab. Das Tablett weiter in einer Hand haltend umfasste er mit seiner Rechten zart Danias Kopf, zog diesen zu sich und küsste sie zärtlich.

„Guten Morgen Baby, die Nacht war herrlich. Das wollte ich dir eigentlich schon beim letzten Mal sagen, aber dazu kam es ja leider nicht.“

Bevor die Schuldgefühle langsam Danias Lungenflügel hochkrochen entgegnete sie ihm sofort, dass es sich hier ja lediglich um einen Tag Verspätung handle. Samu stellte das befußte Tablett in der Mitte des Betts ab und kroch von der anderen Seite auf die Matratze, damit sich die beiden gegenübersitzen konnten.

„Mhhhh, wie das duftet Samu. Ich hab einen Bärenhunger.“

Dania biss genüsslich die Spitze des Croissants ab und strich dann Butter und Marmelade auf den zarten Innenteig. Samu köpfte sein Ei, ebenso das von Dania. Süß, so süß, dachte sie sich. Mein Held, mein Ritter. Dann goss er Kaffee aus der Kanne in die beiden Tassen. Mitten in ihre Harmonie brach doch irgendwann die Erinnerung an den heutigen Tag und das Bevorstehende durch. Samus Laune trübte sich.

„Eine gute Henkersmahlzeit, meinst du nicht?“ Dania legte sofort ihr Besteck zur Seite und streichelte zärtlich seine rechte Wange.

„Heute beginnt dein neues Leben, Samu. Glaub fest daran. Es ist also eher ein Festtagsmahl. Wir werden es schaffen, deine Geschichte mit all ihren einzelnen Facetten zusammenzubringen.“

Dania strahlte ihn an. Er spürte, dass sie Recht hatte. Trotz all der Ängste, die ebenfalls seinen Hals umschlangen und an seiner Kehle zerrten. Alles würde gut werden, wie ein Mantra wiederholte Samu innerlich immer wieder diese Worte.

Nach dem Frühstück kam irgendwie Hektik auf. Also zog Dania sich schnell ein paar Kleidungsstücke über. Samu hatte es anscheinend eilig jetzt. Er wollte die aufgesogene Kraft gleich in die Tat umsetzen und zu seinem Onkel aufbrechen. Schweigend gingen die beiden die Treppe zur Straße hinab. Samu hatte am Rand des Gehsteigs sein Auto geparkt.

„Und ich soll wirklich nicht mitkommen?“ Dania sah ihn flehentlich an, ihren Beistand doch noch in Anspruch zu nehmen. Liebevoll umfasste er ihre Taille.

„Nein mein Schatz, du hast genug getan. Hermann beginnt heute von Anfang an mit der ganzen Geschichte. Gestern hat er erst mal vereinzelte Fragen beantwortet, aber heute beginnen wir ganz von vorne. Ich möchte das dann erst mal für mich alleine aufnehmen und verarbeiten. Du bist ja sowieso immer bei mir, egal wo ich bin. Ich werde dich aber an allem teilhaben lassen und dir danach alles erzählen.“

Mit einem Küßchen auf ihre Nasenspitze gab er ihr schließlich die Bestätigung, ihn alleine gehen lassen zu können.

„Ich meld mich. Und denk immer dran, ich liebe dich.“

Mit diesen Worten schwang er sich hinter das Lenkrad des gemieteten Wagens, warf ihr noch eine Kusshand zu und brauste davon.

XXI.

Achtsam befüllte Hermann die Schale mit Körnern. Wie immer gelang ihm das nur schwer, denn um ihn reihte sich in Scharen das fröhlich gackernde Federvieh, seine geliebten Hennen. Oft hatten sie ihm schon geholfen. Wenn ihn Sorgen nicht zur Ruhe kommen ließen, dann setzte er sich zu der Vogelschar und schaute ihnen bei ihren Aktivitäten zu. Wie sie scharrten, wie sie pickten, wie sie gingen, wie sie schauten. Mehr und mehr gelang es ihm so, sich in eine Art meditativen Zustand zu versetzen.

Aber heute wollte sie sich nicht so recht einstellen, die gewünschte Ruhe. Hermanns Bauch grummelte und Angst schlich um seinen Herzbereich. Würde es ihm gelingen, alles sauber und präzise wiederzugeben? Würde er es so sanft und achtsam wie möglich schaffen, ohne neue Wunden aufzubrechen? Es mussten ja schließlich erst mal die alten Verletzungen heil gemacht werden. Er betete, dass alles seinen gesunden Lauf vernehmen würde.

Der Himmel war heute grau in grau, passend zu seiner Stimmung. Es würde gleich regnen. Für Juli war es heute auch sehr kalt. Es hatte einen Temperatursturz gegeben heut Nacht.

Hermann hatte in der Landhausküche schon ein Feuer entzündet und den Kaffeetisch in der gemütlichen Holzsitzecke gedeckt. Für einen Haushalt ohne Frau war auch die Inneneinrichtung von ausgesprochen gutem Geschmack. Karierte Storevorhänge in modischem Design zierten die Seiten der Holzssprossenfenster. Niedliche, schmale, weiße Spitzen schmückten die Fensterscheiben unterhalb der Quersprossen. Hoffentlich gab der Raum heute die Geborgenheit und Sicherheit her, die man für ein solches Gespräch brauchte. Hermann betete abermals.

Da waren auch schon die Reifengeräusche auf dem Kiesasphalt zu hören. Erst aus weiter Ferne. Dann verschaffte sich das Knirschen immer mehr Gehör, bis die Reifen stoppten und der Motor abgestellt wurde. Samu war hier.

Gemeinsam trafen sie vor der Haustüre zusammen.

„Guten Morgen Hermann!“ Immerhin, sein Tonfall war stark und entschlossen. Sie würden es jetzt angehen.

„Grüß dich Samu!“ Hermann legte den Arm um seinen Neffen und schob ihn damit vor ihm in den Flur des Hauses. „Du kennst dich ja aus. Ich hab schon den Tisch in der Wohnküche gedeckt.“

„Ich hab heut schon gefrühstückt, Hermann. Um ehrlich zu sein, ist mir im Moment auch etwas flau im Magen. Am besten wir legen gleich los.

„Gut Junge.“ Äußerst angespannt setzte sich Hermann an den Tisch. Sein Kaffee von heute Morgen stand mittlerweile kalt und halb ausgetrunken am Tisch. Er umklammerte die Tasse mit beiden Händen. Sein Blick verharrte in einem gläsernen Ausdruck, als könne er in der Ferne irgendwo die ganze Geschichte lesen.

„Ich weiß natürlich auch nicht alles und es gibt bestimmt auch jede Menge Lücken in meinen Erzählungen. Da aber dein Vater mein Bruder war und meine Frau Jenna die Großcousine von Jade, bin ich doch besser im Bilde als sonst jemand. Wir waren wirklich eine Großfamilie.“

Schweigen. Einige Sekunden saßen beide wortlos nebeneinander, als gedenkten sie ihrer Lieben. Schließlich fand Hermann die ersten Worte. „Ich beginne mit deiner Urgroßmutter, Jades Mutter. Das klingt jetzt vielleicht weit hergeholt, aber es ist doch ein wichtiger Baustein, um die ganze Geschichte zu verstehen. Hast du gewusst, dass Jades Eltern früh gestorben sind?“

Samu legte seine Stirn in Falten.

„Nein, davon wusste ich nichts. Mir ist aber auch alles andere unbekannt. Also erzähl alles, was du weißt.“

„Gut." Hermann atmete tief durch und begann die Vergangenheit lebendig zu machen. „Deine Urgroßmutter, Ernestia Lander, war eine große Heilerin oder auch Schamanin. Eine genaue Bezeichnung für sie gibt es eigentlich nicht, denn man musste sie erlebt haben, um zu begreifen, welche Wunder sie vollbringen konnte. Sie lebte mitten im Wald, konnte mit den Pflanzen kommunizieren und aus den Elementen lesen. Der Wind brachte ihr Visionen aus der Zukunft. Der Himmel mit seinen Sternen ließ sie das Wetter deuten. Mit dem Wasser las sie aus der Vergangenheit des Menschen. Das Wunder der Transformation konnte Ernestia mit Feuerritualen herbeirufen und mit der Erde verhalf sie den Menschen zu Kräftigung und bei Loslassprozessen. Aber das ist nur die minimalste Umschreibung für ihre hohe, göttliche Begabung."

Samu staunte nicht schlecht. Er hatte ja das eine oder andere mal von Gurus und dergleichen gehört. Obwohl er spürte, dass sich doch ein Fünkchen Wahrheit dahinter verbarg, war ihm der ganze Hokuspokus doch etwas suspekt. Er musste etwas begreifen, um es auch glauben zu können.

„Jade liebte ihre Großmutter. Es war von Anfang an klar gewesen, dass zwischen ihnen beiden eine tiefe Seelenverwandtschaft lag. Und viel mehr als das. Leider. Als Jade 5 Jahre alt war starben ihre Eltern bei einem schweren Unwetter. Ein Tornado fegte über das Land und begrub deine Großeltern, Jades Eltern, unter den einstürzenden Balken des Hauses. Jade hatte Glück im Unglück. Sie war bei ihrer Großmutter im Wald. Dieser hielt schützend seine Hand über die beiden. Alles, aber auch alles blieb an diesem Häuschen innen wie außen unversehrt.

„Phhhhhh", Samu stieß Luft mit einem großen Atemzug aus. Ihm war jetzt noch übler. Er stützte seine Ellbogen auf den Holztisch und vergrub sein Gesicht in seinen Händen.

„Da war meine Mama ja genauso alt wie ich damals. Genau

wie ich wurde sie mit 5 Jahren Vollwaise", murmelte er in seine Handflächen.

„Ja genau Samu, du siehst, im Leben wiederholt sich oft etwas aus der Ahnenreihe. Bis es vollkommen in der Familie geheilt ist, müssen oft mehrere Generationen daran mitarbeiten." Hermann versuchte Blickkontakt mit Samu aufzunehmen. Erfolglos. Noch immer hielt er sein Gesicht verdeckt.

„Aber wie immer im Leben, so hat alles eben seine zwei Seiten." Hermann fuhr mit seinen Erzählungen fort. „ Jade wurde somit in die hohe Kunst ihrer Großmutter Ernestia eingeweiht. Mit Leib und Seele."

Hermann stockte. Sollte er gleich vorgreifen und Samu nun auch die weitere Parallele erzählen? Dass Samus Mutter nach den Kinderjahren im Wald nun auch die letzten 30 Jahre im Wald verbracht hatte? Er hielt es für besser, damit noch zu warten. Samu würde übermannt werden von allem. Er würde vielleicht wutentbrannt zu seiner Mutter fahren und in einer unüberlegten Art womöglich alles wieder kaputtmachen. Oh er hasste sich dafür, dass er immer nur scheibchenweise mit der Wahrheit herausrücken konnte. Aber er wollte nur sein bestes. Er wollte erst die Emotionen aus Samu herauslösen, die ihn innerlich zerfetzten. Wenn die Wogen seines Seelenlebens dann geglättet wären, würden Mutter und Sohn auf einer friedlichen Ebene ihre erste Begegnung haben können. Hermann schluckte und erzählte dann weiter.

„Ernestia wurde von der ganzen Umgebung aufgesucht. Sie half in den verschiedensten Bereichen. Bei Knochenverletzungen, Organbeschwerden, Beziehungsproblemen, beruflichen Schwierigkeiten, Hautausschlägen, Beeinträchtigungen der Sinnesorgane, ich könnte noch weiter aufzählen. Letztendlich konnte sie Mensch, Tier und Pflanze helfen. Sie war einfach ein Engel. Das Häuschen im Wald war übrigens total süß." Hermann schmunzelte. „Es war zwar etwas klein, aber es hätte dir gefallen. Im unteren Bereich befanden sich die Wohnküche inklusive eines Holzofens, sowie eine Badnische. Im Außenbereich lag die Dusche, gespeist mit frischem Quellwasser , ebenso war das WC unter freiem Himmel. Das Obergeschoss, begehbar über eine Leiter, beherbergte dann die Schlafkammern. Jade hatte eine runde Dachluke, ähnlich wie die Heidi auf der Alm, durch die sie die Tannen und die Eichen sehen konnte und rascheln hörte."

Samu richtete sich wieder auf. Auf seinem Gesicht lag ein Lächeln. Es freute ihn, dass seine Mama ein geborgenes zu Hause hatte. Und es freute ihn, dass seine Urgroßmutter eine so ehrenwerte, begabte Person war. Es vertrieb seine jahrelange Überzeugung, dass wohl ein Fluch auf dem Leben seiner Familie lag. Erleichtert atmete er zum ersten Mal seit heute Morgen ruhig und gleichmäßig ein und aus.

„Jetzt nehm ich doch eine Tasse Kaffee, Hermann."

Sofort eilte Hermann auf. Auch bei ihm löste sich nun ein großer Teil der Verspannung, die ihm im Nacken saß. Die ersten Worte waren nun schon mal gut über seine Lippen gekommen. Es machte ihm Mut, weiterzumachen. Als er Samu die Tasse auf den Tisch gestellt hatte, ließ er seinen Erzählungen wieder freien Lauf.

„Jade war selig im Wald. Er war ihr zu Hause. Er ersetzte ihr Vater und Mutter. Sie erzählte einmal, dass ein Baum namens Omulus ihr wie ein Vater war. Er hatte eine Einbuchtung am Wurzelstock, welche es ihr als kleines Mädchen möglich machte, in ihn hineinzuschlüpfen. Ein Reh, es hieß Fenu, gab ihr unendlich viel mütterliche Liebe. Die Wildrosen beschrieb sie als ihre Geschwister. Ebenso wie die Kindertiere des Waldes. Jade war sehr gelehrig und hörte achtsam ihrer Großmutter zu. Sie kochten Suppen, stellten Cremes her und brauten Urtrunke und Urtinkturen, die den Menschen halfen. Es war eine schöne Zeit."

Hermann machte eine Pause. Seine Miene wurde wieder finster. Samu ahnte, dass wohl ein weiterer Schicksalsschlag nun kommen würde. Und er behielt Recht.

„Als deine Mutter 14 Jahre alt war, starb ihre Großmutter. Das Haus wurde durch einen Blitzschlag getroffen. Es entstand ein großer Brand. Alles fiel dem Feuer zum Opfer. Ein Balken brach deiner Urgroßmutter das Genick. Jade überlebte. Schlimm traumatisiert. Der Wald war es schließlich wieder, der ihr half, zu überleben. Die Pflanzen und die Tiere waren es, die ihre Familie und ihre Freunde waren. Und die hatte sie alle behalten dürfen. Sie baute sich eine neue Hütte. Zwar spärlicher als vorher, aber komplett ausreichend. Jade war bestens versorgt. Sie lebte von Beeren und den anderen Früchten des Waldes. Die Tiere lieferten ihr alles was sie brauchte. Sie lebte jedoch einige Zeit im Rückzug, ohne eine Menschenseele. Sie wollte die Lehren ihrer Großmutter ausbauen. Die Kommunikation mit dem Wald noch mehr vertiefen. Dazu brauchte sie Zeit. Die nahm sie sich.

Als Jade kurz vor ihrem 18. Geburtstag war, holte sie an der Poststelle einen Eilbrief ab. Es war ein Brief vom Notar, den ihre Großmutter dort für sie hinterlegt hatte. Mit ihrer Volljährigkeit sollte er sie erreichen. Ich habe ihn noch Samu, magst du ihn lesen?"

„Du hast ihn noch?" Samus Augen blitzen mit einem Mal voller Wut. Seine Mundwinkel verzogen sich zu einer angewiderten Krümmung. „Was hast du denn noch so alles, was ich nicht weiß? Warum hast du mir all die Jahre nicht Bescheid gegeben, Hermann? Ich hätte viel früher mit der Suche nach meinen Wurzeln beginnen können. Wie konnte es eigentlich so weit kommen, dass 30 Jahre Schweigen zwischen uns liegen?" Samus Brustkorb bebte, und der Zorn wallte immer wieder in ihm auf. Am liebsten hätte er alles vom Tisch gefegt und die Möbel gleich mit umgestoßen. „Hätte ich nicht vor einiger Zeit eine Detektei damit beauftragt, nach dir und Mama zu suchen, dann wäre die ganze Geschichte wohl mit ins Grab gewandert, oder wie?"

Samu war fassungslos. Hermann ebenso. In ihm drehte sich alles. Samu hatte in Amerika Nachforschungen in Auftrag gegeben? Was wusste er? Wusste er von Jade? Hermann befand sich in der Zwickmühle. Er spürte, dass die Situation jetzt nah dran war, aus dem Ruder zu laufen. Ein zarter Schweißfilm bildete sich auf seiner Stirn. Er starrte in seine Kaffeetasse.

„Was hätte mir alles erspart bleiben können, wenn ich doch nur etwas gehabt hätte, das mir Halt gibt. Jemand, der mir das Leben erklärt. Der mir eine Philosophie gibt, die es mir wieder erlaubt hätte, an Träume zu glauben, an ein Stück vom Glück. Der mir vor allem endlich meine Schuldgefühle von meiner Seele hätte nehmen können. Wie ein Ungeheuer hab ich mich all die Jahre gefühlt. Dass ich wohl nur Unglück bringe." Samus Augen suchten stur nach Hermanns Blick. Mittlerweile war er aufgestanden, er konnte die bebende Energie kaum noch ertragen. Musste sich bewegen.

Noch immer lag Hermanns Blick auf der oberen Milchschicht seiner Kaffeetasse. Er getraute sich nicht, aufzusehen. Samu wollte in Hermanns Augen sehen. Wollte die Wahrheit darin entdecken oder vielleicht ein verstecktes Geheimnis. Aber er verwehrte ihm weiterhin den Blickkontakt.

Hermann kämpfte mit sich. Noch immer wusste er nicht, was er tun sollte. Dann rang er sich schließlich durch, ihm eine Frage zu stellen.

„Hast du etwas über deine Mutter herausgefunden?"

„Eine und die einzige Spur, die sie gefunden haben, führt nach Deutschland. Dorthin hat sie einen Flug genommen. Das war etwa 2 Monate nach dem Unglück. Danach ist dunkle Nacht. Keine Adresse, keine Arbeitsstelle, keine Menschen, die irgendetwas von ihr wussten. Die Detektei machte mir keine Hoffnungen mehr diesbezüglich. Ich habe zehn Jahre nach ihr gesucht, Hermann. Mit und ohne Hilfe. Nach meiner Lehre mit 20 Jahren habe ich einen großen Teil meines erarbeiteten Geldes in die Suche nach meinen Wurzeln gesteckt. Mein Leben bestand nur aus Arbeit und Suche. Ich fühlte mich wie ein ausgesetzter, streunender Hund, der ausgehungert und ausgemergelt die Straßen auf und abläuft. Manchmal hoffte ich, von einem Truck erfasst zu werden, dass es endlich vorbei wäre.

An meinem 30. Geburtstag war es dann soweit. Ich wusste, dass es so nicht weitergehen konnte. Entweder ging ich zugrunde, oder ich musste das Thema endlich zum Abschluss bringen. Also gab ich auf. Ich ließ los und akzeptierte, dass ich wohl nie eine Mama haben werde, dass sie wohl tot ist. Es folgten noch einmal grausame Monate. Denn dieses Loslassen hatte in mir etwas sterben lassen. Als wurde mir ein Teil meiner Seele herausgerissen."

Samus Hände unterstrichen seine Worte. Er führte sie zu seinem Herzen und zeigte in seinen Gebärden symbolisch, als nehme er etwas aus sich heraus und schleudere es in den Himmel.

„Dann aber war es irgendwann gut. Oder für meine Verhältnisse gut. Es war Ruhe in mir. Jedenfalls konnte ich meine Emotionen kreativ in die Arbeit fließen lassen. Gut, nenn es Arbeitswut, aber ich konnte immerhin wieder klarer denken, begann meine Lebensträume in Angriff zu nehmen. Der Hausbau hat mich unendlich beflügelt. Meine Selbständigkeit und zuletzt meine kreativen Bildhauertätigkeiten befreiten etwas in mir, gaben mir Leichtigkeit und Freiheit, einen Sinn fürs Leben. Aber vielleicht habe ich mir das alles auch nur eingebildet, diese Ruhe und den Frieden mit dem eigenen Schicksal."

Trostlos ließ Samu nun seine Schultern und Arme fahl an sich herunterhängen.

„Dann kam nämlich dieser Inspector Meyer und hat mir wohl deutlich gezeigt, dass alles noch da ist. Jede einzelne Schramme."

„Deine Mutter lebt." Hermanns Lippen zitterten als sie diese Worte aussprachen. Er wusste auch nicht, ob das nun richtig oder falsch war. Es war ein Reflex und er vertraute ihm. Das erste Mal blickte er Samu wieder tief und mitfühlend in die Augen. Samu verstummte. Wie versteinert stand er da. Seine Atmung ging flach, er dachte, dass er jetzt gleich umkippen würde. Ein Schlag ins Gesicht, ein Steinfels, der ihn erdrückte und ein Dolch, der in sein Herz gerammt wurde, so erschüttert fühlte sich sein Körper an. Vom Donner gerührt.

„Ich fasse es nicht! Und du hast es die ganze Zeit gewusst?", ächzte er mit letzter Luft und letzter Kraft.

Er drehte sich um und verließ das Haus.

XXII.

„Hallo?"

Dania klemmte ihr Handy zwischen ihre linke Schulter und ihr linkes Ohr. Sie war auf dem Weg zu Sole und dachte daher, dass es bestimmt ihre liebste Freundin sei, die wiedermal irgendetwas verschusselt hatte oder noch irgendetwas brauchte, das sie mitbringen konnte. Sie hatte daher gleich abgenommen und gar nicht mehr aufs Display geschaut. Ein Fehler. Eine ihr wohlbekannte Männerstimme meldete sich am anderen Ende der Leitung.

„Hallo Dania, bist du`s?" Ihr Vater war am Apparat. Abrupt blieb Dania wie angewurzelt stehen.

„Hallo Papa, ja ich bin`s. Ich bin aber in Eile und hab eigentlich gar keine Zeit", versuchte sie ihn abzuwimmeln. Langsam setzte sie ihre Gangart wieder fort. Ihr ungutes Gefühl in ihrer Bauchgegend machte sich bemerkbar. Danias Vater atmete hörbar laut ein und aus. Er spürte, dass Dania eine Abneigung hatte, sich mit ihm zu treffen. Ihm schmerzte sein Herz. Seine

Tochter sah ihn immer noch mit den falschen Augen. Er war kein Unmensch. Was sollte er noch alles tun, um ihr Herz und ihr Vertrauen zurückzugewinnen? Seiner Meinung nach half nur eins. Er musste ihr endlich die Wahrheit sagen und sie musste ihm endlich verzeihen. Ja, er hatte einen großen Fehler begangen. Heute würde er es auch anders machen. Aber was geschehen war, war geschehen.

„Dania, komm doch am Wochenende zu uns nach Hause zum Frühstück. Wir haben dich eh schon so lange nicht mehr zu Gesicht bekommen. Dabei können wir nebenbei über diesen Hermann Rosenthal sprechen. „Seit wann verkehrst du denn mit diesen Leuten, Dania?"

„Ich v e r k e h r e – die Betonung lag sehr scharf auf diesem Wort – mit wem ich will. Falls es dir entgangen worden ist, mein 18. Geburtstag liegt 19 Jahre zurück, ich bin also doppelt volljährig." Warum legte sie denn so eine Schärfe in ihre Worte? Dania verstand es selbst nicht, aber eine riesengroße Aggression kochte gerade in ihr hoch.

Paul Sigmund wusste, eine Diskussion würde jetzt zu nichts führen. Er musste klar und sachlich bleiben. Vor allem musste er sie jetzt mit einem konkreten Vorschlag überrumpeln, um das Ganze zu beschleunigen und Dania nicht noch mehr Zeit zum Grübeln zu lassen.

„Geht Sonntag um 10 Uhr bei dir?"

Dania wusste nicht, was sie antworten sollte. Stille. Wieder war es ihr Vater, der schließlich einen weiteren Vorschlag von sich gab.

„Überleg es dir einfach. Wir würden uns total freuen, dich wieder mal zu sehen. Falls wir nichts mehr von dir hören, bleibt es bei Sonntag um zehn, ja?

„Ja", knirschte es aus Danias zusammengepressten Kiefern.

„Bis dann."

XXIII.

Samu fuhr quer durch die Prärie. Seine Gedanken überschlugen sich. Prasselten auf ihn ein als würden Hagelkörner vom Himmel herabgeschleudert. Er hatte kein Ziel. Wollte einfach nur weg. Von was eigentlich? Sich selbst konnte er nicht entfliehen. Es rumpelte in seiner Herzgegend. Als würde ein Fels gesprengt werden. Er musste irgendwo anhalten. In ihm explodierte alles. Als hätte jemand die Dynamitschnur befeuert und in ihm eine Bombe gezündet.

Seine Mutter lebte. Jetzt hatte er also die erhoffte Gewissheit. Damit kreisten aber auch seine Schuldgedanken wieder um seinen Kopf. Warum hatte sie ihn verlassen, sich nie gemeldet? War er es nicht wert, geliebt zu werden? Hatte er was verbrochen? Er wusste, auch diesmal würde er alleine keine Antwort auf diese plagenden Hirngespinste finden. Er versuchte sich zu beruhigen. Jetzt half wirklich nur noch die alles erlösende Aussprache. Er wollte ihr in die Augen sehen. Es aus ihrem Mund hören. Ihre Geschichte, ihre Wahrnehmung, ihr Leben, in dem er doch fast nicht vorkam.

Es würde sich zeigen, ob sein Gefühl für die Liebe seiner Mutter wirklich die ganze Zeit der Wahrheit entsprach, oder ob es eine Illusion war. Eine Verblendung, die ihm seine Hoffnung, sein Wegschauen von den Tatsachen, heraufbeschworen hatte. Er wusste, es hing so viel von dieser Wahrheit ab. Immer mal wieder hatte diese Unsicherheit ihn in seinem Alltag heimgesucht. Ja, er hatte seinen eigenen Kopf, er scherte sich einen Dreck um Moral und Konventionen, wenn sein Herz ihm das o.k. gab. Er folgte seinen Instinkten und seiner Intuition. Und es fühlte sich auch alles richtig an. Aber trotzdem waren dann immer wieder diese Zweifel, dass doch etwas nicht in Ordnung war bei ihm.

„Oh Gott, bitte hilf mir." Samu murmelte vor sich hin. Er hatte Seelenschmerzen. Es tat so weh. Er war einem Feldweg mit seinem SUV auf einen Berg gefolgt. Auf einer schönen Anhöhe unter einer Eiche stellte er den Wagen ab. Er stieg aus, setzte sich ins Gras an den Stamm des Baumes und ließ seinen Blick über das Tal schweifen. Da klingelte sein Handy. Mist. Er wollte jetzt niemanden sehen, niemanden hören. Sein Blick auf das Display beunruhigte ihn noch mehr. Er kannte die Nummer zwar nicht, sah aber, dass er von Amerika kontaktiert wurde. Das war bestimmt dieser Inspektor Meyer. Der konnte ihm jetzt gestohlen bleiben. Er drückte auf die rote Hörertaste. Danach schaltete er das Mobiltelefon ganz aus.

Ruhe, er brauchte jetzt Ruhe.

XXIV.

Hermann setzte den Blinker um auf die Überholspur der Autobahn zu wechseln. Er befand sich auf dem Weg zu Jade. Nichts würde ihn jetzt mehr aufhalten, sie aufzusuchen. Er hatte alles zu Hause geregelt. Seine Angestellte würde den Laden die nächsten Tage ohne ihn am Laufen halten. Sie liebte diesen Laden mit all den Pflanzen, den Tieren und den Menschen. Es war also selbstverständlich, dass sie sofort zusagte und für ein paar Tage ganztags einsprang. Hermann war dankbar, dass ihm das Schicksal diesen Weg nun ebnete, um Jade aufsuchen zu können. So konnte er wenigstens in dieser Sache beruhigt sein Vorhaben in die Tat umsetzen, wenn er zu Hause alles in den besten Händen wusste. Denn der Laden hatte ihn am Leben gehalten. War ihm Ersatz für seine fehlende Familie gewesen, hatte ihm wieder den Glauben an die Liebe und an das Leben zurückgegeben.

Jetzt war die Zeit also reif, sein Leben und das seiner Familie zu regeln. Etwas übereilt war das Ganze jetzt schon. Zwar absurd, es als übereilt zu bezeichnen, nachdem nun 30 Jahre vergangen waren. Aber trotzdem fühlte Hermann sich überrannt. Doch es musste und sollte jetzt so sein. Nachdem Samu das Haus so plötzlich verlassen hatte, dachte Hermann erst, jetzt sei alles zu spät. Alles sei falsch gewesen, all die Jahre. Er hatte doch schon viel früher Kontakt zu dem Jungen aufnehmen wollen. Aber damit waren so viel Angst und jede Menge schlechter Erinnerungen verbunden.

Amerika hatte ihm kein Glück gebracht. Nur Schmerz und Verzweiflung. Am Ende wollten sie ihm sogar noch seine Freiheit nehmen. Das war zu viel für ihn gewesen. Er hatte alles aus seinem Leben verbannt, was ihn an diese Zeit erinnerte, sogar seinen Namen hatte er abgelegt. Wieder zurückgegeben. Ihm wurde soeben bewusst, wie parallel sich im Moment Samus und sein Leben entwickelte. Auch er dachte, er habe das alles schon innerlich ausgeheilt, aber alle Wunden schienen gerade wieder aufzubrechen. Hermann rief sich zur Besonnenheit. Er musste jetzt einen klaren Kopf behalten. Er hatte immerhin ca. 5 Stunden Fahrt vor sich. Außerdem hatte er keine Ahnung, wie er Jade finden sollte. Er wusste nur den Namen des Waldes, Reinhardswald. Jade hatte vor etwa 5 Jahren schriftlichen Kontakt zu ihm aufgenommen. Ihm war das nicht gelungen. Er hatte es versucht. Aber Jade hatte zu gut ihre Spuren verwischt. Klar, es war auch leichter für sie, ihn zu finden als umgekehrt. Er war damals wieder in seine Heimatstadt in den Süden Bayerns zurückgekehrt. Der Name Rosenthal war hier bekannt. Sein Vater und dessen Väter waren bekannte Förster und Jäger.

„Na dann, Waidmannsheil", betete er leise vor sich hin. Würden ihm seine Großväter schon helfen, sich im Wald zurechtzufinden und ihm den Weg zu Jade weisen. Er drückte aufs Gas. In diesem Moment fühlte er eine riesengroße Kraft in sich aufsteigen. Waren das schon seine Ahnen, die ihm schon jetzt seinen Rücken stärkten? Er vertraute einfach.

Für Samu hatte er einen Zettel hinterlegt. Seine Mitarbeiterin würde ihn ihm aushändigen, falls er vor seiner Rückkehr im Blumenladen auftauchen sollte. Der Junge würde jetzt aber wohl erst ein paar Tage für sich selbst brauchen. Das spürte Hermann. Und diese Zeit würde er nutzen. Um wieder ein paar mehr von den Mosaiksteinchen aufzusammeln. Für sich und seine Familie.

XXV.

Es war Sonntag, neun Uhr. Dania fühlte sich unwohl als sie erwachte. Der Regen klatschte an die Scheiben ihrer Schlafzimmerfenster. Draußen blies ein leichter Wind und bog die Pflanzenstengel mit ihren Blüten zu seiner gewünschten Seite. Die letzten Tage waren komisch verlaufen. Nach der ersten Aussprache mit Hermann hatte sie Samu nicht mehr gesehen. Dabei hatte er doch gesagt, dass er sie an allem teilhaben lassen wolle. Traurig schlug sie die Decke zurück, schwang ihre Beine noch etwas steif aus dem Bett und ging ins Bad.

Eine SMS hatte er ihr geschickt. Er brauche ein paar Tage Zeit, um sich zu orientieren, hatte er ihr geschrieben. Und dass er sie liebe. Als Dania bei Hermann angerufen hatte, war nur der Anrufbeantworter hingegangen. Samus Handy war tot. Keine Verbindung. Jetzt musste sie sich wohl ihrer unliebsamsten Aufgabe fügen, dem Warten und dem Ausharren.

Der Frühstückstermin heute Morgen bei ihren Eltern trug ebenso wenig der Stimmungssteigerung bei. Im Gegenteil. Er lag ihr schwer im Magen. Sole war es schließlich, die sie daran hinderte, den Termin abzusagen. Bei ihrem Treffen nach dem Telefonat mit ihrem Vater hatte die Freundin ihr den Kopf zurechtgerückt.

„Dania“, hatte sie gesagt, „das ist jetzt deine Chance, also reiß dich gefälligst zusammen! Sieh es als Wink des Schicksals, dass sich jetzt in deiner Familie die Möglichkeit der Aussprache bietet."

Irgendwo hatte sie das so ähnlich doch vor kurzem schon mal gehört. Nur dass es aus ihrem Mund kam und Samu betraf. Und überhaupt, so kannte sie Sole gar nicht. Sie war doch immer die Unverbindlichkeit in Person. Sie war es doch, die das Leben in ihrer Unbeschwertheit und in ihrer Freiheit genoss. So bezugslos schien sie gar nicht zu sein. Lag das an ihrer italienischen Mentalität? In diesem Land wurde die Familie groß geschrieben. Hier zählte das Blut und die Liebe über alles. Also gut, dachte sich Dania und gab sich einen Ruck.

Sie blickte in den Spiegel. Man sah es ihr förmlich an, dass sich etwas aus ihrer Seele herauslöste. Ihr Blick war gespannt, fast starr. Um die Mundwinkel bildeten sich heute zarte Dreiecksfältchen. Mal sehen, ob ich mit ein bisschen Augenmakeup von der Strenge etwas ablenken kann, dachte sie sich. Also putzte sie sich - etwas mehr versöhnt mit dem heutigen Treffen - die Zähne und kämmte ihren Bob in die gewünschte Position. Ihre Abläufe waren sehr diffus, aber sie machte einfach mit dem weiter, was ihr in den Sinn kam. Sie wusch sich als nächstes den Schlaf aus den Augen, legte mit ihrem Deo und dem Parfüm einen frischen Duft auf ihre Haut und machte sich dann zum Schluss ans Auftragen ihres Lidschattens.

Pünktlich um zehn stand sie mit einem gestern erstandenen kleinen Sträußchen auf der großen Eingangstreppe der Villa ihrer Eltern. Bevor sie klingelte ließ sie noch einmal die kindlichen Gefühle dieses Hauses in sich aufsteigen. Besser gesagt die ihrer Jugend. Wie sie dieses Haus liebte. Plötzlich sah sie die Ereignisse von damals in einem ganz anderen Licht. Ja, ihr Vater hatte sie in der Vergangenheit kurz verlassen. Aber als er wieder nach Hause kam, bescherte ihm der Auslandsaufenthalt nach einem Jahr eine Beförderung, durch die sich die Familie diese Villa leisten konnte. Eine bezaubernde Stadtvilla mit einem wunderschönen Park, einem Schwimmteich und vielen Blumen. Hatte im Leben doch irgendwie alles sein Gutes? Dania blickte nach links und nach rechts. Die großen Bäume grüßten sie freundlich. Sie spürte ihre Energie. Sie hatten ihr all die Jahre die Geborgenheit gegeben, die sie woanders vermisst hatte. Dania fühlte eine große Dankbarkeit in ihrem Inneren. Tränen füllten ihre Augen. Alles war gut, wenigstens in diesem Moment. Schließlich schniefte sie einmal laut, wischte sich mit der freien Hand die Augen klar und klingelte.

Ihr Vater öffnete die Tür. Mit breiten Armen empfing er sie. Seine Augen strahlten.

„Dania! Wir freuen uns so, dass du uns besuchen kommst."

Vorsichtig trat Dania ein und ließ sich von ihrem Vater umarmen. Etwas verkrampft lag sie an seiner Brust. Meinte sie das jetzt nur, oder war es bisher vielleicht auch an ihr gelegen, dass sie ihren Vater einfach nicht mehr an sich rangelassen hatte? Sie wusste gar nichts mehr im Moment. Ließ es einfach geschehen, versuchte einfach offen diesem Tag, ihrer Familie, ihrem Leben zu begegnen. Da erblickte sie auch schon ihre Mutter im Hintergrund. Mit einer süßen Schürze um den Bauch gewickelt trat sie auf die beiden zu und umarmte alle beide, ihren Kopf an Danias Kopf gelegt.

„Kommt, wir gehen in den Wintergarten, dort haben wir es schön gemütlich, können auf den See schauen und erhaschen dann vielleicht doch noch ein paar Sonnenstrahlen, falls der Regen aufhört." Danias Mutter legte ihre Hand auf die Schulter ihrer Tochter und bugsierte sie damit liebevoll durch die große Eingangshalle. Die prunkvollen Steintreppen wanden sich dort erhaben nach oben und endeten in einer Galerie, die sich graziös im ersten Stock über der Diele emporhob. Wie immer blickte Dania demütig das Treppengeländer entlang nach oben. An Weihnachten stand hier in der Mitte ein riesengroßer Tannenbaum, der mit der Spitze fast die Decke der Eingangshalle berührte.

Sie gelangten ins Wohnzimmer und von dort in den Wintergarten. Die massiven Steinfußböden mit den flauschigen Schurwollteppichen schafften eine gigantische Atmosphäre. Sie entfachten das Gefühl von strotzender Kraft und behaglicher Geborgenheit.

Im Wintergarten waren als Kontrast zu den weißen Ledermöbeln im Wohnzimmer hellbraune Korbmöbel arrangiert. Ihre Mutter hatte einen genialen Geschmack. Sie verstand es, alle persönlichen Noten miteinander zu vereinen. Eleganz und Prunk mit Wärme und Liebe gepaart.

Ein Teil der Anspannung löste sich aus Danias Schultern. Sie nahm Platz, blickte auf den See. Zwei Fontänen spritzten dort jeweils einen Wasserstrahl in den Himmel, belebten somit die sonst spiegelglatte Oberfläche des nassen Naturreiches. Wie schön der Tisch gedeckt war. Erst jetzt fiel ihr Blick auf ihre nähere Umgebung, das Frühstücksbuffet. In einer Porzellanetagere hatte ihre Mutter frisches Obst kunstvoll aufgelegt. Trauben, Pfirsiche, kleine Aprikosen und Physalis lagen dort hübsch aufgebahrt. Frische Semmeln und Brezen waren verlockend in Weidenkörbchen drappiert, Croissants dufteten von einer Porzellanplatte empor. Und Kaffee, frisch gebrühter Kaffeeduft zog aus der Küche in Richtung des Wintergartens. Mmmmhhh, Dania liebte diesen Geruch, ihre Nase jubilierte innerlich. Selbst gemachte Erdbeer- und Kirschmarmelade stand in niedlichen Glasschälchen am Tisch. Ihre Mutter war eine Verfechterin von Glas und Porzellan. Letzteres war auch an dem schönen Geschirr zu erkennen. Im quadratisch modernen Design und schlichtem Weiß war es auf dem Tisch aufgelegt. Mit den grünen Servietten und dem wunderschönen Blumenstrauß auf der Tafel kamen farblich bunte Kleckse ins Spiel. Als Danias Mutter den Kaffee in den Wintergarten trug, erhaschte sie den Blick ihrer Tochter und griff sofort ihre Gedanken auf.

„Ja, die sind aus dem Garten, Dania. Wunderschön, nicht? Margeriten, deine Lieblingsblumen, Frauenmantel, Rosen, Rittersporn und rote Steinbrechblüten."

„Echt schön Mama. Wahrscheinlich habe ich deine Liebe und dein Talent zu den Blumen von dir geerbt."

Dania lachte und ihrer Mutter ging das Herz auf. Versöhnt, das war die Beschreibung des Gefühls, das Dania in ihrem Bauch jetzt spürte. Sie wusste, die Zeit war nun wohl reif für sie, innerlich versöhnt zu sein. Sie konnte es sich auch nicht erklären. Sie war fast 30 Jahre mit diesem Thema im Klinsch gelegen. Hatte dies und jenes versucht, um sich daraus zu befreien. Heute Morgen noch wollte sie am liebsten vor allem davonlaufen. Nun fühlte sie langsam immer mehr Frieden in sich aufsteigen. Warum ging es jetzt so leicht? Hatte sie sich umsonst die ganze Zeit abgemüht, wenn es sich nun wie am Schnürchen von selbst zu lösen schien? Nein, ganz und gar nicht. Alles hatte wohl zu diesem einen Augenblick beigetragen. Jedes einzelne Gespräch, jede Erfahrung, jede Begegnung.

Für den Moment von Glück erfüllt blickte Dania auf den reich gedeckten Tisch. Ihr Vater und ihre Mutter hatten mittlerweile auch auf ihren Sitzen Platz genommen.

„Dann wünsche ich ein schmackhaftes und genüssliches Frühstück", verkündete Henrietta Sigmund fröhlich den Beginn der Morgenvesper.

Alle griffen sofort nach ihren Herzenswünschen. Dania angelte sich ein Croissant, ihr Vater eine Breze und ihre Mutter nahm ein Stück Marmorkuchen, den Lieblingskuchen aus Danias Kindheit.

„Wie geht es dir denn, Dania? Hast du schon eine Idee, was du jetzt nach der Bank machen willst? Was inspiriert dich? Wir haben ja seit einiger Zeit nichts mehr von dir gehört, und wenn, dann nur am Telefon." Herr Sigmund schaute seine Tochter interessiert an.

Dania kaute erst noch genüsslich den gebackenen Teighappen zu Ende und nahm sich dann einen Schluck des köstlichen Kaffees. Jetzt war sie gewappnet für den Fragenkatalog, den ihr Vater soeben in die Runde gestellt hatte.

„Das wüsste ich auch gern, Papa, wie es jetzt so weitergeht bei mir. Ich bin gerade dabei, mich selbst zu finden. Ich entdecke mich jeden Tag neu. Klar ist, dass meine Karriere in der Bank meiner Vergangenheit angehört."

„Wirklich? Du warst doch so erfolgreich und beliebt dort?" Danias Vater sah sie besorgt an. Er wollte doch nur ihr Bestes. Aber er wusste auch, wie hart das Finanzbusiness war.

Kurz flackerte in Dania Unsicherheit auf. Ob sie sich auf ihre Gefühle und ihre Träume wohl verlassen konnte? Dann aber wich das Empfinden einem tiefen Vertrauen. Ja, sie wusste, künftig würde sie ihrer Intuition, ihrer inneren Stimme folgen. Anders als früher. Da waren ihr Kopf und ihr Verstand immer an erster Stelle. Jetzt würde ihr Herz regieren.

„Weißt du Papa, die Finanzbranche war schon hart, als ich eingestiegen bin damals, mit meiner Ausbildung. Sie ist aber im Laufe der Zeit zu einem regelrechten Haifischbecken geworden. Ich habe zwar stets mit aller Kraft und aller Liebe meine Kunden nach deren Wünschen und Bedürfnissen beraten, jedoch klafften der Anspruch der Chefetage und die Qualität eines anständigen Beratungsgespräches immer mehr auseinander. Am Ende war es nicht mehr zu vereinbaren mit meinem Gewissen und mit meiner seelischen Verfassung. Der Druck war mir einfach viel zu hoch. Eigentlich hast du, Mama, mir heut schon wieder einen Hinweis auf meine neue Richtung gegeben. Pflanzen und Architektur haben mich schon immer inspiriert. Und wenn ich euer Haus und meine Wohnung so anschaue, dann entdecke ich dort doch ein gewisses Talent und eine unendliche Begeisterung für Design und Natur."

Frau Sigmund schaute ihrer Tochter sanft in die Augen. Sie hatte sich auch verändert. Total. Früher war sie hektisch und voller Druck gewesen. Hetzte sich durch den ganzen Tag und hatte kaum Zeit, die Schönheiten im Leben zu genießen. Alles musste perfekt sein. Und das mit jeder Menge Kraft- und Disziplinsaufwand. Diese sanfte Art, die heute auf ihr lag, kannte Dania noch gar nicht.

„Du weißt, was du tust, Dania. Hör auf dein Herz. Nimm dir jetzt erst mal Zeit, um dir klar über deine Wünsche und deine Möglichkeiten zu werden. Dann wird sich dir das Richtige offenbaren."

„Das hast du noch nie zu mir gesagt, Mama. Du warst doch auch immer so auf den äußeren Schein bedacht, und was die Leute denken, und so.

„Auch ich habe vom Leben gelernt Dania. Du musst wissen, dass ich ebenso erst mal akzeptieren musste, dass im Leben nicht alles planbar ist. Ich wurde ja schließlich total überrascht, als dein Vater ging und ich für euch beide sorgen musste. Die Angst bewog damals bei mir, noch mehr zu arbeiten, noch mehr alles kontrollieren zu wollen. Ich drängte mich also noch mehr in meine Macherrolle hinein. Dass ich dabei meine Seele, meine Kinder, meine Gefühle und Wünsche komplett aus meinem Leben boxte, das merkte ich erst später."

Schuldbewusst sah Danias Mutter zu ihrem Mann. Auch Dania folgte diesem Blick. Herr Sigmund tupfte mit seiner Serviette die zarten Butterreste von seinen Lippen.

„Jetzt komm wohl ich ins Spiel, meine Süße. Eigentlich bin ich dir diese Erklärung schon seit Langem schuldig, die ganze Geschichte meines damaligen Verschwindens. Aber es war irgendwie nie der richtige Zeitpunkt."

Noch einmal räusperte sich Paul Sigmund, dann holte er tief Luft.

„Deine Mutter und ich, wir hatten eine schwierige Phase damals. Manchmal kommt einfach zu viel zusammen. Dann ergibt eines das andere und auf einmal steht man vor einem Scherbenhaufen."

Dania stand ihre Unklarheit nun völlig ins Gesicht geschrieben. Auf ihrer Stirn bildeten sich horizontale Falten und ihre Augen bogen sich in Richtung ihrer Nasenwurzel fragend nach unten.

„Ich versteh nicht ganz, was du meinst? Für mich war es perfekt damals, bevor du gegangen bist."

„Das glaub ich dir, Liebes." Herr Sigmund fuhr mit seinen Ausführungen fort. „Ihr ward auch das Allerwichtigste für uns. Du und dein Bruder Johannes. Es ist eines der schönsten Sachen der Welt, Kinder zu haben. Für uns war es jedoch eine große Herausforderung, alles unter einen Hut zu bringen. Die Familie, das Berufsleben, das Leben als Mann und Frau."

Herr Sigmund räusperte sich etwas verlegen. Dania beobachtete, wie eine leichte Röte im Gesicht ihres Vaters aufzusteigen begann. Ihr Vater redete eigentlich nie über seine Gefühle. Schüchtern blickte sie ihn an. Sie wusste, jetzt würde etwas kommen, das er ihr bisher immer verschwiegen hatte. Etwas, das aber so wichtig war für sie, um das Ganze verstehen, verarbeiten und abhaken zu können.

„Was war der Grund damals für dein blitzartiges Verschwinden, für dein Untertauchen? Ja, so hat es sich für mich angefühlt. Kein Brief, kein Anruf, das tut jemand, der seine Kinder liebt doch nicht, oder?" Dania war verwundert, wie leicht sie ihre Verletzung aussprechen und gleichzeitig Haltung bewahren konnte. Wie Erwachsene konnten sie ganz sachlich über damals reden.

„Ich hatte damals eine Affaire, Dania. Es war eine Kollegin aus der Agentur. Mein Leben war so eingefahren, ich hatte kaum noch Zeit für mich, meine Wünsche, meine Freiheit. Etwas in mir sehnte sich nach Abenteuer, nenn es den Kick, wenn du magst oder auch eine Midlifekrises. Vielleicht waren wir auch einfach zu jung damals, noch nicht reif für diese ganze Verantwortung. Obwohl ich mein Verhalten damit auf keinen Fall entschuldigen möchte."

Dania dämmerte langsam, dass genau jetzt der richtige Zeitpunkt war, für diese Offenheit, dieses Gespräch. Noch vor ein paar Wochen wäre sie ihm verurteilend ins Gesicht gesprungen, ihrem Vater. Wie konnte er seinen Trieb und seine innere Sehnsucht vor das Wohl der Familie stellen?

Heute wusste sie aber, dass es im Leben total wichtig war, seine Lebendigkeit und einen Teil seiner Freiheit zu wahren. Sonst zerstörte man sich selbst. Die letzten Wochen war sie selbst wie aus einer Starre erwacht. Sie hatte wieder Leben in sich gespürt. War wie neu geboren. Sie verstand also die Beweggründe ihres Vaters. Aber konnte man das dann nicht etwas sauberer lösen? Sie entschloss sich, ihre Gedanken auszusprechen.

„Ich versteh dich, Papa. Die Sehnsucht nach Lebendigkeit, Ausdruck und Freiheit ist in den letzten Wochen bei mir selbst regelrecht erwacht. Warum aber hast du alles abgebrochen, so ohne ein Gespür für das, was du hinter dir lässt?"

„Da waren viel zu viele Emotionen im Spiel, Dania. Zum einen trug ich eine riesengroße Scham in mir. Wie hätte ich meiner süßen 5jährigen Tochter von meiner Affaire erzählen sollen? Ich konnte dir nicht mehr in die Augen sehen, dein trauriges Gesicht hätte mich jede Nacht heimgesucht. Ich fühlte mich von Schuld beladen, hatte versagt."

Dania beobachtete, wie sich die innere Anspannung ihres Vaters körperlich abzeichnete. Seine rechte Hand knüllte in einer Faust die Serviette zu einem Knäuel zusammen.

„Das ist aber nur die halbe Wahrheit, Dania. Der andere Grund meines Weggangs entsprang meiner schon fast krankhaften Suche nach Bestätigung. Ich fühlte mich nur als Mann, wenn ich auch etwas leistete in meinem Beruf. Ich wollte vorwärts kommen, noch eine Beförderung, noch eine Auszeichnung. " Sigmunds Schultern waren mittlerweile steif, wie die eines Soldaten. So wuchs die Verkrampfung nun in ihm an. „Der journalistische Auslandaufenthalt schien für mich genau die richtige Chance zu sein. Ich wurde in den Fall des Jahrhunderts hineinbeauftragt. Erst war es auch wie im Rausch. Amerika, das Land der unbegrenzten Möglichkeiten, mein neuer Job in höchst gehobener Position, die Penthousewohnung, die ich mit meiner Kollegin und Kurzzeitaffaire bezog.

Aber nach und nach löste sich alles wie ein Luftschloss auf. Meine neue Partnerschaft entpuppte sich als kalkuliertes Spiel, das Filja, so hieß meine Kollegin, nur neue Berufschancen eröffnen sollte. Das Land selbst ließ mich meine Bodenhaftung verlieren. Die zeitweilige Oberflächlichkeit kotzte mich an. Und im Job wurde ich so sehr in den Fall verstrickt, dass ich am Ende schlaflose Nächte hatte. Ich erhielt Morddrohungen und wurde erpresst."

Paul Sigmund atmete schwer ein und aus. Das alles hörte Dania zum ersten Mal. Sie war geschockt.

„War denn dein Leben in Gefahr?" Dania merkte, wie ihr zugleich heiß und kalt wurde.

„Es war wirklich knallharter Ernst und skrupellose Gewalt, die ich in Amerika erlebt hatte. Vielleicht war es sogar deshalb ganz gut, dass ich keinen Kontakt zu euch gepflegt hatte, denn diese Leute hatten mich komplett durchleuchtet. Letztendlich hätten sie sich auch auf das Liebste meines Lebens gestürzt. Aber ich möchte gar nicht mehr so viele Worte über Amerika verlieren. Es war eine Erfahrung, ich habe die Reißleine gezogen, viel daraus gelernt und es ist alles nochmal gut gegangen."

Dania respektierte den Wunsch ihres Vaters. Sie sah ihm auch an, wie ihm diese Erinnerungen noch zu schaffen machten. Ein leichtes Unbehagen kitzelte noch in ihrer Magengrube. Es war das Misstrauen, dass sie seit der Trennung gegenüber ihren eigenen Gefühle hatte. Sie zweifelte immer an ihrem guten Bauchgefühl, da dieses damals so jäh aus dem Vertrauen gerissen wurde.

„Papa, du sagst, ihr habt die Trennung sehr unter euch ausgemacht. Wie war das möglich? Warum habe ich, bevor du gegangen bist, keinen Streit zwischen euch bemerkt? War ich noch zu klein dafür?“ Für Dania war die Sache noch nicht rund, sie musste das noch wissen.

„Trotz all dieser Differenzen waren wir uns doch in einem einig. Keine Streitgespräche vor den Kindern. Wir haben also die Zeit, als ihr im Kindergarten, in der Schule, bei Freunden oder im Sportclub ward, genutzt, um die Sache zwischen uns auszumachen. Bei allem Tumult rangen wir uns doch noch diese eine Disziplin ab. Vielleicht war das auch falsch gewesen? Denn in gewisser Weise haben wir euch ja nur heile Familie vorgespielt.“

Jetzt war für Dania alles gesagt. Eine große Erleichterung zog sich durch ihr Herz. Es lag also nicht an ihr. Sie war nicht Schuld an der Trennung ihrer Eltern und sie hatte sich auch nicht getäuscht in ihren Wahrnehmungen damals. Ihr Vater hatte sie immer geliebt. Er hatte sie nicht vergessen und wollte immer nur ihr Bestes. Sie hatte bis heute nichts gewusst von der Affaire.

Und auch damit war ihr Vater genau zum richtigen Zeitpunkt herausgerückt. Aus der Zeit mit Tim konnte sie die Begeisterung zu Sex keineswegs verstehen. O.k. sie war damals auch noch sehr jung gewesen. Man hörte ja oft, dass sich bei der Damenwelt mit zunehmendem Alter auch die sexuelle Lust steigere. Bei ihr war das absolut der Fall. Nach den zwei Liebesnächten mit Samu wusste sie also genau, wovon ihr Vater sprach. So etwas konnte geradezu magisch sein, wenn die Funken sprühten.

„Meine größte Lehre aus der ganzen Sache war, dass man stets miteinander reden muss. Über seine Wünsche, seine Enttäuschungen, seine Empfindungen. Offenheit! Ich glaube, manchmal trauen sich Paare einfach zu wenig, sich gegenseitig ihr wahres Gesicht zu zeigen. Sie versuchen, stets den Frieden aufrecht zu halten. Das ist dann nur eine Show und da kommt irgendwann das böse Erwachen. Deine Mutter und ich haben zeitweise nur noch funktioniert, haben geschaut, dass der Laden läuft, unsere Aufgaben erledigt. Danach waren wir platt, hatten keine Lust und Zeit mehr für anderes. Aber Gott sei Dank hat uns das Schicksal dann nochmal zueinander geführt. Wir haben unsere zweite Chance ergriffen. Obwohl man behaupten könnte, dass das unsere Interpretation sei, aber ich glaube, wir sind noch inniger, noch wertschätzender zueinander geworden. Durch dieses Erlebnis. Die Liebe und die tiefste Berührung haben wir erst nach diesen zwei Jahren auf ganz neue Art erleben dürfen."

Herr Sigmund legte die Hand auf die Schulter seiner Frau. Dania wurde etwas verlegen. Auf einmal fühlte es sich komisch an, wenn ihre Eltern wie Teenager vor ihr saßen und gefühlsdusselig vor ihr herschwelgten. Aber vielleicht spürte sie deren Unbehagen, endlich ihre weiche Seite zu offenbaren. Bisher zeigten sie nur Souveränität. Das machte den Mensch aber auf Dauer unnahbar, unantastbar und scheinbar unverwundbar. Das wurde ihr jetzt mit einem mal klar. Und auch, dass sie ebenfalls diesen Anteil in sich trug, immer souverän zu sein, unangreifbar. Eine Frage hatte Dania schließlich noch.

„Warum bist du mir all die Jahre mit diesem Geheimnis begegnet, Papa. Hätte eine frühere Aussprache mir nicht viel erspart?"

„Ja, ich bin wirklich ein Trottel gewesen, hab genau das Gegenteil davon gemacht, was meine Schuldgefühle und das angespannte Verhältnis zu dir aus der Welt geschafft hätte. Ich sah ja, wie du all die Jahre mich mit Misstrauen gestraft hattest. Da wollte ich nicht auch noch mit meiner Fremdgehnummer vor dir als Versager stehen. Wieder ein Fehler. Hätte ich die Wahrheit gesagt, wäre alles aus dem Weg geräumt gewesen. Du hast wohl all die Jahre gespürt, dass ich in mir etwas verborgen gehalten habe. Deine innere Stimme hat also genau recht gehabt und ist auf Abstand gegangen."

„Aber es lag auch an mir." Danias Mutter meldete sich nun auch noch zu Wort. „Nach Pauls Rückkehr wollte ich diese Affäre endgültig aus meinem Leben verbannen. Ich empfand es für besser, wenn wir die schlafenden Hunde nicht mehr beim Namen nannten. Es war also auch mein verletzter Stolz, der die Tür zur Wahrheit verschlossen hatte, der dachte, mit der Vertuschung sei alles gelöst."

Dania, ihre Mutter und ihr Vater spürten, dass es an der Zeit war, das Thema ein für alle Mal zu beschließen. Mit zwei letzten Sätzen wollte Paul Sigmund dies nun tun.

„Vielleicht war es jetzt möglich, weil ich mir endlich selbst verzeihen konnte. Als du dann bei unserem letzten Telefonat wieder so abweisend warst, wusste ich, jetzt musste und wollte ich alle Karten auf den Tisch legen und neu anfangen."

Alle schwiegen. Jeder sortierte seine Gedanken in sich, schien befreit von der Aussprache. Alles war nun gesagt. Dania pickte sich ein paar Trauben von der Etagere und nahm sich ein Schälchen Quark gemischt mit Kirschjoghurt.

„Mmmhhhhh, lecker!" Sie schmatzte und leckte sich einen Quarkspritzer von der Oberlippe. Schön war es auf einmal, bei seinen Eltern zu sein, sich von ihnen behütet zu fühlen und verwöhnen zu lassen. Irgendwie nährten sie damit noch ihre kindliche Seele. Dieses Gefühl hatte sie schon lange nicht mehr gehabt. Sie konnte es jetzt wieder genießen. Vielleicht hatte sie sich auch all die Zeit selbst aus dieser Familie ausgesperrt? Egal. Es war vergangen. Jetzt zählte ihr neues Leben, ihre Zukunft.

„Apropos Telefonat, was wolltest du eigentlich noch von mir wissen, Papa?"

Dania fühlte nun keine Angst mehr vor ihrem Vater, was seine journalistische Frage betraf.

„Ach, für mich ist es gar nicht so wichtig, denn ich betreue den Fall dieses Mal glücklicherweise nicht. Aber ich habe ihn in Amerika betreut. Ich war der Schreiber für die dramatischen Ereignisse der mysteriösen Mordfälle der Familie Lander.

Dania verschlug es die Sprache. Mit offenem Mund starrte sie ihren Vater an.

XXVI.

Der Wecker schrillte um fünf Uhr morgens. Es war noch dämmrig draußen, doch die Sonne war schon bereit, sich von ganz unten in ihren gewohnten Lauf einzufädeln. Es würde ein heiterer Tag werden. Wenigsten, was das Wetter betraf. Hermann reckte sich in einem sogar für ihn viel zu kleinen Bett mit einer bretttharten Matratze. Schon allein deshalb war es für ihn kein Problem, früh aus den Federn zu kommen. Aber er hatte heute auch jede Menge vor.

4 Tage war es nun her, dass er in einem kleinen Ort am Reinhardswald gestrandet war. Ja, das war die richtige Bezeichnung. Er hatte sich regelrecht in diese Gegend spülen lassen. Anfangs war es sehr zäh gewesen. Die ersten Schritte brachten ihn fast wieder zum Abbruch seines Vorhabens.

Recht mürrisch wurde er von der Tankstelleninhaberin des Ortes empfangen, als er diese um eine Übernachtungsmöglichkeit bat. Schien von der raueren Sorte zu sein, diese Frau Imhof.

Was ihn denn in diese Gegend verschlagen habe und ob er auch zahlen könne?

Was dachte die Frau eigentlich von ihm?

Als er dann aber ein paar der Übernachtungen gleich im Voraus bezahlte und seinen Ausweis als Pfand hinterlegte, schien die Frau beruhigt. Seitdem konnte er doch glatt das eine oder andere Lächeln über ihr Gesicht huschen sehen. Aber auch nur, wenn er Glück hatte.

Sein Zimmer weckte in ihm jedoch beim ersten Betreten das starke Bedürfnis, den Räumlichkeiten wieder mitsamt der Vorauszahlung den Rücken zu kehren. Aber die Granddame hatte ja noch seinen Ausweis. Also blieb er. Es roch stark modrig hier. Hatte wohl schon länger keine Frischluft mehr bekommen, der Raum. War das Zimmer vielleicht ein Symbol für sein Innerstes. Dass tief in ihm nun endlich etwas an die Oberfläche, an die frische Luft wollte?

Instinktiv riss Hermann sofort die beiden mit schäbigen Scheibengardinen ausgestatteten Fensterflügel auf. Er drehte sich um, sein Blick glitt durch das kleine Appartment. Die Einrichtung war sehr spartanisch. Auf dem übel verrammelt aussehenden Linoleumboden standen lediglich ein abgenutztes, altes Holzbett, ein Holznachtkästchen, natürlich mit einer Bibel obenaufliegend, ein wackeliger rechteckiger Tisch mit einem Stuhl und ein metriger Bauernschrank, in dem auch nur das Nötigste verstaut werden konnte. Als Hermann die Schranktüren öffnete, vertrieb der ausströmende Mottenduft seine Absicht, die Kleidungsstücke dort aufzubewahren.

„Beeeeaahhhh“, Ekel und Grauen stiegen in ihm auf. Ein Würgereiz war nicht mehr zu unterdrücken. Was würde ihn im Bad erwarten? Aufs Schlimmste gefasste schob er die schmale Spantür auf und knipste das Licht an in den fensterlosen gefühlten 3 Quadratmetern. Er atmete erleichtert auf. Die Nasszelle schien immerhin sauber zu sein. Winzig klein zwar, aber immerhin schimmelfrei. Er verließ den Raum und begab sich wieder an die Fensterfront, die seine Lungenflügel mit frischer Luft versorgte. Seine Tasche auf den Tisch hievend stellte er sich darauf ein, dass er eben ein paar Tage aus dem Koffer leben würde. Er würde ja schließlich keine Wurzeln schlagen hier. Was für ein Wortspiel. Es ging sehr wohl um seine Wurzeln. Und auch um die Schläge, die das Leben ihm erteilt hatte. Die Kerben, die das Schicksal in seine Rinde gehauen hatte. Ruhig atmete Hermann ein und aus. Als er das Gefühl hatte, hier angekommen zu sein, begab er sich nach unten.

Eine kleine Cafeteria war in die Tankstelle integriert. Wenn er es im Nachhinein betrachtete, dann war es vielleicht die junge Dame hinter der Theke dort, die ihn hierbleiben ließ. Sie schien leicht entwicklungsverzögert, aber unendlich herzlich. Sie war ihm schon bei seiner Ankunft aufgefallen und hatte ihm mit ihrer Art ein Gefühl der Geborgenheit gegeben.

Mit Liebe servierte sie ihm einen Milchkaffe, ein strahlendes Lächeln auf ihrem Gesicht. Welche Kraft doch in uns entfacht wird, wenn wir uns von einer Herzenswärme erfasst fühlen. Hermann stärkte sich und brach dann auf.

Frau Imhof erteilte ihm die erste Absage, bei der Frage nach seiner Schwägerin. Auch im gesamten Ort schien keiner etwas von Jade gehört zu haben. Zuerst versuchte Hermann es in den Bäckereien und den Tante-Emma-Läden. Schließlich musste Jade ja auch von etwas leben. Obwohl, sie hatte hervorragende Überlebenstechniken von ihrer Großmutter erhalten. Sie konnte sich also sehr wohl für lange Zeit autark im Wald aufhalten. Aber bei aller Selbständigkeit, sie würde sich gewiss auch die genialen Errungenschaften und die leckeren Köstlichkeiten der heutigen Zeit gönnen und so bestimmt immer mal wieder die Zivilisation aufsuchen. Augenscheinlich aber nicht hier. Also versuchte er es in anderen Orten. Als ihm auch die weiteren Lebensmittelläden keine Hinweise zu seiner Suche geben konnten, war es schließlich das Schicksal, das ihn am 3. Tag den richtigen Menschen in die Arme laufen ließ. Ein Postbote. Er sagte ihm, dass einer seiner Kollegen in einem Gebiet zuständig sei, in dem eine Frau aus dem Wald ein Postfach gemietet hatte. Er selbst wisse nichts über diese Person, aber sein Kollege sei sehr angetan von ihr. Die Dienststelle sei ca. 30 Minuten mit dem Auto von hier entfernt. Aber er solle es erst morgen dort versuchen, denn heute hätte sein Kollege schon Feierabend. In Hermanns Ohren schien Glockenklang zu erklingen. Ihm wurde sogar etwas schwindelig. Er konnte sein Glück kaum fassen. Alles war zum Greifen da!

Das war gestern gewesen. Jetzt stand er am Fenster des 1. Stocks und blickte hinaus in das Waldviertel, das sich auf einem kleinen Hügel vor der Tankstelle erhob. Heute war ein großer Tag für ihn. Einer, der alles verändern würde. Gänsehaut überkam ihn. Er spürte, dass seine Gedanken richtig waren. Auch wenn Angst sich wieder unter seine Gefühle mischte. Schon verrückt, welchen Verlauf sein Leben in den letzten Wochen genommen hatte. Vor allem, was es alles aufwühlte und herumwirbelte, er konnte es selbst kaum fassen.

Hermann begab sich nach unten, um an der Tankstellentheke noch ein klein wenig Proviant für den heutigen Tag zu kaufen. Die nette junge Dame stand diesmal an der Kasse. Das musste doch ein Zeichen für eine glückliche Fügung dieses heutigen Tages sein. Wie auf Kommando kam auch schon der alte Drache – Frau Imhof - aus dem Büroraum geschossen. Danke aber auch, für diese minimale Hoffnung, die soeben wieder zunichte gemacht wurde, ging es Hermann durch den Kopf. Mürrisch wünschte die Alte ihm einen guten Morgen, stob dann aber eilig an ihm vorbei. Sogleich blickte Hermann in zwei klare, helle Augen. Die nette, junge Dame.

„Guten Morgen Herr Rosenthal, was darf es für sie sein?"

Hermanns Herz ging auf. Wie die Welt doch solche Menschen brauchte. Er nahm ein paar belegte Brötchen, ein paar Flaschen Wasser und etwas Süßes zum Naschen. Winkend verließ er den Verkaufsraum.

Die Fahrt zum genannten Postamt verlief ruhig. Am frühen Morgen waren die Straßen noch leer. Langsam und fast wie in einem meditativen Zustand ließ Hermann das Vehikel über den Asphalt gleiten. Das ruhige, gleichmäßige Summen des Motors besänftigte ihn. Frische Waldluft blies durch den kleinen Spalt des leicht geöffneten Fensters in sein Gesicht. Etwa 35 Kilometer fuhr er dahin. Dann war es soweit. Er hatte das Postamt erreicht. Das flaue Gefühl in seinem Magen hätte ihn am liebsten zum Weiterfahren animiert. Einfach weg, weg von allem. Aber das hatte er schon so oft getan, dieses Flüchten. Jetzt musste er durch seine Angst hindurchgehen. Als Hermann seinen Wagen vor der Poststelle parkte, brauste gleichzeitig ein gelber Angestellter neben ihm mit dem Fahrrad in eine Parklücke. War wohl etwas spät dran. Hektisch hantierte er am Radschloss. Wieder hätte Hermann fast einen Rückzieher gemacht. Der Mann schien jetzt keine Zeit zu haben. Aber nein, jetzt musste er seine Scheu durchbrechen.

„Verzeihen Sie, kann ich Sie kurz etwas fragen?“

Hermann hatte seine Autotür geöffnet und stieg nun aus. Der gelbe Mann lächelte. Trotz seines Zeitdrucks schien er sich gerne Hermann zu widmen.

„Ja klar, um was geht es?“

„Ich suche eine Verwandte von mir. Sie ist wohl vor langer Zeit in ihre Region gekommen. Aber sie lebt nicht im Dorf, sondern im Wald.“

Das Gesicht des Postboten erhellte sich zu einem Strahlen.

„Sie meinen sicher die Frau Lander?“

Hermanns Herz pochte laut und stark.

„Ja, meine Schwägerin, Jade Lander.“

„Ich bin zwar nicht der richtige Ansprechpartner, aber ich

kenne Ihre Schwägerin. Sie hat ein Postfach hier in unserer Filiale. Der Heinz, mein Kollege, ist für ihr Gebiet zuständig, wenn man das so nennen kann. Unser Botendienst beschränkt sich eigentlich auf die befestigten Straßen der Stadt. Das Waldviertel liegt eindeutig außerhalb." Der Mann lachte verschmitzt. „Aber Heinz nimmt ihr manchmal bei einem Waldspaziergang ihre Post mit. Heinz Gründner. Ich hol ihn zu Ihnen her. Warten Sie doch einen kleinen Augenblick."

„Danke." Mehr brachte Hermann nicht mehr über seine Lippen. Etwas bäumte sich in ihm auf. Es war etwas Komplexes. Ob er es auseinandersortieren konnte? Glück war auf jeden Fall dabei. Schmerz, Trauer und Nervosität aber auch. Wie eine Faust in seinem Herzen, die sich öffnete. Vor allem aber war Liebe mit dabei. Und Hoffnung, dass alles gut ging. Hermann lehnte sich an den Kotflügel seines Autos. Sekunden vergingen, die ihm wie Minuten erschienen. Da öffnete sich die Tür des Gebäudes und ein blonder Mann, um die 50, dessen Gesicht ein dichter Schnurrbart zierte, kam ihm entgegen. Er reichte ihm die Hand.

„Guten Tag, mein Kollege sagt, Sie brauchen meine Hilfe."

Hermann erhob sich von seiner angelehnten Position und reckte ihm ebenfalls die Hand entgegen. „Guten Morgen, ja, vielen Dank." Er stammelte schon wieder unruhig vor sich hin. „Meine Schwägerin Jade Lander wohnt hier in dieser Gegend. Der Wald ist jedoch recht groß. Könnten Sie mir ein paar Hinweise geben, wie ich zu ihr gelange?"

„Die Jade, die wunderschöne Jade, klar kann ich ihnen den Weg zu ihr beschreiben. Alleine würden sie ihre Hütte sowieso nicht finden. Am besten wäre es natürlich, wenn ich mit ihnen gehen würde."

Der Gedanke missfiel Hermann. Obwohl die Gastfreundlichkeit von Heinz Gründner wirklich vorbildlich war. Bei diesem derart wichtigen Treffen heute, konnte er aber keine andere Person dabei gebrauchen. Der Postbeamte schien seine Gedanken zu erraten.

„Ah, sie haben wohl viel zu besprechen, Persönliches zu besprechen?"

Hermann räusperte sich. „Sie sagen es."

„Also", fuhr Heinz Gründner fort, „ Sie verlassen nun das Dorf ostwärts. Das ist der Weg in den Wald." Im Wald selbst orientieren sie sich am besten an den Bächen. Eine Fülle an Flüssen, Bächen, Rinnsalen, Seen, Tümpeln und Wasserkaskaden berauscht diesen Wald. In doppeltem Sinn, physisch und energetisch." Herr Gründner lächelte beseelt. „Das Wasser ist quasi sein Lebenselexier, seine Visitenkarte, neben den Urbäumen, die darin zu Hause sind. Eichen und Buchen. Wahrheit und Kraft, die Symbolik der Bäume."

Jetzt begriff Hermann, dass dieser Heinz geradezu der richtige Zuständige für Jade war. Heinz spürte anscheinend auch die magische Kraft und die mystische Symbolik des Waldes.

„Sie gehen zuallererst über eine größere, steinerne Brücke. Ein Bauwerk unserer Vorfahren, der Kelten. Die Bewaldung hier ist noch recht licht, aber je weiter sie diesem Pfad folgen, umso dichter reihen sich die Bäume in diesem Gebiet aneinander."

Hermann war während des Erzählens des Mannes kurz in sein Auto gekrochen und kritzelte sich mit Bleistift ein paar Notizen in sein kleines Büchlein. So konnte er nachher auf dem Weg noch einige Informationen besser aufnehmen. Herr Gründner berichtete ausführlich. Als er am Ende seiner Beschreibungen war, verabschiedeten sich die beiden. Er wünschte Hermann noch viel Glück und bat um Überbringung seiner herzlichen Grüße an Jade.

Jetzt ging es also los. Euphorisch schwang Hermann seine Beine ins Auto, startete den Motor und folgte der Straße ortsauswärts nach Osten. Am Rand der Kleinstadt parkte er seinen

Landrover, packte seine Verpflegung in den Rucksack und startete seinen Fußmarsch, beginnend mit der Überquerung des Flusses über die Brücke. An seinen Fußsohlen pulsierte eine gewaltige Kraft, und seine Hände begannen zu kribbeln. Was für eine Wucht der Wald in sich trug und an seine Besucher spendete. Wohl genau das richtige Plätzchen für Jade. Wie sah sie wohl aus? Wie würde sie reagieren? Er schob die Gedanken wieder beiseite. Heinz Gründner hatte gesagt, dass der Weg zu ihr etwa 45 Minuten Zeit in Anspruch nehmen würde. Hermann konnte in dieser Zeit nun noch seine Worte zurecht legen. Je mehr er es aber versuchte, umso mehr wurde ihm klar, dass es jetzt nichts mehr vorzubereiten gab. Jetzt würde er sich ganz und gar auf den Moment des Gegenüberstehens verlassen müssen und darauf vertrauen müssen, dass der Moment ihm dann die richtigen Worte zukommen lassen würde.

Seine Ohren rauschten. Sein Herz schien das Blut in doppelter Geschwindigkeit durch seinen Körper zu pumpen. Um sich zu beruhigen wollte Hermann die Konzentration auf seine Umgebung lenken. Majestätisch, die gewaltigen Bäume dieses Waldes. Immer wieder war das Plätschern eines Baches zu hören. Dann wieder das Rascheln der Buchen- und Eichenblätter. Er durchforstete verschiedene Vegetationen des Waldviertels. Mal lag der Boden mit feenhaftem Waldgras pulsierend zu seiner Seite, als sprudle grünes Wasser in sanften Wellen über die Oberfläche. Dann wieder zeigte sich der Grund karg, braun und von vertrockneten, zu Humus gewordenen Blattresten übersät. Je weiter Hermann ins Waldesinnere gelangte, umso mehr tauchte er ein in eine andere Welt. Fernab jeglicher Motorengräusche und Industriestaubwolken. Menschenleer. Nur noch die Stimmen des Waldes waren zu hören.

Ein Specht hämmerte kraftvoll gegen eine halb abgestorbene Birke. Grillen zirpten aus den Grasnestern am Boden und fröhliches Spatzenpfeifen erreichte Hermann aus den Kronen der Waldbäume. Sein Blick ging immer wieder in sein kleines Büchlein. Dort stimmte er die geschriebenen Hinweise mit den Wegkennzeichen ab. Wie lange lief er nun schon? Auch das schien in diesem Wald keinen Platz mehr zu haben. Die Zeit, mit all ihren Anhaftungen. Gemächlich setzte Hermann einen Fuß vor den anderen. Mal ging es bergauf, dann wieder bergab. Wiederholt folgte der nächsten Anhöhe die nächste große Talmulde. Der Wald schien wohl durch und durch von sanften Hügelketten durchzogen. In einer feinen Symbiose, der Harmonie von Yin und Yang und einem Meer aus verschiedensten Grün- und Brauntönen. Wie ein meisterliches Waldportrait in 3D geschaffen.

Nach weiteren bedächtig gegangenen Kilometern stieß Hermann auf eine Quelle. Es musste eine alte Kultstätte aus früheren Zeiten sein. Mächtige, von den Witterungen geschliffene Sandsteinquader bildeten ein großes Brunnenbecken. An der Hinterseite ragten noch höhere, graue Steinformationen in den Himmel, ähnlich eines aufgebahrten Altars. Von dort quoll durch einen Schlitz ein kräftiger Wasserschwall in den Schoß des Beckens hinein. Moos umspannte vereinzelte Steinklippen, innig krallten sich die Geflechtswurzeln außen in die Ritzen der grauen Quaderbrocken.

Hermann trank von der Quelle. Irgendwo hier musste Jade sein. Er konnte es genau in diesem Augenblick spüren, als flüstere der Wald es ihm ins Ohr, als gäbe das Wasser ihm diese Information kund. Jetzt folgte er nur noch seinem Instinkt. Er blickte nach oben. Der Brunnen war in einen steilen Hang hineingebaut. Er wusste, dort oben würde sein Weg weitergehen. Also schritt er nun querfeldein durch das Dickicht. Sich immer wieder an einem Ast oder einem Stamm festhaltend zog er sich nach oben.

Außer Puste lehnte er sich auf der Anhöhe an eine anmutige Blutbuche. Er legte seine Stirn an den Stamm, sammelte wieder frische Luft in seiner Lunge und ebnete seine Atemzüge. Ein, aus, ein, aus, ein, aus. Nach einiger Zeit wand er sich um. Nun drückte er seinen Rücken an diese Naturgottheit, die Buche. Ein wundervoller Blick bot sich ihm. Hinab in die Tiefen des Waldes, von denen er gerade emporgeklettert war. Als sich sein Herzschlag und der Puls wieder besänftigt hatten, ging er weiter. Dort vorne war eine Lichtung zu sehen. Hier musste es sein. Er hatte Recht. Als Hermann einige hundert Meter weiterging, sah er schon in weiter Ferne ein Waldkleinod. Es trug die Handschrift seiner Schwägerin. Er war so fasziniert von dieser Märchenwelt, dass er das Wichtigste gar nicht wahrzunehmen schien. Jade kam auf ihn zu. Wie eine Prinzessin, eine Fee, mit wallenden Kleidern. Ihr langes, blondes Haar wehte sanft im Wind. Ein Lächeln, das alles von ihr erfasste, strahlte Hermann entgegen. Ihre Lippen, die Augen, ihre Bewegungen und der Gang, ein Ebenbild purer Weiblichkeit. Jade glitt über eine bunte Waldwiese, als würde sie von Engelsflügeln getragen. Tränen sammelten sich in Hermanns Augen. Sie liefen wie ein Bächlein, eines der vielen dieses Waldes, in einem unerschöpflichen Rinnsal über seine Wangen. Seine Schritte wurden langsamer. Es fiel ihm schwer, voran zu kommen. Aber Jade schritt ihm mit ihrer Stärke, ihrer Sicherheit und vor allem mit ihrer Liebe entgegen.

Als sie dicht voreinander standen, versanken ihre Augen zuerst für einige Atemzüge ineinander. Sie mussten nicht mehr reden, alles war klar, alles war heil. Etwas Großes brodelte in ihnen, wie kurz vor der Eruption eines Vulkans. Ihre Hände suchten sich erst noch sanft und vorsichtig, dann umklammerten sie sich fester, fast schon grob, so drang ihre aufgestaute Kraft und die Sehnsucht nun durch ihre Glieder. Verzweifelt, fast schon schmerzlich schauten sie sich noch einmal in die Augen, den anderen fragend, ob sie weitergehen durften. Dann brach es aus ihnen heraus. Sie schlangen ihre Arme umeinander und drückten sich beinahe brachial aneinander, wie zwei Gestrandete, die nach einer Katastrophe wieder zusammengefunden hatten. Nach einer Zeit, in der alles vorbei zu sein schien, in der sie glaubten, sich für immer verloren zu haben. Ihre Körper vibrierten, ihre Seelen vollzogen einen Tanz der Liebenden. Eine kurze Ewigkeit lang. Dann verbat sich Hermann wieder diese intuitiven und instinktiven Gefühle und sein Verstand drängte sich in den Vordergrund. Seine Muskeln versteiften sich und seine Berührungen waren mit Angst und Scham behaftet. Jade spürte es, und sie schlug mit ihrer Herzenskraft alle Unklarheiten, alle Angst und alle Verbote von ihnen. Sie umfasste Hermanns Hinterkopf und rieb ihre Wangen, ganz dicht aneinander. Dann drehte sie langsam ihre Gesichter zueinander bis sie sich auf Augenhöhe gegenüber waren, Stirn an Stirn. Sie schauten sich an, voller Anmut und Hochachtung. Ein Blick, der magisch war. Jeder hörte den Herzschlag des anderen, fühlte das rauschende Blut in den Adern. Abermals übernahm Jade die Initiative. Erst wanderte ihr Blick auf Hermanns Lippen, dann küsste sie ihn voller Leidenschaft, und Hermann stimmte mit ein, in diese wundervolle Ekstase. Etwas, das sich über Jahrzehnte aufgestaut hatte, sie verurteilt und es ihnen verboten hatte, fand nun die Erlösung. Denn sie waren ein Liebespaar gewesen, nur kurz. Doch es war verboten gewesen, und es wurde bitter bestraft. Eine Frau, die ihren Schwager liebte, ein Mann, der die Frau seines Bruders begehrte. Obwohl sie niemandem wehtun wollten.

Aber die Antwort auf ihre gegenseitige Anziehung war erbarmungslos. Das Verbrechen von Sacramento Valley. Fast lebenslänglich, für 30 Jahre, hatte es sie entzweit. 30 Jahre, in denen Schuld und Scham ihre Gedanken und Gefühle beherrschten. Aber das war Vergangenheit, aus und vorbei. Jetzt zählte nur ihre Liebe und die unendliche Kraft, die dieses göttliche Gefühl ihnen bescheren würde.

Ihr Kuss dauerte eine kleine Ewigkeit. Sie kosteten ihre Lippen, den salzigen Geschmack ihrer Haut. Atmeten den Duft des anderen, sogen ihn tief in ihre Lungenblätter ein und streichelten ihre Körper, die sich ganz geschmeidig ineinander wogen. Unendlichkeit, alles schien außer Raum und Zeit. Hermann wollte ewig so verharren.

Als sie sich fürs erste an ihren Berührungen gesättigt hatten und ihre Sinne voneinander getränkt waren, nahm Jade schließlich sanft Hermanns Hand, und sie gingen gemeinsam über die Wiese zur Waldhütte. Weiterhin keine Worte. Nur verliebte Blicke, die sie sich zuwarfen.

Als sie das Häuschen erreichten, kam Hermann in Erinnerung, dass heute Nacht Vollmond gewesen war. Jade hatte ein Kräuterkörbchen auf dem Bänkchen vor der Hütte stehen, der ihm das verriet. Sie hatte diese heiligen Naturpflänzchen wohl schon heute Morgen eingesammelt. Voll und satt mit Himmelskräften pur. Auch ihm hatte dieser Planet heute geholfen. Es geschahen oft regelrechte Explosionen aller Art, wenn die mal silberne mal goldene Kugel den Himmel und die Erde in vollster Pracht beherrschte. Wahrscheinlich half ihm der Kosmos nun auch, seine Stimme wieder zu finden. Zaghaft begann er seinen ersten Satz zu bilden, besser gesagt, seine erste Frage.

„Ich hoffe, unser Wiedersehen ist nicht zu früh für dich?“

Er schaute in das Gesicht von Jade. Sie sah noch genauso bezaubernd aus wie früher. Ihre helle, reine Gesichtshaut, die gerade Nase, der breite, schmallippige Mund und ihre leuchtend blauen Augen, wie die von Samu. Ihr blondes, langes, glattes Haar fiel ihr ihn stufigen Strähnen linksgescheitelt über die Schultern. Nur wenige Fältchen umspielten ihre Augen, ansonsten war ihre Haut jugendlich glatt und zart.

Jade, die sich mittlerweile an den Tisch unter dem Apfelbaum gesetzt hatte, fischte ein paar heruntergefallene Apfelblätter aus ihrem morgendlichen Kräutertee.

„Jetzt hat es genau gepasst, Hermann. Sogar diese große Entfernung hat unserer seelischen Verbindung wohl keinen Abbruch getan."

Erleichtert trat Hermann nun ebenfalls an die Holztischgarnitur. Sie war aus Baumstämmen rustikal gehalten, genauso, wie es für dieses Waldplätzchen passend war.

„Setz dich. Wir müssen auch gar nicht mehr viel über die Vergangenheit reden. In ein paar Sätzen ist alles erklärt. Ich war schwer krank nach den Verbrechen. Wohl eine Art Amnesie. Dann war ich lange traumatisiert. Dann hatte ich auch einfach viel Angst und keinen Mut. Und heute weiß ich, dass es einfach die Zeit gebraucht hatte. Bis heute. Bis jetzt." Hermanns Atmung ging ganz flach. In kurzen Zügen stieß er die Luft aus. Er musste sie jetzt direkt fragen.

„Wie stehst du zu uns?"

Jade strich sich eine Haarsträhne hinters Ohr. Sie lächelte sinnlich.

„Ich möchte jetzt nichts sehnlicher, als Wahrheit und Offenheit, und zwar in allen Bereichen. Ich möchte dich lieben dürfen Hermann, wie ich es all die Jahre getan habe. Ich möchte mit dir leben. Und ich möchte die Absolution von meinem Sohn. Das brauche ich. Ebenso wie meinen Freispruch in Amerika."

Hermann stutzte. „Woher weißt du davon Jade?"

Sie schmunzelte. Er jetzt auch. Sie war eine Waldfee, eine im heiligsten Sinne.

XXVII.

Samu hatte sich wieder beruhigt. Er konnte den Boden unter seinen Füßen spüren und fühlte sich wieder gehalten von Mutter Erde.

Es waren fast exzessive Prozesse gewesen, durch die er in den letzten Tagen gegangen war. Wie Fieberschübe. Traten sie auf, musste er sich diesen Gefühlen und Gedanken seiner psychischen und physischen Natur hingeben und sich damit auseinandersetzten. Es war zwar manchmal wie im Fegefeuer, aber diesem Höllenritt folgte darauf wieder eine Phase der inneren Versöhnung und des Friedens.

Die Natur half ihm beim Entladen all dieser Energien. Er hatte im Wald oft so lange geschrien, bis ihm die Stimme versagte. Seine aufgestaute Wut und Verzweiflung musste raus aus seinen Gliedern, aus seiner Seele. Mit dicken Ästen schlug er auf den Waldboden und auf tote Bäume ein. Er rannte durch die Baumlandschaften, stampfte seinen Frust und seinen Hass in die Erde. Würdig und liebevoll nahm der Wald seine Aggressionsschübe in sich auf. Als flossen die Energieströme in einem gewaltigen Schwall in den Schoß des Waldreichs, wo sie still und sanft geheilt wurden. Am Ende hauchte er somit auch noch den letzten Geist dieser inneren Dämonen aus.

Wie viele Tage waren nun vergangen? Er wusste es nicht. Er hatte sich komplett von der Außenwelt abgeschottet. Der Wald hatte ihm Unterschlupf geboten. Eine Höhle in einem großen Steinfelsen barg ihn sicher und behütet. Samu hatte abgenommen. Ein Dreitagebart spross in seinem Gesicht. Wie Robinson Cruso kam er sich nun vor, als er auf dem Weg zu Dania war. Ein Gestrandeter. Von der Wildnis für kurze Zeit verschluckt. Durch sie geheilt, fühlte er sich nun wie neugeboren.

Von einer inneren Sehnsucht getrieben stieg Samu nun gleich mehrere Stufen nehmend die Treppe zu Danias Wohnung hinauf. Oben angekommen steifte er sich zwar noch etwas unbeholfen seine Haare zurecht, aber er wusste, das würde jetzt auch nichts mehr bringen. Er klingelte. Ein halbe Minute später öffnete ihm Dania die Wohnungstür, in der einen Hand das Handy haltend.

„Sole, ich ruf dich zurück!!", waren die letzten Brocken, die sie noch verbal in ihr Mobiltelefon hacken konnte. Sie drückte auf die rote Auflegetaste und überlegte, mit welcher Miene sie diesem Mann nun gegenübertreten sollte. Sie entschied sich für die strenge, vorwurfsvolle Variante. Sollte er ruhig ein bisschen zittern. Wie eine Schullehrerin zog sie also ihre Augenbrauen fragend nach oben. Und es funktionierte. Sofort stotterte Samu ein schuldbewusstes „Hallo" aus seinem Mund.

„Wo hast du gesteckt? Hatten wir nicht vereinbart, dass wir das gemeinsam durchstehen?"

Dania fauchte. Ihre grünen Augen funkelten wie die eines Drachen. Als sie aber in Samus trauriges Gesicht sah und seine bedrückte Haltung wahrnahm, wurde ihr Herz blitzartig weich wie Butter. Es zerfloss wieder einmal. Aus Liebe.

„Ich habe mir Sorgen gemacht." Ihre Stimme flüsterte leise und einfühlsam mit nur noch einer klitzekleinen Bockigkeit am Rande. Sie tastete mit ihrer rechten Hand nach Samu. Sofort ergriff er ihre zarten Glieder. Zärtlich spielten ihre Finger miteinander. Samu wusste in diesem Moment, er musste nichts erklären. Sie verstanden sich auch ohne Worte. Mit Dania ging das, denn sie war seine Seelengefährtin, seine zweite Hälfte. Eine innere Stimme rief ihm in Erinnerung, dass er wohl schon besser ausgesehen habe und wohl erst mal die vergangenen Tage von sich abwaschen sollte.

„Kann ich duschen Dania? Ich bin ziemlich erledigt und ausgemergelt. Bevor ich dich in meine Arme schließe würde ich mich gern noch etwas zurechtmachen."

Dania trat zur Seite um Samu Eintritt zu gewähren.

„Ja mein kleiner Pirat, mach das. Du weißt ja, wo alles ist."

Er warf ihr eine Kusshand zu, zwinkerte mit seinem linken Auge und ging an ihr vorbei. Mit einem Klapps auf den Popo schob sie ihn schließlich noch ganz zur Wohnungstür herein. Nach wenigen Sekunden setzte die Duschbrause ein und hörte für eine ganz, ganz lange Zeit auch nicht mehr auf.

Blitzblank betrat Samu später die Wohnküche, das Handtuch um seinen Bauch gewickelt. Er fischte sich einen Apfel aus der Obstschale, mit der anderen Hand umarmte er Dania von hinten. Sie war gerade dabei eine deftige Brotzeit für sie zuzubereiten. Samu küsste sie in ihre Halsbeuge und sie neigte liebevoll ihren Kopf zur Seite.

„Mmmmhhh, du riechst gut", kam es aus beiden Kehlen fast gleichzeitig.

„Aber ich muss das Essen dir nun vorziehen, ich sterbe fast vor Hunger."

Dania lachte schelmisch. „Komm du erst mal wieder zu Kräften, bevor du es mit mir wieder aufnehmen kannst."

Er zwickte sie in ihren Hintern.

„Du kleines Biest! Warte nur, wenn ich wieder meine alte Stärke zurückhabe." Eine scherzende Drohgebärde andeutend setzte sich Samu auf einen Barhocker an der Kochinsel. Es gab italienische Salami, Parmesan, frisches Ofenbrot, dazu Cocktailtomaten, frische Bauerngurken vom Balkon und ein kühles Bier. Eine Zeit lang aßen sie still nebeneinander. Dania bemerkte, dass Samu erst mal so richtig ankommen musste und das Erlebte verdauen musste. Sie wollte auch nicht nachfragen, er würde es ihr von selbst sagen. Schließlich begann Samu mit einer kurzen Ausführung. Er erzählte von dem Gespräch mit Hermann, seiner Wut auf ihn, dass er so viel gewusst hatte und ihn nie aufgesucht hatte und auch davon, dass er geschockt das Haus verlassen hatte, nachdem er erfahren hatte, dass seine Mutter am Leben sei. In ebenfalls kurzen Ansätzen berichtete er noch von den Geschehnissen im Wald. Als er seine Schilderungen beendete, erntete Samu großes Mitgefühl und auch jede Menge Stolz von Dania.

„Wow, dein ganzes Leben dreht sich gerade und stellt alles auf den Kopf. Deine Mutter lebt! Wie konntest du mit so einem Brocken alleine klarkommen die letzten Tage? Vor deinen Kräften brauche ich wohl keine Angst zu haben, denn an Selbstdisziplin mangelt es dir nun wirklich nicht."

Schweigen. Es tat Samu gut, dass Dania hinter ihm stand und ihn lobte. Er war selbst stolz auf sich, diese Emotionen so gut bearbeitet und transformiert zu haben. Danias Gedanken wanderten zu Samus Onkel.

„Aber vielleicht hat Hermann dir wirklich kein Unrecht getan und doch die ganze Zeit versucht, dich zu finden. Oder hat er dir das so klar gesagt?"

Samu schüttelte den Kopf. „Nein, hat er nicht. Dazu kam es gar nicht mehr, da hab ich nur noch rot gesehen."

„Ich habe versucht, ihn zu erreichen, aber die letzten Tage ging nur der AB in seinem Haus dran." Dania kaute an der letzten Gurke. Mit noch leicht gefülltem Mund sprach sie weiter. „Meinst du, ihm hat euer Gespräch auch ziemlich zugesetzt?"

„Womöglich." Samu schaute nachdenklich. Dania wollte gerade einen Schluck aus seinem Bierkrug nehmen, als sie innehielt und das Getränk wieder absetzte.

„Wir sollten ihn auf jeden Fall jetzt gleich besuchen. Eigentlich hätt ich das doch die ganze Zeit schon machen sollen. Was bin ich nur für ein egoistischer Mensch? Aber meine Familienthemen haben mich die letzten Tage auch komplett beschlagnahmt. Samu blickte besorgt zu Dania. „Und ich war nicht bei dir. Erzähl es mir."

„Später, Samu, wir fahren jetzt gleich, ich hab ein ungutes Gefühl. Dania war schon auf dem Weg zum Ausgang. Samu folgte ihr.

Als sie das Auto vor Hermanns Haus parkten, war erst mal nichts zu sehen. Sie gingen durch das Zauntor und den Laubengang hindurch, um auf der Schwelle die Türklingel zu betätigen. Nichts, kein Mensch, kein Geräusch.

„Komm, gehen wir zum Blumenladen." Dania zog Samu hinter sich her. Hinter der Theke band Angie gerade einen bunten Blumenstrauß.

„Hallo ihr zwei. Wir kennen uns bisher nur vom Sehen, als ich neulich an euch vorbeigehuscht bin. Ich bin Angie und ihr seid Samu und Dania, nicht?"

Sie nickten und reichten sich die Hände. Samu entnahm den Worten, dass sie sich duzen würden.

„Angie, mein Onkel ist seit einigen Tagen nicht erreichbar, weißt du, wo er ist?"

„Eigentlich hab ich ja schon auf dich gewartet. Er hat mir diesen Zettel für dich gegeben Samu. Hermann ist seit ein paar Tagen verreist."

Samu und Dania schauten sich erschreckt an. Was war wohl geschehen?

„Danke Angie, du entschuldigst uns kurz?"

Samu packte das Kuvert, nahm Dania am Arm und ging mit ihr vor die Orangerie. Dort riss er das Kuvert auf und las Hermanns aufgeschriebene Zeilen:

Mein lieber Samu,

du musst wissen, dass ich dich immer geliebt habe und dies auch immer so bleiben wird. Ich verspreche dir, dass ich meine Fehler wieder gutmache. Ich suche Jade.

Dein dich liebender Hermann.

Samu setzte sich auf die gepflasterte breite Eingangsstufe am Laden. In ihm bebte es. Aber anders als bisher. Nun fühlte es sich an, als klopfe eine wunderschöne Verheißung an seine

Tür. Er lächelte, blinzelte nach oben zu Dania, um sie dann an ihrer Hand zu ihm nach unten zu ziehen. Dann legte er seinen Arm um sie, küsste ihr Haar und blieb mit ihr noch eine ganze Weile in dieser Innigkeit, die sich so kostbar anfühlte, auf der Treppe sitzen. Er spürte wieder Familie. Die Kraft, die diese Verbindung jedem einzelnen Mitglied zukommen ließ. Blindes Vertrauen und die Gewissheit, dass jeder für jeden einstehen würde. Etwas Großes in ihm hatte sich geheilt.

XXVIII.

Hermann und Jade wollten jetzt keine Zeit mehr verlieren. Vor allem Jade wollte zu ihrem Sohn, zu Samu. Noch am gleichen Tag gegen Mittag beschlossen sie, nach Hause aufzubrechen.

Jade hatte also Haus und Garten für die nächste Zeit der Abwesenheit sicher gemacht. Dann gingen sie gemeinsam den Waldweg zurück ins Dorf, um dann mit dem Auto Hermanns Sachen aus der Pension zu holen. Als sie an der Tankstelle ankamen, wurden sie von der Chefin schroff empfangen.

„Hab ich mir doch gedacht, dass da irgendetwas im Busch ist mit Ihnen."

Hermann war es ja gewohnt, von ihr in diesem Ton behandelt zu werden. Aber eine unbehagliche Vorahnung regte sich in ihm.

„Wie darf ich ihren Vorwurf denn verstehen? Ich weiß nicht, was sie meinen."

Die Alte knallte ihm die aktuelle Ausgabe des Tagesblattes auf den Tresen. Auf dem Titelbild war ein großes Bild von ihm und Jade zu sehen. Es zeigte sie beide, zärtlich miteinander umschlungen. Damals, vor 30 Jahren. Die Überschrift war niederschmetternd.

SOLLTEN DIE MORDFÄLLE VON SACRAMENTO DEN WEG FREIMACHEN FÜR EINE NEUE LIEBE?

„Ich hab in ihrem Pass gesehen, dass ihr abgelegter, verheirateter Name „Lander“ gewesen ist. Und da hab ich mal eins und eins zusammengezählt.“

Die Alte grinste missgünstig in sein Gesicht. Als Hermann nach seinem Ausweis greifen wollte, schnappte Frau Imhof das Dokument und stopfte es in eine Schublade, die mit einem Schlüssel abzusperren war.

„Meinen Sie nicht, dass das meine Angelegenheit ist? Ich bitte Sie, ich…“, Hermann machte eine kurze Pause, „wir sind unschuldig, das werden wir auch beweisen. Geben Sie mir meinen Pass zurück.“

Hermann versuchte beschwichtigend auf die Alte einzureden. Ohne Erfolg.

„Ich werde nun erst Mal die Polizei rufen und dann können Sie denen ihre Märchengeschichten erzählen“, fuhr die Alte ihn an.

Jetzt war es zu viel ihn. Hermann griff nach Jades Arm und ging mit ihr in eiligen Schritten zum Auto.

Kein Mensch würde je mehr Macht über ihn ergreifen können. Er erhob sich nun aus dieser Opferrolle. Er würde die Wahrheit ans Licht bringen, aber auf seine Art und Weise.

Er öffnete Jade die Beifahrertür und schob sie sanft auf ihren Sitz. Dann ging er rasch um das Auto, um selbst hinter dem Lenkrad Platz zu nehmen. Seinen Koffer samt Ausweis und Geld ließ er ohne Anhaftung zurück. Das war alles ersetzlich. Jetzt ging es um das Menschliche, um die Familie. Und in diesem Fall würde er jetzt unaufhaltsam sein. Er ließ den Rückwärtsgang im Getriebe einrasten, setzte mit dem Wagen zurück und drückte das Gaspedal fast zum Anschlag durch. Mit quietschenden Reifen verließen Jade und er das Gelände, den Ort, die vergangene Welt und machten sich auf in ein neues Leben.

XXVIIII.

Dania und Samu hatten sich unter die Bäume der Streuobstwiese gesetzt. Angie war so freundlich gewesen und hatte ihnen etwas zu trinken und Trauben von den Weinstöcken in Schälchen gebracht. Mit im Schlepptau war Bruno gewesen. Selig und schattensuchend war er mittlerweile unter dem Tisch zu ihren Füßen der Welt für kurze Zeit entschlummert.

Er vermisste Hermann, aber Angie war ihm eine gute Ersatzmama. Mit sanften Schnarchgeräuschen tat er seine Zufriedenheit kund.

Was für eine Ruhe. Dania atmete die frische Luft in ihren Körper und fühlte das schattige Gras an ihren nackten Füßen. Ihr gelang es immer besser, den Moment zu leben. Auch wenn die Welt um sie herum sich gerade überschlug. Sie wussten wohl beide, dass die nächste Zeit noch so einiges aufwirbeln würde. Aber da mussten sie jetzt durch. Ein Geistesblitz bewegte Samu dazu, sein seit Tagen ausgeschaltetes Handy wieder aktiv zu stellen. Schade zwar, damit war die Stille wohl dahin, aber er hatte das Gefühl, er musste das jetzt tun.

Kaum stand die Leitung, ratterten auch schon die entgangenen Nummern auf dem Display auf und ab. Einige Male hatte es der Inspektor versucht. Seit gestern fast stündlich. Der letzten Anruf stammte von Hermann. Er hatte erst vor Kurzem versucht, ihn zu erreichen. Sofort wählte er die Rückruffunktion. Am anderen Ende meldete sich Hermann. Samu hörte das sonore Geräusch von fahrenden Autoreifen im Hintergrund. Kräftige Windstöße schienen durch einen Spalt des Fensters ins Wageninnere gepresst zu werden.

„Samu, bist du es?“ Hermann klang total aufgebracht. Dania hörte angespannt mit, sie beide riefen ihre knappe Begrüßung in das Mobiltelefon.

Sofort sprudelten aus Hermann wirre Wortfetzten heraus. „Es ist so viel passiert die letzten Stunden. Die Presse hat unser Unglück heute auf der Titelseite angeprangert. Wir müssen uns so schnell wie möglich treffen. Meidet auf jeden Fall die Öffentlichkeit."

Samu musste das Ganze erst mal in sich aufnehmen, bevor er jeden einzelnen dieser Schicksalssätze verstand.

„Wir" bedeutete wohl, dass seine Mutter neben Hermann saß. Und der Inspektor hatte sich wohl mittlerweile mit der Presse verschworen. Auch Dania bekam einen Stich in die Magengrube bei dem eben Gehörten. Hatte ihr Vater etwas vom Wochenende an die Journalisten weitergegeben? Hermann spuckte weitere Sätze aus.

„Jade und ich sind der Meinung, dass im Moment der beste Ort ihr Häuschen im Wald ist. Das kennt keiner, außer der Postbote, aber der ist auf unserer Seite und wird es keinem verraten. Wir wären hier also abgeschieden und könnten unsere Familiensituation mit allen Details in Ruhe klären. Danach könnten wir vereint und gestärkt an die Öffentlichkeit treten und dann endlich dieses Kapitel ein für alle Mal richtig stellen, abschließen."

Samu fühlte sich total überfordert. Aber er spürte, dass dies die beste und vernünftigste Lösung für sie alle war.

„O.k., nenn mir den Ort, an dem wir uns treffen", seine Worte schienen unterbewusst aus seinem Mund zu klettern.

„Ich nenne dir die Daten des Postboten, er weiß Bescheid und wird euch zu uns führen", sprach Hermann weiter.

Dania und Samu waren inzwischen ins Ladeninnere gelaufen, um von Angie Stift und Papier zu holen. Zitternd schrieben sie Straße und Ortschaft nieder. Als Samu schon auflegen wollte, hörte er noch die letzten Worte seines Onkels. „Und Samu, bitte lest keinen Artikel in der Zeitung. Kommt einfach her, wir erklären euch alles."

Dann war Funkstille. Als könnte es ihm noch weitere Erklärungen mitteilen, starrte Samu noch einige Sekunden schweigend auf sein Handy. Dania war schon weggelaufen und stand im Türrahmen, als sie feststellte, dass Samu ihr nicht gefolgt war. Mitfühlend blickte sie sich um.

„Komm Schatz, lass uns sofort losfahren. Ich übernehme den ersten Teil der Strecke, dann kannst du innerlich deine Gedanken sortieren."

Sichtlich benommen leistete er dem Vorschlag Folge.

Drei Stunden später hatten sie schon die Hälfte der Strecke geschafft. Dania wollte nun den nächsten Parkplatz ansteuern, um die Seiten zu tauschen. Ihr Nacken schmerzte, jetzt musste sie sich ein wenig ausruhen. Samu war sogar kurz eingeschlafen gewesen. Die beste Medizin, die er seinem Körper und seiner Seele geben konnte. Wie ein Baby, so süß und unschuldig lag er neben ihr. Dania musste sich zwingen, ihren Blick konzentriert auf die Fahrbahn gelenkt zu lassen. Seit einer halben Stunde war Samu nun wieder wach. Im Radio erklang ein Lied, wie für sie gemacht. Free fallin' von Tom Petty. Als sie nun so dahinbrausten, blinzelten sie sich kurz in die Augen um dann im selben Moment in den Song einzustimmen.

„I`m freeeeeeeeeeeee, free falling", sangen beide aus Leibeskräften.

Der Song passte zu ihnen, genau jetzt. Zu Ihnen, zu ihrer Situation, zu ihrem Leben. Dem Lied folgte der nächste Knüller desselben Interpreten. Learning to fly. Wieder pure Magie zwischen ihnen. Das konnte jetzt fast kein Zufall mehr sein. Tief im Inneren spürten sie beide, dass sie nun wirklich zu fliegen lernten. Wenn sie alles ins Reine gebracht hatten, dann würde es so sein. Dann würden sie ihre Flügel ausspannen und durch die Lüfte gleiten. Vorerst mussten sie aber noch mit dem Boden der Tatsachen Vorlieb nehmen.

Dania setzte den Blinker, hier kam die nächste Raststätte. Langsam lenkte sie das Auto in eine enge Parklücke des weitläufigen Areals. „Sollen wir noch eine Kleinigkeit essen, bevor wir dann komplett zum Ziel fahren? Herr Gründner hat gesagt, er sei unbeschränkt abrufbereit, und wir sollten uns Zeit lassen.“ Samu streifte liebevoll Danias Oberschenkel als er ihr die Frage stellte.

„Lieber nicht, ich hab kein gutes Gefühl, wenn wir jetzt die öffentliche Raststätte betreten. Wie ich Hermann kenne, haben die schon für alles vorgesorgt, trotz der ganzen Stresssituation. Wir werden heut gewiss nicht hungrig zu Bett gehen“, Dania gähnte und brachte noch ein müdes Lächeln hervor. Die Situation zehrte doch sehr an ihren Nerven. Irgendwie fühlte sie sich zwiegespalten, total geschlaucht und gleichzeitig völlig aufgedreht.

„Gut, dann fahr ich jetzt und du ruhst dich aus.“ Samu küsste Dania. Danach wechselten sie die Seiten. Mittlerweile war es 18.00 Uhr. Zwischen 20.00 Uhr und 21.00 Uhr würden sie in der Ortschaft am Reinhardswald sein. Hoffentlich würden sie die Hütte noch finden, bevor es dämmern würde.

Samu gab Gas, tauchte wieder in den Strom der Autobahn hinein und glitt in eiligem Tempo wie magisch angezogen in Richtung Reinhardswald.

XXX.

In der Stube hatte sich schon eine behagliche Wärme verbreitet. Über der Feuerstelle schwenkte ein großer Topf. Eine leckere Minestrone köchelte dort vor sich hin, und die mit Liebe gerebelten Kräuter ließen im ganzen Häuschen eine herrliche Würze verströmen. Dazu duftete frisches Brot aus dem Steinofen. Beerensaft und Quellwasser standen in Steinkrügen auf dem Tisch.

Wie bisher, so griff ihre frühere Taktik, sich mit Arbeit abzulenken, immer noch. Also hatten Jade und Hermann in den letzten Stunden mit Hochdruck gewerkelt. Hermann hatte Holz gesammelt im Wald. Währenddessen war Jade in den Kräutergarten gegangen, um einen Teil vom saisonalen Gemüse abzuernten. Zucchini, Tomaten, Paprika, Zwiebel und jede Menge Kräuter bildeten das bunte Sortiment.

Als Hermann mit dem trockenen Brennmaterial zur Hütte zurückgekehrt war, hatte er sogleich die Öfen befeuert, um sich danach um das Matratzenlager zu kümmern. Das Haus war quasi überbelegt heute Nacht. So viele Menschen hatte es noch nie gesehen. Beim Überziehen der Bettdecken wurden seine Augen von einem rührseligen Glanz benetzt. Hermann spürte ein Glücksgefühl in sich. Das hatte er sich so lange gewünscht. Alle Lieben miteinander unter einem Dach. Er betete, dass alles gutging.

Jade hatte inzwischen fingerfertig das knackige Gemüse in der Küche geschnitten, es anschließend in der köstlichen Suppe miteinander vermengt und dann den Tisch für das Essen vorbereitet. Sie beide hatten auch schon einen Plan, wie das Wiedersehen am Sanftesten gestaltet werden konnte. Draußen hatte Hermann ebenfalls ein Lagerfeuer entfacht. Dort wollte er mit Dania zuerst verweilen, solange bis Samu und Jade sich in der Hütte die Zeit nehmen konnten, die sie brauchten. Die Hälfte der Tischauflagen verlagerte Hermann deshalb auf den Außenbereich.

Es war 21.00 Uhr. Eigentlich könnten sie schon am Reinhardswald sein. Dann noch der Fußmarsch. Wann würden sie hier sein? Ungeduldig schauten Jade und er ins Lagerfeuer. Jetzt gab es nichts mehr zu tun. Sie mussten warten. Wie so oft im Leben. Ein leichter Wind stob in das Feuer, ließ rotgoldene Funken in die Lüfte sprühen. Nur das Knistern des Holzes und der gelegentliche Ruf eines Käuzchens waren zu hören.

Der Vollmond stand schon leicht sichtbar in noch fast vollkommener Fülle am Himmel. Die Nacht würde klar werden. Bestimmt würden später funkelnde Sterne von oben auf sie herabscheinen. Noch war es hell, aber die Dämmerung vermischte sich immer mehr mit den Lichtsprenkeln des Tages.

Hermann nahm Jades Hand und sie dankte ihm innerlich, ihn fühlen zu dürfen. Sie spürte an seinem zarten aber sicheren Händedruck, dass dieser Mann ihr mit aller Kraft zur Seite stehen würde. Sie würden sich selbst in nächster Zeit wieder neu entdecken. Wie würde ihre Zukunft aussehen? Würden ihre sehnsüchtigen Träume wahr werden oder sich als Illusion ihrer Fantasie herausstellen? Leise Zweifel schlichen sich in Jades Gedanken. An Hermann vergab sie keineswegs unsichere Gefühle. Diese betrafen eher den Prozess. Das amerikanische Gesetz war manchmal geradezu verrückt. Würden sie alle heil aus der Sache rauskommen?

In diesem Moment legte Hermann den Arm um sie und drückte sie zärtlich an sich. Ja, es würde alles gut werden. Als konnte Hermann ihre Gedanken lesen, schenkte er ihr mit seiner Berührung ein überwältigendes Urvertrauen. Fast hatten ihre Sorgen sie Zeit und Raum vergessen lassen. Dann war sie plötzlich hellwach.

In weiter Ferne waren Fackeln zu sehen. Leises Murmeln drang durch das Dämmern der angekündigten Nacht. Das mussten Samu und Dania sein. Ihr Herzschlag stieg. Jade sprang auf, sank jedoch wieder auf ihren Platz zurück. Ihr Kreislauf bescherte ihr starke Schwindelgefühle. Kein Wunder bei dieser Flut an Emotionen. Die Schritte kamen immer näher. Dann erklommen sie den letzten kleinen Berg zu Jades Hütte hinauf. Samu erblickte seine Mutter. Er riss sich von den beiden anderen los und eilte in großen, unbeherrschten Schritten zu seiner Mutter. Jade konnte sich noch immer nicht erheben, sie hatte Angst umzukippen. Samu warf sich ihr zu

Füßen, legte seinen Kopf in ihren Schoß und weinte bitterlich. Er umschloss ihren Leib mit beiden Armen und tränkte ihr Kleid mit seinen Tränen. Auch Jade ließ ihrer Überwältigung freien Lauf. Ein leises Wimmern, von der Härte ihres Lebens durchtränkt, drang durch den dunklen Wald. Zog wie sanfte Funkwellen durch die Lüfte, mal lauter, dann wieder leiser. Unaufhörlich strich sie in liebevollen Bewegungen über das schöne dunkle Haar ihres Sohnes.

Hermann war zuerst selbst vollkommen involviert. Als konnte er Jades innere Zerrissenheit spüren, die sie all die Jahre hatte erleiden und durchleben müssen, durchzuckten sanfte Blitze seinen Körper. Wie elektrisiert folgte er erst den ergreifenden Szenen, dann riss er sich soweit es ging zusammen. Sie würden umdisponieren müssen. Er stand auf und ging zu Dania. In einer zärtlichen Umarmung flüsterte er ihr ins Ohr, dass sie nach drinnen gehen sollten. Heinz Gründner verabschiedete sich sogleich mit seinem Handschlag. Er war herzlich willkommen, das spürte er, aber das hier war eindeutig nur für diese Familie bestimmt.

Hermann verließ mit Dania das Lagerfeuer. Erst als sie im Inneren des Häuschens waren und die Tür geschlossen hatten, fiel ein sanfter Strahl der Öllampen in Danias Gesicht und offenbarte damit ihre Emotionen. Tiefe Sorgenfalten hatten sich in ihr Gesicht gegraben. Ihre Mundwinkel zitterten leicht und die Wimperntusche um ihre Augenkonturen war vollkommen verschmiert. Dieser Moment gerade, der gefühlte Schmerz, der sich in Mutter und Sohn noch einmal aufgetan hatte, das war fast jenseits des Erträglichen für sie gewesen.

Schüchtern betrat sie nun mit kleinen Schritten die gute Stube, stieß dabei noch etwas unbeholfen an den rechten Türrahmen. Hermann, der vorausgegangen war, umfing sie nochmals mit einem gütigen Lächeln und einer starken Umarmung. Nichts anderes war nun so wichtig, nur das Fühlen eines starken Menschen an der Seite. Keine Worte, keine Mimik, nur halten und gehalten werden. Der warme Schein der Lampen machte es Dania noch leichter, innigen Schutz trotz all der mitgefühlten Schmerzen zu empfinden. Es verströmte Hoffnung, dass das Licht doch immer wieder den Weg zu den Menschen finden würde. Manchmal auf undenklichen Wegen.

Nachdem sie sich langsam voneinander gelöst hatten, setzte sich Dania an den Tisch. Ihr Magen knurrte. Wie auf`s Stichwort eilte Hermann zu dem duftenden Kessel über dem Feuer, um mit einer großen Kelle den Suppenteller für Dania zu füllen. Jetzt huschte doch tatsächlich ein kleines Lächeln über ihr Gesicht. Welche Freude die kleinen Dinge des Lebens im Menschen doch entfachen konnten. Es war immer wieder ein Wunder. Festzustellen, dass es gar nicht viel braucht, um glücklich zu sein.

„Schenk dir doch gleich den Beerensaft ein, du hast bestimmt auch Durst von der langen Reise."

Dania tat, was ihr empfohlen wurde. Und mit einem Zug leerte sie auch sogleich das Glas.

Verstohlen warf Hermann einen Blick durch das Fenster nach draußen, als er Dania den Teller übergab. Samu saß inzwischen neben seiner Mutter, Jade hielt seine Hände in ihrem Schoß. Ein gutes Zeichen.

Drinnen hatte Dania einen Mordshunger. Eifrig löffelte sic sich die köstliche Brühe in den Mund.

„Hermann, du verschaffst mir die köstlichsten Geschmackserlebnisse", schmatzte sie.

„Das war Jade, sie ist eine Meisterin der Kochkünste, ich war aber immerhin am Feuer beteiligt. Vor ein paar Stunden bin ich den Wald auf- und abgehetzt, um trockenes Brennmaterial zu finden. Letzte Woche hat es hier oben an zwei Tagen heftige Regengüsse gegeben. Bis die Sonne und die Wärme den Boden unterm Blätterdach wieder erreichen und damit die Erde abtrocknen, das dauert hier in der freien, bewaldeten Prärie."

Dania lachte schelmisch. „Als alter Pfadfinder hast du doch immer eine Idee und einen guten Riecher, nehm ich mal an."

Erst stockten Hermanns Worte verdattert im Mund, dann fand er wieder zu seiner Sprache.

„Das war ein Witz von dir, oder? Du wusstest nicht, dass ich tatsächlich jahrelang diesem Verein treu gedient habe?"

Dania hustete heftig. Ein Löffel der guten Mahlzeit hatte nicht komplett ihre Speiseröhre, sondern auch noch die Luftröhre erreicht. Mit rotem Kopf röchelte sie nach Luft. Hermann schenkte eifrig frisches Quellwasser in ihr Glas. Mit hektischen Bewegungen führte Dania es zu ihren Lippen und stürzte das hilfreiche Nass ihre Kehle hinab. Es funktionierte, ihr Hals war wieder frei. Erleichtert atmete Dania ein paar regulierende Atemzüge, um Hermann dann zu bestätigen, dass es wirklich als Witz von ihr gedacht war.

Ihr fiel auf, dass ihnen allen der Wald gemein war, der sie mit Liebe, Freiheit und Begeisterung erfüllte. Dania war schon als Kind auf alle Bäume ihrer Straße geklettert, hatte sich mit ihren Freunden Baumhäuser in Streuobstwiesen gebaut, um dort Vater, Mutter Kind zu spielen. Was für eine glückselige Zeit. Bei den Bäumen konnte sie immer schon all ihre Sorgen vergessen. Dann schwiegen sie. Jeder hing seinen Gedanken nach, die doch nur um das eine kreisten. Was ging draußen vor sich? Über was redeten Jade und Samu? Lag immer noch die große Traurigkeit in der Luft oder konnten sie mittlerweile in liebender und lachender Atmosphäre einander begegnen? Wie ungern Dania tatenlos den Dingen ihren Lauf lassen konnte, das wusste sie selbst am besten. Auch Hermann schien es so zu ergehen. Aber sie lagen gar nicht so falsch mit ihrer Vermutung.

Die Glut des Feuers erzeugte mittlerweile eine konstante Wärme. Samu und Jade blickten in die rote Brunst. Auf beiden Gesichtern spiegelte sich die Energie des glimmenden Holzes. Eine unendliche Erleichterung, als wäre ihnen das gesamte

Gestein eines 8.000ers vom Herzen gefallen. Nach ihren ersten Weinkrämpfen kam der Moment, wo es ihnen schien, dass keine Träne mehr vorhanden war, als seien alle schon vergossen worden. Die Worte danach waren Jade leicht gefallen, als hätten sie sich von selbst aus ihrem Mund herausgeformt.

„In meinem Herzen warst du jede Sekunde Samu. Dein Gesicht vor meinem inneren Auge hat mein Herz jeden Tag weiterschlagen lassen. Ich weiß, dass es vom Verstand her unerklärlich ist, dass wir so lange voneinander getrennt waren. Ich habe auch Hermann schon in kurzen Sätzen erklärt, wie mein Leben nach meiner Flucht aus Amerika ausgesehen hatte. Dazu musst du aber die ganze Geschichte kennen, auch die deiner Ahnen. Sie zu verstehen macht dann weitere Ausführungen überflüssig, denn die Geschichte erklärt sich von selbst."

Samu fühlte, dass es die Wahrheit war. Jedes einzelne Wort löste eine sanfte Vibration in seinem Herzen aus, ließ es mehr und mehr aufgehen. Wo früher Worte nötig gewesen wären, reichte nun diese Empfindung. War das auch ein Geschenk, welches die vergangene, dramatische Zeit mitgebracht hatte? Dieses tiefe Körpergefühl und das damit verbundene Urvertrauen.

Jade drückte sanft die rechte Hand ihres Sohnes. Wie wunderbar, die gleiche Luft zu atmen, den gleichen Sternenhimmel zu sehen, denselben Geräuschen zu lauschen. Samu dankte diesem Fleckchen Erde, welches sich ihnen für ihr Wiedersehen bereitgestellt hatte. Im Moment gab es keinen schöneren Ort, als diesen. Er hätte ewig so sitzen können. Ihm war, als löse sich aller Raum und alle Zeit auf. Als gebe es kein Gestern und kein Morgen, nur jetzt, diesen Moment.

Das Feuer holte ihn nach einiger Zeit wieder aus seinen Traumreisen zurück. Bevor die restlichen, kleinen Flammen zu erlöschen drohten, stand Samu auf und legte noch eine große Menge an Ästen in die mit Steinen eingegrenzte Brandstelle.

Dabei fiel sein Blick durch das Fenster ins Innere des Häuschens. Er sah Dania, die mit dem Rücken zu ihm saß und an ihrer rechten Seite Hermann.

„Ich glaube, fürs Erste haben wir alles geklärt Mutter. Morgen erzählt ihr mir dann die ganze Geschichte unserer Familie. Meinst du, wir können die anderen auch mit ans Feuer holen?"

Jade drehte sich um. Sanft glitten ihre Augen zu den beiden in der Hütte hinüber. „Natürlich, schließlich musst du mir ja noch die bezaubernde Dame an deiner Seite vorstellen.

„Selbstverständlich." Samus Gesicht, sein Körper, seine Seele schienen innerlich verzückt, beim Erwähnen dieser Frau. Trotzdem meldete sich auch bei ihm sein hungriger Bauch.

„Täusche ich mich, oder rieche ich den wunderbar würzigen Duft einer Gemüsebrühe? Ich könnte auch noch etwas vertragen, nach dem aufwühlenden Tag heute."

Gemeinsam gingen sie Arm in Arm nach drinnen. Dort stellte Samu sogleich Dania seiner Mutter vor.

„Gute Wahl", brach es sofort von ganzem Herzen aus Jade heraus. Sie umarmte Dania wie eine Mutter ihr Kind. Ja, sie hatte eine schreckliche Zeit überstehen müssen, aber dafür hatte ihr der Himmel jetzt neben ihrem wunderbaren Sohn, eine bezaubernde Tochter und die Liebe ihres Lebens geschenkt.

Samu konnte nun sein Hungergefühl nicht mehr unterdrücken. Mit Hermann ging er an den Kessel, um sich von der Minestrone zu nehmen. „Hey, wir wollen auch noch was haben, nicht wahr Dania?" Jade stupste sie neckisch in die Seite.

„Wenn ich ehrlich bin, könnt ich den ganzen Topf verschlingen, so köstlich schmeckt die Suppe."

Aus Danias Gesicht quoll eine regelrechte Gier, die diese Mahlzeit in ihr entfachte. Lachend stellten sie sich in die Reihe und nahmen sich dann, einer nach dem anderen, von dem leckeren Inhalt. Mit den Tellern in den Händen gingen sie gemeinsam nach draußen. Hermann jonglierte das leckere

Brot auf einem großen Holzbrett mit ans Lagerfeuer und stellte es auf einem Holzpflock ab. Friedlich löffelte jeder in seiner Suppe. Welcher Tag war heute eigentlich? Jade bekam plötzliche eine ihrer legendären Eingebungen. Der 4. Juli. Oh wie wunderbar. Was für ein wunderbares Zeichen. Der heutige Tag war der amerikanische Nationalfeiertag, auch Independence-Day genannt. Am 4. Juli 1776 wurden 13 ehemals britische Kolonien freigegeben. Amerika erhielt seine Unabhängigkeit. Jades Aufmerksamkeit wanderte nach oben. Eine Sternschnuppe überspannte das Himmelsfirmament. Es würde auch ihr Glück bedeuten. Ihr Glück und ihr Recht auf Freiheit. Ein tiefer innerer Frieden legte sich wie ein zarter, schützender Mantel über sie.

XXXI.

„Wenn sich Mr. Lander nicht bis morgen bei mir auf dem Revier gemeldet hat, dann werde ich polizeiliche Suchmaßnahmen einleiten lassen."

Inspektor Meyer kraulte seinen kurz geschorenen Vollbart. Die Aussicht auf eine mächtige Beförderung mit einer noch saftigeren Erhöhung seiner monatlichen Bezüge ließ ihn innerlich brennen und schürte damit seine hartnäckige Zielgerichtetheit. Er brauchte das Geld, hatte genug verloren in den letzten Jahren. Doch das Geld war nicht das Einzige was ihn antrieb. Er folgte noch einer weiteren Absicht. Eine Tugend, die ihn schon sein ganzes Leben lang angespornt hatte. Es war die, der Gerechtigkeit.

Nein, gerade die letzten Jahre war ihm hier genau das Gegenteil widerfahren. Wahrheit, Aufrichtigkeit und Redlichkeit waren gnadenlos abhandengekommen. Es schien eine richtige Pechsträhne für ihn gewesen zu sein. Er wollte also nur eins.

Nun in diesem Fall die Wahrheit ans Licht bringen. Gut, man sah ihm seine Großmütigkeit nicht gerade an. Es war wohl der Verbitterung geschuldet, die ihm die Lebenserfahrungen ins Gesicht geschrieben hatten. Frau verloren, Job verloren, Haus verloren. Was für eine Vita. Ganz entgegengesetzt der Werbung eines bekannten Finanzunternehmens. Insgeheim musste er lachen. Ja, er war wirklich ein netter Kerl, vielleicht würde ihn bald endlich diese Pechvogelmentalität verlassen, und vielleicht würde er dann der Welt ein ganz anderes Gesicht zeigen können? Eines, welches seine Sehnsucht nach Gleichheit, Einheit und Gerechtigkeit spiegelte. Die ersten Schritte des Erfolges waren ihm ja schon gelungen. Sein neuer Job als Inspektor hier. Man konnte also schon von einer beginnenden Glückssträhne sprechen. Seinen zweiten Triumpf wollte er nun mit der Aufdeckung dieses Falls feiern. Aber noch blockierte jemand vehement seine Arbeit.

„Samu Lander, wo steckst du nur?" Meyer murmelte vor sich hin, während er die alten Akten von damals vor sich studierte. Warum hatte er sich seit der abgebrochenen Vernehmung nicht mehr gemeldet, geschweige denn, man hätte ihn auch nur irgendwie erreichen können. Seiner Meinung nach war die Familie Lander unschuldig. War einem üblen Verbrechen zum Opfer gefallen und konnte sich vor allem durch die Schicksalsschläge, aber auch durch die ganzen Verstrickungen, seither nicht mehr freistrampeln.

Ihr Ruf wurde unendlich ruiniert. Gleich mehrere Anschuldigungen standen im Raum. Die Erschleichung einer Erbschaft, die illegale Verabreichung von giftigen Kräutermixturen, Mord, der den Weg zu einer neuen Liebe frei machen sollte.

Die Ermittlungen wurden damals eingestellt. Aus Mangel an Beweisen und weil Jade Lander seither unauffindbar geblieben war. Aber es lag so viel Unschlüssigkeit in dem ganzen Fall.

Auch die Akte selbst gab Rätsel auf. Die in den Protokollen eingetragenen, wichtigen Unterlagen fehlten zum größten Teil oder waren unvollständig. Aufgefallen war Meyer das auch wieder einmal durch Zufall. Denn die Protokolle selbst waren erst auch verschwunden gewesen. Vermutlich im Aktenschrank vom oberen Schubfach ins untere gerutscht. In der Rubrik „S“ waren die Dokumente aufgetaucht, ihm quasi vor die Füße gefallen. Meyer griff schließlich diesen Wink des Schicksals auf und spürte ganz tief in seinem Inneren, dass hier eine große Aufklärung und Richtigstellung stattfinden müsse. Vor allem ein Freispruch der Familie Lander würde das gerechte – wenn auch wirklich sehr späte – Urteil für diese Menschen sein. Eine wahre Erlösung für diese Leute. Was hatten sie durchgemacht in all der Zeit?

Meyer wusste momentan noch ganz wenig, war ja erst am Anfang seiner Ermittlungen. Wo war Herr Rosenthal? Er hatte seinen Geburtsnamen wieder angenommen, nachdem er nach Deutschland zurückgekehrt war. Wo war Jade Lander? Von ihr fehlte bisher jede Spur. Lebte sie überhaupt noch?

Schon blöd, dass die Presse jetzt so früh auf dieses Thema aufmerksam geworden war. Jetzt würden sie wie Haifische seine Recherchen, seine Schritte verfolgen. Aber vielleicht konnten die Journalisten ihm auch hilfreich sein. Wie war nochmal der Name des Gerichtreporters, der den Fall damals betreut hatte? Ah, hier stand es. Paul Sigmund. Gleich würde er ihn anrufen. Wenn einer etwas über diesen Fall wusste, dann er. Er würde ihn weiterbringen, und das würde seine Chance sein. Der glanzvolle Auftritt des Thomas Meyer. Wenn das klappte, dann würden die Welt und alle Menschen endlich Respekt vor ihm haben. Ein Gefühl, das ihm bisher stets verwehrt worden war.

Der Inspektor nahm den Telefonhörer und wählte die im Protokoll hinterlegte Mobilnummer von Paul Sigmund. Es musste klappen. Meyer ballte seine Faust zusammen. Er würde all seine Kräfte bündeln, um sein Ziel zu erreichen.

XXXII.

Zärtlich schmiegte sich Samu an Dania. Er drückte seine Nase an ihr Schulterblatt und sog ihren süßen, für ihn himmlischen Duft ein. Wie wunderbar er heute Nacht geschlafen hatte. Und das nach dem ganzen Aufruhr, der den gestrigen Tag begleitet hatte. Er war wie ein Baby im Schoß des Waldes eingeschlafen. Keine drei Meter von ihnen entfernt schlummerte Jade in ihrem Bett. Wie ein Engel sah sie aus, seine Mama. Hermann lag auf der anderen Seite von Samu. Zu dritt hatten sie sich zu später Stunde auf dem Matratzenlager niedergelegt.

Samu setzte sich auf. Leise stieg er über Dania hinweg, die noch nichts von der Außenwelt wahrzunehmen schien. Er dagegen hatte Hummeln im Hintern. Eine riesengroße Kraft schien seine Muskeln zu durchströmen. Es vibrierte förmlich in seinen Zellen, als erhalte er einen mächtigen Energieschub. Samu zog sich sein T-Shirt und die kurze Hose an und stieg leise die Leiter nach unten hinab. Wie gemütlich es hier war. Durch die ersten einfallenden Sonnenstrahlen konnte er das Reich seiner Mutter nun bei Tageslicht sehen. Jeder Winkel dieses Häuschens strahlte vor Liebe. Seine Mutter war eine Meisterin im Erschaffen einer geborgenen Atmosphäre. Man spürte förmlich, mit welcher Liebe jedes Detail hier angebracht wurde. Auch wenn alles sehr spartanisch gehalten war.

Die geblümten Kissen, die Spitzenvorhänge an den Scheiben, gebundene Kränze, frische Wiesenblumen, Kerzen, eine Espressokanne zum Handbrühen, Porzellanschalen und nostalgische Kochutensilien ließen einen tief ursprünglichen Charme entstehen.

Samu fühlte sich berührt. Von seiner Mutter. Allein durch das Entdecken ihrer Welt.

Leise öffnete er die Tür nach draußen. Einen tiefen Atemzug nehmend ließ er sich auf dem Bänkchen vor der Hütte nieder. Die Luft roch nach würziger Erde. Der Boden und die Bäume gaben diese holzige Note an die Atmosphäre ab. Dann folgte seine Aufmerksamkeit einem Geräusch. Samu kniff die Augen zusammen, um seinen Blick zu schärfen. Ja, jetzt sah er es. Hinter den Bäumen versteckt, jedoch, je nachdem, wie er sich bewegte, mit einzelnen Körperteilen erkennbar. Ein Reh. Schüchtern hob es seine Nase in die entgegenkommende leichte Brise, um Samu's Duft wahrzunehmen. Die schwarzen Knopfaugen strotzten vor Neugier und Leben, doch wagte es nur zaghafte Schritte in seine Richtung. Langsam setzte es einen Huf vor den anderen. Samu konnte seine Entzückung kaum verbergen. Sein Atem ging schneller. Er wollte das Waldtier streicheln und erhob sich in ganz langsamen, vorsichtigen Zügen. Trotz seiner Bemühungen war es wohl zu hastig gewesen. Ein Ast knackste unter der Last seines Gewichts, und schon sah er das Hinterteil der schönen Rehkuh. Schade. Er würde Jade davon berichten.

Ganz gentlemanlike machte er sich auf in die Stube, um das Frühstück für alle zuzubereiten. In einigen geschickten Bekundungen konnte er alle Gerätschaften und Nahrungsmittel ausfindig machen. Dann machte er sich ran an den Speck. Im wahrsten Sinne. Er schnitt den geräucherten Schinken und ließ die Eier in die Pfanne gleiten. Seine Mutter kochte mit Gas, eine Vorratsflasche davon befand sich unter der Spüle und war von hier aus mit dem Herd verbunden. Er setzte sein Programm mit dem Mahlen der Kaffeebohnen fort. Eine antike Kaffeemühle half ihm dabei. Die Arbeit mit seinen Händen ließ ihn fast in eine stille Meditation verfallen. Durch diese ursprünglichen Abläufe, fern jedes technischen Geräts, fühlte er sich plötzlich mit seinen Ahnen verbunden. Auch sie mochten gewiss so gearbeitet haben. Mit einfachen Mitteln. Von Hand. Mit viel Liebe. Zu kostbaren Werken. Die Semmeln von gestern wollte er im Ofenrohr nochmal kross aufbacken. Außerdem holte er frisches Quellwasser aus dem Brunnen vor dem Haus.

Während die Küche immer noch weitere Gerüche an ihre Umgebung verteilte, hörte Samu, dass von oben Bewegung in die Bude kam. Nach und nach erwachten seine Lieben. Von seiner Position aus konnte er die Bettdecke von Dania rascheln sehen. Sogleich sah er ihren Kopf und ihren Oberkörper. Sie hatte sich aufgesetzt. Durch das Holzgitter der Galerie konnte er in ihre wunderschönen Augen blicken. Sie strahlte ihn an. Ihre Lippen formten tonlos die Worte, die er so gern von ihr hörte. Ich liebe dich. Sein Herz zerfloss vor Glück.

„Komm runter, es ist schon fast alles fertig“, flüsterte er ihr zu.

Da reckten sich auch die anderen Schlafmützen.

„Ich bin auch hungrig, Samu. Oder hast du das Liebesmenü nur für euch beide zubereitet?“

Hermann hatte sich in Unterhemd und Unterhose von der Matratze erhoben. Auch er strahlte seinen Neffen an. Samu sprach jetzt lauter.

„Nein, natürlich nicht, es ist genug für alle da. Ihr habt ja die besten Mittel und Werkzeuge, um das Köstlichste zu erzeugen.“

Langsam kletterten alle drei die Stufen hinab. Jade trat noch etwas verschlafen in einem verspielten Leinennachthemd auf ihren Sohn zu. Sie umarmte ihn fest, als wolle sie wirklich nochmal sicher gehen, dass ihr Wiedersehen kein Traum gewesen war.

„Morgen Mama, hast du gut geschlafen?“ Samu küsste Jade beim Lösen der Umarmung auf die Wange.

„Ja, so gut wie noch nie in meinem Leben. Obwohl, ich wollte erst gar nicht hinübergleiten, in die Traumwelt. Deinen Atem zu hören war das Schönste, was mir geschehen konnte."

Sie setzten sich an die Eckbank. Als Samu alles serviert hatte, nahm auch er auf einem der Holzstühle Platz. Jeder schöpfte von der reichlich gefüllten Tafel.

„Ich hab übrigens heut in der Früh ein Reh gesehen, Mutter. Es war wunderschön. Aber als ich es streicheln wollte, sprang es davon."

„Das war Lueen. Sie ist meine treue Gefährtin." Als wäre es das Normalste auf der Welt strich Jade unberührt die Butter auf ihr Brötchen.

„Sie ist also zahm?" Samu hielt verblüfft inne.

„Ja, schon von deiner Urgroßmutter hatte ich gelernt, mit allem und allen zu kommunizieren. Für mich ist es das Normalste auf der Welt und es wundert mich, dass dem Großteil der Menschheit diese Erfahrung noch so fremd ist."

Dania freute sich. So etwas hatte sie sich als Kind immer gewünscht. Mit Tieren sprechen zu können. In ihren Phantasiebüchern war das natürlich auch möglich gewesen, aber sie dachte eben irgendwann, dass es sich dabei nur um Märchen handle.

„Ich stell euch Lueen vor, wenn wir später in den Wald gehen. Dort ist sie bestimmt an ihrer Lieblingsstelle, die auch ich gerne aufsuche, um Kraft zu tanken. Wir könnten dort heut ein Picknick machen. Dabei erzählen wir euch dann die ganze Geschichte der vergangenen Zeiten. Zustimmend nickten alle.

Heute war wieder ein großer Tag in Samus Leben. Angestrengt rieb er sich seine Augen. Die überschwängliche Freude von heute Morgen schwenkte leicht in Niedergeschlagenheit über. Er hoffte, sie würden diese alten Ereignisse nun bald komplett abschließen können und in ein neues, schönes Leben gehen, eines voller Freiheit und Familie.

XXXIII.

Das Leben war so ungerecht. Leber und Galle sprühten Hass und Verbitterung durch seinen Leib. Er strich sich über sein Haupt, das schon seit langem kein Haar mehr trug. Es war doch der verdiente Ausgleich gewesen, damals. Der Ausgleich für sein bis dahin lausiges Leben. Ein Leben voller Armut, Krankheit, Gewalt, vor allem aber ohne Liebe. Das Gefühl kannte er schon immer. Nicht geliebt zu sein, immer ausgegrenzt zu sein, stets als letzter an der Reihe zu sein, um dann vor leeren Händen dazustehen.

Seit ein paar Monaten war er in Pension gegangen. Sollte ihm das jetzt zum Verhängnis werden? Sie hatten ihn quasi rausgeschmissen. Von alleine wollte er diesen Schritt nicht tun. Er wollte weiterhin die Kontrolle behalten.

Was würde nun aus ihm werden? Schon einmal hatte er sich mit allen Mitteln genommen, was ihm zustand. Würde er das nochmal durchstehen? Das Leben hatte ihn viel Kraft gekostet. Seine Gesundheit stand nicht mehr zum Besten. Unruhig wanderte sein Blick durch sein Appartement, das schon lang ein anderes war, als das, welches er sich damals gekauft hatte. Wenigstens ein bißchen Heimat war es für ihn gewesen. Zwar karg und steril, fernab seiner Wurzeln. Aber immerhin eine Heimat. Denn nichts hatte ihn je mit seiner Familie verbunden. Sein Vater hatte ihn abgelehnt, sich ganz und gar seiner anderen Familie gewidmet. Seine Mutter ihn versklavt und verprügelt. Eigentlich hatte sie nur die Schläge weitergegen, die das Leben auch an sie austeilte.

Ein Hustenanfall überfiel ihn und beförderte gelbe und weiße Sekrete nach oben. Mit steifen Schritten stürzte er zum Spülbecken, um dem Würgreiz nachzugeben und den Schleim aus seinem Schlund zu speien.

Was sollte er tun? Die Zeitungen waren vollgestopft mit allen möglichen Theorien der Mordfälle von Sacramento. Sollte er auf seine alten Tage noch in den Knast gesperrt werden? Das würde ihn ins Grab bringen. Ein neuer Reiz ließ ihn abermals erbrechen. Diesmal durchzogen rote Schlieren den sämigen Brei. Blut, es war Blut.

XXXIV.

Samu konnte verstehen, dass dies einer der Lieblingsplätze seiner Mutter war. Kräftige Baumriesen hoben sich tief aus dem Erdreich empor. Der Pfad, den sie soeben betreten hatten, lag bis zu 15 Meter über dem abschüssigen Gelände. Ging man ihn ein Stück, so kam es einem vor, als wandle man in den Wipfeln der Bäume. Als schwebe man über den Dingen.

Zu der Lichtung, die in einem Krater des Geländes eingebettet war, gelangte man nur, wenn man den befestigten Boden verließ und sich querfeldein den Abhang hinab bewegte. Jade hatte sich hier in all den vielen Jahren schon eine kleine Schneiße geschlagen, durch die die Tritte leichter zu bewerkstelligen waren. Das Gelände fiel hier sehr stark. Felsige Formationen und dunkler Waldboden bildeten kaskadenförmige Treppen, hinab in die Schlucht. Mann musste sich an Astwerk und Baumstämmen regelrecht festklammern, bis der nächste Schritt vollzogen werden konnte.

„Für Lueen ist das alles kein Problem, wie eine Gazelle hüpft sie diese natürlichen Stufen hinab."

Jade beabsichtigte mit ihrer neckischen Bemerkung, den Ansporn ihrer Mitgefährten zu schüren. Der Schuss ging aber nach hinten los. Wie Tarzan wollte Samu sich an einem Ast einige Meter nach unten schwingen, als er abrutschte und ins Straucheln geriet. Eine große Eiche kam ihm zu Hilfe. Sie stoppte ihn. Gegrätscht und mit einem abgewinkelten, leicht aufgeschürftem Bein lag er am Boden. Er erinnerte sich an einen Satz, den seine Mutter ihm oft mitgeteilt hatte.

„Fallen ist nicht schlimm. Im Gegenteil, es gehört zum Leben und es macht Spaß, wenn man es annimmt und die richtige Technik dafür hat. Das Wichtigste daran aber ist, dass du immer wieder aufstehst."

Sie wollte ihm damals beibringen, dass man mit Mut und Achtsamkeit auch keine Angst vor Fehlern oder eben im übertragenen Sinne vor dem Fallen haben musste.

Er rappelte sich wie eine Katze schnurstracks wieder auf.

„Ich leg dir gleich, wenn wir da sind, ein paar Kräuter auf. Schau, das hier passt schon für dich." Jade wusste immer einen Rat. Zärtlich und dankbar der Natur gegenüber zupfte sie ein paar Blätter von der Pflanze am Wegesrand.

Konzentriert lenkten alle ihre Schritte weiter, bis sie das magische Plätzchen erreichten. Das war es wirklich. Schon allein die verschiedenen Moosarten wiesen mit ihrer kräftigen Vegetation darauf hin. Moos wurde die Kraft nachgesagt, auch den verstrahltesten Boden auf das Höchste zu reinigen. Nachdem Jade die Kräuter auf Samus Wunde gelegt hatte und diese mit Bändern umwickelt wurden, begann sie sogleich mit ihren Erzählungen. Sie wollte endlich alles loswerden. Währenddessen breiteten Hermann und Dania die Decken aus und brachten das Fingerfood und die Getränke ins Schattige.

„Hermann sagte mir, dass euer letztes Gespräch mit meinem 18. Geburtstag endete.

„Yep, stimmt."

„Also, der Brief, den ich damals beim Postamt abgeholt hatte, war eine Nachricht des Notars. Er enthielt zwei Testamente. Eines meiner Großmutter Ernestia. Das zweite war das Testament einer ihrer Patientinnen."

„Einer Patientin?" Samu war inzwischen wieder aufgestanden. Ihm tat körperliche Aktivität neben einem Gespräch sehr gut. Es half ihm, seine Emotionen zu verarbeiten. Er nahm gerade die mitgebrachte Hängematte und umwickelte mit dem Strick eines Endes einen großen Baumstamm.

„Hermann hatte dir doch erzählt, dass meine Großmutter, deine Urgroßmutter, eine Kräuterheilerin war. Viele Menschen kamen zu ihr. Und sie hatte wahrhaft übersinnliche Kräfte, die sie abrufen konnte und mit denen sie arbeiten durfte. Diese eine Patientin hieß Haydn Firth. Sie hatte in ihrem Leben unzählig viele segensreiche Dienste meiner Großmutter erhalten, dass sie ihr bei ihrem Ableben aus tiefer Dankbarkeit ein Vermächtnis zukommen ließ. Es war das Anwesen auf dem du geboren wurdest, Samu."

Bei den letzten Worten zitterte Jade`s Stimme und ihre Augen bekamen einen schimmernden Glanz. Nach mehreren Atemzügen fand sie wieder zu ihrer gefassten Haltung zurück.

„Haydn Firth hatte ein schweres Leben, aber es hat ihrer Persönlichkeit undenkbar schöne Schliffe verliehen. Sie starb zwei Jahre vor dem Todestag von Grandma. Ich erzähle dir später noch mehr von Haydn. Das zweite Testament betraf das Erbe, das Grandma mir zukommen ließ. Es war unter anderem die Überschreibung dieses wunderschönen Gutshofs am Waldrand zu meinem 18. Geburtstag. Großmutter war wirklich eine tolle Frau. So unendlich weise. Als hätte sie vorausgeahnt, dass ich nach ihrem Tod, bei dem ich 14 Jahre alt gewesen war, erst selbst Erfahrungen im Wald sammeln musste. Dieses harte aber doch so intensive Leben in der Wildnis erfahren musste, um dann in das behütete Anwesen ziehen zu können. Zu meinem 18. Geburtstag war es dann eben so weit gewesen. Diese Zeit und die darauffolgenden 6 Jahre wurden zu den schönsten meines Lebens. In meine Welt traten so viele Wunder, als wäre mein Schicksal in eine Schleuder katapultiert worden, die mir regelrecht die Sterne vom Himmel holte. Ich erzähl mal die Kurzversion, die Details können wir dann später nachholen.

Der erste Handwerker, der mir bei Beginn der Renovierungen über den Weg lief – und ich möchte nochmal betonen, dass ich da gerade süße 18 Jahre alt war - ist dein Vater gewesen." Jades Augen strahlten. „Er war wie vom Himmel geschickt. Dein Vater und Hermann wollten für ein Jahr Erfahrungen im Ausland sammeln, in Amerika. Matthis als Schreiner, Hermann als Waldmann. Dann trat Jenna in mein Leben. Sie war die Schwester, die ich mir all die Jahre immer gewünscht hatte. Jenna Lenart. Sie war auch – wie es der Zufall so will – weitschichtig verwandt zu mir. Unsere Mütter waren Cousinen. Jedoch war der Kontakt schon damals, als wir noch Kinder waren, abgebrochen. Meine Eltern starben bei dem Naturunglück, Jenna war mit ihren Eltern schon vor meiner Geburt nach Kanada umgesiedelt. Ihre Eltern trennten sich viele Jahre später und somit kam Jenna mit Ihrer Mutter in dem Jahr meiner Volljährigkeit wieder nach Sacramento zurück. Ihre Mutter starb leider zwei Jahre nach ihrem Rückzug. Unsere Familie war also Zeit ihrer Geschichte oft auf eine minimale Anzahl beschränkt. Weder mein Vater noch meine Mutter hatten Geschwister."

Samu kam die Frage des Inspektors in den Sinn, weshalb seine Familie den Namen Lander trug. Sogleich gab er dieses Rätsel kund.

„Warum heißen wir eigentlich nicht Rosenthal, Mama? War das damals eine Laune deiner Emanzipation?"

Jade lächelte. Mittlerweile saßen sie alle auf verschiedenen Felsvorsprüngen im Kreis und lauschten gespannt der Familiengeschichte. Samu hatte gefüllte Trinkbecher verteilt. Die weiteren Getränke standen im seichten, kühlen Ufer eines Flussbeetes. Der Picknickkorb war noch unberührt. Ihn würden sie nach den Erzählungen als gebührende Belohnung auspacken. Er hoffte so, dass dann alle Wunden geheilt wären, die bisher der Familie solche Schmerzen bereitet hatten.

„Nein, das war keiner Trotzhandlung geschuldet, die sich aus einer sexistischen Verletzung heraus gebildet haben könnte." Jade lachte erst laut auf. Dann wurde sie nachdenklich ernst. „Das hatte einen viel tieferen Sinn. Unsere Familie hat eine lange Heilertradition. Diese ist auch in dem Namen Lander verankert. Meine Großmutter nahm diesen Namen von ihrem Mann damals an. Er war der Ursprung unsrer Heilerdynastie. In dieser Generation waren Mann und Frau in ihrer Berufung tief vereint gewesen. Die beiden hatten sich gesucht und gefunden. Seitdem haben wir Frauen – bis dahin gingen nur Mädchen aus den Beziehungen hervor – den Namen in unseren Familien weitergetragen. Also meine Mutter tat dies, und dann auch ich."

Samu war gerührt. Durch das Aussprechen dieser Worte war es, als wurde eine Schleuse geöffnet, die die Kräfte nun fließen ließ. Das tiefe Band der Verbindung zwischen ihm und seinen Ahnen war nun intensiv spürbar. Er fühlte eine unglaubliche Energie durch seine Adern gleiten.

Jade fuhr mit ihren Ausführungen fort. „Jetzt haben wir der Geschichte aber schon ein bisschen vorgegriffen. Die süße Zeit des Verliebtseins möchte ich euch nicht vorenthalten." Zärtlich blickte sie erst Dania an, dann Samu. Ja, die beiden wussten, wovon Jade erzählte. Sie befanden sich gerade in diesem wunderbaren Rausch der Gefühle.

„Es klingt nun vielleicht ein wenig kitschig, aber Jenna und ich fanden unsere wahren Prinzen in Hermann und Matthis."

Jade vermied es nun, Hermann anzusehen. Dieses letzte Geheimnis würde erst ganz am Schluss zur Sprache kommen. Und sie würde es mit einer solchen Echtheit und Berührtheit offenlegen, dass selbst die größten Moralkräfte versiegen würden und ihr den Segen dazu erteilen würden.

„Es war schnell klar, dass das schöne Anwesen am Waldesrand unser aller zu Hause werden würde. Matthis und ich wollten unser Domizil im Gutshaus errichten. Jenna und Hermann schufen sich neue Wohnbereiche über und teilweise in den Scheunen. Alles wurde kernsaniert. Schon nach einem Jahr wurde ich schwanger. Mit dir Samu!!!" Jade sprang auf und umarmte ihren Sohn überschwänglich, voller Glückseligkeit. „Die Schwangerschaft und deine wunderbare Geburt waren ein phänomenales Erlebnis für mich. Ebenso war es, als ich etwa ein Jahr nach deiner Entbindung Kiri unter meinem Herzen trug."

Nun war es still. Alle dachten an die süße, elfenhafte Kiri, ein Liebreiz der Natur, das Abbild eines Engels. Jetzt ohne emotionalen Einbruch weiterzusprechen, gelang Jade nur, indem sie ihre Aufmerksamkeit an die darauffolgende, unglaublich schöne Zeit lenkte.

„Die nächsten Jahre waren geprägt von süßem Kinderlachen, lustigen Jungenstreichen und ganz vielen Familienfeiern. In dieser Zeit fühlten wir wirklich seit langem, genau genommen seit einigen Generationen, eine richtige Familienbande. Einzig allein, dass Jenna nicht schwanger wurde in dieser Zeit, trübte unsere Seligkeit ein wenig. Jedoch spielte es eigentlich keine Rolle. Denn meine Kinder waren ihre Kinder.

„Das stimmt Mama, an das kann ich mich noch ganz genau erinnern. Eigentlich hatte ich zwei Mütter und zwei Väter."

Samu stand auf und legte seinen Arm um Hermann. Innerlich ergriffen senkte Hermann seinen Kopf. Jetzt konnte auch er seine Gefühle nicht mehr verbergen. Ein leises Schluchzen entwich seiner Kehle. Alle nahmen Teil an dieser Emotion. Gaben ihm allein durch ihren Beistand Sicherheit und Mitgefühl. Wie zuvor Jade, so fasste sich jetzt auch Hermann rasch wieder. Er hob seinen Kopf und wischte sich den zum Stillstand gekommenen Tränenfluss vom Gesicht.

„Einzig allein die letzten beiden Monate vor dem Unglück waren von mysteriösen Ereignissen überschattet. Wir hatten keine Beweise dafür oder es einfach nicht allzu ernst genommen. Ich hatte das Gefühl, jemand trachtete nach unserem Anwesen. Es war aber keineswegs so, dass wir Drohbriefe oder derartiges erhalten hätten. Alles sah stets nach einem Unfall oder Missgeschick aus. Meiner Meinung nach beobachtete dieser Mensch unsere Familie und den Grund schon seit Längerem, sonst wären ihm die ganzen Anschläge auf unser Haus nicht derart spurenlos gelungen. Wenn der Fall in den nächsten Tagen wieder aufgerollt wird, dann müssen wir diese Tatsachen auf jeden Fall zu Protokoll bringen. Damals konnte ich in all dem Schmerz und von den erlogenen Anschuldigungen regelrecht erschlagen rein gar nichts mehr zu unserer Verteidigung hervorbringen.

„Was waren das für Anschuldigungen Mutter?" Samu hatte inzwischen Getränkenachschub vom Bach geholt und schenkte jeden der Becher nach. Jade war verwirrt. Wenn sie alle Anschuldigungen nun anschnitt, dann würde auch ihre Liaison zu Hermann schon zur Sprache kommen. Das wollte sie noch nicht, der Zeitpunkt war noch nicht richtig. Also bekannte sie sich zu der ehrlichen, aber noch etwas verzögerten Wahrheit.

„Zwei der Vorwürfe nenne ich euch schon jetzt, den letzten hebe ich noch auf den Schluss auf. Meiner Großmutter wurde vorgeworfen, dass sie mit ihren Kräutermixturen Menschen Unrecht getan hatte, sie im schlimmsten Fall sogar getötet haben sollte. Der zweite Angriff betraf das Testament. Ihr ging der Ruf nach, dass sie das Testament von Haydn Firth zu ihren Gunsten gefälscht haben sollte. Das alles ist natürlich frei erfunden und entspricht nicht einem Funken Wahrheit."

„Wer tut sowas?" Dania, die als einzige diesen Fall neutral von außen betrachten konnte, überlegte laut vor sich hin. „Es liegt doch auf der Hand, dass derjenige, der die Anschläge auf euren Hof verübt hat, auch derjenige ist, der die Verbrechen begangen hat. Um welche Art von Anschlägen handelte es sich denn?"

„Sie waren alle elementarer Art. Also einmal hatten wir den ganzen Keller voller Wasser. Da Wasserschläuche bei uns immer frei an den Außenhähnen zugänglich waren, hatten wir es auf eine Unachtsamkeit unsererseits bezogen. Ein anderes Mal brannte es in der Scheune. Der Zufall wollte es, dass wir vorzeitig von einer abendlichen Geburtstagsfeier heimkehrten – genauer genommen warst du der Schutzengel, Samu. Dir war es schlecht geworden und somit musstest du schnurstracks ins Bett. Der letzte Schadensfall vor dem Verbrechen war dann, als wir eines morgens feststellten, dass ein Großteil unserer Reifen platt war. Sie waren nicht aufgeschlitzt, sondern unterschiedlich lange Nägel steckten in den Gummischläuchen. Zwei Autos, der kleine und der große Traktor und auch einige Fahrrädern waren davon betroffen. Da Matthis einige Tage zuvor einen Großauftrag für sein Schreinerhandwerk erhalten hatte, und bereits kurz danach das Werkzeug dazu eingekauft hatte, dachten wir erst, dass vielleicht die Kinder mit den spitzen Metallteilen im Hof gespielt hatten. Denn dort lagen alle wild verstreut. Aber uns wurde schnell klar, dass wir nicht mit allen beschädigten Vehikeln das Gebiet der verstreuten Nägel befahren hatten. Also hatten wir vor, nach diesem Vorfall zur Polizei zu gehen. Doch dann kam das große Verbrechen. Über den Tag selbst mag ich eigentlich gar nicht mehr sprechen. So ein Unglück kann man nicht in Worte fassen. Und man möchte auch niemandem die Gefühle beschreiben, die absolut unmenschlich und oft wider alles Ertragbarem sind. Ich hatte an diesem Tag meine Familie, meine Seele, meinen Glauben ans Leben verloren. Dass ich in eine tiefe Depression rutschte, dürfte niemanden verwundern. Ich war also auch noch dabei, meinen Verstand zu verlieren. Vor allem nach den Vorwürfen des Polizeiinspektors. Zumal er die Vorwürfe auch auf mich ausweitete, was meine Tätigkeit als Heilerin betraf. Die dritte Anschuldigung brach mir im übertragenen Sinn das Genick."

Jade, die sah, wie sehnsüchtig ihr Sohn und auch Dania auf die Nennung des dritten Anklagepunktes warteten, winkte auch diesmal ab. Waren ihre Köpfe bis dato in intensiv zuhörender Haltung nach unten geneigt gewesen, so schnellten sie bei der Ansprache des Unbekannten nun abrupt nach oben.

„Später", beantwortete sie die unlaut gestellte Frage. „Ich wusste nicht mehr, wer ich war. Fühlte mich wie tot. Am Ende hatte ich selbst Angst vor mir und wollte dich, Samu, keinesfalls gefährden. Frag einen Menschen, der jemals eine tiefe Depression in seinem Leben hatte, und er wird dir bestätigen, dass man nicht mehr Herr der Lage ist, Herr über sein Leben. Und glaub mir, ich hatte diese Krankheit im höchsten Grade. Ich wollte jedoch keinesfalls in eine Klinik. Mit dieser noch nicht rechtskräftigen Verurteilung am Hals wäre ich dort nie mehr rausgekommen. Oder ich wäre von einer geschlossenen Anstalt in die nächste Zelle gewandert.Ich sah nur einen Ausweg.

Und ich wusste, dass ich meine Pläne auch Hermann gegenüber verschweigen musste, denn er hätte es mit allen Mitteln, aus Liebe zu dir Samu und zu unserer Familie, zu verhindern versucht. Er wollte uns ja mit aller Kraft helfend zur Seite stehen.

Vielleicht war es meine Großmutter oder es waren meine Eltern, die mir vom Jenseits folgende Erinnerung ins Gedächtnis riefen. In dieser irdischen Welt bedeutete der Wald für uns Heimat. Gleichzeitig war er auch Heilstätte für uns, nichts konnte unsere Seelen und unser Blut besser gesunden lassen, als Bäume, Gräser, Kräuter und Steine. Also kam mir in den Sinn, dass mir als Kind schon Geschichten über den Reinhardswald erzählt worden waren. Ich dachte mir, dass das meine Rettung sei. Es war natürlich eine Kurzschlussreaktion. Ich machte mir auch keine Gedanken, ob ich bei der Ausreise polizeilich gestoppt werden konnte oder in Deutschland abgefangen werden würde. Aber ich musste mir darüber auch keinen Kopf machen, denn es gelang alles, ohne Zwischenfälle. Wie von Engeln geleitet. Ich musste das tun. Es tat mir unendlich leid, dass ich Hermann mit dem Prozess allein lassen musste. Vor allem, dass ich mein geliebtes Kind hinter mir lassen musste, brach mir fast das Herz. Doch ich wollte unbedingt, dass du Samu, aus der ganzen Sache rausgehalten wurdest. Dass du in ein neues Leben kommst. Ich schämte mich für das Erfahrene und wie mit unserer Familie umgegangen wurde. Ich wollte das alles vergessen machen. Auf lange Sicht, das wusste ich später, war es das Richtige für alle. Auch wenn es sehr hart war."

Hermann stand auf und setzte sich neben Jade. Sie würde ihn nun energetisch unterstützen, wenn er von der Zeit berichten würde, die er sich mit Behörden und dem Gericht herumschlagen musste. Er fühlte eine Beklemmung in seinem Hals, ging aber über diese Grenze hinweg und begann zu erzählen.

„Die Behörden machten uns wirklich die Hölle heiß. Wir mussten unser Haus, das gesamte Anwesen, jeden Schrank, jedes Papierstück von ihnen in Augenschein nehmen lassen. Wir waren also dauerbeschattet, und das nicht nur von der Polizei. Auch einige aus der Stadt ächteten uns mit ihren Blicken, Gesten und Worten. Vom Opfer zum Täter, wie es so schön heißt."

Hermann spürte jetzt, dass er einen Teil der dritten Anschuldigung preisgeben durfte, und zum Verstehen der Geschichte auch musste.

„Mir wurde plötzlich vorgeworfen, aus niederen Gründen und hinterlistiger Absicht Matthis und Kiri getötet zu haben."

Samu sprang auf wie ein geschlagenes Tier. Er tigerte regelrecht in der Waldschneiße hin und her.

„Wie kann das sein, Hermann? Wie kommen die auf so etwas?"

Hermann beruhigte Samu. „Ich komme gleich drauf, Samu. Der Vorwurf ist ganz und gar unberechtigt. Die Tatsache des möglichen Motivs, das sie mir als Beweggrund anhängen wollten, entsprach aber der Wahrheit." Hermann fuhr weiter mit der Geschichte. „Wie es bei behördlichen Untersuchungen die Regel ist, so zog sich das Ganze hin. Eine Verhörung folgte der nächsten. Als ich nach knapp einem Jahr immer mehr ins Feuervisier der Amtsmänner geriet, wusste ich nur noch einen Ausweg. Ich schuf mir ein felsenfestes Alibi. Eines, das nicht ganz exakt der Wahrheit entsprach, aber das eindeutig die Wahrheit fundierte, den dritten Anklagepunkt nicht begangen zu haben. Ich spürte ja die ganze Zeit, dass hier unrechte Machenschaften liefen. Also wusste ich in diesem Moment, dass mir diese Notlüge erlaubt wäre, wenn es die ursprüngliche Wahrheit vertrat.

Ich befand mich zur Tatzeit im Wald. Das wurde schon gleich zur Anfangszeit der Ermittlungen protokolliert. Aber am Tag des Verbrechens hatte ich wirklich niemanden in meinem grünen Revier getroffen. Ich hielt mir jedoch diese kleine Tür zur Freiheit stets noch offen, indem ich zu Protokoll gab, dass ich generell im Wald schon immer vereinzelt Menschen begegne, diese aber oft nicht kenne. Am Tattag wäre dies auch so gewesen, aber ich könne eben keine Namen nennen. Zu Hilfe kam mir dann die Nichte von Haydn Firth. Ihr Name ist Faith. Faith Sullivan. Ich war damals wirklich perplex, als diese liebenswerte Frau auf mich zukam. Sie hatte den Prozess ständig verfolgt und kannte auch die ganze Geschichte mit der Freundschaft zwischen ihrer Tante Haydn und Jades Großmutter Ernestia.

Faith hatte sich damals mit dem anderen Erbe ihrer Tante eine schöne Wohnung in einer Stadt ca. 20 km südlich von hier gekauft und lebte seitdem in unserer Region. Bisher kannte ich sie jedoch nicht. Sie wurde mir wie ein Engel geschickt, als sie mich eines Tages besuchte und vorschlug, dass sie mir ein Alibi im Wald geben könnte. Dieser Ort gebe ihr oft Zuflucht, sie besuche ihn häufig, denn er erinnere sie an ihre geliebte Tante. Sie wusste um meine Unschuld, sie spürte es. Und sie war auch wirklich an diesem besagten Tag im Wald gewesen, nur hatten wir uns halt nicht gesehen. Also kann ich mit Fug und Recht behaupten, dass fast alles der kompletten Wahrheit entsprach. Wir schworen also vor dem Richter, dass wir uns zur Tatzeit im Wald begegnet waren. Vielleicht sind wir uns das auch, im Geiste."

Hermann schmunzelte. Schon ein Wunder, dass er diesem Drama auch ein Lächeln abgewinnen konnte.

„Wir begründeten es damit, dass ich sie damals nicht kannte und somit auch bis dato keine Kontaktadresse von ihr hatte, um sie dem Gericht vorzustellen. Durch einen Zufall hätten wir uns dann in der Stadt vor der Kirche getroffen, sofort die Adressen ausgetauscht und das Gericht benachrichtigt. Es folgte, was ich mir so lange erbeten hatte. Der vorläufige Freispruch. Ich wusste sofort, dass ich nun schnell handeln musste, denn ich spürte, diese Machenschaften gegen uns wären noch nicht zu Ende. Es ging nicht mit rechten Dingen zu. Ich wusste, Ruhe würde ich nur in meiner Heimat wiederfinden. Dort kannte und liebte man mich und dieser herrliche Ort war mir stets eine Kraftquelle. Aber ich konnte Samu nicht mitnehmen. Du wurdest mir wegen der laufenden Verfahren entrissen. Ich besuchte dich so oft ich konnte, aber ich schaffte es nicht, dich zurückzugewinnen. Sie rückten dich nicht mehr raus an mich. Auch der vorübergehende Freispruch konnte den Vorwurf, der an mir klebte, nicht von mir nehmen. Somit gab ich nach. Fügte mich und schaute, dass ich aus der Situation das Beste machte.

Im Heim, wo du untergebracht wurdest, setzte ich alle Hebel in Bewegung, damit es dir an nichts fehlte. Zwei Personen gaben mir das Gefühl, dass du gut aufgehoben und beschützt warst. Ich spürte, dass du neue Menschen getroffen hattest, die dir für einige Zeit deine Familie ersetzten würden. Die Heimleiterin, Mrs. Austen. Und dein bis heute bester Freund Jakob."

Samus Gesicht erhielt eine sanfte Weichheit, als er an diese beiden Menschen dachte. Er war gerührt, dass sein Onkel das alles wusste. Woher überhaupt?

„Bis heute bester Freund, wie kommst du darauf, Hermann?" Samu hatte diesen Hinweis verstanden. Es war Hermanns Absicht gewesen. Jetzt konnte er mit der ganzen Wahrheit ans Licht gehen.

„Ich habe dich all die Jahre über Kontaktleute bewachen und behüten lassen, Samu. Ich wusste, welche Fächer du belegt hattest, welche Freunde du um dich geschart hattest, dass du in deiner Sturheit den Schulabschluss geschmissen hattest. Deinen Berufswunsch – der gleiche wie der, deines Vaters, was sonst? Ich schaute, dass sich für dich diese Türen auftaten, beauftragte einen Freund, dir diese Ausbildung möglich zu machen. Als Waldmann ist man mit den ansässigen Schreinern quasi auf Du und Du. Diese Kontakte hatte ich alle noch."

Samus Lippen zitterten. Er wollte noch mit einem vorgetäuschten Hüsteln seine Gefühle überspielen. Vergeblich. Er lehnte sich an Dania und verbarg sein Gesicht in ihrer linken Halsbeuge. Die kleinen, gleichmäßigen Erschütterungen seiner Schultern ließen erahnen, dass Trauer und Tränen seinen Körper verließen. Dania umfasste liebevoll Samus Kopf mit ihrer rechten Hand. Beruhigend streichelte sie über sein Haar.

Jade spürte, dass sie nun am besten weitererzählen sollte, dann konnte ihr Sohn sich in Ruhe ausweinen. Und sie wusste, dass ihre nächsten Worte ihn noch mehr berühren würden. „Wir waren immer bei dir, Samu. Hermann über seine Kontaktleute und ich über meine Gabe. Als Schamanin war es mir möglich über die Verbindung mit dem Göttlichen, Zeit und

Raum zu verlassen, Grenzen zu überspringen und in andere Dimensionen vorzudringen. Ich konnte dich also in meinen Träumen und Visionen sehen und fühlen. Auch wenn es natürlich den körperlichen Aspekt in keiner Weise ersetzen konnte."

Weiteres Schluchzen und ein noch tieferes Versinken in den Armen von Dania waren die Antwort auf diese Offenlegungen. Heilsam legten sich die gesprochenen Worte auf die Wunden seiner einsamen Vergangenheit.

Er war immer behütet gewesen. Hatte es zwar gefühlt, aber nicht verstanden, nicht vertraut. Wie auch, er war damals noch viel zu klein. Jetzt hatte er die Sätze, die er sich so lange von seiner Mutter und auch von Hermann gewünscht hatte, in seinem Herzen verankert. Er war immer geliebt. Mit aller Kraft und allem, was möglich war. Im Inneren von Samu vollzog sich eine große Veränderung. Es war, als wurde er in eine neue Dimension gehoben. Als schließe sich eine Tür, ein Lebenszyklus, der vom Universum verschluckt wurde und ihn sogleich vor eine neue Tür bugsierte. Eine, die im selben Augenblick aufsprang, hinein in eine neue Ära. Wie im Zeitraffer zog sein altes Leben an Samu vorbei. Es schillerte plötzlich in allen bunten Farben. Was vorher karg und trist erschien, leuchtete nun in den hellsten Tönen.

War das das Geheimnis des Lebens? Dass es nur auf die Sichtweise ankam? Auf das Aussöhnen, mit dem, was das Schicksal einem zutage förderte? Der Blick darauf, was dieses Paket einen hatte lernen lassen, welche Kräfte es mobil machte? Ja, das musste es sein. Für Samu war es ganz und gar stimmig. Seine Seele hatte sich beruhigt, das Beben war verebbt.

Hermann und Jade standen auf. Gemeinsam gingen sie auf Samu zu. Sie fühlten, jetzt kam die Stunde der Wahrheit und mit einem stummen Nicken gab Jade Hermann zu verstehen, mit der letzten Offenbarung zu beginnen.

„Samu, ich weiß, es ist jetzt wirklich schon genug, mit all dem, was du heut hast anhören müssen. Aber du weißt, es ist alles den vergangenen Umständen geschuldet. Nun gibt es nur noch das eine Kapitel, das wir dir mitteilen möchten. Das Motiv, das wir uns angeblich zu Schulden haben kommen lassen. Wenn man von Schuld sprechen kann. Es…." Hermann stockte. Sein Blick haftete erst noch verschämt am Boden. Die auftretende Verkrampfung seines Herzens ließ ein weiteres Mal seine Schuldgefühle und all die verlorenen Jahre Revue passieren. Jetzt wusste er, dass er es endlich loslassen wollte. Hermann wollte endlich zu seinen Gefühlen, zu seinem Leben, zu sich stehen. Er hob seinen Kopf und blickte Samu voller Selbstakzeptanz und voller Güte in die Augen. „Es war und ist die Liebe."

Samu verstand nicht. Wie konnte Liebe schuldig machen? Noch hatte er es nicht kapiert. Fordernd nach einer weiteren Erklärung blickte er seiner Mutter fragend in die Augen. Jade redete weiter.

„Etwa 2 Monate vor dem Unglück passierte neben den kleinen elementaren Anschlägen auf unseren Hof noch etwas anderes. Damals waren wir total verunsichert, und wir schämten uns auch bis ins Mark, auch all die vielen Jahre später. Wir versuchten es mit allen Mitteln zu ignorieren."

Jade sah, dass ihre Ausführungen Samu noch immer im Dunkeln tappen ließen. Sie holte noch einmal tief Luft, nahm Hermanns Hand und drückte sie ganz fest. Dann sprudelte der letzte offene Punkt in einem Ruck aus ihr heraus.

„Hermann und ich verliebten uns ineinander. Wir wollten es erst nicht wahrhaben, drückten es weg, aber es drängte sich immer wieder in den Vordergrund."

Samu schaute ungläubig. Er begriff es nicht. Sein Gehirn weigerte sich, so etwas zu verstehen. Hatte er da eben richtig gehört?

„Es folgten Wochen voller Schuldgefühle. Dann kam der Tag des 04.04.1984. Dieses Unglück zog uns den Boden unter den

Füßen weg. Wir kamen uns bestraft vor. Eine Erschütterung bis in die Knochen. Von Gott verlassen. Da hatten wir die harte Antwort auf unsere Gefühle. Die Lüge mussten wir Matthis und Jenna mit ins Grab geben, denn es kam zu keiner Aussprache mehr. Und unsere Liebe wurde gleich mitverscharrt, für 30 Jahre."

Als hätte das Leben für kurze Zeit den Ton abgeschaltet, war es mit einem Mal mucksmäuschenstill im Wald. Sogar die Tiere schienen ihren Atem anzuhalten. Um Samu drehte sich alles, als zöge ein Strudel ihn immer weiter nach unten. Er wusste nicht, für welchen der vielen Gedanken er sich entscheiden sollte.

Sein Vater und seine Schwester kamen ihm in den Sinn. Dann die Liebe zwischen Hermann und seiner Mutter. Die verlorene Zeit, in der seine Mutter und Hermann ihre Liebe nicht hatten leben können. Sein Aufenthalt im Heim. Jack. Der Prozess. Dania. Seine Lehre bei Mr. Wings. Seine geliebte Tante Jenna. Alles flog wild und ungeordnet durch seinen Kopf. Er musste sich zwingen, ruhig und tief zu atmen, sonst würde er umkippen. Es half.

Nach einigen Minuten wurde alles klarer um ihn herum. Der Wald stimmte wieder ein in den Klang seiner Natur. Hatte von ihm genommen, was ihn so lange verletzt hatte. Die Vergangenheit aufgesogen, im Waldboden versiegelt.

„Wie hattet ihr euch denn euer weiteres Leben vorgestellt. Hättet ihr denn alles, auch das Wohl eurer Kinder, aufs Spiel gesetzt für diese vergnüglichen Stunden?"

Samu versuchte ernst zu klingen, keineswegs sarkastisch oder vorwurfsvoll. Er wusste, nur ein Mensch, der wirklich in der betreffenden Situation war, konnte genau nachempfinden, was der Wahrheit entsprach. Er verbot sich also jegliches Urteil.

„Ganz und gar nicht, Samu. Wir wollten unsere Liebe vergrößern. Wir sind Kinder der 69er Bewegung. Wir wollten auf keinen Menschen dieser wunderbaren Großfamilie verzichten. Ein neues Familienmodell wäre die Erfüllung unserer größten Träume gewesen. Schließlich lebten unsere Ur- und Ur-Urgroßväter auch in Stämmen. Wir waren uns sicher, nach ersten holprigen Erklärungsversuchen würde es klappen. Denn wir liebten Jenna und Matthis noch ebenso, vielleicht sogar noch mehr. Denn Liebe beflügelt und sie ist auch keine Konkurrenz, denn sie ist immer anders, unvergleichlich, und sie vermehrt sich, wenn wir sie teilen."

Ein Lächeln trat auf Samus Gesicht. Das war es, was er hören wollte, oder auch, was er verstand. Sein Herz fühlte, dass seine Mutter die Wahrheit sprach. Er ging zu Hermann und klopfte ihm auf die Schulter.

„Jetzt hat sich doch so klammheimlich das erfüllt, was ich eh schon immer für dich empfunden habe. Du bist schon immer wie ein Vater für mich gewesen. Und jetzt also ganz in echt."

Hermann umarmte Samu mit einer wilden, wie es Dania vorkam, typisch männlichen Körperlichkeit. Gleich Bärenbrüdern, die sich neckten und ihre Kräfte darstellten. Hermann wuschelte tollkühn Samus Haar. Auch Dania stand auf und schlang die Arme um Jades Taille.

„Familytime", verkündete Jade überglücklich. Große Erleichterung machte sich in ihr breit. Der Bann war gebrochen. „Jetzt speisen wir fürstlich, holt die Getränke aus dem Wasser, Dania und ich packen den Picknickkorb aus!"

XXXV.

„Wo steckst du Dania?" Paul Sigmund nahm wiederholt sein Handy vom Ohr und warf das Mobiltelefon diesmal voller Wut in die Lederbezüge seines Bürostuhls. Er hatte wichtige Nachrichten für sie, ihren neuen Freund und dessen Familie. Wie das Leben so spielte. Verrückt und dann wieder doch so simpel.

Vergangenen Sonntag hatte seine Tochter verliebt wie noch nie von Samu Lander gesprochen. Sie beide fielen zwar erst aus allen Wolken, als klar war, dass er den Fall dieser Familie damals journalistisch betreut hatte. Dann sahen sie es aber wohl als Wink des Schicksals.

Er hatte ihr noch nicht viel erzählt. Keineswegs aus verschleiernden Gründen. Obwohl er am liebsten kein Wort, keinen Gedanken mehr an diese Zeit vergeben wollte. Dania und er waren sich jedenfalls einig gewesen, dass die Geschichte erst ihren natürlichen Lauf nehmen sollte. Samu musste erst seine Familie finden, dieses Leben nochmal in seiner ganzen Tiefe erfahren und verstehen, bis sie zum nächsten Schritt übergehen konnten. Paul Sigmund sagte ihr aber den entscheidenden Satz. Für ihn sei die Familie Lander unschuldig. Ihr Schicksal war einer Reihe genial verdeckter, höchst krimineller Verstrickungen geschuldet, die bisher keiner zu durchschauen vermochte. Verstrickungen, die auch ihn beinahe sein Leben gekostet hätten.

Seine Gedärme zogen sich zusammen, als in ihm ein inneres Bild aufblitzte. Er sah sich, wie er in die Ecke einer Sackgasse gedrängt wurde. Es dämmerte schon. Zwei Mann, denen man am liebsten nicht im Dunkeln begegnen wollte, rückten immer näher an ihn heran.

Nein! Es war vorbei! Paul Sigmund unterbrach diese Erinnerung mit einem gewaltsamen Gedankenumschwung. Er nahm sich einen Schluck Wasser, wischte sich den Schweiß von der Stirn und atmete in beruhigenden Rhythmen ein und aus. Langsam konnte er sich wieder entspannen und kam zurück in die behaglichen Räume des Bürogebäudes.

Wie wohltuend. Die oberste Etage barg sein Geschäftszimmer. Er sah über die Dächer der 300.000 Seelenstadt, in der er arbeitet. Die noble Verglasung gab ihm den Blick frei für diese himmlische Aussicht. Ein moderner Glaspalast, von elektronischem Komfort geprägt. Automatische Jalousien schufen ein stets angenehmes Raum- und Lichtklima. Der Ausblick und die Außengestaltung waren eindeutig das Highlight des seit fünf Jahren neu geschaffenen Bürokomplexes. Die futuristische Dachterrasse verdrängte manchmal den Gedanken an einen Arbeitsplatz und weckte eher das Gefühl eines eleganten Restaurantareals. Schicke Gräser, die zwischen Kiesbelägen aufragten, große, graue Betonkübel, die wild blühende Oleanderbüsche in sich bargen, sogar einige Felsenbirnen waren auf dem Dach gepflanzt worden. Sie spendeten neben den fest verankerten Sonnenschirmen Schatten an heißen Tagen.

Ein paar Tage vor dem Frühstücksbrunch in der Villa hatte sein Freund und Kollege, Hans Limbach, ihn über die Wiederaufnahme des Falls von Sacramento informiert. Sigmunds Arbeitsfeld war nun seit langem ein anderes. War damals die Justiz sein Fachgebiet, so begab er sich nach seinem Amerikaaufenthalt in komplett andere Bereiche. Als Ergebnis dieser für ihn tief nachempfundenen Ungerechtigkeit und seiner eigenen schlimmen Erlebnisse. Erst folgte noch die Finanzbranche, bis er auch dieser überdrüssig wurde. Und eigentlich war die auch keinen Deut besser. Dann fand er seine wahre Berufung. Familie und Soziales. In diesen Gefielden bewegte er sich nun schon seit fünfzehn Jahren.

Sein Kollege hatte ihm von einem neuen Inspektor in Sacramento berichtet. Von Unschlüssigkeiten und fehlenden Aktenunterlagen war die Rede. Das verwunderte ihn natürlich keineswegs.

Gestern dann hatte er selbst den Anruf des Polizeichefs erhalten. Was für eine prekäre Lage für ihn. Noch konnte er dem Inspektor nicht verkünden, dass er nun vor allem privat in diesen Fall involviert war, in Form eines Schwiegersohns in spe'. Doch das Gespräch verlief entspannt, ließ die aktuelle Lage außen vor. Er musste also kein einziges Mal schwindeln.

Sie sprachen über den Sohn von Haydn Firth, der diesen unerbittlichen Feldzug gegen die Familie Lander geführt hatte. Edward Firth wollte sich damals mit der Rolle des Enterbten nicht zufriedengeben.

Die Ermittlungen von damals konnten die Hintergründe dieser Familienfehde jedoch nicht durchleuchten. Es musste gewaltige Auseinandersetzungen gegeben haben. Nur sachliche, oberflächliche Tatsachen konnten damals zutage gefördert werden. Denn auch die Nachbarschaft schwieg. Hatte Haydn`s damaliger Mann sich im Laufe seines Lebens ein derartiges Machtgefüge aufgebaut, dass niemand auch nur ein Sterbenswörtchen über diese Familie zu sagen wagte? Nur eine grobe Vita dieser Ehe hatten sie in Erfahrung bringen können. Hochzeit von George und Haydn Firth am 04.10.1942. Mitten im zweiten Weltkrieg also. Die Vermählung hielten sie während einer Kriegsbeurlaubung ab. Dann mehrere Jahre Kriegsaufenthalt.

Rückkehr aus Deutschland am 25.04.1946, knapp ein Jahr nach Beendigung des 2. Weltkriegs also.

Geburt des Sohnes Edward am 30.04.1950.

Das Paar trennte sich 1961. Für die damalige Zeit etwas Skandalöses. Auch hier musste wirklich etwas Brachiales vorgefallen sein, denn die Frauen standen damals ohne Mann komplett mittellos im Leben. Nicht in Haydn`s Fall. Sie hatte das Gut von ihren Eltern geerbt und blieb natürlich vollkommen rechtens darin wohnen.

Ebenfalls aus der Art schlug dann die Regelung der Erziehungsberechtigung der Geschiedenen. Haydn Firth wurde sogar komplett das Kontaktrecht für Edward verboten. George Firth verließ das Gut mit seinem Sohn und zog mit ihm in die schäbige Mietswohnung einer benachbarten Stadt.

Der letzte Akteneintrag betraf nur noch den Sterbetag von Haydn Firth, am 09.08.1972.

Sie teilte ihr Erbe unter zwei Personen auf, die ihr am Herzen lagen. Das Gut sollte an Ernestia Lander überschrieben werden, die Barwerte an ihre Nichte Faith Lenart gehen, die Tochter ihrer Schwester.

Ernestia Lander, die zwei Jahre später verstarb, ließ den Antritt des Erbes vorerst noch verzögern. Sie wollte, dass ihre Enkelin Jade das Landgut zu ihrem 18. Geburtstag erhielt. Das trat auch so ein.

Im Mai 1978 übernahm Jade Lander ihr Erbe. Der Hof wurde kernsaniert.

Am 04.04.1984 fand der Überfall statt.

Der Prozess wurde 2 Jahre danach ungelöst zwangsabgeschlossen. Mangels Beweisen, wegen Fehlens wichtiger Tatpersonen. Jade Lander war seitdem unauffindbar. In den Akten war sie als denkbare Täterin vermerkt. Dem Urteilsergebnis wurden die gesetzlichen Richtlinien zu Grunde gelegt.

Das Anwesen fiel in die Hände von Edward Firth. Er verkaufte das Gut. Lebte heute angeblich in Miami.

Sigmund hielt seine Aussage über die damals erfahrenen Erpressungen noch zurück. Klar würde er es dem Chief sagen, sogar sagen müssen. Das alles und noch viel mehr.

Doch alles zu seiner Zeit.

XXXVI.

Samu baumelte in der Hängematte. In seiner rechten Hand hielt er ein satt belegtes Sandwich. Kauend blickte er in die Baumwipfel, die über ihm ihr grünes Kleid zur Schau fächerten. Ein sanfter, leicht wechselnder Wind ließ stets von neuem

Blätter rascheln und tanzende Licht- und Schattenbilder entstehen. Links von ihm war fröhliches Geplapper zu hören.

Samu fühlte eine unsägliche Geborgenheit in diesem Wald. So musste der Garten Eden sein. Seit er denken konnte, war Robinson Cruso einer seiner Lieblingsfilme. Baumhäuser übten schon immer eine Faszination auf ihn aus. Kein Wunder, dass also auch Robin Hood ein Held aus Kindertagen für ihn war.

Hier im Wald schienen die Uhren anders zu gehen. Besser noch, es gab gar keine. Die Zeit hier schrieb ihre eigenen Gesetze.

Warum ließen sich die Menschen in den Städten so hetzen? Warum richteten sie stets alles nach Zeit und Geld aus. Wo doch das wichtigste die Liebe und die Gemeinschaft war. Wie konnte die Menschheit die wichtigsten Werte aus den Augen verlieren? Würden wir uns alle vereinen, wir alle hätten genug, sogar noch im Überfluss.

Im Wald fand Samu diese Erkenntnis, er konnte sie quasi aus den Bäumen lesen, als sprächen sie zu ihm. Na ja, er musste zugeben, bisher war auch er ein Getriebener. Bei ihm war das aber weniger des Geldes, als viel mehr seiner inneren Verletzung wegen, der Suche nach Bestätigung und nach Vergebung. Sinnierend schaukelte Samu zwischen den Bäumen hin und her. Hier konnte er ausatmen, loslassen, alles andere vergessen. Während die Welt dort draußen tobte, war er hier verschluckt, im Schoß von Mutter Erde. Genährt und gesäugt von ihr. Fast ein vorgeburtliches Erlebnis.

Wie würde sein weiteres Leben aussehen? Eigentlich hatte er ja schon die ersten Hölzer für sein neues Lebensfeld gesteckt, für eine neue Richtung. Er wollte sich mehr der Kunst widmen. Der Kunst mit der Natur. Seiner Bildhauerei. Vielleicht auch Steinmetzarbeiten? Er wollte diese Inspiration, die ihm die Berge, Seen und Wälder einhauchten, in seine Werke fließen lassen. Sie sollten der Menschheit neue Horizonte öffnen.

Zimmerte er sich gerade selbst das Lebensmodell, das er sich so sehr für diese Welt wünschte? Seine Vergangenheit war bisher sehr von einem Umstand geprägt gewesen. Dem Alleinsein. Dabei meinte er keineswegs den seligen Zustand der Muße, der die Tür zur inneren Stimme öffnete und die Quelle des Herzens sprudeln ließ. Es betraf viel mehr eine weitere Abzweigung dieses Wortes. Die Einsamkeit. War es seine immer größer werdende Sehnsucht nach Gemeinschaft, die ihn nun mit solchen Ideen speiste? Er wollte die Menschen auf jeden Fall im Geiste vereinen, in dieser Inspiration durch die Kunst. Aber auch auf physischer Ebene war es sein Ziel. Die Menschen sollten sich verbinden, gemeinsam wuchsen solch großartigen Visionen. Jeder befruchtete jeden, wenn man das Göttliche in allem wahrzunehmen wusste.

„Uuuuuaaaaaaaahhhh!!!“ Samu kippte aus der Matte. Aber nicht ohne das Zutun einer gewissen Person.

„Du kleines Biest!“ Dania hatte sich ohne sein Bemerken angeschlichen und ihn einfach aus den Laken gehauen. Hatte einfach den bananenförmigen Kokon umgedreht, mit ihm innen drin. Besser gesagt, kurz danach ohne ihn, denn er lag am Boden. Das musste bestraft werden. Fluchs rappelte Samu sich auf. Dania ahnte, dass er ihr nun einen Denkzettel verpassen würde. Erschrocken riss sie ihre Augen auf und überlegte in Sekundenschnelle, wie sie sich am besten aus dieser misslichen Lage befreien konnte. Die Flucht schien ihr das beste Mittel. Sie machte eine Kehrtwende, umfasste mit beiden Händen jeweils einen Baumstamm zu ihrer Linken und zur Rechten und schob sich kraftvoll aus dem Feld ihres Tatortes. Ähnlich dem Prozess einer Steinschleuder, die ihren Inhalt mit einem Wums nach vorne katapultierte. Aber sie kam sich total lahm vor. Vielleicht spürte sie auch schon Samu an ihren Fersen kleben. Wie eine Echse schlängelte sich Dania erst noch durch den befestigten Pfad, um dann den Sprung ins wilde Gestrüpp zu machen. Sie eilte im Zick-Zackschritt von dannen. Aber Samu hatte ihre Fährte aufgenommen. Er roch sie förmlich. Nun waren sie komplett aus dem Sichtfeld der anderen. Nur noch wenige Meter, dann hatte er sie erreicht. Bestimmt, aber doch so sanft wie möglich, griff er nach ihrer Schulter, um sie festzuhalten. Erst konnte sie seine Hand noch einmal abschütteln, doch beim zweiten beherzten Zupacken war sie fällig. Samu bugsierte Dania auf einen großen Baumstamm zu. Dort drehte er sie zu sich, um im gleichen Moment seine Lippen auf ihre zu drücken. Wie lange hatte er sie schon nicht mehr geküsst? Seit heute Morgen? Es kam ihm ewig vor. Leidenschaftlich kostete er ihren Mund. Streichelte ihn, knabberte an ihm, sog an den erotisch geschwungenen Konturen. Er konnte nicht genug von ihr bekommen. Das würde immer so sein. Das wusste er. Eine Frau wie Dania war ihm noch nie begegnet. Er belächelte eigentlich immer die weisen Ratschläge, die davon erzählten, dass man es fühle, wenn man den oder die Richtige gefunden hatte. Doch es entsprach der Wahrheit. Bei ihm jedenfalls. Sie hatte ihn zum Mann gemacht. Etwas in ihm berührt, dass tief verborgen in ihm schlummerte. Niemand hatte den Weg bisher dahin gefunden. Nur sie. Als hätte sie ihn zum heiligen Gral geführt. Ja, so war es. Er fühlte sich wie Artus, der in Guinevere sein Ebenbild fand. Ritter. Wieder eine Faszination, Geschichten die ihn seit je fesselten, tief berührten. „Ich ergebe mich“, Dania wisperte Samu in einer Kusspause ihre Unterwerfung zu. Aber er hatte noch kein Erbarmen. So schnell war das nicht beglichen.

„Was ist deine Wiedergutmachung?“ Ernst und mit einem verschwörerischen Blick musterte er Dania von oben bis unten, um ihr dann wieder tief in die Augen zu schauen.

„Nein, das fällt nicht unter meine Ergebenheitsleistung.“ Sie konnte förmlich seine wilden Gedanken lesen. „Außerdem wäre das keine Strafe für mich, sondern eine Belohnung.“ Dania fuhr sich mit der Zunge über ihre Lippen, bewusst, um ihm wirklich zu zeigen, wie gern sie sich mit ihm vereinte.

„Überleg dir was, ich bin mir sicher, dass dir das Richtige einfallen wird."

„Abgemacht."

Samu löste seinen festen Griff, legte seinen Arm um Dania und ging gemeinsam mit ihr den Weg zurück. Jade empfing sie sogleich mit einer Idee für den Rest des nachmittags. Sie waren sich einig gewesen, dass sie sich die nächsten Stunden ganz ihrem Vergnügen widmen wollten. Morgen wäre dann ein neuer Tag. Den würden sie nutzen, um sich mit ihren Widersachern und ihrem weiteren Vorgehen auseinanderzusetzten. Jetzt wollten sie alle Kraft tanken.

„Gehen wir zum Baden in den Waldsee? Das Wasser ist kristallklar. Ihr werdet es lieben, ich verspreche es euch."

Zum ersten Mal konnte Samu die liebevollen Gesten, die seine Mutter und Hermann untereinander austauschten, wahrnehmen. Sanft strich Hermann über den Rücken von Jade. Er ließ sie kaum aus den Augen, wenn sie zu sprechen begann. Einen Kuss hatte Samu aber noch nicht zu Gesicht bekommen. Sie würden diese Scheu schon auch noch verlieren. Schließlich waren sie ja alt genug. Samu musste grinsen. Verrückt! War es früher nicht die junge Generation, die ihre Liebschaft verstohlen und nur zögerlich vor den Erwachsenen austauschte? Nun war es eben anders herum.

Wenige Minuten später kramten alle ihre Badeutensilien zusammen. Oder das, was sie alternativ dafür hernahmen. Sie folgten Jade, die die Richtung vorgab. Erst war der Weg eben, dann aber mussten sie eine überdimensionale Steigung überwinden, um über der Kuppe in den gigantischen Anblick eines Wasserfalls zu gelangen. Er entsprang nochmal einer höheren Ebene und ergoss sich zu ihrer Linken. Tosend stürzten sich die Wassermassen in ein breites Flussdelta hinab, und verliefen nach der Überwindung des vorangegangenen Höhenunterschieds wieder in leiseren Bahnen. Bilder wie aus einem Hochglanzmagazin, hier in echt.

Ihr Pfad führte weiter über eine große steinerne Brücke. Sie ließ sie das fließende Gewässer überqueren. Nicht aber ohne noch einmal einen Blick auf das Naturschauspiel zu lenken. Nach einem 20minütigen Fußmarsch waren sie am See angelangt. Als Königin dieses Naturreichs stand eine Silberweide am Ufer des Wassers. Mit ihrem wispernden Rascheln und dem grau-glänzenden Laub setzte sie sich gekonnt in Szene. Einige Zweige des großen, mehrstämmigen Baums reckten sich über die glatte Wasseroberfläche, wie Arme, die ins Herz des Sees greifen wollten. Neben ein paar Holunderbüschen wurde das Gepäck deponiert. Sie konnten es gar nicht erwarten, in den Genuss der wunderbaren Abkühlung zu kommen. Alle, außer Samu. Er wollte zuerst die große Weide erklimmen. Sie zog ihn geradezu magisch an.

Jade war schon ins Wasser gesprungen. Als sie wieder Atem holend auftauchte, sah sie Samu schon die Stämme auf- und abkrackseln. Mal auf allen vieren, dann in einer aufrechten Haltung, die Hände als Balancehalter jeweils weit zur Seite gestreckt. Dania schwamm unter den Ästen hin und her.

„Komm, putt, putt, komm ins Wasser“, neckte sie Samu. „Du traust dich nicht!“

Keck spritzte sie ihm mehrerer Wasserfontänen entgegen. Dann plötzlich, eine kurze Unaufmerksamkeit, und Samu verlor sein Gleichgewicht. Ein hoch aufsteigender Wasserschwall applaudierte dem Moment, als Mensch und Wasser eins wurden. Am Grund des Bodens strampelte Samu sich wieder nach oben. Direkt neben Dania tauchte er pfeilartig auf. Er wollte sie natürlich mit dieser rasanten Bewegung beeindrucken, vielleicht auch ein bisschen einschüchtern.

„Du bringst mich wirklich ganz schön aus der Balance", lachte er in ihr Gesicht.

„Das ist das Ziel." Dania klammerte sich wie ein Äffchen an seine Schultern, um ihn abermals in das Unterwasserreich zu drücken. Samu zog sie mit sich. Gemeinsam tauchten sie ab. Unter der Oberfläche des Sees küssten sie sich. Es fühlte sich einfach herrlich an, so etwas Verrücktes zu machen. Außerdem fühlte sich in dem herrlichen Nass alles viel weicher und zarter an. Schwerelos. Dann, als die Luft knapp wurde, zogen sie sich wieder an die Oberfläche. Wie zwei verliebte Seehunde plänkelten sie noch ausgelassen hin und her. Nicht unbeobachtet.

„Ein kleiner Unterschied ist da doch spürbar, zu dieser jungen Liebe und zu unserer." Hermann schwamm augenzwinkernd auf Jade zu.

„Wieso? Wenn wir es exakt betrachten, dann ist unsere Liebe fast genauso jung." Das war Jades inneres Codewort. In ihr erwachte der gleiche Schalk, wie der ihres Sohnes. Schon nahm auch sie Hermann in den Schlepptau und tollte mit ihm im kühlen Nass. Und dann kam es auch. Ihr erstes, öffentliches Küsschen. Über Wasser. Vor den erfreuten Augen ihrer Kinder. Ein Bann schien gebrochen. All das Geheime, Versteckte durfte nun an die Oberfläche kommen. Durfte sich zeigen, durfte leben.

Gemeinsam schwammen alle noch mehrere Runden im See, bis ihre Glieder erschlafften. Sie hatten schon die Uferzone erreicht, als sich vor ihren Augen ein Tierschauspiel der besonderen Art vollzog. Jade erkannte sofort, dass es sich um eine Botschaft der Natur handeln sollte.

Sie entdeckte ihr geliebtes Reh Lueen an der Waldgrenze. Es war gerade dabei, ein paar Schritte in Richtung des Sees zu nehmen, als plötzlich von oben ein Habicht auf es herabstürzte. Erst hatte es Glück. In seiner Unschuld verharrend wurde es von dem herannahenden Habicht verfehlt. Er schlug einen

Lufthaken und flog an ihm vorbei. Als Lueen sich dann ihrer Gefahr bewusst wurde, war sie mit ein paar gekonnt großen Sprüngen der ausgelieferten Zone entronnen. Im Schutz der Bäume schlug sie den Angreifer in die Flucht.

„Was war das denn? Ich bin zutiefst erschüttert. Kämpfen nun auch schon die Tiere im Wald, den ich als Ort des Friedens empfunden habe?" Samu zog seine nassen Klamotten aus, er war ja mitsamt der Short und dem T-Shirt in den See geflogen.

„Im Wald herrscht wirklicher Frieden, so, wie es ihn überall auf der Welt geben sollte. Aber die Tiere stellen sich uns zur Verfügung, indem sie uns mit ihren Gesten Nachrichten übermitteln, etwas in uns spiegeln. Außerdem war es kein Kampf, es war für sie eine natürliche Reaktion."

Jade wand ihr nasses Haar aus und rubbelte es mit einem Handtuch trocken.

„Und was möchten sie uns damit sagen?" Dania blickte fragend zu ihr.

„Das etwas um uns kreist, das uns angreifen möchte. Natürlich handelt es sich dabei um den Prozess. Draußen beginnt schon jemand gegen uns zu kämpfen. Machen wir uns auf den Weg zur Hütte. Wir müssen morgen gut ausgeschlafen sein."

Stumm packten sie ihre Sachen zusammen. Die Stimmung war komplett gekippt. Mit einem Mal fort. Erwacht aus einem schönen Traum.

XXXVII.

Wie war nochmal die Nummer von ihm? Mist, er konnte sie nicht finden. Sie hatten sich auch nichts mehr zu sagen gehabt. Ganz selten suchten sie den Kontakt zueinander. Für ein tiefes Verbundenheitsgefühl zwischen ihnen war es zu spät gewesen. Es war ein Deal damals. Eine klare Abmachung, frei von Emotionen. Eiskalt, wenn man so wollte. Genauso, wie das Leben eben mit ihm umgegangen war. Es kommt alles zurück.

Wie grausam sich der Satz nun für ihn entpuppte, wurde ihm erst bewusst, als er ihn zu Ende gedacht hatte. Was würde jetzt auf ihn zurückkommen? Lebte er überhaupt noch, sein damaliger Komplize? Er wusste nicht, was im Moment besser für ihn wäre. Er entschied sich dafür. Für das Leben. Er konnte ihm bestimmt noch von Nutzen sein.

Ah, hier war sie. Er hatte sie doch noch. Die Visitenkarte war ganz nach hinten gerutscht in der staubigen Schublade seines Küchenschranks. Fuck, wo war nur seine Lesebrille. Ohne das Teil war er mittlerweile wie ein Maulwurf, so blind. Umständlich kramte er sie unter den Zeitungslagen auf dem Tisch hervor. So, jetzt konnte er die Nummer wählen.

Es läutete. Einmal, zweimal, dreimal, viermal. Als er gerade auflegen wollte, hörte er ein Klicken in der anderen Leitung.

„Hallo?“ Die Stimme am anderen Ende. War das Firth? Er erkannte ihn gar nicht mehr.

„Wer spricht denn da?“ Die Person wurde langsam ungeduldig. Jetzt war er sich sicher. Das kratzige Vibrieren seiner Stimme und der grantige Unterton, das konnte nur er sein. Bestimmte Dinge veränderten sich eben nie.

„Hallo Edward, alter Freund, ich bin`s. Es gibt Neuigkeiten. Leider keine guten. Können wir uns sehen?“

XXXVIII.

Glücklich flanierten sie die Kopfsteinstraßen entlang. Oh, wie sie das liebte. Schöne Altstädte, in denen ein Handwerksladen dem nächsten folgte. Kunst in allen erdenklichen Formen. Lederschühchen für Babies, eine chice Handtasche, ein buntes, weiches Haarband. Dania konnte sich stundenlang in derart inspirierenden Gassen aufhalten. Die verträumte Atmosphäre dort bot den puren Gegensatz zu ihrem Leben.

Es raste gerade. Gestern noch im Wald, heute schon zu aller Hergottsfrüh in der historischen Innenstadt. Es hatte einen kurzen Szenewechsel gegeben. Als sie heute aufgewacht war, ging ihr ein Gedanke nicht mehr aus dem Kopf. Sie musste ihren Vater anrufen. Sie hatten neulich beim Brunch nur kurz das Thema von Samu und Hermann angesprochen und waren dann nicht näher darauf eingegangen. Aus verschiedenen Gründen. Herr Sigmund wollte seine Tochter erst die nächsten Schritte gehen lassen, denn sie hatte ihm gesagt, dass ein Treffen von Samu und seiner Mutter bevorstand. Außerdem war er, was das Journalistische betraf, diesmal außen vor. Er hatte also auch deshalb absolut kein Interesse an einer Einmischung gehabt. Dania schien es zwar, dass er irgendwie noch etwas zu vertuschen hatte, aber das durfte zu der Zeit ruhig noch warten.

Jetzt war alles anders. Sie spürte, dass ihr Vater noch wichtiges Wissen in sich trug. Von damals. Seiner beruflichen Zeit in Amerika. Also zog sie frühmorgendlich ihr Handy aus der Tasche, um festzustellen, dass wiedereinmal der Akku leer war. Zudem stand der Empfang ebenfalls auf null. Somit beschlossen Samu und sie, dass sie am Morgen das Altstadtviertel, das rund 7 km entfernt von ihnen lag, besuchen wollten.

Nach einem schönen Frühstück, mit der Zusatzbitte um ein paar frische Balken auf ihrem Handy, und nach einem anschließenden kurzen Einkaufsbummel würden sie der Öffentlichkeit wieder rasch entfliehen. Für die paar Stunden wäre das bestimmt o.k. Es kannte sie ja keiner. Im letzten Bericht der Tageszeitung zierten nur Bilder von Jade und Hermann das Titelblatt. Sie beide wären also ganz inkognito.

Noch schaute die Fußgängerzone zu ihrer morgendlichen Stunde leicht verschlafen aus. Dania liebte das. Wenn die Ruhe der Nacht noch in den Mauerritzen hing und das Pulsieren der Stadt schon langsam erwachte. Wenn Ladenbesitzer ihre Freiluftständer nach draußen zu räumen begannen und ein paar Sonnenstrahlen sich durch leichte Nebelfelder brachen. Herrlich. Sie hätte am liebsten ein paar Luftsprünge gemacht. Stattdessen hakte sie sich verliebt bei Samu unter. Auch Luftsprünge. Innerliche. Hier war es schon. Das süßeste Cafe der Altstadt. Jade hatte es ihnen empfohlen und den Weg dorthin erklärt. Sie waren also die ganze Fußgängerzone nach unten gelaufen. Als sie zu ihrer Rechten an eine Treppe kamen, nahmen sie dort diese Abzweigung zu einer weiteren Gasse hinab. Sie verlief dann fast in die entgegengesetzte Richtung, jedoch etwa 3 Meter unterhalb und seitlich der vorher gelaufenen Ladenmeile. Erst dachten sie, sie gingen nun im Kreis. Aber dann öffnete sich ihnen der Blick zu ihrer linken Seite. Ein wunderschöner Platz, ausgepflastert mit antiken Steinen, bildete den Kernpunkt, ähnlich eines großen Innenhofs. Ihn umgarnten süße Geschäfte und Cafes, in der besten Lage. Große alte Fachwerkhäuser in verschieden bunten Farben, mit Fenstern, die beladen waren von blühenden Geranien und rankendem Immergrün. Dieses Fleckchen vermittelte das Gefühl einer ganz und gar heilen Welt.

Dania und Samu betraten das schnuckelige Cafe. Drei Stufen abwärts im Inneren des Ladens tauchten sie ein in genau die Kulisse, die Samu so sehr liebte. Die Kombination aus alt und neu. Große Landhausdielen liefen spurbahnig am Boden entlang. Der Putz an den Wänden war teils mit einer modernen Spachteltechnik aufgetragen worden. Andere Mauerbereiche glichen wieder der älteren, schon abblätternden Fassadenoptik. Die Ladentheke war mit den modernsten Cafevollautoamten bestückt, jedoch ebenfalls in antikem Design. Tische und Stühle mischten sich in unterschiedliche Sitzhöhen. Auf großen Fässern waren massive Holzplatten befestigt, die die

Hochtische darstellten. An ihnen konnte man entweder auf Hochstühlen Platz nehmen oder sich in die angrenzenden höher gelegenen Fensternischen kuscheln. Natürlich zog die Sitzbank im Fenster, die zugleich freie Sicht auf den schönen Innenhof bot, Dania magisch an.

Vor allem an Regentagen war so ein Plätzchen genau der richtige Ort für sie. Wenn es draußen stürmte, regnete oder schneite und sie drinnen im Warmen, Behaglichen saß mit einer Tasse Tee und einem Stück Kuchen. Ihr Herz strahlte. Auch beim Anblick der Thekenauslagen. Auf einigen Quadratmetern kühlte selbst gemachtes Eis. Daneben warteten Kuchenkreationen mit den saisonalen Früchten auf seine Abnehmer. Köstlicher Kaffeeduft zog durch die Gemäuer. Sie entschieden sich beide für ein süßes Frühstück, das Croissants, Marmelade und Joghurtmüsli versprach. Dazu wurde je ein Milchkaffee gereicht.

Wie schön es war, den Besuchern draußen bei ihrer Beschäftigung zuzusehen. Dania hätte Stunden hier verbringen können. Sie war völlig abgelenkt von dem heutigen Tag, der wohl wieder in die Tiefe der Vergangenheit gehen würde. Aber dazu hätten sie später noch genug Zeit. Jetzt kosteten sie von dem lecker Servierten.

„Schon viel auf einmal, oder? Da lernen wir uns grad mal kennen und dann haben wir schon eine solche Feuerprobe zu überstehen. Ich hoffe, du bereust es nicht, dich mit mir eingelassen zu haben?“ Samu brachte zum Ausdruck, was ihn bewegte.

„Keine Sekunde.“ Dania hatte ihr Croissant aus der Hand gelegt und ihm zärtlich über die Wange gestrichen. „Mit dir würde ich überall hingehen, alles würd ich mit dir machen, nur um in deiner Nähe zu sein.“

Sie küssten sich. Lange. Innig. Vergaßen alles um sich herum. Nur diese wenigen Sekunden zählten jetzt. Beiden wurde klar, es gab sie wirklich. Momente, die einem endlos vorkamen, die auf ewig das Bewusstsein und das Herz durchdrangen und aus einer unversiegbaren Quelle schöpften. Im Radio erklangen die Silben von Rod Stewart. I`am sailing. Dania liebte dieses Lied. Im gleichen Moment gab Samu dieselben Gedanken kund. Sie wussten beide, ihre Verbindung war geradezu magisch. Auf einer tiefen Ebene. Sie kommunizierten innerlich auf einer gemeinsamen Frequenz, der Herzfrequenz.

Am Fenster spazierte ein Zauberer vorbei. In seinen Händen hielt er an einigen Schnüren viele bunte Luftballone. Samu sprang überschwänglich die Stufen hinauf. So eine verrückte Chance musste er ergreifen. Er öffnete die Ladentür und ging mit großen Schritten draußen auf ihn zu. Dania verfolgte seine Handlungen durch die große Fensterscheibe. Sie sah, wie Samu mit dem Mann einige Worte wechselte. Dann gab er ihm ein paar Scheine, um kurz darauf mit acht Ballonen wieder zu ihr zurückzukehren.

„Die sind für dich Schatz. Acht ist meine Glückszahl. Es ist die Zahl der Unendlichkeit und der ewigen Verbindung. So soll unser Leben, unsere Beziehung sein. Bunt und leicht. Jeder Tag soll von Fröhlichkeit und dem Zauber der kindlichen Träume geprägt sein."

Dania brach in Tränen aus. Sie konnte es nicht glauben, so etwas erleben zu dürfen. Welche poetische Seite in diesem starken Mann zum Vorschein kam.

„Du inspirierst mich Dania, mehr als du wahrscheinlich anzunehmen weißt. Du bist meine Muße. Ich bin dein. Auf dich geprägt. Für dich gemacht."

Er küsste ihr die Tränen von den Wangen. So lange, bis wieder das strahlende Lächeln in ihr zum Vorschein kam.

„Ich liebe Dich Samu." Worte, die beiden so viel bedeuteten. Seelig genossen sie ihre kostbare Zeit an diesem schönen Plätzchen. Dann musste Samu den Zauber auch schon wieder brechen.

„Der Künstler war gerade auf dem Weg zur Einweihung einer neuen Boutique. Ich konnte ihm mit viel Überredungskunst noch die paar Ballone abknöpfen. Doch wir werden sie nachher verschenken müssen, um nicht unnötig Aufmerksamkeit auf uns zu ziehen. Aber ich hatte solche Lust, etwas Verrücktes und Beeindruckendes für dich zu tun. Ich kauf dir dafür zu Hause neue."

Traurig nahm Dania das zur Kenntnis. Aber es musste wohl sein. Sie sah auf ihre Uhr. Eine Stunde lang hing ihr Handy schon an der Ladestation. Nun müsste der Akku gut funktionstüchtig sein.

„Sollen wir dann langsam los? Irgendwie hab ich so eine Vorahnung, dass bestimmt schon tausend Nachrichten auf meiner Mailbox sind."

Samu winkte die Kellnerin herbei und verlangte nach der Rechnung und dem Mobilgerät. Als Dania ihr Handy einschaltete, klingelte es auch schon.

„Tja, schneller als gedacht. Ich geh gleich ran." Sie verkroch sich in eine hintere Ecke des Cafes während Samu die Rechnung beglich. Dieser Servicebereich war auf Norden ausgerichtet, fast alle Tische dort standen unbenützt zur Morgenstunde. Die Mehrheit der Besucher wollte wohl die ersten Sonnenstrahlen auf der Südostseite des Gebäudes ergattern.

„Papa?" Dania hatte das Gespräch angenommen.

„Guten Morgen Dania. Ich versuch dich schon seit ein paar Tagen zu erreichen. Mensch, wo steckst du denn?"

„Wir sind für ein paar Tage untergetaucht. Samu hat seine Mutter gefunden. Ich denke, morgen oder übermorgen sind wir wieder zurück." Dania wollte nicht zu viel preisgeben im Moment. Herr Sigmund schnaubte hörbar laut aus. Sie merkte, dass er gestresst war. Er machte sich Sorgen um seine Tochter. Vor allem, nachdem ihn damals die kriminelle Gegenseite dermaßen bedroht hatte. Sie beschützt zu wissen, das war es, was er wollte. So wie es wohl das Bestreben eines jeden Vaters war.

„Ich möchte mit dir oder mit euch über die Familie Firth reden. Wie weit seid ihr denn schon vorgedrungen in euren Gesprächen?"

„Bisher ging es um Samu`s Familie. Heute wollten wir daran anknüpfen, uns den Menschen widmen, die der Familie Lander das Leben zur Hölle gemacht haben."

Dania wickelte sich angespannt eine Locke um ihren Zeigefinger. Ein eindeutiges Zeichen ihrer aufkommenden Nervosität. Herr Siegmund begann mit seinen Ausführungen.

„Ich habe dir schon von den massiven Bedrohungen erzählt, als ich damals in Amerika begonnen hatte, selbst ein bisschen zu recherchieren. Es gibt noch ein großes Fragezeichen in der ganzen Geschichte, aber ich kann euch schon ein beachtliches Potential meiner Nachforschungen offenlegen."

„Erzähl!" Dania konnte es gar nicht mehr erwarten. Sie wollte endlich, dass alles ein sauberes, heiles Ende nehmen würde. Dazu mussten sie aber wirklich noch tief in den Sümpfen der ganzen Vorkommnisse graben. Mittlerweile hatte sich Samu zu ihr an den Tisch gesetzt. Dania drückte die Lautsprechtaste. Gemeinsam lauschten sie den Worten von Herrn Sigmund.

„Klar ist, dass damals gemeine Machenschaften am Werk waren. Bei Edward Firth, dem Sohn von Haydn und Georg Firth, liegt natürlich das Hauptmotiv auf der Hand. Der Erhalt des Erbes. Aber ihm konnte eben nichts nachgewiesen werden. Er war zur Tatzeit an einem öffentlichen Platz, seiner Arbeitsstelle. Dies wurde auch durch mehrere Aussagen seiner Kollegen minutiös bezeugt.

Was mich damals aber interessierte, war neben seinem bisherigen Leben auch das seines Vaters. Ich wollte die Hintergründe dieser ganzen Familiengeschichte herausfinden, was der Grund der Enterbung war. Als Edward elf Jahre alt war, trennten sich seine Eltern. Der Bub zog mit seinem Vater in eine schäbige 50 Quadratmeter große Wohnung. Ein Abstieg per Excellence. George Firth, der Vater von Edward, wurde von den Wenigen, die über ihn sprachen, als unausstehliches Scheusal beschrieben. Viele der von mir befragten Personen, ob alte Nachbarn oder Freunde, weigerten sich, eine Aussage zu machen. Zu groß war die Angst vor diesem unberechenbaren Menschen. Auch seine Schwester empfand so. Sie gab mir aber einen wichtigen Hinweis mit auf den Weg. Vor dem Krieg sei George ein ganz anderer Mensch gewesen. Nur dieser eine Satz trat eine kleine Lawine los. Ich wusste, ich musste noch weiter in die Vergangenheit zurück. George Firth war 1941 im Krieg eingezogen worden. Er war komplett involviert und musste sich an der Front schlimmsten Kämpfen unterziehen. Bei einem kriegsbefreiten Aufenthalt in den USA ehelichte er Haydn Firth 1942. Dann folgten wieder weitere Jahre des Kriegs. 1946 verließ er Deutschland und kehrte in die Staaten zurück. Hier liegt der Knackpunkt. Der Stich ins Bienennest. Hier muss die Lösung sein, gleichzeitig aber auch das tief verschlossene Geheimnis.

George Firth hatte eine Liebschaft in Deutschland. Ihr Name war Valerie Tannmut. Und natürlich blieb diese Liebschaft nicht ohne Folgen. Aber George verließ Valerie und ging zu seiner Frau zurück. Die schwangere Valerie, mittellos wie so viele Frauen nach dem Krieg, reiste in ihrer Not über den Teich, zu George. Dieser war wohl alles andere als begeistert davon. Schließlich hatte er eine verheiratete Frau zu Hause. Valerie verlor das Kind. Aber ihre Liebe war wohl noch lange nicht zu Ende. Oder trifft das Wort Besessenheit es besser? Beide müssen wirklich einander verfallen gewesen sein. Wahrscheinlich in sexueller Hinsicht. Denn das Wenige, was ich über Valerie Tannmut in Errungenschaft bringen konnte, war, dass es handgreifliche Auseinandersetzungen mit George Firth gegeben haben muss. Und das war kein Einzelfall in ihrer Beziehung.

George Firth führte also ein Doppelleben, mit zwei Frauen. Es kam, was kommen musste. 1949 brachte Valerie einen Sohn zur Welt. George Tannmut. Ein Desaster in der damaligen Zeit. Wohl erkannte George Firth auch diesen Jungen nicht als den Seinen an. Er zeigte keinerlei Interesse an dem Erstgeborenen. Seine Bedürfnisse lagen eindeutig im Verrichten seiner Notdurft. Valerie Tannmut befriedigte ihn, stillte seine sexuellen und seine aggressiven Triebe, das war es, was er von ihr wollte. Nicht mehr und nicht weniger. 1950 dann die Geburt von Edward. Der Sohn aus seiner Ehe mit Haydn."

Moment", Dania meldete sich wieder zu Wort, „das heißt, es gibt eigentlich zwei Söhne, die es auf das Erbe abgesehen haben könnten. Obwohl dieser Georg jun. gar nicht erbberechtigt war bei dem Gutshof, denn das Anwesen gehörte Haydn. Aber das wusste er vielleicht gar nicht."

„Du sagst es. Mein Instinkt trieb mich immer wieder in diese Richtung, dass hinter Edward Firth, dem Strohmann, noch ein Beteiligter an den Fäden zog. Aber, und das ist das Rätsel, George Tannmut, ist wie vom Erdboden verschluckt. Seine Spur hört irgendwann mal auf. Im Nichts."

„Lebt George Firth sen. noch?" Samu schossen die Gedanken wild im Kopf umher. Dieser fand sofort den Weg aus seinem Mund.

„Hallo Samu. Nein, er verstarb kurz vor seiner Frau Haydn."

„Konntest du dir schon einen Reim draus machen, was mit seinem unehelichen Sohn geschehen sein kann?" In Danias Gehirn ratterte es. Ihr Vater fuhr weiter fort.

„Da gibt es viele Optionen. Vielleicht kamen sich George sen. und George jun. in die Haare und er wurde ermordet? Vielleicht war er wieder nach Deutschland zurückgekehrt, obwohl es dann eine Spur hätte geben müssen. Vielleicht hat er sich umgebracht, oder er ist eines natürlichen Todes gestorben? Aber auch hier hätte es amtliche Beurkundungen geben müssen."

Eine Gruppe junger Mütter kam mit ihren Babys und Kleinkindern in den hinteren Bereich des Cafes. Womöglich stillten noch einige der Mamis und suchten deshalb ebenfalls das abgeschiedenere Ambiente. Dania sah die aufkommende Unruhe als Wink des Schicksals. Für den Moment reichten die Informationen ihres Vaters.

„Papa, können wir unser Gespräch später fortsetzen? Ich glaube, ein Austausch mit Jade wird uns noch weitere Informationen liefern. Sie ist schließlich die einzige, die mit Haydn Firth Kontakt hatte, bzw. vor allem ihre Großmutter, Samus Urgroßmutter, Ernestia."

„Du hast Recht Dania, so machen wir es. Ich werde in der Zwischenzeit noch einer weiteren Spur nachgehen. Eine Überlebende gibt es noch. Valerie Tannmut, die Mutter des unehelichen Kindes George. Sie war damals weggesperrt. Lange Zeit in einer Psychiatrie, dann in einem privaten Altersheim, das ihr jeglichen Kontakt zur Außenwelt verwehrte. Manche Stimmen sagten, sie sei von Georg Firth regelrecht in den Wahnsinn getrieben worden. Schon möglich, dass George Tannmut einen Mörderhass auf seinen Vater und seine Familie entwickelt hatte und sich Rache und Vergeltung geschworen hatte. Wer weiß, was sich so alles in seinem Kinderköpfchen abgespielt hat. Vielleicht dachte er, dass die andere Familie, also Edward und Haydn, die Liebe seines Vaters genossen, während er und seine Mutter nur die Gewalt von ihm zu spüren bekamen. Valerie Tannmut wurde schon als George jun. noch in den Windeln lag, zur Alkoholikerin. Das Leben von Mutter und Sohn war von Prügel, Exzessen, Hunger, Ausgrenzung und Armut geprägt. Valerie müsste jetzt Mitte Achzig sein. War damals also blutjung, als sie mit Firth zusammenkam."

Ein mulmiges Gefühl meldete sich in Danias Unterleib. „Willst du das wirklich tun, Vater? Nach allem was ihr mir erzählt habt, ist dieser Fall hochgefährlich. Überlass die Nachforschungen doch dem Inspktor oder deinem Kollegen, wenn er eh diesen Prozess nun betreut."

„Ah, gut, dass du es noch ansprichst. Ich habe schon mit Inspektor Meyer gesprochen."

Samu drehte sich der Magen um. „Was hat er gesagt?"

Paul Sigmund beruhigte ihn mit einem samtweichen Unterton, der sich seiner Stimme beimischte.

„Dieses Mal läuft alles anders Samu, das habe ich im Gefühl. Der Inspektor hat den Fall durchschaut. Er ist auf eurer Seite. Bei unserem Telefonat haben wir eigentlich nur über die sachlichen Details gesprochen, die er in lückenhafter Form aus den Protokollen schon entnommen hatte. Die Information eurer Liaison habe ich ihm noch vorenthalten. Ebenso meine Recherchen über den unehelichen Sohn George und seine Mutter Valerie. Alles zu seiner Zeit."

„Du sagst es Papa, also ich umarm Dich. Und mach keine Alleingänge, hörst du? Wir bleiben in Kontakt!"

Dania legte auf. Um sie herum fand nun der reinste Kindergeburtstag statt. Welch wunderbare Vorahnung Samu hatte oder war es einfach nur eine zufällige Fügung? Sie schnappten sich die Luftballone und übergaben der kleinen Rasselbande die bunten Flugobjekte. Den geplanten Einkaufsbummel ließen die beiden fallen.

Im Eilschritt zog es sie zum Auto zurück, um wenige Minuten später wieder den Fußmarsch durch den Wald zur Hütte anzutreten.

Als sie die Hütte erreichten, kamen Jade und Hermann gerade von See. Sie waren ihre Runden geschwommen im Glanz der aufgehenden Sonne. Tannenduft lag in der Luft. Doch heute nahm Samu nur wenig Notiz davon, zu tief war er mit seiner Aufmerksamkeit im Kopf. Sie berichteten ihnen von dem Telefonat mit Paul Sigmund und seinen Recherchen. Jade hörte aufmerksam zu. Ihr fiel es wie Schuppen von den Augen, als sie am Tisch unter den Apfelbäumen Platz nahmen und den Worten lauschten.

„Ich wusste, dass es einen unehelichen Sohn gegeben hat. Haydn hat es meiner Großmutter erzählt. Aber ich verließ diese Spur, denn ich wusste ja, dass das Anwesen schon immer Haydn`s Familie gehört hatte. Somit gab es rechtlich keinen Anspruch für George jun. Wahrscheinlich brauchte ihr Sohn Edward Verbündete. Es ist doch immer noch besser, sich zu zweit den Gewinn aufzuteilen, als alleine vor dem Nichts zu stehen."

Jade hielt inne. Alle überlegten. In Samu regten sich neue Ideen für die damaligen Tathergänge.

„Oder aber es war genau umgekehrt. George jun., der ewig verbitterte, nicht anerkannte und verstoßene Sohn, der sich schon immer in seiner Rache wähnte, suchte einen Verbündeten."

„Die Theorie ist genial aber was bringt uns das, wenn es keinen George jun. mehr gibt?"

Jade machte ein hoffnungsloses Gesicht.

„Erzähl uns die Geschichte von Haydn, Jade. Bestimmt kommen wir da auf weitere Einzelheiten, die uns voranbringen." Dania versuchte, die aufkommende Hoffnungslosigkeit mit all ihrem Enthusiasmus beiseite zu schieben.

„Bevor ich mit der Geschichte beginne, sollten wir uns schon mal darauf vorbereiten, wie wir weiter vorgehen werden in den nächsten Stunden. Lange können wir hier nicht mehr bleiben. Ich denke, wir müssen in naher Zeit in Amerika vor den Inspektor treten."

Grabesstimmung. Ein jeder hatte so mit seinen Ängsten und Befürchtungen vor diesem Treffen zu kämpfen. Jade blickte fragend zu Samu.

„Hast du dein Handy seit unserem Waldaufenthalt wieder angeschaltet?"

Samu schüttelte den Kopf. Neben der Grimasse, die er wohl unbewusst bei dem Gedanken an den Inspektor, schnitt. Als hätte er in eine Zitrone gebissen, so verzogen sich seine Gesichtszüge. Meyer`s Nummer war zig mal auf dem Display erschienen. Bevor er das Telefon die letzten Tage komplett aus seinem Alltag verbannt hatte. Tief in seinem Rucksack verstaut, als könne er sich damit jeglichen Kontakt mit dem Polizeioberhauptmann vom Leib halten. Dann besann er sich, dass er seiner Mutter noch nicht geantwortet hatte.

„Nein, ich hab es seitdem nicht mehr angerührt."

„Wir können es nicht mehr ewig hinausschieben. Je eher wir in die Offensive gehen, umso schneller können wir unsere Unschuld beweisen. Ich hatte mir gedacht, dass wir heute Abend schon zu Hermanns Haus zurückfahren. Dann können wir uns morgen die Flüge organisieren und dann nach Sacramento fliegen.

„Muss das so schnell sein? Wir haben uns gerade erst gefunden. Ich möchte gern noch eine Weile an diesem schönen Fleckchen bleiben."

Samu schaute betrübt drein. Jades Herz schmolz beim Anblick ihres Jungen dahin. Sie konnte gerade jetzt seine kindliche Seele in ihm aufflackern sehen. Sie versuchte, die Situation zu beschwichtigen.

„Wir haben nichts zu befürchten, außer der seligen Aussicht auf unsere Freiheit."

Jade fühlte, wie sich dieser sehnliche Wunsch in ihr spürbar machte. Noch lastete ein schwerer Mantel der Schuld über ihnen. Aber sie würden ihn abwerfen und gemeinsam in ein neues Leben gehen. Auch Dania fühlte ein mulmiges Gefühl in sich aufsteigen.

„Wie mein Vater berichtet hat, handelt es sich bei den Widersachern aber durchaus um Menschen, die über Leichen gehen. Die es ja schon einmal getan haben."

Den letzten Satz brachte sie nur mühsam über ihre Lippen. So groß war ihre Angst, die bösen Geister wieder heraufzubeschwören. Aber sie wollte die Brisanz ihrer Situation eben auf den Punkt bringen.

„Noch weiß keiner wo wir sind. Aber wie sieht es in Amerika aus?"

Samu hob den Kopf. Nachdenklich strich er sich durch seine dunkelbraunen Haare.

„Wir können alle in meinem neuen Holzhaus wohnen. Offiziell bin ich noch nicht dorthin umgemeldet, das heißt, es weiß offiziell niemand, dass wir dort leben."

Jades Stimme hörte sich nun kraftvoll an und mit Tatendrank durchdrungen.

„Gut, das ist perfekt. Also, wir gehen es an. Mit Wahrheit, Vertrauen und Bedächtigkeit. Lange genug haben wir unser Leben von diesen Menschen und diesen Umständen beherrschen lassen. Jetzt nehmen wir wieder das Ruder an uns. Und es wird uns gelingen, mit Gottes Hilfe."

Jade wirkte nun felsenfest.

„Und nun zu der Familie Firth. Meine Großmutter lernte Haydn schon vor dem Krieg und vor ihrer Hochzeit mit George kennen. Haydn war eine bemerkenswerte Frau. Sie hatte ein solch ruhiges Gemüt, war voller Gottvertrauen. Sie war eine Seele von Mensch und jeder konnte von ihr etwas haben, wenn er sie nur darum bat. Sie und George waren wirklich sehr verliebt und sie waren auch ein prächtiges Paar. Er groß und stattlich. Sie zierlich und besonnen. Georges einziger Makel seiner Kindheit, der wunde Punkt, wenn man so will, bestand in dem Absturz seines Vaters. Er war ein Spieler, brachte die Familie damals um das ganze Vermögen. George war also mittellos. Dies tat der Liebe zu Haydn natürlich keinesfalls einen Abbruch. Sie hätte ihm alles gegeben. Alles, wenn er sich und seinem Wesen treu geblieben wäre. Und natürlich treu auch gegenüber Haydn. Gemeinsam blickten sie in eine hoffnungsvolle Zukunft. Doch dann kam der Krieg."

Jade hielt inne in ihren Erzählungen. Eine neue Einsicht schien in ihr aufzukeimen. „Wiedermal eine Parallele im Leben verschiedener Generationen. Da hatte George Senior in seiner Kindheit also den tiefen Fall erlitten. Und seinen Söhnen wurde dieses Schicksal dann ebenfalls zuteil."

Betroffen meldete sich Hermann zu Wort. „In dieser Familie waren es die Söhne, die das schwere Erbe antraten. Bei euch, der Familie Lander, waren es die Frauen. Du Jade hast wie deine Großmutter früh deine Eltern verloren und bist dadurch ebenso wie sie im Wald großgeworden."

„Stimmt. Aber auch Samu hat seinen Teil zur Auflösung dieses Familienschicksals beigetragen. Auch er wurde Waise. Doch ich durchtrennte damals den Verlauf der bisherigen Geschichte. Samu sollte in einer zivilisierten Welt groß werden. Er sollte ein anderes Leben haben und somit neue Wege beschreiten."

Jade schwenkte wieder zum eigentlichen Thema über.

„Der Krieg kam und brachte neben den vielen verlorenen Menschenleben unendlich viel Unheil mit sich. Diejenigen, welche die bitteren Kämpfe überstanden hatten, kamen mit zerfetzten und zerbombten Seelen zurück. Auch bei George war das so. Er war ein anderer Mensch.

Tausendfach wurde dieser Teil der Kriegsgeschichte, das ganze Grauen, in Büchern, Dokumentationen und Gedenkstätten bis heute aufgearbeitet. Ich habe mich auch damit beschäftigt, in letzter Zeit. Es wurde unter anderem davon berichtet, dass viele die Greueltaten dieses Krieges nicht mehr aus ihrem Kopf, ihrem Herzen und ihrer Seele bekamen. Sie fühlten sich wie Bestien. Konnten auch mit keinem darüber reden, denn sie schämten sich viel zu sehr. Irgendwann – so die Expertenerkenntnis - schalteten die versehrten Veteranen all ihre Gefühle ab. Wurden dann nur noch roh von ihren Trieben gesteuert.

So auch bei George. Ihr wisst ja bereits, dass er in Deutschland Valerie Tannmut begegnet ist und ihr geradezu verfallen war. Vielleicht war es die einzige Möglichkeit für ihn, sich überhaupt noch zu spüren. Vielleicht war Valerie – ob der widrigen Umstände – sogar ein kleiner Segen für Haydn. George hatte nämlich regelrechte Wutausbrüche. Vor allem Valerie war diesen ausgesetzt. Großmutter hatte Haydn zwar schon einige Male mit schlimmen Blutergüssen behandelt, jedoch war dies nur die Ausnahme. Valeries Seele hingegen wurde von George regelrecht aus ihr herausgeprügelt. Bis sie sich selbst verlor und in die Psychiatrie eingeliefert wurde. Das war am Ende ihrer gewalttätigen Beziehung. 1970. Trotz des Mitgefühls für die zweite Frau im Leben ihres Mannes war die Situation für Haydn vor allem zu Beginn schwer zu verkraften. Schlimmer noch, als der Ehebetrug, lastete das Ausbleiben einer Schwangerschaft auf ihrer Seele. Haydn wünschte sich so sehr ein Baby, aber jeden Monat wurde ihre Sehnsucht aufs Neue vernichtet. War dies eigentlich schon Ballast genug, so zerbrach sie fast an den beiden Schwangerschaften von Valerie. Sie litt Höllenqualen.

Kein Mensch kann das verstehen, hat er es nicht erlebt.

Valerie nannte den Jungen auch noch George, den Namen, den Haydn sich eigentlich für ihren Erstgeborenen gewünscht hatte. Meine Großmutter stand ihr stets zur Seite und schließlich erfüllte sich nach langer Zeit Haydns innigster Herzenswunsch und sie wurde schwanger. Sie dachte auch, dass mit der Geburt des Sohnes ihr Leben eine glückliche Wendung nehmen würde. Aber das blieb ein Wunschgedanke. Die Dämonen suchten George immer und immer wieder heim. Als Edward 11 Jahre alt war, konnte Haydn nicht mehr. Ihre Kraft war zu Ende. Sie gab ihren Traum, die Aussicht auf ein Leben in einer heilen Familie, auf.

Der Rest ist bekannt. Vater und Sohn zogen aus. Der Vater hetzte das Kind aufs Blut gegen Haydn, seine Mutter, auf. Machte sie für all das Leid verantwortlich, das ihnen im Leben widerfahren war. Vor Gericht erstritt er sich das alleinige Sorgerecht. Haydn hatte keine Energie mehr. Sie musste alles geschehen lassen. Ihre beste Freundin, die Helferin in all ihrer Not, war stets meine Großmutter, deine Urgroßmutter Ernestia. Sie waren wie Schwestern. Deshalb vermachte sie ihr auch 1972 das Gut. Das Barvermögen gab sie ihrer Nichte Faith, wie Hermann es schon berichtet hatte. 1978 trat ich das Erbe an. Die glücklichsten Jahre meines Lebens begannen. Oder war es der Anfang vom Ende? Der Startschuss, der Beginn der Tragödie?

Ihr könnt euch nicht vorstellen, wie oft ich mich das in all der Zeit gefragt hatte. Ob ich das Erbe hätte ausschlagen sollen? Ich hätte Edward liebend gerne etwas von dem Vermögen abgegeben. George jun. war damals schon verschollen. Ihm hätte ich ebenfalls von Herzen eine finanzielle Unterstützung angeboten. Aber es hat nie ein Gespräch gegeben, in dem wir uns alle hätten gütlich einigen können. Stattdessen wurde mit dem Leben bezahlt. Dem Leben unserer Familie.

XXXVIIII.

Schäbig war es hier. Der Putz bröckelte von den Wänden. In einigen Zimmerecken hingen Spinnennetze älteren Ursprungs. Wenigstens das Geschirr war einigermaßen sauber hier. Die Apfelschorle vor ihm schimmerte aus einem leicht milchigen Glas.

Wie hatte es nur so weit kommen können? Er hätte sich sein Leben auch anders gewünscht. Hatte gedacht, dass alles besser wäre, dann. Aber sein Problem war nach der Sache nicht gelöst gewesen. Er hatte sich so sehr darauf versteift, dass es vorbei wäre, dann. Dass das Leben ihm damals eine neue Tür aufmachen würde und im gleichen Zug die Dämonen der Vergangenheit verschlucken würde. Aber im Gegenteil. Es kamen noch neue hinzu. Und diese zerrten und zogen an ihm.

Ja, er hatte für kurze Zeit erfahren dürfen, wie das Leben so schmeckte in Luxus und Wohlstand. Jenseits von Not und Existenzängsten. Aber sein Problem hatte sich sehr bald wieder eine andere Möglichkeit, einen anderen Spielplatz gesucht. Es war eben nicht gelöst gewesen. Das Außen konnte das Innere nicht übertönen und überdecken. Wegwischen, als gäbe es ES nicht. ES, das waren seine ständigen Schreie nach Liebe. Seine regelrechte Sucht danach. Die manische Sehnsucht nach Anerkennung und danach, ein echtes Mitglied einer Familie zu sein.

Da ihn die Nächte nicht mehr hatten schlafen lassen, suchte er weiter. Nach dem kleinen Stück vom großen Glück. Und so dachte er, ES in einer der Spielhallen finden zu können.

War das ständige Zocken ein krankhafter Rückfall in seine Kindheitsphase gewesen? In der der Anblick glücklich spielende Kinder den Traum der heilen Welt vorgaukelt?

Egal. Für Psychologie war er eh zu dumm. Aber eines wusste er: Es war ein Teufelskreis gewesen. Mittlerweile konnte er besser damit umgehen. Konnte den Eingangstüren der Casinos meist widerstehen, die wie große Schlünder auf ihn wirkten. Trotzdem, er hatte fast alles verloren. Immerhin konnte er sich noch eine kleine Bude von seiner monatlichen Rente leisten.

„Hallo Bruder."

Die Stimme riss ihn weg aus seiner tristen Gedankenwelt. Edward nannte ihn nur so. Bruder. Obwohl sie sich fast nie getroffen hatten, seitdem. Aber Edward gab ihm das Gefühl, wenigstens einen Verbündeten auf dieser Welt zu haben. Auch wenn sie nur zu einem Teil Brüder waren. Sie hatten den gleichen Vater. Aber immerhin, sie waren blutsverwandt. Und Blut sei ja bekanntlich dicker als Wasser. Er blickte vom Tisch auf.

„Edward, gut dass du so schnell hier sein konntest."

Er erhob sich, drückte ihm die Hand und winkte der Kellnerin herbei. Edward druckste erst etwas verlegen herum. Dann rang er sich zu seinem Verlangen durch.

„Ein Bier bitte."

Es war zwar erst später Vormittag, aber er brauchte es heute, zur Beruhigung seiner Nerven.

„Bist ganz schön alt geworden", entrann es undeutlich seinem Mund.

„An dir ist die Zeit aber auch nicht spurlos vorübergegangen."

Er hatte Recht. Sollte das den gleichen Genen geschuldet sein? Vielleicht. Vielleicht aber auch dem gleichen miserablen Leben und seinen Umständen.

„Kommen wir zum Punkt, zum Grund unseres Treffens."

Er wurde unruhig. Wollte die Sache so schnell wie möglich wieder aus der Welt schaffen. „Hast du es in der Zeitung gelesen?"

Edward blickte erst hilfesuchend nach seinem Bier, das an der Theke soeben gezapft wurde. Dann antwortete er.

„Natürlich, ist ja wieder ganz schön aufgepuscht worden, der Fall."

Wie er das sagte. So steril und schnöde, ohne gar jeglichen Anflug von Angst. Sogar ein leichter Hohn lag in seiner Stimme. War Edward so dumm oder war er einfach so gefühlskalt? Erkannte er die Gefährlichkeit ihrer Lage nicht? Wut brannte in ihm hoch. Musste er etwa wieder die ganze Sache alleine stemmen?

„Hast du denn schon eine Idee, einen Plan, wie wir das Problem wieder aus der Welt schaffen können, Edward?"

Er schmiss ihm die Frage an den Kopf, als würde er ihm ins Gesicht speien. Edward nahm nun einen Zug von seinem Glas.

Nachdem seine Kehle befeuchtet und sein Mut gestärkt war, konterte er unverblümt.

„Dafür bist du doch zuständig. Du hast eindeutig mehr Grips von unserem Alten mitbekommen als ich. Außerdem sind deine Kontakte genial. Damals schon. Und diesmal bestimmt auch. Und vergiss nicht. Ohne mich hättest du damals keinen Cent bekommen."

Nun trank Edward das Bier komplett aus. Der alte Schluckspecht, ging es ihm durch den Kopf. Und immer wieder diese Überheblichkeit. Der Seitenhieb, der ihn genau dahin platzierte, wo er immer schon war. Im Abseits. Aber eines stimmte. Wäre das Regiment in Edwards Hand, säßen sie schon morgen hinter Gittern. Seine Verbindungen retteten ihnen damals schon das Leben. Und diesmal würde er auch alles daran setzen, sich damit erneut aus der Schlinge zu ziehen.

Und den Tölpel Edward notgedrungen mit.

XXXX.

Endlich. Der Fall konnte jetzt an Fahrt aufnehmen. Meyer wuschelte sich durch seine Haare. Ihm schwirrte der Kopf. Von all den Gesprächen, die er heute hatte führen können. Sein Nacken schmerzte. Er war wiedermal in die verspannte Körperhaltung beim Telefonieren gerutscht. Aber heute war ihm diese schmerzhafte Körperreaktion das wert gewesen.

Samu Lander hatte sich gemeldet. Sie würden in den nächsten Tagen in die USA einreisen. „Sie" bedeutete er, seine neue Freundin, sein Onkel Hermann und die für tot geglaubte Mutter Jade. Meyer konnte es nicht glauben. Er würde mit allen Beteiligten auf einen Schlag reden können. Es war sein Glückstag heute! Er hatte endlich alle Hauptpersonen am Strang. Auch mit Paul Sigmund würde er nachher nochmal telefonieren.

Vormittags waren ihnen dafür nur ein paar Minuten Zeit geblieben. Aber in der Kürze hatte Sigmund eine wichtige Neuigkeit an ihn weitergegeben. George Firth hatte einen unehelichen Sohn. Ein ganz wichtiger Hinweis. Meyers Nase sagte ihm, dass jetzt vieles in Gang gesetzt werden konnte.

Und dann war da noch Timmothe´ Caspar. Meyers Vorgänger auf dem Revier. Er hatte den Fall damals als Inspektor betreut. Er würde ihm bestimmt die besten Tatsachenberichte liefern können. Bisher hatte er ihn noch nicht erreicht. Aber er hinterließ ihm bereits eine Nachricht auf Band.

Wow!!! Was für ein Tag. Die Weichen standen gut für ihn. Endlich konnte er seine Arbeit tun. Das wäre seine Chance nun, und er würde sie nutzen.

XXXXI.

Es rumpelte. Um ihn herum Dunkelheit. Vereinzelte Schnarchgeräusche waren zu hören. Vor allem nach dem Luftloch gingen die Rachengeräusche stimmlich leicht in die Höhe. Wohl der vermehrten Luftzufuhr geschuldet.

Samu suchte sein Nackenkissen. Es war runtergefallen. Er hatte wohl doch eine Zeit lang geschlafen. Obwohl ihm das schwer fiel im Flugzeug. Die engen Sitze, die vielen Leute, die Geräusche der Maschine. Jetzt war er also wieder auf dem Weg nach Hause. Entgegen seiner Vermutung hielten sich seine mulmigen Gefühle in Grenzen. Denn er war ja nicht allein. Im Gegenteil. Neben ihm lag Dania, in ihrem Prinzessinnenschlaf. Ihre Körperhaltung verriet schon im Schlaf ihre Zuneigung ihm gegenüber. Wie ein Embryo hatte sie sich zusammengerollt und ganz in seine Richtung gekuschelt. Sie beide saßen in einer äußeren Viererreihe, am Gang. Jade und

Hermann hatten in der mittleren Reihe, gleich neben ihnen am Korridor, Platz genommen.

Samu musste aufstehen, sich die Beine vertreten. Die Fluggesellschaften taten, trotz der Platzbegrenzung, alles in ihrer Macht stehende, um den Aufenthalt in der Luft so angenehm wie möglich zu gestalten. Eine Bar im hinteren Bereich der Maschine spendete bei Langstrecken rund um die Uhr kalte Getränke, sowie Suppe. Die würde er sich nun einverleiben.

Wie spät mochte es wohl sein? Bestimmt zu spät für ein normales Essen. Aber was war denn schon normal in seinem Leben? Vor allem in letzter Zeit. Sein Leben war komplett aus den Angeln gehoben worden. Es fühlte sich total ungewohnt für ihn an, komplett neu. Auf wackligen Beinen schwankte Samu in den hinteren Bereich des großen Vogels. Am Tresen versank er mit jedem Löffel, den er von der Suppe nahm, weiter in seiner Gedankenwelt.

Die letzten Tage waren nochmal turbolent gewesen. Es gab Höhen und Tiefen. Noch am selben Tag, nach ihrem Frühstück in der Altstadt, hatte er mit Danias Handy den Inspektor angerufen. Erst wollte er es wieder hinausschieben. Aber nachdem ihm seine Mutter gut zugeredet hatte und Dania seine Hand hielt, konnte er sich dazu durchringen.

Und Paul Sigmund hatte Recht behalten, auch ihm schien der Polizeihauptmann wie ausgewechselt. Oder hatte er selbst sich so verändert? Fühlte er sich nun im Kreise seiner Familie wieder sicher und konnte daher auch Sicherheit und Hilfe von anderen Menschen annehmen? Mr. Meyer hatte sich wirklich gefreut, von ihm zu hören. Er hatte ihm auch sogleich seine bisherigen Errungenschaften mitgeteilt. Von der Zusammenarbeit mit dem bisherigen Inspektor, einem Timmothe´Caspar, versprach Meyer sich eine Menge. Ebenso zeigte er sich hocherfreut über die Kooperation mit Danias Vater. Paul Sigmund hatte ihm von dem unehelichen Sohn von George Firth berichtet. Das war dem Inspektor neu gewesen. Davon war rein gar nichts in der Akte vermerkt gewesen. Komisch. Von der Verbindung zwischen Dania und ihm wusste Meyer noch nichts. Zur rechten Zeit würden sie es preisgeben.

Nach dem Gespräch hatten sie beschlossen, noch ein paar Tage in Deutschland zu bleiben, die Flüge in Ruhe zu buchen, um dann über den großen Teich zu fliegen. In dieser Zeit wollten sie auch noch Familienrat mit Danias Eltern halten. Besser gesagt, war es eigentlich das erste Kennenlernen mit seinen Schwiegereltern in spe´. Ein wenig nervös war er schon gewesen. Es war schließlich sein erstes Mal. Seinen bisherigen Frauenbekanntschaften verwehrte er solche Begegnungen vehement. Er wollte frei sein wie ein Vogel.

War das eine positive Seite seines bisherigen Lebens? Dass er sehr gut alleine zurechtkam? Positiv ja, aber sie konnte sich auch ins Negative drehen. Wenn das Freiheitsgefühl die Angst vor einer tiefen Bindung verdrängte. Dania hatte diesen Fluch bei ihm durchbrochen. Mit ihr wollte er sich von Anbeginn an verbinden. Nicht nur körperlich. Das war viel tiefer. Als wäre sie vom gleichen Stern wie er. Vom Himmel gefallen, in seine Hände. Ihm anvertraut auf Erden. Er wollte alles richtig machen. Mit dieser Frau, seiner Frau. Für ihn war das schon entschieden. Ob es Dania zu schnell ging mit ihm? Seine innere Stimme sagte ihm, dass sie genauso empfand.

Ihre Eltern waren wirklich sehr herzlich zu ihm gewesen, von Anfang an. Zu viert waren sie zu ihnen eingeladen worden. Es war, als kannten sie sich schon ewig. Henrietta Sigmund hatte wunderbar gekocht. Bei einem Abendessen saßen sie in locker entspannter Atmosphäre im Wintergarten, mit Blick auf den wunderschönen, alten Baumbestand. Indirekte Beleuchtung setzte den Garten in ein mystisches Licht. Danias Vater und er verstanden sich auf Anhieb. Gemeinsam tranken sie einen guten Rotwein, dessen Vorliebe sie wohl beide teilten. Paul

Sigmund gab sich ihm gegenüber gleich wie ein Vater. Das Leben war doch wirklich verrückt. Da hatte er jahrzehntelang keinen einzigen davon gehabt und jetzt gleich zwei auf einmal. Hermann und ihn.

Wieder rumpelte es und Samu wurde kräftig durchgeschüttelt. Er konnte sich gerade noch an der Theke festhalten. Seine Suppe schwappte über. Der Teller rutschte gefährlich nah an die Tresenkante heran und stand auch kurz vor dem Absturz. Die Stewardess empfahl Samu, auf den hinteren Sitzen, die zur Bar gehörten, Platz zu nehmen und sich anzuschnallen, da ein kleines Unwetter aufgekommen war. Er tat dies folgsam. Friedlich schlurfte er weiter die schmackhafte Brühe. Wieder konnte er in Ruhe seine Gedanken schweifen lassen.

Nach dem Abend in der Villa von Danias Eltern hielten sie sich noch zwei Tage bei Hermann auf. Jade war fasziniert von seinem Anwesen am Waldesrand. Irgendwie hatte er hier in Deutschland das aufgebaut, was ihnen in Amerika genommen worden war. Es war nur ein klein wenig mehr Landhausstil im bayrischen Sinne. Auch wirkte es einen Tick heimeliger, da es etwas gedrungener war als ihr damaliges zu Hause. Aber was den Liebreiz und den Geschmack anbelangte, fehlte es an nichts. Hermann hatte anscheinend viel von den Lander-Frauen gelernt. Bestimmt war ihm auch Angie, seine Mitarbeiterin, stets ein wenig zur Hand gegangen.

Am zweiten Tag packten sie alle dann bei der laufenden Kirschernte mit an. Hermann war ein Organisationstalent. Obwohl er nun für einige Zeit abkömmlich war, schien alles wunderbar seinen Gang zu gehen. Er hatte seine Helfer und Helfeshelfer. Und unglaublich, welchen Spaß sie alle bei der Arbeit hatten! Dania und Samu machten sich gemeinsam über einen Baum her. Dania kletterte schon als Kind gerne auf Bäume. Damals machte sie alles mit ihnen. Sie krackselte an ihnen herum, ließ sich von dicken Ästen kopfüber nach unten baumeln und baute mit Brettern Häuser in die Astkronen. Samu hatte sich – ebenfalls parallel zu seinen Kindheitserlebnissen – erst mal selbst den Bauch mit Kirschen vollgeschlagen, um dann mit Dania einen Wettbewerb im Kerneweitspucken zu machen. Der Sieger war nicht schwer zu erraten. Jahrelanges Training zahlte sich eben aus. Nach Samus Triumpf hatten sie noch Wildblumen auf der Wiese gepflückt. Dania unterrichtete Samu im Kranzbinden. Kornblumen und Kamillen. Einer war für sie selbst und einer für Jade. Bruno war ebenso hocherfreut über den Besuch gewesen, die vielen Menschen. Der süße Kläffer liebte die Gesellschaft. Auch Filius, der Kater, war mit von der Partie. Ausgelassen waren sie durch die hohen Gräser gehüpft, als würden sie Verstecken und Fangen spielen. Am Abend hatten sie dann noch ein Lagerfeuer entzündet.

Jetzt waren sie also in beiden Heimatstätten von Jade und Hermann gewesen. Über 30 Jahre lebten sie dort. Getrennt voneinander. Und in wenigen Stunden würden sie noch weiter in die Vergangenheit zurückgehen. Gemeinsam vereint. Der Besuch auf dem Gut würde ihnen bestimmt auch noch einiges abverlangen. Um elf Uhr Ortszeit würden sie am Zielflughafen in Sacramento sein. Dann würden sie ihr Quartier in Samus Holzhaus am See aufschlagen. Da es nicht absehbar war, wie lange sich der Prozess hinausziehen würde, hatten sie sich schon Gedanken über ihren Aufenthalt dort gemacht. Sowohl der Garten als auch noch einige Zimmer im Obergeschoss bedurften der Fertigstellung, hier wollten sie alle mit anpacken. Damit konnten sie sich wunderbar die Zeit vertreiben und auch gleichzeitig etwas total Sinnvolles tun. Bis zur Landung lagen noch einige Stunden vor ihnen. Er würde nun wieder versuchen, zu schlafen.

XXXXII.

„Mister Caspar, ich grüße Sie. Schön dass Sie sofort kommen konnten“, Meyer reckte seinem Gast überschwänglich die Hand entgegen.

„Inspektor“, Caspar konnte die für ihn übertriebene Freude seines Nachfolgers nur gekünstelt erwidern. Er selbst war ein äußerst skeptischer Mensch, ließ lieber erst mal sein Misstrauen walten, bevor er sich seinem Gegenüber öffnete. Vielleicht eine Berufskrankheit, die ihn damals davor schützte, sich von seinem Gegenüber mit übertriebener Freundlichkeit einlullen zu lassen. Meyer ließ die reservierte Geste unbeeindruckt. Fest entschlossen fuhr er mit seinem Enthusiasmus fort.

„Werter Kollege, wir hatten ja am Telefon schon kurz über die Akte der Familie Lander gesprochen. Für mich ist es wichtig, wenn wir nochmal ausführlich die Unterlagen und die drei Anklagepunkte miteinander durchgehen könnten, und Sie mir dazu ihre Erkenntnisse und Recherchen beisteuern können.“ Caspar nickte nüchtern. Er hasste es, wie dieser Mensch in seinem damaligen Arbeitsfeld rumstocherte. Wie ein Schuljunge kam er sich vor, der von seinem Lehrer vorgeführt wurde. Meyer schien nun ein Licht aufzugehen. Er bemerkte die Gedankengänge seines Gegenübers und wollte das, was zwischen ihnen stand, sofort aus der Welt schaffen.

„Mr. Caspar, ich möchte Sie keineswegs bloßstellen. Bitte, seien Sie gewiss, dass ich Sie und ihre Arbeitsleistung hoch schätze. Die letzten Tage hat sich so viel Neues in diesem Fall ergeben, dass nun die Möglichkeit besteht, unter ganz neuen Umständen den Fall aufzulösen. Sie haben gewiss alles richtig gemacht damals, aber nun stehen die Dinge ganz anders.“

Meyer spürte, wie ein Teil der Schutzmauer von seinem Gegenüber abfiel, der Ausdruck der Anspannung blieb jedoch auf dessen Gesicht bestehen.

„Darf ich Ihnen einen Kaffee anbieten?“ Das half eigentlich immer. So eine Tasse konnte buchstäblich Wunder bewirken und eine Atmosphäre in eine ganz andere Richtung lenken. Und tatsächlich. Ein leichtes Schmunzeln zeichnete sich mit dem hervorgebrachten „Ja“ auf Caspars Mundpartie ab. Na also, der Damm würde schon noch brechen, ging es Meyer durch den Kopf. Der Inspektor gab die Bestellung bei seiner Sekretärin in Auftrag. Nach einer kurzen Pause brach Caspar schließlich sein Schweigen.

„Die drei Anklagepunkte wurden damals exakt belegt. 1. Wir haben eine beglaubigte Bestätigung, dass die Handschrift des Testaments von Haydn Firth eindeutig nicht ihrer ursprünglichen Form entsprach. Laut dem Gutachten handelte es sich also eindeutig um eine Fälschung. 2. Weder Ernestia Lander noch Jade Lander waren damals im Besitz der notwendigen Approbation für ihre heilpraktikerähnliche Arbeit. Auch dies müsste bestätigt und beglaubigt den Protokollen beigelegt gewesen sein. 3. Ein Privatdetektiv hatte damals Bildaufnahmen gemacht, die Hermann und Jade Lander in eindeutiger Pose bei ihrem Verhältnis ablichteten.“

Meyer runzelte die Stirn. „Ich konnte diesbezüglich kein Foto in der Akte finden. Außerdem erscheint es mir doch suspekt. In der Phase der Trauer kann so eine Aufnahme doch auch missverständlich gedeutet werden. Eine Umarmung kann schließlich aus ganz anderen Beweggründen, als aus Lust und Liebe, vollzogen werden. Gegenseitige Stütze und Hilfe waren hier wohl eher der Grund dafür, dass die Familie näher zusammenrückte. Vor allem, als auch noch Jill Lander starb.

„Die Fotos waren eindeutig“, brach es ruppig aus Caspar hervor. „Es handelte sich nicht nur um schüchternes Händchenhalten.“

„Aber wo sind die Bilder jetzt? Und da wir schon beim Thema sind, können Sie sich erklären, warum die Akte so lückenhaft ist? Mir scheint, als hätte hier jemand wichtige Informationen rausgenommen. Oder war das nur ein Versehen? Ein Teil der Unterlagen befand sich in einem komplett anderen Schrank, in einem anderen Ordner. Kann sein, dass dieser Teil durchgerutscht war im Aktenschrank?"

Caspar rührte Zucker in den gebrachten Kaffee. Die drei Milchdöschen leerte er ebenfalls hinein.

„Das muss ein Versehen gewesen sein, Ordnung war in meinen Akten stets das A und O. Vielleicht ein schusseliger Praktikant von damals."

Das leuchtete Meyer ein.

„So wird es gewesen sein, Mr. Caspar. Es war nur meine erste Vermutung. Wenn hier jemand Unterlagen zur Seite hätte räumen wollen, dann hätte er sie wohl eher dem Schredder übergeben, anstatt sie in ein falsches Fach einzusortieren."

Auch er nahm nun einen Schluck seines schwarzen Kaffees. Er runzelte seine Stirn. In Gedanken suchte er schon nach neuen Worten, die der Weiterführung in dem Fall dienen sollten.

„Trotzdem, die beiden ersten Anklagepunkte scheinen mir ja noch relevant und möglich, was die Erbanfechtung betrifft. Aber der Vorwurf des Mordes scheint mir absurd. Auch wenn das verschwägerte Paar wirklich eine Affäre gehabt haben sollte, ist das noch lange kein Grund dafür, einen Mord zu begehen."

Wieder nahm Meyer einen Schluck. Dann überfiel ihn schon der nächste Gedanke.

„Ach, übrigens, sie wissen die neuesten Tatsachen noch gar nicht. Die Familie Lander muss heute in den Staaten gelandet sein. Und damit meine ich das komplette Paket. Samu, Hermann und Jade Lander. Wobei Hermann Lander den Namen Rosenthal wieder trägt. Die Familie quartiert sich in dem Haus am See ein, das Samu Lander vor Kurzem dort errichtet hat. Seit über 30 Jahren fehlte von Jade Lander bisweilen jede Spur.

Sie war – wie sie ja wissen - sogar für tot erklärt worden. Dass sie am Leben ist, ermöglicht uns nun, den Fall neu aufzurollen und aufzuklären."

Caspar verzog das Gesicht. Sein Tonfall wurde leicht aufbrausend.

„Bei meinen Vernehmungen mit ihr, kurz nach dem Unglück, war nichts zu gebrauchen. Dann ist sie einfach abgehauen, wie vom Erdboden verschluckt. Ist das nun ein Schuldeingeständnis oder nicht? Wer flüchtet, der hat doch Dreck am Stecken!"

Inspektor Meyer versuchte im Gespräch wieder einen etwas sanfteren Ton anzuschlagen.

„Aus den ärztlichen Unterlagen geht hervor, dass die Frau schwer traumatisiert war. Verständlich, nach einem derartigen Überfall mit zwei Morden und einem Todesfall durch Krankheit.

„Das sagen sie! Caspar herrschte abermals Meyer an. „Wer war denn noch im Weg, damit die neue Liebe seinen Lauf nehmen konnte? Jenna Lander, die Frau von Hermann Rosenthal. Und wer hatte die Mittelchen und Wässerchen um auch diesem Problem ein Ende zu bereiten?"

„Das glauben sie doch selbst nicht." Jetzt sprach sich auch Meyer in Rage.

„Und außerdem. Wieso kam bei dem Unglück dann die kleine Tochter von Jade ums Leben? Sie war ja wohl nicht das Problem ihrer – wie sie es behaupten – verbotenen Liebe."

„Stimmt, sie haben Recht, das passt nun überhaupt nicht in meine bisherige Theorie." Caspar sackte innerlich und körperlich zusammen. Er lenkte ein. Meyer musste seine vorherige Ansage nochmal wiederholen.

„Mr. Caspar, ich möchte ihnen keinen Strick aus ihren damaligen Ermittlungen drehen. Sie haben alles richtig gemacht. Ich bin auf ihrer Seite. Aber jetzt sind die Fakten anders. Vor allem, nachdem nun bekannt wurde, dass George Firth einen unehelichen Sohn hatte."

Caspar wurde leichenblass. „Was sagen sie da? Davon wusste ich nichts."

„Das ist mir schon klar, deshalb versichere ich ihnen nun zum letzten Mal, dass nun alles anders ist und sie damals gar nicht anders recherchieren konnten."

Jetzt hatte er ihn auf seiner Seite. Das Eis war gebrochen. Er sah es ihm an seiner offenen Haltung ihm gegenüber an. Bisher waren sowohl Arme als auch Beine verschränkt gewesen. Nun saß er locker und breitbeinig in seinem Sessel, die Hände auf den Stuhllehnen liegend. Na also, seine Fortbildungen in Rhetorik hatten sich wohl auch gelohnt.

„Na dann ist ja alles anders." Caspar holte tief Luft und blies sie dann in einem langen, tiefen Seufzer aus.

„Sie sagen es. Die Karten werden neu gemischt. Der uneheliche Sohn steht meiner Meinung nach ganz oben auf der Liste der Tatverdächtigen. Ich meine auch, dass er mit dem leiblichen Sohn Edward unter einer Decke steckt. Die haben gemeinsame Sache gemacht. Und beide haben davon profitiert. Am meisten irritiert mich aber noch immer die Tatsache, dass ihr gemeinsames Vorhaben erst 1984, also 12 Jahre nach dem Tod und der Erbsache von Haydn Firth stattgefunden hat. Wenn jemand scharf auf das Erbe ist, dann holt er sich das doch gleich. Aber gut, wir werden sehen."

Caspar senkte seine Augenbrauen und gab dadurch seinem Gesicht eine äußerst düstere Note. In seinem Kopf schien sich ein neues Szenario abzuspielen.

„Was war nochmal mit diesem Hermann Rosenthal. Der hatte ein Alibi, nicht wahr?"

Meyer stand auf. Er bewegte sich zu der Schautafel, die noch immer an dem Platz stand, seit Samu Lander so plötzlich verschwunden war. Er tippte mit seinem Finger auf das Bild, das Hermann Rosenthal abgelichtet hatte.

„Er brachte ihnen ein Alibi, aber erst nach etwa einem Jahr. Er sagte, er hätte die Frau, die ihm damals im Wald begegnet war, erst nach einem Jahren zufällig vor der St.-Max-Church wiedergesehen. So konnte sie ihm das Alibi bestätigen."

„Wer sagt, dass dies der Wahrheit entsprach? Wenn ihm die Frau damals zur Tatzeit wirklich im Wald begegnet war – und er somit unschuldig ist – dann hätte ich als Hermann Rosenthal alle Hebel in Bewegung gesetzt, um diese Frau schnellstmöglich ausfindig zu machen. Für mich war es damals schon unschlüssig. Es fühlte sich an, wie ein gekauftes Bekenntnis, nachdem die Luft um ihn herum immer dünner wurde."

Meyer schaute seinen Vorgänger verhohlen an. Er versuchte, sich nicht durch Worte blenden zu lassen. Er wollte sich auf sein Gefühl konzentrieren. Das sagte ihm was ganz anderes.

„Möglich, aber für mich ausgeschlossen. Ich werde es aber trotzdem bei meinem Termin mit der Familie nochmal zur Sprache bringen."

Jetzt erhob sich auch Caspar. Er hatte das Gefühl, für den Moment sei alles gesagt. Wehmütig blickte er durch die Räume, die ihm einst so vertraut gewesen waren. Meyer bemerkte es.

„Sind sie traurig, dass ich nun ihren Platz hier eingenommen habe? Ist schon schwer, nach so vielen Jahren loszulassen, nicht wahr?"

Erst bildeten Caspars Gesichtszüge eine bekümmerte Miene. Dann schien er sich seines Ausdrucks bewusst zu werden und sofort versteiften sich sowohl Körper und Gesicht.

„Das ist der Lauf der Zeit Inspektor. Hilft ja nichts, dem Alten nachzutrauern. Also, ich empfehle mich. Wenn sie mich brauchen, rufen sie mich an. Es liegt auch in meinem Interesse, den Fall aufzuklären."

„Wunderbar." Meyer klopfte Caspar auf die Schulter. „Vielen Dank, dass Sie sich die Zeit genommen haben. Ich begleite Sie noch zur Tür."

Als der Inspektor sich nach der Verabschiedung wieder setzte, klingelte das Telefon.

„Ah, Paul Sigmund", kam es aus seinem Mund, als er die Nummer auf dem Display erkannte. Er hob ab.

„Hallo Mr. Meyer, hier spricht Paul Sigmund. Haben Sie kurz Zeit?"

Natürlich hatte er das.

„Selbstverständlich Herr Sigmund, für Sie doch immer."

Meyer wusste, dass er mit dem Journalisten einen wunderbaren Partner an der Hand hatte. Er hatte fast mehr Kenntnisse als er selbst, so intensiv hatte er sich damals mit dem Fall beschäftig.

„Bisher fehlte noch ein Teil der ganzen Wahrheit. Wahrscheinlich, weil die Geschichte auch sehr in mir arbeitete und viel hochkam in letzter Zeit."

Meyer war ganz Ohr. Mit leisen Bewegungen zog er seinen Stuhl vom Tisch hervor und setzte sich. Gleichzeitig nahm er Stift und Zettel zur Hand, die Auskünfte musste er mitschreiben. Es war fast immer zu viel Stoff auf einmal, um sich alles merken zu können. Ein eifriges Kritzelgeräusch durchdrang die nächsten Minuten sein Büro. Nur ein gelegentliches „mhm" unterbrach die sonstige Stille.

Dann hielt Meyer plötzlich inne. Geschockt legte er den Stift zur Seite. Was sagte Sigmund da? Meyer schluckte schwer. Angst kroch hoch in ihm. Hatte er schon was falschgemacht bisher? Was sollte er jetzt tun?

XXXXIII.

Seit drei Tagen waren sie nun in Amerika angekommen.

Was die äußeren Umstände betraf war alles angenehm verlaufen. Als sie am ersten Tag das neue Domizil am See bezogen hatten, führte Jade einen regelrechten Freudentanz auf. In einem Rundgang besichtigten sie jeden Raum, die heiligen Wände des Samu Lander. Auch Dania blieb zeitweise der Mund vor Begeisterung offen stehen.

Wunderschöne Holzbalken zogen sich durch alle Räume des Hauses. Schon der Eingangsbereich war eine Wucht. Trat man über die Schwelle, so fiel der Blick auf eine modern-antike Holztreppe, die zur Hälfte, genauer gesagt an den Stirnseiten, verputzt war. Sie bildete die Verbindung zwischen den Wohnräumen im Erdgeschoss und den Schlafräumen und des Badezimmers in der oberen Etage. Hier am Eingang sah man bis zum Dachspitz. Der offene Dachstuhl mit seinen sanft geschmirgelten Balken war eine Augenweide, ebenso die Galerie, die sich dadurch ergab.

Im Wohnbereich wurden alle Räume durch bodentiefe Fenster mit Licht satt durchflutet. Vor allem in Blickrichtung zum See schufen komplette Glasfronten eine intensive Verbindung zur Außenwelt, als säße man im Grünen. Typisch amerikanisch war die komplette Ummantelung des Hauses mit einer Holzveranda. Der untere Wohnbereich war komplett offen gehalten, also frei von Innenmauern. So hatte es etwas Loftartiges.

Das Herzstück war natürlich die Küche. Eine große Kochinsel mit integriertem Tresenbrett und Barhockern stach als erstes ins Auge des Betrachters. Eine schwarze Granitplatte setzte einen kraftvollen Akzent zu den magnoliefarbenen und dadurch weich wirkenden Hochglanzmöbeln. Passend zu der dunklen Arbeitsfläche zogen sich lange, astige Nussbaumdielen durch den gesamten Wohnbereich. Die Möbel, antik und schwer in ihrer Art, stellten einen Mix aus sanftem Beige und dunklem Braun dar. Kuschlige, gewalkte Schurwollteppiche breiteten sich zu den Füßen der Sitzecken im Ess- und Wohnbereich aus. Der gesamte Wohnbereich hatte freien Blick zum See. Der größte Luxus dieser Immobilie. Einen Hauch von Prunk verkörperten die Lampen. Mächtige Leuchter hingen in gezielt gewählten Positionen von den Decken herab.

Die oberen Räume lagen noch in teilweise ausbaubedürftigem Zustand. Bisher hatte Samu immer auf der Couch im Erdgeschoss genächtigt. Ein großes Schlafzimmer, mit Himmelbett in einer Spitzgaube und einem Bad en Suite waren in der ersten Etage vorgesehen. Ebenso eine freistehende Wanne mit Blick auf den See. Dania meldete sich als erste für diesen Badegenuss an, wenn es denn fertiggestellt wäre. „Aber nur mit mir gemeinsam", hatte Samu ihr ins Ohr geflüstert.

Wenige Stunden später hatten Dania und er noch eine große Menge an Lebensmitteln eingekauft. Bei ihrer Ankunft war das Haus ziemlich mager mit Essbarem bestückt gewesen. Außerdem brauchten sie noch Isomatten, Luftmatratzen und Decken für ihr Schlafgemach. Samu war noch nicht für Gäste eingerichtet gewesen. Als sie mit seinem Range Rover wieder zurück am See waren, hatten sich die hungrigen Mäuler sogleich auf die köstlichen Mitbringsel gestürzt, um danach schnellstmöglich ihr Nachtlager aufzuschlagen. Der Jetlag saß ihnen allen in den Gliedern.

Jade und Hermann schliefen in Samus Büro, das sich im Kellergeschoss auf einer beachtlichen Menge an Quadratmetern ausbreitete. Es verfügte über einen Lichthof, den die Hanglage des Geländes möglich machte. Somit stellte auch der Keller ein behagliches Raumgefühl her. Samu und Dania quartierten sich im Wohnbereich ein. Nur wenige Atemzüge, und im ganzen Haus herrschte tiefste Stille, alle waren weggesunken, in das Reich ihrer Träume.

Mitten in der Nacht wälzte Jade sich unruhig auf ihrer Bodenmatte. Wirre Bilder flackerten vor ihrem inneren Auge auf. Sie befand sich in einem Wald. Wo genau, das konnte sie nicht erkennen. Entgegen der Ruhe und Vertrautheit, die sie sonst in der Nähe ihrer geliebten Bäume empfand, spürte sie hier nur Verstörtheit und Zerrissenheit. Sie setzte langsam einen Schritt vor den anderen, aber sie war vollkommen orientierungslos. Nebel versperrte ihr die Sicht. Ihr kam es so vor, als wären all ihre Sinne taub. Sie wollte um Hilfe schreien, aber auch ihre Stimme versagte. Panik ergriff sie. Sie fühlte sich gefangen, vollkommen ausgeliefert. Blind lief sie zwischen Bäumen und Büschen hin und her. Ihre Nerven waren dem Zerreißen nahe. Sie hatte Angst. Dachte, dass sie den Verstand verlieren und bald wahnsinnig werden würde. Als das Gefühl sie fast an den Rand des Erträglichen brachte, und ihr Herz zu zerspringen drohte, ließ ein ohrenbetäubender Knall alle Eingeweiden in ihr erzittern. Sie sackte zu Boden. Dachte, dass sie jetzt sterben würde. Tief gruben sich ihre Fingernägel in die nasse, von Blättern bedeckte Erde.

Aus einer Vogelperspektive, als stiege ihr Geist nach oben, betrachtete sie ihren Körper, der völlig wehrlos und ausgemergelt am Boden lag. Ein Bild des Dahinsiechens. Jade konnte nun nicht mehr dagegen ankämpfen. Sie gab auf. Ließ sich komplett fallen und gab sich in die Hände der Schöpfung. Minuten purer Stille, die sich wie Stunden hinzogen. Ihr war, als zermodere ihr Körper, als bestände sie nur noch aus totem Fleisch. Verwesung lag in der Luft. Sie spürte sich nicht mehr, spürte nichts mehr. War sie jetzt tot?

Plötzlich ging ein Ruck durch ihren Körper, einem Stromschlag gleich. Sie bemerkte, dass ein Sinnesorgan in ihr wieder zum Leben erwachte, ihr eine Orientierung bot. Ihre Ohren. Jade hörte leise Stimmen. Es war ein kehliges Jammern und ein erbärmliches Klagen. Grausam bohrten sich die Töne in ihren Kopf. Am liebsten wollte sie das neu gefundene Gehör sofort wieder abschalten. Aber ihr blieb keine Wahl. Sie musste den Schreien und dem Ruf folgen. Langsam raffte sie sich auf. Ihre Knochen, die Glieder, die Gelenke, alles schmerzte. Als sie auf ihren beiden Beinen zum Stehen kam, musste sie sich sogleich an einem Baum anlehnen und nach Atem ringen, so erschöpften sie ihre wenigen Bewegungen. Aber es half nichts. Sie musste weitergehen.

Ein schwarzer Vogel flog knapp an ihrem Kopf vorbei. Wild sah er aus, das Gefieder zerrupft. Immer wieder kam er auf sie zu, die Flügel wild um sich schlagend. Gut, sie hatte verstanden und würde ihm folgen. Aber die Schritte fielen ihr so schwer, als hätte sie Blei an ihren Füßen.

Als das Gelände abschüssig wurde, stolperte sie über eine Wurzel. Ungebremst stürzte sie zu Boden und knallte mit ihrer Stirn gegen einen Felsen. Blut rann über ihre Wange. Sie roch es. Außerdem spürte sie seine Wärme, die bis zum Kinn hinabrieselte. Ihre Sinne erwachten wohl wieder. Makaber, dies so festzustellen.

Jade wollte raus, raus aus diesem Albtraum. Aber war das nur ein Traum? Nein, es war eine Seelenwanderung. Eine nächtliche Erfahrung, die real war. Real in einer anderen Welt. In der geistigen Welt, in der Ätherwelt. Sie drehte sich auf den Rücken und blickte nach oben. Flach atmend lauschte sie wieder dem Klang der Stimmen. Dann stockte ihr Atem komplett. Was war das? Ein weiterer Laut mischte sich unter die bisherigen Stimmen. Ein Klang, so rein und hell, engelsgleich. Es war das Stimmchen eines Kindes. Ein Baby! Jade musste zu ihm. Von den Kräften ihres Willens getragen stemmte sie ihre Arme und Beine in den Boden, um sich wieder in ihre aufrechte Haltung zu katapultieren. Sie hörte ihr Blut in den Ohren rauschen. Wie eine Bärin kämpfte sie nun um ihr eigenes Leben, und um das des Kindes. Davon angetrieben taumelte sie von einem Baum zum nächsten. Die Stimmen kamen immer näher. Sie wusste auf einmal, jetzt konnte es nicht mehr weit sein. Ihre Schritte wurden immer schneller. Plötzlich stürzte sie ab. Gerade noch konnte sie sich an einem dicken Ast festhalten, unter ihr war kein Boden mehr. Ihre Beine baumelten in schwindelerregender Höhe. Panisch senkte Jade ihren Blick. Eine riesengroße Felsspalte, die sich etwa 20 Meter in die Erde bohrte, tat sich unter ihr auf. Von dort kam die Stimme des Kindes. Jetzt nahm sie wieder die Klagelaute wahr. Im selben Moment wanderten ihre Augen nach oben, umblickten den großen Rand des Felskraters. Da standen sie. Es waren tausende Menschen, so schien es ihr. Sie hatten alle eines gemeinsam. Sie waren sehr alt. Ihre Augen waren schmerzverzerrt. Ausgemergelt, mager, knochig und geschunden blickten die Gesichter ihr entgegen. Ihre Kräfte ließen nach. Jade spürte, dass sie sich nicht länger halten konnte. Wenn sie nun abstürzte, dann würde sie das nicht überleben. Die Angst aus der Tiefe griff mit immer stärkeren Klauen nach ihr. Zog an ihren Füßen und an ihren Kleidern. Dann war es vorbei. Ihre Finger rutschten ab. Ein schrei entglitt ihrer Kehle. Sie befand sich im freien Fall. Wie ein Pfeil schoss der schwarze Vogel an ihr vorbei.

„Uuuuuaaaaaaaaahhhhhhhhhhhhhhhhhhh!"

Schweißgebadet warf Jade ihren Oberkörper nach oben, in die aufrechte Haltung. Sie war aufgewacht. Neben ihr schlief Hermann mit gleichmäßigen Atemzügen. Er hatte nichts bemerkt. Jade war verwirrt. Was wollte der Traum ihr sagen? Wer hatte mit ihr Kontakt aufgenommen? Langsam kroch sie auf ihre Beine. Sie musste duschen. Das Erlebte von sich waschen. Ihr Kopf schmerzte. Sie griff sich an die Stirn. Tatsächlich war eine Beule zu spüren. Da war ihr klar. Das war mehr als ein Traum gewesen. Aber erst einmal würde sie ihn für sich behalten. So lange, bis sie die Lösung darin erkannte.

Am zweiten Tag war der Besuch auf dem Revier angestanden. Jade hatte sich am Morgen für Samus Empfinden recht still verhalten. Als sie aber auf seine Nachfrage hin sanft lächelte und seine Sorgen verneinte, beließ er es fürs erste dabei.

Dann war er gekommen. Der Moment der Begegnung mit den Behörden von Amerika. Stellvertretend dafür mit dem Inspektor. Abgesehen von einem kleinen hysterischen Anfall war alles äußerst friedlich und wohlwollend mit Mr. Meyer verlaufen. Er hatte jedoch zu Beginn regelrecht die Hosen voll gehabt. Fiebernde Unruhe schien ihn umzutreiben. Düstere Gedanken geisterten durch sein Gemüt.

Der Täter, der bestimmt schon durch die Presse auf die Neubelebung des Falls aufmerksam geworden war, schlich irgendwo da draußen rum. Und wo würde er zuerst handeln? Bei seinen Widersachern, bei den Menschen, die er damals wohl nicht alle mundtot machen konnte. Das machte Meyer zu schaffen.Nachdem er erst von Begleitschutz und stündlichen Grundstückspatrouillen geredet hatte, waren sie sich doch mit ein paar Überwachungskameras und einem gelegentlichen Kontrollgang auf Samu`s Land am See einig geworden. Samu versicherte Meyer, dass sein Haus total abgelegen war. Beruhigt hatte das den Polizeichef erst nicht. Das sei ja noch gefährlicher, war es heiser aus seinem Hals gekommen. Sofort hatte Samu dann von seiner bisherig offiziellen Adresse berichtet, die am ganz anderen Ende der Stadt war. Er war noch nicht umgemeldet. Fast niemand wusste von dem Haus am Waldesrand. Wenn also der damalige Mörder ihn aufsuchen wollte, dann würden die offiziellen Daten ihn in die Irre führen.

Daraufhin beruhigte sich Meyer. Die Fährte wäre also falschgelegt.

Ab diesem Zeitpunkt war das Gespräch sehr harmonisch verlaufen. Ganz anders, als die damaligen Verhörungen. Hermann, der zu Anfang wie ein beschuldigter Junge, klein und in sich gesackt, vor dem Inspektor gesessen hatte, konnte im Laufe des Gesprächs sein Rückgrat und seine Schultern immer mehr straffen. Ein eindeutiges Zeichen dafür, wie ihn seine Unschuld und die Absolution dazu innerlich wie äußerlich immer mehr aufrichtete.

Sie alle spürten zum ersten Mal was Hilfe bedeutete. Von der Polizei, dem Freund und Helfer. Sachlich und mit einer großen Herznote versehen gingen sie Punkt für Punkt durch. Die beiden ersten Anklagevorwürfe konnten sie gemeinsam einwandfrei entkräften. Haydns Handschrift war seit einem Schlaganfall, den sie zwei Jahre vor ihrem Tod erlitten hatte, total anders gewesen. So gesehen war die Annahme der Fälschung berechtigt gewesen. Jedoch war Haydn, was ihre geistige Gesundheit betraf, im Besitz all ihrer Kräfte gewesen. Sie hatte nur körperliche Gebrechen aus der Krankheit getragen. Ein Notar bestätigte dies urkundlich. Dieses formelle Papier hatte Jade damals in den Wohnräumen über der Scheune bei Hermann aufbewahrt. Sie hatte wegen der drei kleinen Vorfälle auf dem Gut auf ihr ungutes Bauchgefühl gehört und das Schriftstück in einem Seitenfach in Hermanns Koffer versteckt. Sie war ja die Hofbesitzerin. Wer immer auch nach ihnen trachtete, er würde bei ihr nach Beweismaterial für ihre Unschuld suchen, um es dann zu vernichten. Und sie behielt Recht. Es hatte nach dem blutigen Überfall auch noch Einbrüche in ihrem Haus gegeben. Eine Ausfertigung des Testaments war damals über Nacht spurlos verschwunden gewesen. Hermann hatte die bewahrten Unterlagen nun dabei. Echt und beglaubigt in seinen Ausfertigungen. Dieser Punkt war also sauber abehakt.

Die Sache mit der Approbation war auch wahr. Jade und ihre Großmutter verfügten über keine. Das war als Heilerin auch unüblich. Gleichzeitig stellte es aber wohl keinen Grund dafür dar, sie gleich zur Mörderin zu verurteilen. Auch das war somit glasklar widerlegt. Dann noch der dritte Punkt. Als sie ihre damalige Affäre und heutige Liebe dem Inspektor bestätigten, schluckte dieser zwar erst mal schwer. Dann aber war er sich eigentlich noch sicherer gewesen, was die Wahrheit und sein Bauchgefühl betrafen. Hermann und Jade waren bei diesem Gespräch grundehrlich gewesen. Und sich zu lieben war ja nun abermals kein Beweis für eine Straftat. Da schlugen die Aussichten auf ein großes Erbe schon höhere Wellen. Nachdem Paul Sigmund ihm nun kürzlich von den Erpressungen seinerseits berichtet hatte, wurde in diesem Fall immer deutlicher, dass es sich um kriminelle Machenschaften handeln musste, damals. Daher auch die gewaltige Reaktion des Inspektors auf die Sicherheitsvorkehrungen jetzt, während ihres Amerikaaufenthalts.

Bereits am Nachmittag hatten sie also gleich damit begonnen, die Kameras zu installieren. Die Suchmaßnahmen auf dem Revier liefen derweilen auf Hochtouren. Alle waren sich einig, dass George Tannmut. lebte. Auch in der Vermutung, dass er an der Tat mit- oder hauptbeteiligt war, stimmten sie überein. Sie wussten nur nicht, wo sie anfangen sollten. Seit seinem 18. Geburtstag war er unauffindbar. Sie würden zwar in den nächsten Tagen alle in Frage kommenden Standesämter und Kirchendiözesen abklappern, aber Erfolg versprachen sie sich davon nicht. Damals waren verdeckte Prozesse am Laufen gewesen. Also würden sie von offizieller Seite keine Hilfe erfahren können.

Paul Sigmund hatte wieder einmal die rettende Idee gehabt. Legal war diese aber auch nicht. Die einzige, die ihnen weiterhelfen konnte, war Valerie Tannmut, die Mutter von George jun. Zwar war sie damals äußerst abgeschirmt worden, im Altersheim, aber mittlerweile lagen die Umstände doch ganz anders. Damals war sie in einer Altersresidenz in Amerika untergebracht gewesen. Der Zugang zu ihr war regelrecht abgeriegelt gewesen, wie Paul Sigmund berichtete. Mittlerweile war sie in ihrer alten Heimat in Deutschland untergebracht worden. Auch ein großer Abstieg ihrerseits. Ihre Bleibe dort war ein Heim, jenseits dem Leben der Residenz aus ihrer alten Vergangenheit. Aber wie es schien, war sie an Alzheimer erkrankt. Würde sie ihnen noch helfen können? Vorausgesetzt sie würden überhaupt zu ihr vordringen können. In beiderlei Hinsicht. Physisch und geistig. Aber sie mussten sich einen Trick einfallen lassen. Normale Methoden würden in diesem Fall nicht reichen. Eine Idee war schon geboren. Sie hörte sich vielversprechend an.

Heute nun war der 3. Tag ihres Amerikaaufenthalts. Zum ersten Mal konnte Samus Familie eine entspanntere Herangehensweise an den Tag legen. Aber mit Ausschlafen hatte das bei Dania und ihm nichts zu tun. Zu schön hatte der Sonnenaufgang die gelben Wände erhellt und damit in ihre Seelen gefunkelt. Also folgten sie dem unbändigen Drang nach draußen und gingen zum See hinab.

Wie verspielte Kinder sprangen sie vom Steg aus händchenhaltend ins kühle Wasser. Sie beide liebten diese Morgenstunden. Wenn der Tag neu geboren wurde. Alles lag in seiner reinen, jungfräulichen Kraft. Das Schwere schien von der Nacht beschwichtigt, das Leichte in seiner Kraft bestärkt. Eine Schar von Gänsen hatte auf dem Wasserspiegel seine Nacht verbracht. In weiter Ferne war ihr Geschnatter zu hören. Wie heilsam die Geräusche der Natur für die menschliche Psyche waren, das war Dania schon lange bewusst. Es klang wie Musik in ihren Ohren, auf das Reinste veredelt. Sie schloss ihre Augen, um die Natur noch intensiver mit ihren Sinnen wahrzunehmen. Minuten puren Schweigens folgten. Himmlisch. Göttlich. Als sie in der Mitte des Sees angelangt waren, wendete Dania und hatte so einen fantastischen Blick auf Samus Haus. In großzügigen Terrassen, die noch befestigt werden mussten, erhob sich der Garten vom See hinauf zu dem Waldhaus. Dania nannte es so für sich. Denn es bestand ja zu einem sehr großen Teil aus Holz, also aus Bäumen.

Würde sie hier leben wollen? Ihr Herz machte einen großen Sprung. Ja, es wäre ihr Traum hier zu Hause sein zu dürfen. Sie wusste, sie griff schon ganz schön weit vor. Aber es fühlte sich richtig an. Sie stand kurz vor ihrem 38. Geburtstag, hatte wirklich viel Zeit mit dem Suchen und Warten auf ihr Herzblatt verbracht. Dem zähen Ringen, der langen Zeit der Geduld folgte nun ein Feuerwerk der Gefühle, ein Strudel der Glückseligkeit, ein Hauch der Verzückung, ein Vulkan der Liebe. Alles beschleunigte sich in ihrem Leben, vollzog sich wie in einem Zeitraffer. Sie getraute sich kaum, dieses Glück zu ergreifen. Zu oft musste sie sich in Entbehrung üben.

War das eine wichtige Weisheit des Lebens? Dass man beide Tugenden in sich entfalten sollte, die der Genügsamkeit und die der Fülle? War es besser, sich erst auf die Einfachheit des Lebens mit all seinen Kleinigkeiten zu konzentrieren, um zu lernen, mit Nichts glücklich zu sein? Um dann, aus dieser tiefen Zufriedenheit und Bescheidenheit heraus die Fülle und die Kostbarkeiten der Welt zu empfangen? Ja, so war es stimmig für Dania. Ihr Herz ging auf, wurde ganz leicht und weit.

Ihre Phantasie glitt weiter. Sie hörte Kinderlachen, sah eine kleine Schar wild durch den Garten toben. Glückliches Glucksen durchdrang die Luft. Eine bunte Picknickdecke lag unter einem Apfelbaum. Frisch gebackener Birnenkuchen war auf Tellern auf der Decke verteilt. Roter Kirschsaft stand in Gläsern gegossen. Samu und sie lagen in einer innigen Umarmung an den Stamm des Baumes gelehnt und genossen den Blick zum See. Am meisten waren sie jedoch vom Spielen ihrer Kinder fasziniert.

„Wuuaaaahhh“, Dania hatte vor lauter Träumerei die Schwimmbewegungen vergessen. Sie war leicht untergegangen und hatte dabei auch unfreiwillig von dem Wasser gekostet.

Samu kam ihr gleich zu Hilfe. Sanft umfasste er ihren Bauch, um sie wieder nach oben zu heben.

„Na, meine Badenixe, hast du dich ein wenig übernommen? Gut, dass ich da bin, nicht?"

Samus Lachen wurde immer breiter. Dania gab ihm einen Kuss auf die Lippen, somit besiegte sie sein schelmisches Grinsen, denn sein Mund bildete sich dadurch wieder zur normalen Form zurück. Mit einem Kuss kann man die Welt verändern, ging es Dania durch den Kopf. Ein schönes Gefühl stieg in ihr auf. Es war eine Mischung aus Kraft und Liebe. Ihr wurde soeben bewusst, dass man mit Liebe auch die Welt regieren konnte. Welch schöne Erkenntnis. Das Geheimnis der Waffen einer Frau. Obwohl ihr das Wort Waffe weniger gefiel. Das Wort Macht schien ihr in diesem Zusammenhang treffender. Vielleicht war es das Geheimrezept der Beziehung zwischen Mann und Frau. Das Zepter wollte der Mann in der Hand halten. Die Frau durfte aber mit ihrer Liebe in allen Bereichen mitregieren.

Apropos Zepter, sie musste Samu seines noch überreichen. Schließlich hatte er sie eben gerettet. „Ja, du bist mein Held", kokettierte sie also. „Ist es das, was du hören möchtest?"

„Ja, so einfach ist das. Ihr Frauen müsst einfach nur erkennen, dass wir eure Helden sind. Schon sind wir für immer der Eurige."

Bingo, er hatte das ausgesprochen, was sie sich eben gedacht hatte. Männer möchten ihre Frauen beschützen. Oft getraut das weibliche Geschlecht sich dies nicht ein, ist zu stolz oder hat Angst, weil sie es mit einer Art Machtlosigkeit verbinden oder sie sich zu minderwertig dafür fühlen. Wir Frauen müssen wieder lernen, unseren Männern zu vertrauen. Das einzige was sie dafür haben wollen ist unsere Liebe. Das war ihr mit einem mal klar.

Mit verliebten Blicken schwammen sie wieder in Richtung des Ufers zurück.

„Was hältst du davon, wenn wir morgen Abend im Garten grillen? Ich dachte, Mutter würde sich bestimmt freuen, wenn ich ein paar ihrer alten Freunde einlade. Jack kommt natürlich auch. Die Leute, die ich einlade, sind natürlich nur die engsten Vertrauten. Sie werden auch kein Wort darüber ausplaudern, wo wir uns im Moment aufhalten. Es bleibt also alles in unserem familiären Rahmen."

„Eine Gartenparty! Au ja!!"

Wie ein kleines Mädchen strahlte Dania. Sie hatte Feste schon immer geliebt. Und in der Natur – hier sogar am Rande des Waldes - zu feiern, das war für sie ein tiefes, vollkommenes Erlebnis. Sie war eben eine richtige Waldprinzessin. Das hatte sie sogar schriftlich. Mit einem Jugendfreund, der leider schon verstorben war, durfte Dania vor vielen Jahren eine Ballonfahrt unternehmen. Dabei bekam sie den Titel: Dania, die begeisterte Waldprinzessin aus der Axt zu Achsheim. Die Namensbezeichnung ergab sich immer aus den Zusammenhängen und den Ereignissen während der Fahrt. Dania hatte sich damals Sorgen gemacht, wie der Wagen, der einem Ballon immer mitsamt seinem Anhänger zum späteren Abtransport folgte, durch den Wald kommen sollte, den sie überflogen hatten. Ob er sich einen Weg freiroden müsse, um ihnen auf den Fersen zu bleiben, hatte sie gefragt. Schon war die Axt in ihrem Titel geboren.

Ja der Wald, der liebe Wald. Wenn Gott wollte, dann würde sie in einem Haus am Waldesrand wohnen dürfen und auch eine Schwiegermutter bekommen, die ebenfalls der Welt der Bäume unendlich zugetan war. Wie das alles passte. Das konnte doch gar nicht wahr sein? Doch, sie kniff sich. Es war wahr. Außerdem fühlte sie den Kies unter ihren Füßen piksen. Sie war also im realen Leben. Hatte soeben das Ufer erreicht. Ein neues Ufer in ihrem Leben. Wie symbolträchtig!

Samu war als erster an Land gewesen. Er brachte ihr das Handtuch, als sie aus dem kühlen Nass stieg. Gemeinsam rubbelten sie sich trocken. Aber was war das? Dania spürte etwas weiches an ihren Füßen umherstreifen. Das Handtuch fühlte sich doch anders an? Sie blickte nach unten. Im selben Moment erhaschte auch Samu den lieben Wollknäuel.

„Meggan! Mein süßer Stubentiger. Wo kommst du denn her?"

Er sah um sich. Da kam auch schon Jack den Hang hinab gelaufen.

„Guten Morgen und willkommen zurück, alter Freund!"

Er herzte seinen besten Kumpel in einer innigen Umarmung. Meggan war bei ihm untergekommen, während Samu sich in Deutschland aufhielt. Die Mieze war zwar äußerst divenhaft und stur, aber zu Jack ließ sie sich stets reibungslos verfrachten. Was der Grund dafür war, blieb bis heute ein Geheimnis. So waren sie eben. Die Katzen. Dem weiblichen Geschlecht gar nicht so weit entfernt.

„Hallo!"

Jack reichte Dania die Hand. Erfreut aber etwas verlegen streckte sie ihm die ihrige entgegen. Die andere Hand umklammerte das Handtuch, welches sie um ihre Brust geschlungen hatte. Es gab Momente, da fühlte sie sich salonfähiger. Nun kam sie sich bei dieser ersten Begegnung eher wie ein begossener Pudel vor.

„Hallo, ich bin Dania."

„Ich weiß, mein bester Freund hat mir schon von seinem Glücksfall berichtet. Von dem Engel, der vom Himmel gefallen ist, ihm direkt in die Arme."

Jetzt wurde Dania nur noch verlegener. Schnell bückte sie sich, um ihr Gesicht der Katze zuzuwenden.

„Er hat mal wieder maßlos übertrieben", huschte es schüchtern aus ihrem Mund.

„Find ich nicht."

Jack war echt ein Charmeur. Noch einmal nahm er Samu in den Arm, um ihm seine Freude für ihn zu zeigen. Es gab viel zu erzählen und auch viel zu tun. Sie schlenderten zu der Holzbank am Steg. Dania widmete sich weiter der schönen Kätzin. Zärtlich strich sie über ihr weiches Fell. Sie spürte schon immer eine große innige Zuneigung zu Tieren. Auch darauf hatte sie selbst so lange verzichten müssen.

Seit ihrem 15. Lebensjahr hatte sie kein Tier mehr gehabt. Als Kind hatten sie stets Hasen besessen. Und weiß Gott lauter Dramen mit ihnen erlebt. Ihr erstes mit 5 Jahren. Es hing mit einem Geburtstagsfest ihres Vaters zusammen. Das war kurz bevor er sich dann für zwei Jahre aus ihrem Leben verabschiedete. Soeben wurde Dania dieser Zusammenhang erst richtig bewusst. Am Abend damals, es war schon dunkel, schoss es ihr gedanklich in den Kopf, dass sie vergessen hatte, ihre Hasen zu füttern. Gemeinsam mit ihrem Bruder ging sie zum Stall, in dem 4 Langohren beherbergt waren. Sie fütterten ihre felligen Freunde und kehrten dann zu der Geburtstagsgesellschaft zurück. Nachts war Dania von Schreien, es klang wie das Jammern eines Kindes, ständig aus ihrem Schlaf gerissen worden. Ihr Herz hatte zum Zerspringen gepocht. Jedoch hatte sie keine Verbindung zu ihrem Hasen aufbauen können, keinen Zusammenhang erkennen können. Am nächsten Tag kam dann das böse Erwachen. Einer der Hasen fehlte. Es war ihr Lieblingskaninchen. Edelweiß hieß es. Besser gesagt, sie. Die Hasendame musste wohl bei der nächtlichen Fütterung aus dem Stall gesprungen sein. Und sie hatten es nicht bemerkt.

Die ganze Familie suchte am nächsten Tag jeden Winkel im Garten ab. Als die anderen schon aufgegeben hatten, spürte Dania etwas, als zupfe jemand an ihrem Kleid und führe sie zu einem Platz. Dort standen mehrere aufgeschichtete Holzreihen. Sie hatte in jede der Spalten geschaut und war dann zu Tode erschrocken. In einer hatte ihre geliebte Häsin gelegen. Blutüberströmt. Das Genick durchtrennt. Tot. Ein Marder hatte sie nachts gejagt und umgebracht. Das war nun 33 Jahre her.

Kurz darauf hatte sie ihr Vater verlassen. Dania schauderte. Das konnte nun kein Zufall mehr sein. Sie spürte ganz tief in sich, dass sich etwas Großes veränderte, eine Wunde in ihr heilte. Sie war überwältigt, von diesem starken Empfinden.

War dies der Ursprung, an dem sie ihren inneren Schutz verloren hatte? Sie wusste noch genau, dass sie damals sehr wütend auf ihren Bruder und ihren Vater war, weil der männliche Teil ihrer Familie es versäumt hatte, sie und ihre Hasen zu schützen. Kurz darauf verließ ihr Vater sie dann tatsächlich, als er nach Amerika ging.

Hatte sie deswegen so lange auf ihren Traummann warten müssen, weil sie damals schon den Glauben an die männliche Kraft verloren hatte? Und vielleicht ging es sogar noch weiter damals? Hatte sie sogar einen regelrechten Hass und ein Misstrauen gegen die männliche Seite entfacht? Ja, so war es. Dania war sich sicher. All ihre innere Arbeit, auch die Besuche bei der Psychologin, hatten sie immer näher an diese Wunde gebracht. Und jetzt war der Zeitpunkt der Heilung reif. Begonnen hatte es schon mit dem Abschied von der Bank, der sie aus ihrer Scheinwelt herausgeholt und zurück zu ihrem Ursprung gebracht hatte. Wäre sie weiter in der Welt der Zahlen, dem kopflastigen Leben, geblieben, sie hätte weiter an ihrer Seele vorbeigelebt und wäre dem Kern fern geblieben. Das wurde ihr ebenso klar. Ihr Arbeitsplatz schien nur eine Scheinsicherheit darzustellen. Eine Art Vaterersatz. Sie hatte sich all die Jahre in diesem Schutz, der keiner war, gewähnt. Bis sie alles durchschaute. Bis sie sich wieder auf sich besann. Auf ihr Leben. Ihm und seiner Kraft wieder vertraute. Die Kraft, so erklärte es ihr ihre Therapeutin, stand symbolhaft für die männliche Seite. Hatte sie sie nun wieder zurückerobert? Durch ihr mutiges Handeln und die Überschreitung von Grenzen? Durch das mutige Fallenlassen in ein neues Leben und in eine neue Liebe? Ja, so war es.

Die Stürme der vergangenen Wochen hatten ihr ihr neues Leben herbeigetragen, brachten sie zurück zu ihrem Ursprung. Hatten das gesprengt, was ihrem Glück den Weg versperrte. Ihre Zweifel verbrannt und ihr Vertrauen geschürt. Und das alles im Doppelpack. Denn Samu schien ihr Spiegelbild zu sein. Er hatte seine Familie verloren. Vor allem aber litt er an dem Verlust seiner Mutter. Danias Psychologin hatte ihr einmal erklärt, dass vor allem das gegengeschlechtliche Elternteil eine besondere Bindung zu dem Kind aufbaue. Man könnte also sagen, ihnen beiden widerfuhr dasselbe Schicksal mit dem jeweils entgegengesetzten Elternteil. Wieder überkam sie eine Gänsehaut.

„Hey, haaaaaaaaalo!"

Wie aus einer anderen Dimension empfing Dania in Watte gepackte Worte. Sie klangen weit entfernt. Es war Samu. Er hatte sich zu ihr und Meggan gebeugt und legte zärtlich seinen Arm um sie.

„Wo bist du denn gedanklich? Ich hab dich gerade gefragt, was wir alles für das Barbecue besorgen sollen."

Benommen sah ihm Dania ins Gesicht. Sie konnte noch nicht darüber sprechen, was ihr soeben klar geworden war. Also beschloss sie, es zu überspielen. Für den Moment. Sie wollte mit Jade darüber reden. Von Frau zu Frau. Fürs erste.

„Anscheinend hat mich Meggan hypnotisiert", flunkerte sie über ihre Wahrheit hinweg. Kauft das, was ihr für richtig haltet. Ihr macht das schon."

„Gut", Samu erhob sich. „Vorher fahren wir noch im Farbenladen und beim Holzhandel vorbei. Ich möchte die Materialien für den Ausbau des Obergeschosses gleich mit nach Hause bringen, dann können wir die nächsten Tage hier gleich Hand anlegen. Jack hilft uns dabei."

Dania war schon wieder abgeschweift. Ihre Gedanken führten ihr gerade zu Gemüte, dass nach dem Tod ihrer Häsin auch alle weiteren Hasen tragisch gestorben waren. Als hätte sich dieses Trauma durch ihr ganzes Leben gezogen. Wie an einem roten Faden. Ihr dämmerte schon die nächste Erkenntnis. Oh Gott! Was kam denn noch alles hoch?

XXXXIV.

Oh ja, seine Beziehungen hatten ihm wiedermal geholfen. Aber alles hatte er auch nicht auf dem Tablett serviert bekommen. Der wichtigste Baustein fehlte noch. Es war das Domizil der Landers. In einem neu erbauten Holzhaus am See. Wo sollte das sein? Er musste es schnellstmöglich herausfinden. Dann würde er ihnen einen Besuch abstatten. Sich einen Überblick verschaffen, um dann den Fall an seine alten Freunde abzugeben. Er würde sich nicht die Hände schmutzig machen. Wieder nicht. Hatte damals schon Leute gehabt, die das für ihn erledigt hatten. Und auch diese Verbindungen hatte er noch aufrechterhalten. Man konnte ja nie wissen, zu was sie noch zu gebrauchen waren.

„Mh,mh,mh,mh."

Er lachte mörderisch. Diese kriminelle Ader hatte er doch versiegen lassen wollen. Jetzt war sie plötzlich wieder da. Er hasste sich dafür. Aber was blieb ihm anderes übrig? Sein Leben gegen das Leben anderer. Da war ihm doch schon mehr an dem Seinigen gelegen. Er würde diese Familie finden. Das sagte ihm seine Spürnase.

Und dann würde dieses Kapitel ein für alle Mal der Vergangenheit angehören. Was hatte er denn schon zu verlieren? Nichts. Er hatte nichts mehr. Außer seiner kleinen Wohnung, die ebenfalls nur gemietet war. Hätte er genug Geld, könnte er untertauchen. Aber das war alles weg, ihm durch die Finger geronnen. So war er nun zum Handeln gezwungen.

Doch, eine andere Möglichkeit hatte er noch. Die, zu sterben. Aber wann das sein sollte, das wusste er nicht. Seine Magenschmerzen wurden von Zeit zu Zeit immer heftiger. Es konnte aber auch mit dem aktuellen Stress zusammenhängen. Also ignorierte er die körperlichen Signale. Es blieb dabei. Er musste handeln. Seine alten Kontakte aufleben lassen. Die würden saubere Arbeit leisten. Alle Spuren verwischen. ALLE.

XXXXV.

Aus dem Obergeschoss waren laute Säge- und Hammergeräusche zu vernehmen. Sie kamen immer näher, als Dania das Tablett, beladen mit leckeren Burgern, nach oben trug.

„Essenszeit", kämpfte sie mit ihrer Stimme gegen die Geräuschkulisse an. Eine völlig eingestaubte Person schaltete die Stichsäge aus und nahm sich die Schutzbrille ab. Es war Samu.

„Du siehst aus wie ein Gespenst", frotzelte Dania.

„Ein Gespenst, das dich gleich verschlingen wird."

Mit großen Schritten ein weit ausgebreiteten Armen, als wolle er Dania fangen, ging er mit bedrohlicher Mine auf sie zu. Dania schlackerte übertrieben mit ihren Beinen.

„Es wäre besser, wenn ich am Leben bliebe. Ich eigne mich viel besser für dein Seelenheil als für dein leibliches Wohl.

„Das würde ich so nicht sagen." Samus Augen blitzten. „Es gibt da schon Sachen, in denen du durchaus für mein leibliches Wohl bestens geeignet bist."

„Ja, durchaus, aber nicht jetzt", Dania hielt ihn mit einer bestimmenden Haltung auf einer Armeslänge Abstand. Das Tablett wackelte gefährlich in ihrer anderen Hand. Schließlich gab Samu sich geschlagen.

„In Ordnung, dann nehme ich fürs Erste mit dieser Ware Vorlieb. Quasi als Trostpreis."

Fürsorglich nahm er ihr das Tablett aus der Hand und gab ihr einen langen Kuss.

„Hey, ist der Kuss bei der Bestellung mit dabei?“ Jack hatte soeben das Zimmer betreten. Er war im Bad en suite mit dem Streichen der Wände beschäftigt gewesen.

„Nur für mich“, nuschelte Samu undeutlich durch den noch immer andauernden Kuss hindurch. Dania löste sich schließlich etwas verlegen. Samu liebte das. Verlegen sah sie noch feiner aus, wie eine zarte Elfe.

„Also Männer, ich lass euch jetzt lieber allein. Wie ich sehe, lenke ich euch nur ab und bringe Unruhe in eure perfekt abgestimmten Abläufe. Jade und ich essen unten. Hermann ist im Garten.“

Dania kehrte um und machte sich im wahrsten Sinne des Wortes aus dem Staub. Samu blickte vom oberen Fenster in den Garten hinab. Hermann war mit den Pflasterarbeiten am Rosenpavillon beschäftigt. Er hatte den Garten damals unvollendet zurückgelassen, als der Officer vor seiner Tür gestanden hatte. Ein Gefühl der Enge und der Ohnmacht breitete sich bei dem Gedanken daran in Samu aus. Er beruhigte sich. Jetzt war alles anders. Seit seinem Aufenthalt in Deutschland hatte sich ein wahrer Goldregen über sein Leben ergossen. Nun standen sie kurz vor dem Ziel. Doch ein klein wenig hatte das flaue Gefühl in der Magengrube seine Berechtigung. Es gab da draußen jemanden, der ihnen das alles wieder nehmen wollte.

Samu versuchte, die aufkeimende Angst zu besänftigen. Die Kraft seiner Familie, einschließlich seines Freundes Jack, würde nun diesen Meilenstein auch noch nehmen. Jack war sein Bruder. Es fühlte sich sogar nach viel mehr an, als das vielleicht bei wahren Brüdern der Fall war. Er dankte dem Leben, für diese Erfahrung. Sich ihm und den Menschen zu öffnen, um zu erkennen, dass Seelengeschwister überall auf der Welt zu finden waren. Das war eine göttliche Erkenntnis auf diesem Erdplanet.

„Wenn du jetzt nicht gleich auch loslegst mit Essen, dann hab ich alles verschlungen."

Jack hatte schon reichlich vom Tablett weggefuttert. Im Moment standen sie immer noch. Instinktiv entzog Samu ihm rasch die leckeren Brettauflagen.

„Mit dir teil ich immer gern, das weißt du. Aber die Betonung liegt auf Teilen."

Er zwinkerte seinem besten Freund zu. Sie setzten sich an einen Tisch, den sie vor dem großen Panoramafenster aufgestellt hatten und aßen in Ruhe vor sich hin. Für Samu bedeutete dies ebenfalls ein Zeichen der tiefen Zuneigung. Gemeinsam Schweigen zu können.

Im unteren Stockwerk widmeten sich nun auch Jade und Dania ihrer Mittagsmahlzeit. Sie nahmen an der großen Tafel im Essbereich Platz.

„Kann ich dich was fragen?" Dania wollte unbedingt von ihren Empfindungen berichten und Jade um Rat bitten.

„Selbstverständlich". Jade goss ihnen frischen Saft ein. Sie verteilte die Porzellanteller auf ihre Plätze und legte jeweils ein Sandwich darauf. Herzhaft bissen beide zu. Als Dania den ersten Brocken heruntergeschluckt hatte, trank sie noch etwas, um dann mit ihren Gefühlen herauszurücken.

„Dieser Ort scheint magisch zu sein. Seit wir hier angekommen sind, öffnen sich mir immer mehr und mehr innere Fenster. Ich weiß nicht, wie ich es dir genau beschreiben soll. Aber es ist, als blitze ein ums andere Mal ein weiteres Erlebnis vor meinem inneren Auge auf und eine innere Assoziation nimmt ihren Lauf. Weißt du was ich meine?"

Jade nickte. Sie hatte ihren Mund noch voll und hielt sich deshalb noch kurz zurück. Dann antwortete sie ihr.

„Ich weiß genau, was du meinst. Ich hatte kürzlich einen derart magischen Traum, dass ich schon in der ersten Nacht hier wusste, dass es ein Fleckchen Eden ist."

Mit gerunzelter Stirn stellte Dania sogleich ihre Frage in den Raum. „Gibt es so etwas denn? Und was ist das denn genau?"

„Wie erklär ich dir das am besten?" Jade überlegte. Dann hatte sie die richtige Idee. „Ich erzähl es dir anhand einer Geschichte. Als die Erde entstand, war sie heil. Ein wahres Paradies, der Garten Eden. Sie war komplett. Alles war eins. Die Menschen, die Tiere, die Pflanzen, die Steine. Bezieht man sich auf die biblischen Erzählungen, so war das Erlebnis Adams und Evas die Vertreibung aus dem Paradies. Aber was heißt das? Ist das etwas Schlimmes? Nein. Im Gegenteil. Es beschreibt einfach den Lauf des Lebens. Wir haben von Gott oder unserer größten inneren Quelle – das soll jeder so glauben, wie es für ihn stimmig ist – die größte Macht verliehen bekommen, die es gibt. Wir dürfen leben, unsere Erfahrungen machen. Uns ist alles untergeordnet, wie es schon in der Bibel geschrieben steht: Macht euch die Erde untertan. Gleichzeitig ist damit auch eine große Verantwortung verbunden. Aber egal, was wir auch tun, das Göttliche liebt uns und lässt uns unsere Erfahrungen machen. Im Laufe unseres Lebens treffen wir also Entscheidungen, wir machen Erfahrungen. Wir haben alle Freiheit der Welt, dies auszuleben. Jede Entscheidung, jedes Erlebnis wirkt in allen Bereichen des Lebens. Es wirkt auf die Menschen, auf die Tiere, auf die Pflanzen, auf die Steine. Wir haben also Macht und Verantwortung.

Nehmen wir beispielsweise das Thema Umweltverschmutzung, bei der sichtlich der Erde Leid zugefügt wird. Dies mag in einem gewissen Grad auch stimmen. Es ist auch enorm wichtig, dass hierauf aufmerksam gemacht wird, damit Schädigendes immer weniger wird. Im Großen und Ganzen aber ist die Erde immer Heil. Sie heilt sich immer. Nur aus der Sicht auf das Unvollendete gibt es Mängel. Nicht aus der Sicht des Heils, des Vollendeten. Im Urteil und im Kampf bewegen wir uns wieder weg von dem, was der Ursprung aller Ursprünge ist. Dem Glauben und dem Wissen um eine unendliche Kraft, die alles kann, die alles weiß, die immer währt, die alles heilt. Ich erklär dir diese Kraft anhand eines Beispiels am menschlichen Körper. Schau, stell dir vor, du hast nach einem Sturz einen Knochenbruch erlitten. Wie gigantisch hier die Selbstheilungskräfte des Menschen wirken, wird einem klar, wenn man sieht, wie sich Knochen, Sehnen und Haut in schon kurzer Zeit vollkommen heilen. Noch mehr sogar. Oft reden die Ärzte ja davon, dass der Knochen nach manchen Brüchen sogar noch stärker sei, als vorher. Das ist auch die Essenz des Glaubens an das Leben und an die Erde. Was nicht tötet, das macht stärker. Und es gibt Kräfte, die sind unsterblich, unbesiegbar. Die Erde, der Mensch, die Tiere, die Pflanzen, das Gestein, alle möchten ihre Erfahrungen machen, um noch heiler aus diesen Geschehnissen hervorzugehen. Das heißt nicht, dass wir unbewusst auf der Erde hausen sollen. Wir sollten uns dessen bewusst sein, was wir tun. Wenn das für uns im Klaren ist und wir aus Liebe handeln, dann sind wir frei im Handeln.

Die interessanteste Offenbarung kommt aber noch. Alles wirkt mit allem zusammen. So gesehen gibt es keine Zufälle, sondern alles zieht sich so in dein Leben, wie es deinem inneren entspricht. Wie im Universum, also dem Makrokosmos, so in dir, also dem Mikrokosmos. Wir Menschen kommen auf die Erde und ein jeder hat seine Aufgaben mit dabei. Der Eine möchte zum Beispiel etwas für die Natur tun. Dann wird sich sein Leben so entwickeln, dass er in seinem eigenen Garten, oder in seinem Beruf als beispielsweise Förster oder in Vereinen für den Umweltschutz seine Kraft in diesen Dienst stellen kann. Unser Innerstes führt uns genau zu den Plätzen, die für uns vorgesehen sind, an denen wir unser Wirken ausleben können.

Unsere Aufgaben beziehen sich aber immer auf alle Aspekte des Lebens. Auf alles was lebt. Also auf Mensch, auf Tier, auf

Pflanze und auf die Steine. Erleidest du eine Verletzung, so stellst du in deinem Heilungsprozess deinen Engelsdienst für all die Steine, die Pflanzen, die Tiere und die Menschen zur Verfügung, die dir zugeordnet, zugeteilt sind. Denn wir alle sind miteinander verwoben. Eine große Familie sozusagen. Eine Familie, die weit über das Blut hinausgeht, die weit über eine Spezie hinausgeht, die weit über die Erde hinausgeht. Auf allen Ebenen wirken alle mit, alle helfen mit. Es wird sozusagen von anderer Seite am gleichen Projekt mitgebaut. Niemand ist also allein, sondern wir gehen gemeinsam, mit vereinten Kräften zum Ziel. Die Steine, die Pflanzen, die Tiere, die Menschen."

Dania kniff ihre Augen zusammen. In einer Redepause von Jade stellte sie sogleich ihre Frage. „Wie meinst du das, dass alle mitarbeiten, mitwirken?"

„Gut, ich mach dir noch ein Beispiel, an dem es anschaulich wird. Verlieren zum Beispiel Vogeleltern ihr Nest und damit auch ihre Babys, dann arbeiten sie mit am Schmerz des verlorenen Kindes. Oder, kümmert ein Baum, weil seine komplette Rinde von einem Pilz befallen ist, so verarbeitet er Themen, die beispielsweise mit Unterdrückung oder Einengung oder auch mit Hautthemen oder Nähe zu tun haben können. Die beiden Beispiele beziehen sich auf das Physische. Nun gibt es aber auch noch die Ätherwelt, also die Welt der Engel, der Feen, der Zwerge, der Elfen. Sie ist in der Bibel der Kraft des heiligen Geistes zugeordnet. Menschen, Tiere, Pflanzen und Steine, die gestorben sind – quasi ihren Geist ausgehaucht haben - leben auf einer anderen Ebene weiter. Entweder auf diesem wunderschönen Planeten, der Erde, oder auf einem anderen Planeten. Aber Entfernung spielt hier keine Rolle. Sie sind weiterhin stark mit uns verbunden. Grenzenlos sozusagen. Manche Plätze der Erde haben nun durch ihre Evolution schon eine solche Kraft, dass sie quasi magisch sind. Sie haben viel erlebt und viel geheilt und erstrahlen somit in einer göttlichen Präsenz. So ein Platz ist Samus Haus, Samus Landstück am See. Ein Ebenbild von ihm, seinen gemeisterten Lebenserfahrungen, seiner heilen und heiligen Präsenz. Daher hat er dieses Land auch gewählt und bekommen."

Dania wurde stutzig.

„Was hat es dann damit auf sich, dass ihr euer Land hergeben musstet? Dass ihr auf ihm so große Schmerzen erlitten habt, dem vorherigen Anwesen der Firths?"

„Sehr gut Dania!"

Jade freute sich, dass Samus Freundin sofort in allem die sinnhafte Verbindung erkennen konnte.

„Ich habe in unserer ersten Nacht in Samus Haus einen Traum von einem Wald, von einem Fleckchen Erde gehabt. Erst wusste ich nicht, wo ich mich befand. Dann aber wurde mir schlagartig klar, dass es der Wald des Anwesens war, welchen ich damals von meiner Großmutter vererbt bekommen habe. Auf diesem Land war der Verlust des inneren Kindes verankert. Das wurde mir die vergangenen Tage bewusst.

Das innere Kind ist der heiligste Kern jedes Menschen. Er verkörpert Reinheit, Kreativität, tiefste Freude, Faszination, Spiel, Reichtum, die Leichtigkeit des Seins.

Du kennst mittlerweile unsere Familiengeschichte. Zwei Generationen vor uns gab es schon wenige Kinder und es gab auch immer Konflikte mit der Beziehung Eltern/Kind, in der Hinsicht, dass Eltern, Großeltern und Kinder verstorben waren. Auch die Familie Firth hatte dieses Familienthema. Haydn konnte erst lange kein Kind empfangen, und dann wurde Edward ihr wieder entrissen. Du siehst also, viele Bewohner dieses Fleckchens Erde mussten mit einem verlorenen Kind oder einer verlorenen Kindheit zurechtkommen. Denn mit dem Tod der Eltern oder auch dem Tod eines Kindes stirbt auch ein Teil der eigenen Kindheit. Und ein Teil des inneren Kindes. Und wieder ist das Erbe dieses Grund und Bodens der Beweis dafür, dass sich all das in dein Leben zieht, was du in dir trägst, was für dich und deinen Lebensweg beschieden ist. Was für dein Wachstum sorgt. Ich trug dieses Thema in mir, also bekam ich das Gut vererbt, um weiter am Heil der Geschichte zu bauen, mitzuwirken. An dem Heil des inneren Kindes.

Ich möchte auch klarstellen, dass man keine Angst zu haben braucht davor, was man in sich trägt. Alles führt zur Erfüllung. Ich bin dafür sicher der beste Beweis. Ich kann nach dem Erleben all dieser tiefen Täler aus vollem Herzen bezeugen, dass alles zur Heilung meines inneren Kerns geführt hat. Jetzt ist es nur noch ein Schritt. Ich muss das Alte zum Abschluss bringen. Unser Familienthema. Die Heilung des inneren Kindes.

Ich träumte in der vergangenen Nacht von einem Baby, das tief in einer Felsspalte, einem Krater im Wald verborgen war. Es rief nach Heilung. Und hier haben wir wieder die Bestätigung für meine vorhergehenden Erzählungen. Dieses Fleckchen Erde, dieser Wald hatte auch sein inneres Kind verloren. Die Geschichte war quasi im Boden dieser Erde verankert. Ich sah im Traum am oberen Rand dieses Kraters lauter alte Seelen, die den Verlust ihres Kindes beweinten und betrauerten. Hier siehst du, wie viele Seelen an diesem Prozess mitgehangen sind. Wieviele mitgegangen sind."

Jade musste plötzlich weinen, so tief nahmen die Erinnerungen von ihr Besitz. Dania legte sogleich ihr Sandwich beiseite, um sich neben sie zu setzen und sie zu umarmen.

„Schon gut, Dania, es ist nicht schlimm. Es war nur so grausam, die Verzweiflung und die Trauer dieser vielen Menschen zu spüren."

Jade wischte sich die Tränen aus den Augen. Dann blickte sie Dania ins Gesicht.

„Ich muss zu diesem Fleckchen Erde hin. Es geht um die Heilung einer generationenübergreifenden Geschichte. Es geht um uns alle. Es geht um Mutter Erde. Sie alle möchten heil werden, ihr inneres Kind wieder in die Arme schließen. Die Zeit ist nun reif. Das ist auch ein Teil der großen Wahrheiten des Lebens. Alles hat seine Zeit. Tröstlich und schmerzlich zugleich, dies zu erfahren. Tröstlich in der Hinsicht, dass nicht alles in unserer Hand liegt. Wir haben zwar die große Kraft und die Herrschaft übertragen bekommen, jedoch liegt unser Heil in der Vereinigung dieser Kräfte mit dem großen Ganzen. Wir waren und sind nie getrennt von dem großen Ganzen gewesen. Wir alle sind eins. Welche Last kann da von unseren Schultern genommen werden, zu erkennen, dass wir nicht alleine sind. Sondern getragen vom großen Ganzen. Wir gehen der Erfüllung entgegen, genau zur rechten Zeit.

Aber darin kann auch der Schmerz des Ganzen liegen. Wenn wir bemerken, dass unsere inneren Wünsche nicht mit der Zeit deckend sind, in der die Erfüllung einhergeht. Wenn langes Warten und große Entbehrungen eine Sehnsucht in uns entfachen, die uns fast das Herz zerreißt. Der Schlüssel zum Heil ist leicht und schwer zugleich. Es gilt zu erkennen, was die Zeit von uns erwartet. Das Handeln oder das Ausharren. Das Herrschen oder das Dienen. Diese Gabe wird uns zuteil, wenn wir unser Leben komplett dem großen Ganzen schenken. Mit diesem Verschenken knüpfen wir an, an dem einen großen Kanal der unendlichen Liebe. Einer Kraft, die alles Mögliche übersteigt. Obwohl wir Menschen uns doch so wünschen, uns fallen zu lassen, so birgt dieser Wunsch danach auch gleichzeitig unsere größte Angst. Angst, nicht mehr die Kontrolle über das Leben zu haben. Doch das ist eine Illusion, schon immer gewesen. Wir besitzen keine Kontrolle, haben sie nie besessen.

Vertrauen und Mut sind unsere Wegbegleiter, die uns Zeit unseres Lebens auf unseren Pfaden dem großen Ziel entgegenbringen. Vertrauen in der Zeit des Ausharrens, der Zeit des Dienens. Und Mut in der Zeit, in der es gilt, über die Klippe zu springen, zu herrschen und sich gleichzeitig grenzenlos fallen zu lassen. Der Mut zu springen gleicht einem kleinen Tod. Wie ein inneres Sterben um sich selbst wieder zu gebären. In der ersten Nacht in Samus Haus habe ich das erlebt. Ich bin gestorben um zu leben. Um in ein neues Leben hineingeboren zu werden. Der Traum war ein Vorbote dafür. Ich muss zu dem Anwesen, damit alles Wirklichkeit wird. Die Zeit ist reif."

Jade beendete ihre Ausführungen. Sie schien gelöst. Dania setzte sich wieder auf ihren Stuhl zurück. Beide aßen an ihren Tellern weiter.

„Deckt sich mein Erlebnis mit deinen Eingebungen der letzten Tage?" Jade sah fragend über den Tisch zu Dania hinüber.

„Ja, so ziemlich mit allem. Mir wurde heute Morgen der Zeitpunkt in meinem Leben offenbart, an dem ich mein Vertrauen in meinen Vater verloren hatte. Also betrifft es das Thema Vater/Tochter. Ich empfand es ebenso wie du, dass sich im Moment in mir ein großer Heilungsprozess in Gang setzt. Da ich so etwas bisher noch nie erlebt hatte, war ich nun erst mal ziemlich unsicher."

Dania streifte sich eine Haarsträhne hinter ihr rechtes Ohr. Jade blickte mit offenem Herzen zu Samus Freundin.

„Wunderbar, deine Wahrnehmung ist genau richtig. Vertrau ihr!" Dann blitzte ein Stimmungswandel auf in ihrem Gesicht.

„Weißt du was? Nach diesen tiefgreifenden Erfahrungen sollten wir wieder lachen und die Leichtigkeit des Seins genießen. Wir sollten darauf trinken."

Jade stand auf und holte aus den Weinfächern, welche Samu in einer Abmauerung in der Küche integrieren ließ, einen guten Tropfen. Dania kam ihr zu Hilfe.

„Du öffnest die Flasche, ich hol die Gläser." Suchend öffnete Dania nacheinander mehrere Schranktüren.

„Wo sind nur die Weingläser verstaut? Ah, hier oben stehen welche." Sie entnahm aus dem Hochregal zwei Leonardogläser und stellte sie auf den Tisch. Jade öffnete den Wein mit einem modernen Korkenzieher, der ebenfalls bei den Flaschenfächern lag. Ein Luxusteil, das sich Samu gegönnt hatte für diesen Gaumengenuss. Sie goss den gegorenen Traubensaft in die beiden Gläser.

„Auf uns!" Ein glockenheller Ton klang durchs Haus. Ihm folgten genussvolle Trinkgeräusche. Jade und Dania waren beide von einem beseelten Gefühl ergriffen. Sie hatten viel gemeistert die letzten Tage. Da war es an der Zeit für eine Belohnung.

„Weißt du was, wir beide fahren in einer halben Stunde in die City. Wir statten einer zauberhaften Gärtnerei einen Besuch ab und kaufen uns schöne Blumen um die Veranda für morgen Abend erblühen zu lassen. Was hältst du davon?"

Danias Augen leuchteten. „Au, ja!!" Schon wieder fühlte sie, wie ihr inneres Kind jubilierte. Ihr inneres Kind. Tränen sammelten sich in ihren Augen. Ja, sie hatte es wirklich für lange Zeit verloren gehabt.

XXXXVI.

Ungeschickt lenkte Paul Sigmund den Wagen in die Parkbucht. Seine ersten fehlgeschlagenen Versuche, das Auto in die Lücke zu manövrieren, zeigten wohl seinen angespannten Gemütszustand an.

Würde sein Plan aufgehen? Er befand sich nur noch ca. 200 Meter von dem Gebäude entfernt, in dem Valerie Tannmut für ihren Lebensabend untergebracht worden war. Abwesend stieg er aus seinem Fahrzeug, schloss die Tür hinter sich und betätigte die elektronische Verriegelungsautomatik. Vom Alter her müsste es hinkommen. George Tannmut müsste in etwa genauso alt sein wie er. Also könnte das Spiel funktionieren.

Er betete innerlich, dass seine Vermutungen Recht behalten würden. Mit ihr stand und fiel der Plan. Trotzdem würde diese Vermutung ein Armutszeugnis darstellen. Ein Sohn, der seine Mutter ins Abseits gestellt hatte, für immer aus seinem Leben gestrichen hatte. Obwohl. Wem war es schon erlaubt, zu urteilen? Dazu hatte niemand ein Recht.

Paul Sigmund hoffte nun, dass dem Altenheim die Person George Tannmut unbekannt war, vor allem was das Äußerliche betraf. So könnte er sich als derselbe ausgeben und damit zu Valerie Tannmut vordringen. Vielleicht konnte er im Gespräch irgendetwas über die Identität ihres Sohnes in Erfahrung bringen.

Je näher er dem Gebäude kam, umso mehr pochte sein Herz und in seinem Bauch begann es zu rumoren. Sollte er umkehren? Seine Gefühlte drängten ihn fast ab von seinem Plan. Im selben Moment stolperte er auch noch über einen herausragenden Granitstein. Das innere Straucheln zeigte sich wohl auch im äußeren Stolpern. Als er sich aber auf das Gute an der Sache besann, seiner Tochter und ihrer neuen Familie zu helfen und vielleicht auch in die Geschichte der Familie Tannmut Frieden bringen zu können, bekam er die Kraft, diese Schritte nun zu tun. Er nahm also eine Stufe nach der anderen und begab sich zur Pforte des Seniorenstifts. Eine freundliche Frau mittleren Alters lachte ihm entgegen.

„Guten Tag, was kann ich für Sie tun?“

„Hallo, ich möchte Valerie Tannmut besuchen. Ich war schon länger nicht mehr hier, weil ich beruflich in Amerika tätig bin und dort auch mein Wohnsitz ist. Können sie mir bitte sagen, wo ich sie finde?“

Die Dame wandte sich ihrer Tastatur zu, tippte den Namen in den Rechner und prompt erschien die Zimmernummer auf dem Bildschirm. Doch das Gerät stand zu weit entfernt. Sigmund konnte sie nicht ablesen. Ängstlich glitt sein Blick auf die

Miene der Empfangsdame. Die Dame schaute in den Computer, kurz bevor sie die Zahlen jedoch preisgab, stockte sie. Oh Gott, Paul Sigmund zitterte innerlich. Alle möglichen Gedanken schossen ihm durch den Kopf. Bilder, die ihn zeigten, wie er von der Polizei abgeführt wurde. Oder eine wilde Schießerei zwischen George Tannmut und Samu Lander. Oder die Entführung seiner Tochter. All das bahnte sich den Weg in seine Phantasie. Dann besann er sich und versuchte, souverän der Frau gegenüberzustehen. Diese hatte wohl eine Frage auf den Lippen, wie es ihm erschien.

„Wie stehen sie denn zu Valerie Tannmut, ich meine, in welcher Beziehung?

„Sie ist", Sigmund räusperte sich verlegen, „meine Mutter." Dass er rot wurde, passte vollkommen zu seiner Rolle, die er spielte. Eine körperliche Reaktion, ganz anderen Gedanken geschuldet, aber für die Situation komplett treffend inszeniert. „Unser Verhältnis war nicht immer das Beste, müssen sie wissen. Aber ich finde, es ist an der Zeit, die Vergangenheit ruhen zu lassen."

„Wissen Sie", führte die Dame den Dialog fort, „ ich bin noch nicht sehr lange hier. Also muss ich erst noch die Bewohner und ihre Angehörigen kennenlernen. Somit brauche ich für bestimmte Vorgänge länger oder muss eben noch mehr nachfragen. Die Zimmernummer ist, Moment..."

Wieder hielt die Dame Inne. Dann fuhr sie mit ihrem Zeigefinger am PC entlang und las laut vor. „Hier steht, dass Frau Tannmut schwer dement ist. Besuche dürfen aufgrund aufgetretener Eskapaden nur im Beisein von Personal stattfinden. Vor allem betreffe dies den Besuch ihres Sohnes, also von Ihnen."

Paul Sigmund wurde leichenblass. Verschiedene Gedanken gepaart mit allerlei Gefühlen strömten abermals auf ihn ein. Wut, dass er so kurz vor dem Ziel gestanden hatte, und die

Dame hinter dem Glas doch noch die Bemerkung am Bildschirm gelesen hatte, bevor sie ihm die Zimmernummer ausplauderte. Angst, dass am PC eventuell ein Foto von George Tannmut abgebildet war und es ihm keinesfalls ähnlich sehen könnte. Verwirrtheit, warum es solch eine Verordnung gab? Wahrscheinlich war Frau Tannmut nach den Besuchen ihres Sohnes derart durcheinander und verstört gewesen, dass das Personal den Zusammenhang mit seinen Besuchen und ihrem aufgebrachten Gemütszustand erkannt hatte. Ja, das musste es sein. So rang er sich erneut zu einer Ausflucht durch.

„Ich kann das sehr gut verstehen, Frau Leitner." Mittlerweile hatte er ihren Namen auf einem Schild hinter dem Tresen erspäht. „Es gab extrem viel Differenzen zwischen mir und meiner Mutter. Aber das ist vorbei. Selbstverständlich kommt so etwas nicht mehr vor."

Frau Leitner schaute ihn abscannend an. Sekunden folgten, die seine Nerven fast zum Zerreißen brachten. Sigmund verlagerte sein Gewicht unruhig von links nach rechts, dann wieder umgekehrt. Jedoch in Zeitlupe, immerhin. Es war ihm also teilweise möglich, seine Nervosität etwas zu drosseln, vielleicht auch aus der plötzlichen Schockstarre heraus. Ganz konnte er sie aber nicht verbergen. Nach einer Ewigkeit dann die Erlösung. Er las es schon von ihrem Gesicht, bevor Frau Leitner zu Reden begann.

„Sie sind seit 10 Jahren nicht mehr hier gewesen, Herr Tannmut. Ich glaub ihnen, dass da viel passiert ist und bestimmt die Sicht auf viele Dinge nun anders ist. Wenn ich eines in meinem Leben gelernt habe, dann ist das mein gutes Bauchgefühl. Und es scheint mir, dass sie ein achtsamer Mensch sind oder zu diesem geworden sind. Ich wünsche ihnen viel Glück und auch einen schönen Neuanfang mit Ihrer Mutter bei Ihrem Besuch heute. Die Zimmernummer ist 309, 3. Stock, nach dem Aufzug rechts."

Paul Sigmund atmete innerlich auf. Eine große Last war von ihm gefallen. Er lächelte der Pförtnerin zu, bedankte sich mehrmals und begab sich so unauffällig wie möglich in die Richtung des Fahrstuhls. Denn er hätte einen Luftsprung machen können, aus Freude, wieder eine Hürde genommen zu haben.

Ein stechender, durchdringender Geruch holte ihn wieder in die Realität zurück. Es roch nach Schweiß und schmutzigen, alten Körpern. Ein Hauch von Verwesung lag darin. Es stimmte ihn traurig. Warum musste man alte Menschen in derartige Unterkünfte abschieben? Das Krankwerden und Altfühlen wurde damit doch noch mehr in Gang gesetzt. Obwohl es auch da bestimmt große Qualitätsunterschiede in den Häusern gab.

In diesem Moment wusste er, dass er sich für die Mehrgenerationenhäuser würde einsetzen werden. Sein Job bei der Presseagentur und sein zugeordneter Bereich für Soziales gaben ihm hier die Möglichkeit, sich dafür stark zu machen. Jeder Mensch kann jeden anderen beflügeln. Dass innerhalb der Familie dies oft schwerer zu bewerkstelligen war, erschien ihm klar. Zu viele Verstrickungen und alte Wunden aus Eltern-Kind-Konflikten gährten wohl überall in den Familien. Aber dann musste es eben über die Vermischung mit anderen Menschen, anderen Völkern möglich sein. Vielleicht konnte durch den Austausch mit Fremden eine neue Vertrauensbasis zwischen Jung und Alt geschaffen werden, die dann die Problembewältigung innerhalb der Familie möglich machte.

Das Aufzugssignal ertönte. Die Türen öffneten sich. Paul Sigmund betrat den Fahrstuhl. Oben angekommen folgte er den Schilderungen von Frau Leitner. Dann war der Moment gekommen. Er stand vor dem Zimmer mit der Nr. 309. Noch einmal atmete er tief ein und aus. Schließlich gab er sich einen Ruck und klopfte an, bevor seine Angst ihn wieder zum Abwenden bewegte. Drinnen rührte sich nichts. Also entschied er, langsam die Tür zu öffnen. Als er gerade den ersten Schritt in den Raum gemacht hatte, hörte er eine ruppige Aufforderung hinter seinem Rücken.

„Was machen Sie denn da? Hier ist kein Zutritt ohne Personal erlaubt. Bitte kommen Sie zu mir."

Alle guten Geister wichen aus Sigmunds Körper. Seine Muskeln zogen sich zusammen. Das würde das Ende seines Plans sein. Für ihn war es das einzige, was er noch zu denken vermochte.

XXXXVII.

Hermann stand schon früh am Morgen in Samus Garten, unten am Rosenpavillon. In einem blauen Arbeitsoverall steckend, den Samu ihm am Vortag besorgt hatte, streifte er sich seine Arbeitshandschuhe über. Die Luft roch klar, leicht angereichert von frischen Wald- und Wiesenkräutern. Außerdem war sie von Feuchtigkeit durchdrungen. Als seine Aufmerksamkeit auf das Seeufer und weiter über die Wasseroberfläche glitt, erfasste ihn eine Woge der Demut. Er empfand eine tiefe Dankbarkeit für diesen Moment, in dem er das Gefühl der Vollkommenheit spüren durfte.

Der Nebel lag in unterschiedlicher Dichte über dem See geschichtet. Je näher er dem Himmel kam, umso lichter wurde er und löste sich im gleißenden Sonnenlicht auf. Sanfte Flügelschläge zogen über Hermann hinweg. Eine Rabenschar. Ihr Ziel war das Seeufer, welches teils mit wilden Brombeeren gesäumt war. Hier wollten sie sich laben, die schönen Krähen. Hermann hatte in einem Buch einmal gelesen, dass die Vögel unsere spirituellen Meister seien. Wie wahr, wie wahr. Sie lebten frei, ohne jeglichen Besitz. Ganz im Vertrauen, dass ihnen der Tag das bringen möge, was sie zum Leben brauchten. Überhaupt. Ihr Vertrauen schien grenzenlos zu sein. So saßen sie doch oft brüsk auf dem Rücken großer Tiere, um denselben die Parasiten zu entfernen und gleichzeitig mit dieser Leckerei ihren Hunger zu befriedigen. Ein Freundschaftsdienst sozusagen. Etwas, das sich der Mensch gegenüber einem vergleichbar überdimensional großen Wesen wohl kaum zutrauen würde. Hermann schien es oft, als hätten sie eine stille Abmachung geschlossen, mit ihren Tiergenossen. Im Vordergrund stand die gegenseitige Hilfe, die gütige Spirale des Lebens, dass für jeden gesorgt sein würde. So eine Welt wünschte er sich. Frieden, Freude am Leben. Geborgenheit in der Liebe und der Fülle von Mutter Erde zu finden.

Sein eigenes Vertrauen wuchs nun jeden Tag mehr, dass die Welt diesem Ziel entgegenschreiten möge. Behilflich war ihm dabei sein eigenes wiedergefundenes Vertrauen in sich selbst. Ja, seit einiger Zeit fühlte er es intensiver als je zuvor. Und es gewann von Tag zu Tag an noch mehr Kraft und noch mehr Stärke. Denn das Leben hatte ihn wahrlich geschliffen. Über vier Jahrzehnte hinweg. Wie einen Rohdiamanten. Er dachte zwar, er hätte schon all seine Lehren aus den Erfahrungen gezogen, jedoch zeigten die letzten Tage noch einmal etwas ganz anderes. Plötzlich schien es, als stände ihm das tiefste Erlebnis kurz bevor. Als wäre all das bisherige nur ein Klacks gewesen im Vergleich zu den inneren Veränderungen seiner Seele der vergangenen Tage.

Seinen ersten großen Vertrauensverlust erlitt Hermann schon ein paar Jahre vor den Unglücksfällen in Sacramento. In seiner Heimat. Sie hatten Deutschland nicht freiwillig den Rücken gekehrt. Er und sein Bruder Matthis. Obwohl es schon ein langgehegter Traum von ihnen beiden war, Auslandserfahrungen zu sammeln. Doch auch dieser Weg wurde vom Leben, vom Schicksal vorgezeichnet. Er hatte damals einen schweren

Arbeitsunfall erlitten. Das Liebste in seinem Leben, der Wald und seine Tiere, hätten ihn fast das Leben gekostet. Neben den körperlichen Verletzungen trug er vor allem seelische Wunden davon. Er fühlte sich damals verraten, von seinen innigsten Vertrauten, dem Wald und den Tieren. Obwohl diese wohl am Wenigsten dafür konnten. Doch so war es wohl im Leben. Das Liebste verletzte doch so manches Mal am Tiefsten. Warum war das so? Weil dadurch die größte Heilung geschehen konnte? Weil andere in uns gar nicht diese Tiefe erreichten? So musste es sein.

Es war damals kurz nach seinem 22. Geburtstag gewesen. Er wusste es noch wie heute. Ein schöner Herbsttag, die Bäume im Wald trugen schon ihr gefärbtes Kleid. Ein Teil der bunten Laubpracht fand sich bereits am Boden verteilte. Es war etwa 16.00 Uhr gewesen. Er hatte damals beschlossen, noch nach einer Wandersteige zu sehen. Bei einem früheren Rundgang war ihm eine morsche Stelle aufgefallen, die wohl bald zur Reparatur anstand. Der Weg barg sogar eine doppelte Gefahr. Unterhalb der morschen Stelle hatte Hermann eine poröse Steinblatte entdeckt. Hing das morsche Holz mit dem splitternden Felsen zusammen? Er meinte ja. Also musste diese Stelle so schnell wie möglich ausgebessert und abgesichert werden, denn die Besucher des Naherholungsgebietes hier durften keiner Gefahr ausgesetzt werden. Er hatte also kurz vor Feierabend die besagte Stelle aufgesucht. Vielleicht war es eine Verstrickung unglücklicher Zusammenhänge? Oder einfach Schicksal, wie man so schön behauptete. Hermann war sich da heute ganz sicher, dass es so vorherbestimmt war. Denn alles im Leben hatte seinen Sinn. Jede Erfahrung zählte und formte damit die Seele und den Lauf des Lebens.

Als er mit dem Vermessen der Stelle beschäftig war, tauchte ein Wolf auf. Nichts Ungewöhnliches. Im Gegenteil. Hermann liebte diese Vorfahren des Hundes. Irgendetwas stimmte aber nicht. Als er langsam auf ihn zuging, sah er, dass er verletzt war. Das Tier blutete an der linken Bauchseite. Hermann trat also zu ihm und setzte sich in die Hocke. Er streichelte über den Kopf des Tieres. Als er sich die Wunde genauer ansehen wollte, berührte er versehentlich eine weitere Wunde, die seinem Blick verwehrt gewesen war. Der Wolf reagierte reflexartig mit einer Abwehrhandlung. Er biß nach ihm. Die Fleischwunde an Hermanns Hand wäre nur das kleinste Übel gewesen. Denn wahrscheinlich bemerkte sowohl das Tier als auch der Mensch in dieser Affekthandlung sogleich seinen Fehler. Jedoch schreckte Hermann unkontrolliert zurück. Auch aus dem Affekt. Und trat genau auf die morsche Stelle, die in genau demselben Moment zu brechen begann.

Er rutschte unter dem Geländer des Holzsteigs hindurch und stürzte etwa 6 – 8 Meter die steilen Klippen hinab. Stundenlang lag er dort. Er konnte seine Beine nicht bewegen. Die Nacht brach herein, und ihm wurde bewusst, dass er auch diese hier verbringen würde. Es waren die schlimmsten Momente seines Lebens, die ihm bis dahin widerfahren waren.

Denn nachts war alles anders. Den Wald umgab im Dunkeln eine ganz andere Stimmung, als dies am Tag der Fall war. Jedes Geräusch hallte in seinen Ohren wider, als dringe ein wilder Geist in sein Bewusstsein. War es Feind, war es Freund, war es ein hungriges Tier? Hermann dachte damals zeitweise, dass er wahnsinnig werden würde. Aber auch hier lag die Erlösung in der Hingabe. Irgendwann war seine Kraft zu Ende. Die Kraft, gegen die gegenwärtige Situation anzukämpfen. Dem folgte die Aufgabe, die Kapitulation, das Fallenlassen in das, was war. Einem Kartenhaus gleich, das komplett in sich zusammenstürzt, um wieder in seiner Jungfräulichkeit ausgebreitet am Boden zu liegen, bereit für ein ganz neues Vorhaben.

Im Nachhinein erschien ihm diese Erfahrung wie eine Initiation, eine Einweihung. Etwas in ihm war gestorben und etwas

Großes geboren. Diese Erkenntnis eröffnete sich ihm aber erst nach ein paar Monaten. Denn ein großer Kampf stand ihm noch bevor. Matthis, Hermanns Bruder, hatte ihn am nächsten Tag ausfindig gemacht. Wahrscheinlich brüderlicher Instinkt, der ihn zu ihm geführt hatte. Hatte er telepathisch Kontakt zu ihm aufgenommen? Es musste so gewesen sein. Der Wald war zu groß, um genau diese Stelle aufzuspüren. Matthis alleine war mit der Rettung überfordert. Er alarmierte die Bergwacht. Sie holten Hermann in einem schwierigen Manöver aus dem Felsen.

Im Krankenhaus stellt man ihm dann die niederschmetternde Diagnose. Mehrere Wirbel waren angebrochen. Er musste notoperiert werden. Sein Leben stand komplett auf der Kippe. Würde er je wieder gehen können? Wenn nicht, würde er alles verlieren. Seine Gesundheit, seinen Beruf, sein Leben. Tage und Wochen voller Bangen folgten. Seine Gefühlswelt fuhr Achterbahn damals. Ein Leben zwischen Hoffen und Verzagen. Wochenlang durfte er sich nicht bewegen. Lag hilflos da. Wie klein er sich damals vorkam, das konnte sich keiner vorstellen. Doch dann der erlösende Tag, die erlösende körperliche Reaktion. Er war eines Morgens aufgewacht und hatte seine Zehen wieder gespürt. Nach und nach erwachte sein Körper wieder aus seinem Dornröschenschlaf. Von Tag zu Tag spürte er mehr, bis er die ersten Gehversuche unternehmen durfte. Doch die Ärzte warnten ihn. Verbaten ihm sogar das Ausüben seines bisherigen Berufes. Also beschlossen Matthis und er diese Wendung des Lebens nun mit ihrem Traum von Amerika zu vereinbaren. Sie fanden eine Halbtagsstelle für Hermann, somit konnte er sich gut regenerieren in dieser Zeit. Und sein Heilungsprozess schritt auch gut voran, außergewöhnlich gut. Bestimmt war dazu die Liebe von Jenna unermesslich förderlich. Die Ärzte erlaubten Hermann nach einiger Zeit sogar den kompletten Wiedereinstieg in sein Berufsmetier. Doch die Narben blieben, vor allem die seelischen. Er hatte sich nie mehr so mit seiner Tätigkeit als Waldmann angefreundet, so grenzenlos identifiziert, wie damals.

Schließlich hatte er nach dem Unglück in Amerika zurück in Deutschland den Betrieb seiner Mutter übernommen. Hatte dort gut das Geschäftsfeld ausgebreitet, neue Gebäude an dem jetzigen Standort gebaut und sich dem Blumenhandel, dem Obstanbau und der Korbflechterei gewidmet...... Zärtliche Hände umschlangen Hermann in diesem Augenblick. Es war Jade, die im Nachthemd von hinten an ihn herangetreten war. Als er seinen Kopf leicht zu ihr drehte, sah er ihr langes, blondes Haar im Wind wehen. Sein Herz hüpfte. Jade war für ihn der pure Ausdruck von Weiblichkeit. Im selben Moment empfing er eine Offenbarung. Seit sie sich wiedergetroffen hatten, fühlte Hermann sich so stark wie nie zuvor. Komplett männlich. Mit dem Revuepassieren seiner Lebensgeschichte war ihm soeben klar geworden, dass er mit dem Absturz im Wald damals einen Teil seiner Männlichkeit verloren hatte. Er traute seiner eigenen Kraft nicht mehr. War auch deswegen in das eher weibliche Metier seiner Mutter beruflich eingestiegen. Und doch hatte es das gebraucht. Das war ihm plötzlich ebenfalls klar. Er musste sich diesem weiblichen Weichen hingeben, um wieder, hier und heute, in dieses männlich Starke zu kommen.

Hermann schüttelte den Kopf. War es denn zu fassen? 40 Jahre lang hatte er nun gebraucht, um wieder zu seinem Ursprung, seiner Wurzel, der wahren Kraft zu finden. Die Krönung dazu hatte Jade ihm beschert. Das war so deutlich, wie das Amen in der Kirche. Jade hatte ihm wieder seine Krone aufgesetzt, sein Zepter überreicht. Sie war seine Muße, seine innere Kraftquelle, die seine äußere Stärke speiste. Er drehte sich zu ihr und umfing sie mit seinen Armen. Jade legte sanft ihren Kopf an seine Brust.

„Ich hör dein Herz schlagen, es ist ein wunderbares Gefühl, das zu spüren.“ Eine Zeit lang verharrten sie Körper an Körper und lauschten nur dem gemeinsamen Atem. Dann nahm Jade erneut das Gespräch auf.

„Magst du mir sagen, was du gerade denkst?“ Hermann schwieg, genoss den Duft und die Berührung seiner Frau. Ja, das war Jade für ihn, seine Frau, und er wollte so schnell wie möglich ihr Mann werden. Aber das verriet er ihr heute noch nicht. Für den Heiratsantrag wollte er erst noch einen schönen Rahmen schaffen. Vielleicht gab es ja eine Doppelhochzeit? Seine Gedanken wanderten zurück, zu dem, was ihm soeben, unmittelbar vor Jades Auftauchen, widerfahren war.

„Kannst du es glauben, dass ich gerade eine Erinnerung an den Waldunfall vor 40 Jahren hatte? Den, mit dem Wolf. Ich habe schon ewig nicht mehr dran gedacht. Heute, kurz bevor du gekommen bist, war alles so präsent, ich fühlte regelrecht eine innere, körperliche Verwandlung in mir. Wie ist das möglich?“

Jade sah Hermann tief in die Augen. Sanft streichelte sie ihm über die Wange. „Alles hat seine Zeit. Die Zahl 40 symbolisiert in der Bibel eine heilige Zahl. 40 Tage wanderte Jesus durch die Wüste und fand danach zu seinem inneren Kern, seiner inneren Stärke. 40 Tage nach Aschermittwoch findet das Osterfest, das Fest der Auferstehung von Jesus Christus, statt. In vielen Tempeln der Antike stehen 40 Säulen. Bei den Babyloniern wurden die Plejaden, das Siebengestirn am Himmel, für 40 Tage verdeckt. Die Zahl symbolisiert also sehr häufig die Zeit der Prüfung, der Initiation. Es gäbe noch unzählige Beispiele. Das Leben jedes Menschen ist in Zyklen und Zeiträumen aufgegliedert. Alles hat seine Zeit. Du kannst es dir wie die Lebensringe eines Baumes vorstellen. Bestimmte Themen kehren an verschiedenen Stellen immer wieder, bis sie zur Heilung bereit sind. Oft sind unsere Geschichten dann noch mit den Geschichten und Rhythmen unserer Ahnen verbunden. Manchmal geht es dann um die Schnittpunkte, die Überlagerungen all dieser Zeiten, bis ein bestimmtes Muster zur Auflösung bereit ist. Dann geschehen regelrechte Wunder. Wie sagt man so schön: Zur richtigen Zeit am richtigen Ort. Dies ist wohl für uns alle der richtige Ort hier. Und die richtige Zeit. Dania hatte gestern auch ein solches Erlebnis. Geradezu magisch."

Hermann blickte in Jades Augen. Er konnte darin versinken während er ihrer Stimme lauschte, die wie Balsam war auf seinen Ohren. Wie Liebkosungen auf seiner Haut. Streicheleinheiten. So berührten ihn Jades Worte. Dann küssten sie sich. Lang und innig. Er wünschte sich, die Zeit würde stehen bleiben, und sie könnten sich ewig in den Armen wiegen. Ihr Leben war eine Liebesgeschichte, wie aus dem Märchen. Tausend Hürden hatten sie nehmen müssen, um sich mit dem Kostbarsten des Lebens vereinen zu können. Der Liebe. Sie im Gesicht eines anderen lesen zu können, sie am Körper des anderen spüren zu dürfen, sie in einem tanzenden Liebesrausch der Seelen erleben zu dürfen, das bedeutete für Hermann das größte Glück.

Vielleicht hatte die lange Zeit der Einsamkeit ihm diese Liebe nun herbeigetragen? Denn es hatte wohl das alles in seinem Leben gebraucht.

Ja, er wollte leben! Mit Jade, Samu, Dania und allen, die mit ihnen die Liebe auf dieser Welt feiern wollten. Er spürte eine riesengroße Lust darauf, mehr als je zuvor. Und in wenigen Stunden stand schon die nächste Freude ihres irdischen Daseins ins Haus. Ihr Grillfest. Das erinnerte ihn auch an den Grund seines frühmorgendlichen Erscheinens hier unten am See. Langsam nahm Hermann seinen Kopf zurück.

„Ich könnte ewig mit dir so bleiben. Aber es gibt da ein kleines Problem, Jade. Ich möchte gerne den Pavillon für das

Barbecue heut Abend fertigbauen. Samu freut sich bestimmt darüber. Jade löste sogleich die behandschuhte Umarmung von Hermann.

„Gut, dann geh ich lieber, dass du deine Kräfte walten lassen kannst. Ich werde dich kulinarisch versorgen. Soll ich dir gleich einen Kaffee bringen?"

„Das wäre lieb." Noch einmal gab er ihr einen letzten Kuss, dann nahm er die Schaufel zur Hand, um den Splitt am Boden zu verteilen. Als Jade über die Veranda die Küche betrat, strömte die zauberhafte Ruhe des Morgens durch das Gemäuer. Samu und Dania schliefen noch. Also machte sie sich daran, das Frühstück zuzubereiten. Während sie die vertrauten Handgriffe erledigte, breiteten sich trübe Gedanken über ihr aus. Hier draußen befand sich irgendwo der Mensch, der ihnen schlechtgesinnt war. Was hatte er vor? Jade konnte keine Antwort auf diese Frage finden.

Die letzten Nächte hatte sie immerhin gut geschlafen. Bisher war auch nichts Auffälliges passiert. Die Polizisten kamen in regelmäßigen Abständen bei ihnen vorbei. Die Suche nach George Tannmut lief auf Hochtouren, bisher jedoch ergebnislos von allen Seiten. Trotz ihrer Freude an der neu gewonnen Familienbande woben sich die Ängste immer wieder in ihren Alltag mit ein. Sie versuchte, sie mit dem Herzen zu heilen. Positiv zu denken und die Zeichen der Natur aufzunehmen, daraus Kraft zu schöpfen. Sie musste heute noch in den Wald. Unbedingt. Zu der Stelle, die sie neulich Nacht gerufen hatte. Und sie musste alleine gehen. Das würden die anderen ihr zwar nie erlauben, aber sie würde sich heimlich davonschleichen.

Der Eierkocher klingelte und riss Jade kurz von ihren Überlegungen fort. Sie gab Brot, ein Ei, eine Tasse Kaffee sowie Butter und Marmelade auf ein Tablett und brachte es nach unten, an den Pavillon. Hermann ging schon total in seiner Arbeit auf. Er bemerkte sie gar nicht. Also stellte Jade den süßen Morgengruß still und heimlich auf ein schon gestern bereitgestelltes Tischchen neben Hermanns Arbeitsbereich. Seine Nase würde ihn schon an das Frühstück heranführen. In großen Sprüngen hüpfte sie wieder zum Haus zurück. Barfuß durch den Morgentau. Wie sie das liebte. Als benetzten dabei Perlen die Sohlen ihrer Füße.

Oben angekommen schenkte auch sie sich eine Tasse Kaffee ein und setzte sich auf den Ostteil der Veranda. Damit hatte sie zu ihrer Linken freie Sicht zum Wald und zu ihrer Rechten den See vor Augen. Leise sprach sie ein Gebet. Aus Dankbarkeit für diese schöne Natur, die in ihrer morgendlichen Unschuld vor ihr lag. Wieder wanderten Jades Gedanken zu Georg Tannmut. Wenn sie jetzt einen Wunsch frei hätte, dann würde sie ihn an diesen Mensch verschenken. Es war absurd. Im doppelten Sinn. Aber sie selbst hielt sich für den glücklichsten Mensch der Welt, war wunschlos, spürte tiefen Frieden in sich. Und was die Sache mit Georg Tannmut betraf – sie hegte keinen Groll gegen ihn. Wahrscheinlich würde mancher bei ihren Gedanken die Augen verdrehen und sie für völlig verrückt erklären. Auf den ersten Blick wäre dies wohl berechtigt. Aber Jade sah das Ganze. Sie wusste mehr, verstand die Gesetze des Lebens. Ihr intensiver Traum kürzlich hatte ihr noch die letzte Bestätigung dazu gegeben.

Ein Zitat ihres Großvaters war gewesen, dass der Mensch das annehmen musste, was ihm in die Wiege gelegt wurde. Wie wahr. Diese Worte. Jade hatte den Sinn daraus verstanden. Es gab im Leben Ereignisse, die einfach geschehen mussten, die vielleicht schon so vorausprogrammiert waren. Trotzdem überließ die Schöpfung jedem von ihr überaus geliebten Wesen eine große Portion an Freiheit, in der unendlich viel freies Handeln möglich gemacht wird, geschenkt wird. Aber bestimmte Erfahrungen, bestimmte Lehren, die mussten wohl sein. Und sie bargen auch tiefe, unermessliche Schätze. Wenn man sie erkannte. Oft erschließt sich der Sinn bestimmter Erlebnisse erst viel später, bleibt lange Zeit erst einmal im Nebel versunken. Aber zur rechten Zeit öffnen sich die Tore und das Licht eines neuen Morgens trägt neues Leben herbei.

Ja, Georg Tannmut hatte ihr fast alles genommen, was das Leben ihr geschenkt hatte. Sein Handeln, seine Taten hatten sie fast umgebracht. Jetzt, aus der geheilten Situation heraus, konnte sie erkennen, dass er wohl nur der Ausführer dafür war, die Rolle dafür spielte, damit sich ihre Bestimmung, ihr Schicksal erfüllte. Wenn der Mensch dann aus einer Liebe heraus diese große Selbstannahme, dieses Ja für sein Leben, in sich verankert hatte, dann war der Weg frei für den tiefen, inneren Frieden. Dann war das Ziel erreicht und die wunderbare Versöhnung mit dem Leben konnte stattfinden, die das Urvertrauen im Menschen wieder lebendig werden ließ.

Diese Botschaft würde sie in die Welt tragen. Sie wollte Vorbild dafür sein, eine Lehrerin dafür, sich wirklich wieder auf das Leben einzulassen. Sie wollte den Mut lehren, sich mit sich und dem Leben auseinanderzusetzen und somit Verantwortung für das eigene Leben zu übernehmen. Gleichzeitig, mit der Übernahme dieser Eigenverantwortung, ist es wichtig, das Oberste aller Gesetze zu befolgen. Die große Kraft, die über allem steht, walten zu lassen. Denn die größte Kraft, das Zepter der größten Macht, liegt in den Händen der Schöpfung, der Quelle. Je näher wir bei unserem Kern sind, unserer Quelle, umso mehr werden wir wissen, was zu tun ist. Wir brauchen keine Angst haben, Fehler zu machen, den falschen Weg einzuschlagen. Denn die Schöpfung ist unendlich kreativ. Machen wir einen Schlenkerer, macht sie einen Gegenschlenkerer und wir sind schon wieder auf unserer Zielgeraden. Wie erleichternd, wie gnädig. Wunderbar.

Jade kam es in dieser zivilisierten Welt, die sie erst seit ein paar Tagen wieder betreten hatte, vor, dass ein Großteil der

Menschheit wie in einem Hamsterrad umherhetzte. Von einem zum anderen sprang. Als läge in diesem rastlosen Aktionismus das Heil verborgen. Aber genau das ging mit dieser Achtlosigkeit verloren, wurde übersehen, überhört. Unsere Gabe, unsere innere Navigation, die kleinen, sanften Impulse, die aus dem tiefen Inneren eines jeden Menschen hervorquollen. Unser Heil liegt in der Wahrnehmung unserer inneren Herzensstimme. Wenn wir wieder frei nach ihr handeln würden, dann lebten wir wieder in einer Welt, die voller Vertrauen wäre. Denn an tiefem Vertrauen in die eigene Seele, und auch in die Kraft des Lebens, daran mangelte es gewaltig. Jade spürte eine große Angst, die überall mit umherschlich. Damit war sie an ihrem Traum angelangt. An dem inneren Kind, das schreiend in einer Felsspalte verloren lag. Es war Symbol dafür, wie sehr wir unser inneres Kind verloren hatten. Das Kind, das vertrauensvoll in die Welt, an die Menschen herangeht.

Heute Nachmittag würde Jade zu dem Wald ihrer Kindheit gehen. Und wenn es geschehen durfte, dann würde sie die heilende Verbindung für dieses Fleckchen Erde schaffen. Mit dabei würde ihr Wunsch sein, den sie an Georg Tannmut verschenken wollte. Sie würde ihn vertrauensvoll in den Schoß von Mutter Erde legen, damit er dort seine Bestimmung finden würde.

Ein paar Stunden später floh Jade regelrecht von ihrem Domizil. Überall flogen Späne, laute Maschinen dröhnten sowohl von innen als auch von draußen in den Wohnbereich im Erdgeschoss. Alle waren durch Jades lecker zubereiteten Lunch gestärkt wieder an ihre Arbeit gegangen. Dania beteiligte sich als Handlangerin beim Verlegen der Schiffsdielen im oberen Stockwerk. Jade konnte also ihr geplantes Vorhaben nun durchziehen.

Brachial fühlte sich ihr Aufbruch aus dem Haus an. Sie musste es mit einem gewissen kämpferischen Impuls angehen, sonst hätte die Angst sie wieder zurückgedrängt. Auf den Tisch hatte sie noch einen Zettel gelegt, diesen aber geflissentlich unter einer Zeitung halb versteckt, damit ihr Verschwinden nicht sofort ins Auge stach. Eigentlich musste sie darüber keinen Legaus machen, denn sie wäre ja rechtzeitig zurück, um die Salate für das Gartenfest anzurichten. Bestimmt würde ihr kurzes Verschwinden gar nicht auffallen.

Draußen trat sie auf Samus Auto zu. Falls die Jungs noch etwas besorgen mussten, stand Jacks Wagen in der Auffahrt bereit. Flink setzte sie sich auf den Fahrersitz, drehte den Schlüssel im Zündschloss um und legte den Rückwärtsgang ein. Sie war schon lange nicht mehr Auto gefahren. Hoffentlich verstand sie die ganzen Funktionen. Mit mulmigen Gefühlen im Bauch brauste sie wenig später den Highway entlang. Das Gutshaus, ihre damalige Heimat, lag etwa 45 Minuten mit dem Auto von Samus Haus entfernt. Es stand genau am Rande des Waldes, an dem sie einst zu Hause gewesen war. Mit ihrer lieben Großmutter Ernestia.

Wie würde es sein, diese Erde wieder unter ihren Füßen zu spüren? Würde sie sich noch so gut wie damals im Wald zurechtfinden? Bestimmt. Schließlich war sie dort fast 13 Jahre lang zu Hause gewesen. Wie würde der Hof aussehen, auf dem sie 6 Jahre glücklich gelebt hatte, mit all ihren Lieben? Ihr Herz hüpfte aufgeregt in ihrer Brust. Jade bemühte sich, es zu beruhigen. Indem sie die Situation klar zu strukturieren versuchte, hoffte sie, sich etwas abzulenken. Sie musste nun erst mal den Ort auffinden. Mit dieser Navigation im Auto wusste sie nichts anzufangen, also konzentrierte sie sich auf die Wegweiser. Das hatte früher schließlich auch funktioniert, warum also jetzt nicht mehr?

Etwa 40 Minuten später bog Jade dann in die Straße ein, die zu dem abgelegenen Gut am Waldesrand führte. Ihr Puls raste. In wenigen Sekunden würde sie dem Ort gegenüberstehen, an dem sie so glücklich gewesen war, und der ihr doch so viel Leid beschert hatte. Dann, nach einer Linkskurve, sah sie zu ihrer Rechten das Landhaus mit der zu Wohnräumen umgebauten Scheune. Langsam ließ sie den Wagen an die Straßenseite rollen, um dann den Motor abzustellen. Flach atmete Jade ein und aus.

Schön sah sie aus, ihre alte Heimat. Die jetzigen Besitzer schienen gut für das Gemäuer zu sorgen. Die Fassaden schienen frisch verputzt und sauber gestrichen. Wer hier wohl wohnen mochte? Paul Sigmund hatte ihnen mitgeteilt, dass Edward Firth das Anwesen komplett verkauft hatte. Wie es schien, lag es nun wieder in den Händen von Herzmenschen. Liebevoll zierten Buchskugeln in Terrakottagefäßen den Eingangsbereich. Von den Fenstersimsen rankten bunte Sommerblumen hervor. Ein neu gepflasterter, mit Sichtschutzelementen und elegantem Grün umspielter Freisitz schien das Herzstück des Hofes zu sein. Er lag unter einer großen Linde. Jade und Matthis hatten sie gepflanzt. Wie schön groß sie mittlerweile geworden war. Jades Blick schweifte weiter über den Kies des Hofes. Ob sie an der Türe läuten sollte? Ein ander Mal. Gemeinsam mit Hermann. Heute wollte sie das Plätzchen aufsuchen, welches neulich Nacht nach ihr gerufen hatte. Um in den Wald zu gelangen, musste sie nun einen Teil der Straße wieder zurücklaufen, um dann nach links einen Fußweg einzuschlagen. Sie konnte ja schlecht über den Gutshof laufen und damit den Weg nehmen, den sie früher immer dafür gegangen war. Jetzt war eben alles anders. Und es war gut so. Amerika war nicht ihre Heimat, nicht mehr. Sie wollte in Deutschland leben, gemeinsam mit Hermann. Er legte ihr das schönste Reich der Erde zu Füßen, ihren Traum vom Leben.

Achtsam setzte Jade einen Fuß vor den anderen. Sie musste sich anstrengen, dass sie die Strecke nicht total verkopft vor sich hintrottete. Ihre Gedanken kreisten. Also konzentrierte sie sich bewusst auf alles, was vor ihren Augen erschien. Die vielen Bäume, die Waldblumen, der teils geschotterte, teils von Farnen überwucherte Weg. Jades Blut pulsierte in ihr. Sie hörte es in ihren Ohren rauschen. Da erst erkannte sie das eindeutige Zeichen, das ihr der Wald gab. Sie war am Ursprung ihres Lebens, an der Kraftquelle. Die Bäume hatten sie schon umarmt, als sie den ersten Schritt in ihr Reich, in ihre Welt gesetzt hatte. Tiefer und tiefer drang Jade in das Innerste des Forstes ein, als zog er sie magisch in seine Mitte. Verglich man den Wald mit einem menschlichen Körper, so war es für sie, als wandle sie entlang seiner Blutbahnen zum wichtigsten Organ dieses Körpers, seinem Herzen. Sie hörte seinen Herzschlag, er schwang im Gleichklang mit ihrem Herzen. Jade musste Acht geben. Aus ihren bisherigen Erfahrungen wusste sie, dass sie die Augen immer offen halten musste. Sonst entführten ihre Sinne sie in Untiefen, die ihr Körper, ihre Seele und ihr Geist kaum zu verkraften vermochten. Sie musste immer wach im hier und jetzt sein, ihre Beine auf dem Boden spüren, mit ihren Augen das frische Grün sehen und manchmal sogar etwas essen, damit sie tief geerdet und fest verwurzelt in der Realität blieb.

Weiter und weiter gelangte sie vorbei an Holunderbüschen, Hirschzungenfarnen, Frauenhaarfarnen, Schlehen und Wildbrombeeren in das Innere ihrer grünen Kinderstube, der Wiege ihres Lebens. Mit allen Fasern ihres Körpers spürte sie dieses Heimkommen. Nach Hause, um Verschüttetes auszugraben, um den Mantel der Unterdrückung abzulegen, damit freies Atmen wieder möglich war. Jades Kehle fühlte sich mit einem Mal leicht an. Als lösten sich die Fesseln des Schweigens nun und öffneten damit den Fluss ihrer Sprache.

Ja, sie hatte ihre Stimme wieder gefunden. Ihr Recht, sich zu zeigen, für sich zu sprechen, sich auszudrücken. So fühlte es sich an. Wie eine Erlösung. Für das Heiligste des Lebens. Das innere Kind, welches bereit war, aus der Gefangenschaft, den Umklammerungen der Ängste, befreit zu werden. Denn in unserer größten Kraft liegt auch unsere größte Angst. Sie zu ignorieren wäre ebenso fatal wie ihr ausschließlich ihren Raum zu überlassen. Auch im Umgang mit unseren Ängsten zählte wieder was auch für alles andere galt. Die Annahme von dem, was war. Die Situation, mit all seinen Gefühlen aus tiefster Liebe und Gelassenheit heraus, zu achten und zu hüten, bis sie bereit war zur Auflösung, zum Sprengen der Ketten. Diese Zeit war nun gekommen. Das Brechen der Dämme, das Zerschmettern der Bänne, der Sprung über die Schlucht, die Überwindung vergangenen Leids.

Jade blickte sich um. Wo mochte die Stelle sein, die ihr im Traum gezeigt wurde? Eine kleine Vorahnung hatte sie schon. Es musste in der Felsregion sein, über der bemoosten und stark bewaldeten Hochebene. Aber genau wusste sie es nicht. Also ließ sie sich von ihren Instinkten und ihrer Intuition getrost leiten, mit der Gewissheit in ihrem Herzen, dass der Wald mit all seinen Bewohnern sie schon richtig lenken würde. Sie folgte den steinigen Pfaden, die das Felsgelände schon ankündigten. Behutsam, Schritt für Schritt, erklomm Jade immer weitere Höhen. Der Wald lichtete sich hier stellenweise. Dies machte sich auch in der Vegetation bemerkbar. Intensiver Kräuterduft umwob ihre Nase. Hier oben, auf den mageren Waldwiesen, gediehen die besten ihrer Art. Bergkräuter. Satter Waldboden und frische Bergluft gaben ihren Segen hier hinzu, um die Kräfte des Himmels und der Erde in ihnen zu vereinen.

Näher, immer näher kam Jade dem Platz, der um ihre Hilfe gebeten hatte und gleichzeitig auch sie selbst und viele weitere Seelen erlösen würde. Sie hatte keine Angst. Ihre Sicherheit wuchs, je mehr sie der Stelle entgegentrat. Aus ihren bisherigen Erfahrungen konnte sie mit Gewissheit behaupten, dass das letzte Ritual in einer Geschichte, einem Zyklus, oft nur eines kleinen Quänntchens bedurfte, um die Vollendung zu vollziehen. Ihr Traum hatte schon gewaltige Vorarbeit geleistet. Nun ging es nur noch um den letzten Hauch. Sich dies abermals in Erinnerung zu rufen, ließ noch mehr Ruhe und Vertrauen in ihr Herz hinein sinken.

Dann sah sie auch schon das Fleckchen, das nach ihr geschickt hatte. Es strahlte in einer Pracht, als läge tief unter der Erde, in den Spalten der Felsen verankert, eine goldene Kugel, die über einen Radius von 30 Metern hinausstrahlte. Bestimmt war es nur für wenige wahrnehmbar, aber Jade konnte es mit ihren Sinnen erspüren. Ihre Seele jubilierte. Sie konnte nun fast nicht mehr an sich halten, musste ihre Geschwindigkeit erhöhen, denn ihr Innerstes verlangte nach dieser Vollendung. Keuchend warf sie sich am Ziel auf die Erde, die neben ihr in die Tiefen der Steinspalten versank. Jade umklammerte mit ihren Fingerspitzen das harte Gestein. Tiefe Ehrfurcht erfüllte sie. Sie schob ihren Körper noch etwas weiter nach vorne, um einen Blick in die Schlucht zu werfen. Zentimeter um Zentimeter rutschte sie immer näher heran. Dann gab der Krater ihr den Blick frei für das Innere seines Reiches, sein Herz. Sie erblickte es. Eine Woge der Glückseligkeit, ein Freudentaumel, tiefer innerer Frieden ergoss sich in ihr aus einer endlos sprudelnden Quelle. Tränen stiegen in Jades Augen auf.

Viele Menschen waren gewiss schon an dieser Stelle vorbeigegangen, ohne dergleichen gespürt zu haben. Es waren ihre Schutzschichten gewesen, die sich im Laufe der Zeit um ihre Seelen gepackt hatten, sie damit verpackt und verschlossen hatten. Je mehr man aber wieder zum Kern seiner Seele vordrang, umso mehr eröffneten sich wieder diese wahren Empfindungen.

Natürlich war das Vordringen auch mit einer Auseinandersetzung mit sich selbst verbunden. Das scheuten noch viele Menschen. Zu sehr ließen sie sich lieber noch von Anderem und Anderen ablenken. Verständlich. Jade wusste wovon sie sprach. Zuweilen war es äußerst schmerzlich, sich mit der eigenen Unvollkommenheit und Unzulänglichkeit auseinanderzusetzen. Wo wir uns doch jeden Tag damit konfrontiert wissen. Im Alltag, in der Arbeit, in der Begegnung mit Menschen. Es wird uns überall zuteil, dass wir eben Mensch sind, mit aller Genialität und allen Widrigkeiten, die damit einhergehen. Oft stimmt sich der Blick auf den Anderen dann bei weitem milder, als die Schau auf die eigene Persönlichkeit, das eigene Versagen. Dreht man jedoch seine Ansicht dahingehend, dass es kein Versagen gibt, sondern nur Erfahrungen, aus denen es zu lernen gilt, so scheint schon die erste Hürde auf dem Weg zu uns selbst, genommen. Jade wurde dies im Laufe ihres Leben immer klarer. Die Menschen hatten Angst vor dieser Bestie, die sie in sich selbst vermuteten. Beim anderen Menschen kannte man diese ja nicht, beziehungsweise, oft ging man davon aus, dass man nur selbst dieses Ungeheuer in sich hegte. Wie fatal, wiedermal, eine menschliche Annahme, ein Hirngespinst. Nähme man endlich einmal die Bewertung aus unseren Emotionen, so getrauten wir uns, sie alle zu leben. Aber mit dem Ausleben all unserer Emotionen verbinden wir sogleich alle möglichen verletzenden Resultate. Geschürt von Angst erscheinen sie dann in doppelter Größe. Angst, dass wir den anderen verletzen, dass der andere uns dann nicht mehr mag, dass wir ausgeschlossen werden, dass wir dann alleine sind. Dies hemmt uns größtenteils, so zu sein, wie wir sind. Irgendwann fliegt das Vertuschen dann sowieso auf. Denn die Masken werden entlarvt. Irgendwann. Irgendeinem Gegenüber fällt auf, dass wir unecht sind in bestimmten Situationen, bei bestimmten Verhaltensweisen. Also lautet das Credo für uns alle:

Fangen wir an, ehrlich zu sein, auch uns selbst gegenüber. Der wichtigste Begleiter auf diesem Weg ist stete Achtsamkeit und bedingungslose Liebe. Für uns und für die anderen. Sind diese Tugenden stets bei uns, so können wir all unsere

Emotionen ausleben, sie in sichere Bahnen lenken. Denn alle Emotionen gehören zu uns, zu unserem inneren Kind.

Damit war Jade wieder bei sich, an diesem besonderen Platz im Wald, an der Felsspalte, die um ihre Aufmerksamkeit bat. Auch dieses Fleckchen barg sein inneres Kind in sich. Wie alles auf der Welt, im Großen wie im Kleinen. Mensch, Tier, Pflanze und Stein im Einzelnen. Familie, Verein, Stadt, Region, Land und Planet im Gesamten. Und alle arbeiteten daran mit, ihn wieder zu heilen. Den inneren Kern. Das innere Kind.

Jade setzte sich auf. Mit zur Seite angewinkelten, auf der Erde liegenden Beinen fühlte sie sich direkt verankert im Waldboden. Sie saß wie in einem Nest. Langsam atmete sie ein und aus. Versuchte, sich genau in den Atemrhythmus von Mutter Erde einzustimmen. Auch das hatte sie in den letzten vielen Jahren gelernt. Je länger sie in dieser Stille und mit ungeteilter Konzentration auf ihre Lungenflügel verharrte, desto entspannter wurde sie. Sie fühlte das Moos unter ihren Beinen, strich mit ihren Händen sanft darüber, blieb damit mit der Aufmerksamkeit vollkommen im Hier und Jetzt.

Dann – ein Hauch eines Moments – und es war vollbracht. Der Kreis war vollendet. Der Zyklus einer Lebensphase. Jade sah es, direkt vor ihren Augen. Für den Bruchteil eines Moments. Es war, gleich eines riesigen Gesichtes, das einer feenhaften Taube glich. Es kam vom Himmel herab. Sein Mund küsste die Erde. Damit war es vollbracht. Ein kurzer Film, der sich vor Jades innerem Auge abspielte. Dann wusste sie Bescheid. Über alles.

XXXVIII.

Das Telefon klingelte. Samu legte den Hammer und die Nägel zur Seite. Er war gerade dabei, die letzte Versiegelung des Bodens vorzunehmen, indem er die Zierleisten anbringen wollte. Mit verstaubten Händen nahm er den Hörer von der Basisstation.

„Hallo?"

„Hallo Samu, hier spricht Paul Sigmund."

Er klang besorgt und aufgeregt und sprach auch nicht lange um den heißen Brei herum.

„Es ist Caspar!"

Samu verstand erst nur Bahnhof. Was meinte Paul Sigmund damit? Caspar war der damalige Inspektor, ja und?

„Ich bin mir fast zu 100 Prozent sicher Samu. Genaueres erklär ich dir, wenn wir bei euch sind."

Wieder stutzte Samu. Was hieß hier, wenn sie bei ihnen waren?

„Ich habe für Henrietta und mich einen Flug zu euch gebucht. In drei Stunden checken wir im Flughafen ein."

Bisher handelte es sich um einen reinen Monolog von Paul Sigmund. Samu spürte die spannungsgeladene Unruhe und die Brisanz, die in seinen Worten lag. Also musste Sigmund noch etwas wissen, etwas erahnen.

„Caspar ist George Tannmut. Er hat sich eine neue Identität zugelegt damals. Mit seiner Volljährigkeit. Geholfen haben ihm damals seine grandiosen Kontakte zur kriminellen Szene. Die hat er sich Zeit seines Lebens aufrechterhalten. Alles unter einem Mantel der Vertuschung. Keiner hat es gemerkt, nicht mal die Polizei. Sogar ausgebildet haben sie ihn unter seiner neuen Identität. Das gehörte genau zu seinem Plan. Meiner Meinung nach hat er – wie wir schon vermutet hatten – mit seinem Stiefbruder, Edward Firth, gemeinsame Sache gemacht.

Er hat die Verbrechen verursacht, besser gesagt, ausführen lassen. Weißt du jetzt, warum ich so in Aufruhr bin?"

Samu schluckte schwer.

„Caspar ist auf freiem Fuß. Bisher hat er sich – wie er es auch immer geschafft haben mochte - eine blütenreine Weste erhalten. Er hat alles astrein vollzogen. Der Mann ist hochintelligent. Überlässt nichts dem Zufall. Wie ein Phantom hat er alle seine Schritte versiegelt und unsichtbar gemacht."

Sigmund machte eine Pause und atmete tief durch. Dann fuhr er fort.

„Sind alle bei euch im Haus Samu, geht's euch allen gut?"

Alles Blut schien in diesem Moment aus Samus Körper zu weichen. Samu wurde von Schwindel attackiert. Jade hatte sich schon länger nicht mehr bei ihnen blicken lassen. Er dachte, sie wäre im Garten, um für den Abend noch ein paar Blumen zu arrangieren. Er musste nach ihr sehen.

„Paul, ich ruf dich später zurück. Ich glaube Jade ist außer Haus. Ich muss sie sofort suchen."

„Halt Samu, eins noch."

Sigmunds stimme klang nun noch eindringlicher.

„Inspektor Meyer weiß nichts von dieser Tatsache. Ich weiß nicht warum, aber ich habe das Gefühl, dass es im Moment auch noch so bleiben soll. Hast du verstanden?"

„Klar Paul, ich muss jetzt sofort los."

Samu stürzte nach unten. In der Küche machte sein Herz einen kurzen Aussetzer, als er den halb versteckten Zettel, mit Jades Notizen unter der Zeitung fand. Das durfte nicht wahr sein. Sie war zum Gutshof und in den Wald gefahren. Hatte sie denn den Verstand verloren? Wie konnte sie nur so leichtsinnig sein? Unter Schock riss Samu die Terrassentür auf und rief laut in den Garten hinaus.

„Hermann, komm sofort her, wir müssen Jade suchen." Hermann verstand die Worte nicht genau. Samu war zu weit entfernt. Aber es war der Ton und Samus leichenblasse Erscheinung, die ihn wie von Sinnen nach oben stürmen ließen. Nach Luft ringend stützte er verschnaufend seine Arme auf seine Oberschenkel. Er getraute sich fast nicht, Samu ins Gesicht zu sehen. Er sah elend aus. Ein Instinkt sagte ihm, dass etwas passiert sein musste.

„Bitte nicht schon wieder“, flehte er innerlich. „Samu, was ist passiert?“

„Jade ist zum Gut gefahren, wahrscheinlich auch noch in den Wald gegangen. Paul Sigmund hat mich gerade angerufen. Er ist sich ziemlich sicher, dass Caspar der Mörder bei den Überfällen war. Oder derjenige, der Auftragskiller für sich hat arbeiten lassen.“

Hermann entgleisten alle Gesichtszüge. Er konnte es nicht fassen.

„Wie kann es so etwas geben? Ein Polizeiinspektor?“ Im selben Zug blitzten einige Erkenntnisse in ihm auf. „Jetzt ist mir alles klar. Die ganzen Beschuldigungen, die damals durch nichts zu entkräften gewesen waren, das war seine Arbeit, seine Macht, die Fäden zu ziehen.“

Dann besann er sich sofort wieder. Das war nun zweitrangig. Jetzt zählte allein die Sicherheit von Jade. Er wollte sie in seinem Schutz wissen, und zwar schnellstmöglich.

„Los, lass uns sofort fahren.“

Samu sprang die Veranda entlang um sein Haus, Richtung Auffahrt. Sein Auto fehlte. Sogleich rannte er auf den Holzbohlen zurück.

„Hab ich mir gedacht. Wie hätte sie auch sonst an den Gutshof kommen sollen? Jade hat mein Auto genommen und ist damit bestimmt zum Wald unseres alten Guts gefahren. Ich sag kurz Jack Bescheid, dass wir seinen Wagen nehmen.“

In Windeseile verschwand Samu im inneren des Hauses und wand sich die mit Holzbelägen ausgestattete Podesttreppe hinauf. Die Freunde tauschten sich in kurzen Dialogen aus. Jack wies auf seine Jeansjacke, die am Geländer der Galerie hing. Dort in der Tasche steckte sein Autoschlüssel. Mit wilden, etwas ungelenken Bewegungen zerrte Samu ihn aus dem Stoffschlitz heraus. Er stand total unter Spannung. Seine Mama. Er wollte seine Mama nun endlich behalten dürfen, bei sich haben. Diesmal würde das Schicksal sie ihm nicht entreißen. Er würde alles dafür tun, kämpfen wie ein Löwe. Er drehte sich, um die Stufen wieder hinabzuspringen. Dabei kollidierte er mit Dania, die gerade aus einem Zimmer in der anderen Richtung kam und auf ihn zugegangen war. Er hatte sie total vergessen.

„Schatz, meine Mutter ist im Wald und dein Vater hat mir gerade berichtet, dass Timothe´Caspar in Wahrheit Georg Tannmut ist. Ich mach mir Sorgen, weil sie jetzt allein da draußen ist und er sie vielleicht dort aufspüren könnte."

Tränen der Wut und der Verzweiflung rannen Samu übers Gesicht. Dania nahm seine Hand, doch Samu wollte sie ihr sogleich wieder entreißen.

„Ich muss sofort los, Dania. Ich muss zu ihr."

„Beruhig dich, Samu. Alles wird gut, du wirst sehen. Kann ich mitkommen?"

Dania versuchte mit Sanftmut die geladene Situation etwas zu bändigen und gleichzeitig ihre eigene Angst einzudämmen. Samu erschien es erst als keine gute Idee, sie mitzunehmen. Ihm war wohler, wenn sie zu Hause blieb. Einerseits stellte sein Haus eine beschützende Burg für ihn dar. Diese sollte ihnen Sicherheit an Leib und Seele bieten. Wenn er Dania nun aber alleine zurückließ, wusste er auch nicht, was passieren konnte. Jack war noch im Obergeschoss. Er konnte und würde sehr gut auf sie beide aufpassen. Aber trotzdem. Er wollte Dania in seinem Schutz wissen. Sie war sein Mädchen. Er wollte sie behüten.

„Gut, komm mit, Hermann wartet schon am Auto."

Mit quietschenden Reifen und spritzendem Kies traten die drei ihre Höllenfahrt an. So fühlte es sich an für Samu. Auf in den Kampf! Sollte es der letzte seines Lebens sein? Er betete. Für alle.

XXXXVIIII.

„Wen haben wir denn da?"

Dieser Gedanke schlich ihm durch den Kopf, als er den Range Rover an den Straßenrand hatte rollen sehen. Ein nach innen gekehrtes, triumphierendes Lachen ließ seinen Brustkorb leicht erbeben. Er klopfte sich gedanklich auf die Schulter, bedankte sich bei seinem Instinkt. Wie sehr er ihm doch vertrauen konnte. Wiedermal hatte er den richtigen Riecher gehabt. Das war vor etwa einer Stunde gewesen. Vorbei schien nun das Kopfzermartern in Dauerschleife, das ihn die vergangenen Tage auf Schritt und Tritt verfolgt hatte. Das Bild seiner Zukunft hatte dabei immer dunklere Töne angenommen. Panikattacken hatten ihn phasenweise heimgesucht, wenn er bitterlich darum rang, eine Lösung zu finden, um sein Leben zu retten.

Doch nun schien ihm Fortuna wieder gütlich gestimmt. Denn, hatte er erst mal die Meute griffbereit, dann würden seine Leute schon für das weitere Vorgehen sorgen. Doch das war bisher sein Problem gewesen. Nichts hatte er aufspüren können. Die Sippe schien wie vom Erdboden verschluckt. Bis vor einer Stunde. Er war also der Dame, die erst das Gutshaus in Augenschein genommen hatte und dann in den Wald gegangen war, heimlich gefolgt. Das war auch ein Talent von ihm. Er konnte Fährten aufnehmen, sich ungesehen im Hintergrund an die Fersen heften und dann zum richtigen Zeitpunkt zuschnappen. Heimlich und sanft im Vorgang. Hart und gnadenlos im Nachgang. Gleich einer Axt, die kurz und schmerzlos den Todeshieb vollzog.

Mit sicherem Abstand hatte er die Frau selig auf ihren Pfaden wandeln lassen. So kam es ihm vor. Fast drohte sein Herz zu erweichen, beim Anblick dieser Liebe, die von der Frau ausging. Aber dann wies er sich sofort zurecht. Mensch, reiß dich bloß zusammen. Er hatte sich schließlich im Griff. Dieses Gefühl oder besser gesagt, die Entsagung dieses Gefühls hatte ihm Zeit seines Lebens so viel Grausamkeit erfahren lassen, bis er es eines Tages endgültig von seiner Wunschliste gestrichen hatte. Er brauchte es nicht, nicht mehr. Hatte es aus seinem System, seiner Kreatur verbannt. Ja, so kam er sich vor. Manchmal. Als wilde Kreatur, ohne Seele. Doch das war ihm scheißegal. Er konnte besser leben ohne dieses Teil. Welches ihm doch nur Schmerzen verabreicht hatte. Er wollte Zeit seines Lebens nichts anderes als Liebe und Zuwendung. Jagte jeglicher Aufmerksamkeit hinterher. Die seiner Eltern. Seiner Mutter Valerie und seines Vaters Georg. Aber dies alles wurde ihm verwehrt. Noch schlimmer. Seine Sehnsucht wurde mit Füßen getreten. Auch körperlich. Sein Vater zeigte keinerlei Interesse an seinem Wohlergehen. Mehr noch. Er weckte das Gefühl in ihm, ihn vernichten zu wollen. Somit war ihm irgendwann klar gewesen, wenn er ihm schon zu Lebzeiten kein Denkmal hatte setzen können, dann eben nach seinem Tod. Ein Denkmal war es nun wahrlich nicht, eher ein Denkzettel, ging es ihm durch den Kopf. Ein Racheakt. Dass es dabei auch unschuldige Beteiligte gab, war ihm durchaus bewusst, aber eben unvermeidbar. Er wollte sich seinen Anteil holen, der ihm aus freier Hand verwehrt geblieben war. Wenn es schon keine Liebe für ihn gab, dann eben Geld. Das wiegte ein wenig den Schmerz auf, das tiefe Reißen in seiner Brust.

Seine triefende Nase ließ Caspar wieder zurück in die Realität kommen. Grob wischte er sich das Sekret aus dem Gesicht.

Die Frau hatte sich mittlerweile auf einer Anhöhe, einem Felsplateau niedergelassen. Wieder durchfuhr ihn ein rührendes Gefühl. Es rührte regelrecht an seinem Herzen. Seinem Herzen? Er besaß doch keines mehr? Nichts da! Weg mit diesen Sentimentalitäten, maßregelte er sich abermals. Kühl musterte er die Frau. So sehr hatte sich Jade Lander gar nicht verändert. Gut gehalten. Zwar waren nun über dreißig Jahre vergangen, aber für sie schien die Zeit stehengeblieben zu sein. Er hatte sie damals genau ins Visier genommen. Hatte sie im Vorfeld akribisch unter Beobachtung gehalten. Doch davon wusste sie nichts. Rein gar nichts. Er war ja schließlich der Kommissar, dein Freund und Helfer. Seine Identität war bestens versteckt. Er hatte sich eine Maske aufgesetzt, all die vergangenen Jahre. Wie in einem Film. Es hatte ihm gefallen. Es war wie ein neues Leben. Eine Neugeburt. Leider konnte dieser Deckmantel seine Vergangenheit nicht von ihm streifen. Bitterlich hatte er dies immer wieder erfahren müssen. Sein altes Leben zog mit Krallen und spitzen Fingern nach ihm.

Er spürte, dass er wieder an einem Scheideweg angelangt war. Was kam nun? Sollte er das Spiel weiterspielen, das Netz der Intrigen weiter spinnen? Dann würde es ewig so weitergehen, kein Ende nehmen. Sein erstes Leben würde nicht aufhören, an ihm zu zerren. Warum war er nur so feinfühlig, so sentimental heute? Das kannte er gar nicht an sich. Er musste jetzt einen klaren Kopf behalten.

Sein Blick glitt wieder zu der Felslichtung. Jade Lander saß dort immer noch friedlich in Gedanken versunken. Wieder überkam Caspar eine Welle, die an sein Gewissen appellierte.

War nun die Zeit reif für einen Neuanfang? Sollte er endlich die Karten auf den Tisch legen und damit sich und seine Seele – die anscheinend doch noch irgendwo in ihm zuckte – befreien? Vielleicht wäre das Leben doch noch gnädig mit ihm?

Caspar schüttelte sich. Er wollte diesen inneren Traumschläger, der süffisant von Liebe und Gerechtigkeit säuselte, von sich weisen, aus sich verbannen. „Igitt“, glitt es leise aus ihm heraus. Gefühle waren doch nur was für Schwache. Sie standen einem nur im Weg. Machten nichts als Ärger. Aber er kam nicht dagegen an. Nicht mehr. Irgendetwas rüttelte so massiv in und an ihm, dass er sich dem stellen musste. Aus den Augenwinkeln nahm Caspar eine Bewegung auf dem Felsen wahr. Schnell huschte er hinter den Schutz einer Strauchreihe, die die Sicht auf ihn versperrte.

Wieder die verhassten Gedanken, die ihn die letzte Stunde unentwegt bombardierten. Vor was versteckte er sich eigentlich, nicht nur jetzt, sondern auch sein ganzes Leben lang? Vor seinen Gefühlen? Weil sie nur mit negativen Erlebnissen geprägt gewesen waren?

„Mr. Caspar?“ Träumte er das nun oder hatte jemand tatsächlich seinen Namen genannt?

„Hallo, Mr. Caspar! Ich möchte gerne mit Ihnen reden.“

Das war keine Illusion, das war real. Jade Lander hatte ihn gerufen. Wie hatte sie ihn entdecken können? Langsam kroch er aus dem Dickicht der Äste heraus. Er fühlte sich wie ein Schuljunge. Ertappt und mit Schuld behangen. Als wäre die Zeit zurückgegangen zu der Stelle, dem Zeitpunkt, als er sein Herz, seine Seele, sein Vertrauen in das Leben verloren hatte. Wie im Zeitraffer. Da stand er nun wie angewurzelt. Konnte sich fast nicht bewegen. Und auch nicht sprechen. Langsam bekam er es mit der Angst zu tun. Doch da mischte sich noch ein weiteres Gefühl unter. Es war unerklärlich. Aber eine seltene Vertrautheit baute sich auf, je näher die für ihn fremde Frau auf ihn zutrat. Er verfolgte ihre Schritte. Wie in Zeitlupe kam sie auf ihn zu. Dann bleib sie in etwa zwei Metern Entfernung vor ihm stehen. Sie blickten sich in die Augen. Lange und stumm. In Caspar brodelte es. Gefühls- und Gedankenströme jeglicher Art blitzten in ihm auf. Ihn schwindelte. Er verlor den Boden unter seinen Füßen und sackte zusammen. Erst innerlich, dann äußerlich.

Als er die Augen wieder aufschlug lag er langgestreckt am Boden. Über ihm gebeugt schwebte ein Gesicht . Es war Jade Lander, die an seiner Seite saß und ihn fürsorglich beäugte.

„Was geschieht hier, was geht hier vor sich?" Die ersten Worte, die über seine Lippen kamen.

„Sie wissen, dass ich Jade Lander bin?"

Caspar nickte.

„Ich erzähle ihnen eine Geschichte. Eine Geschichte aus einem anderen Leben. Es war einmal eine Frau, die begegnete einem tollen Mann. Er war für sie ihr Traummann. Wie das Leben so spielte, verliebten sie sich. Sie heirateten und bekamen drei entzückende Kinder. Nach und nach nahm der Alltag die Familie in Besitz und das Bild der heilen Familie begann zu bröckeln. Das Feuer der Liebe wich den Pfeilen des Hasses. Erst ganz heimlich und schleichend. Dann immer massiver und vernichtender. Die Frau schmiedete einen verhassten Plan. Sie wollte ihren Mann loswerden. Also beschuldigte sie ihn der Vergewaltigung an ihr und des körperlichen Vergehens an seinen Kindern. Dem Mann wurde der Prozess gemacht. Er kam hinter Gitter, lebenslang. Er hatte alles verloren. Seine Frau, seine Kinder, sein Leben. Die Frau hatte ihm alles genommen. Der Mann und die Frau, das waren sie und ich gewesen. In einem anderen Leben.

Von diesen Geschichten gibt es wahrlich viele von uns zweien. Wir sind wohl ein tief verbundenes Seelenpaar. Oft stehen sich Feinde am Nächsten, weil sie etwas erlösen möchten oder eine Erfahrung nahe bringen möchten. Eine himmlische Vereinbarung, obwohl das Wort himmlisch hier schon eher das Wort teuflisch verdient hätte. Aber in der geistigen Welt gibt es kein

Gut und Böse, es gibt nur Erfahrung. Und Erlösung gebiert sich oft im Durchwandern von Leid.

Schon verrückt, nicht wahr? Wir waren oft ein Paar. In den unterschiedlichsten Konstellationen, nicht immer Mann und Frau. Im 2. Weltkrieg, im Mittelalter, im alten Ägypten. Zum Beispiel Soldat und Jude, Priester und Hexe, König und Pharaonin, um nur einige zu nennen.

Es waren schöne Leben und tragische Leben. Aber diese Erfahrungen gehören nun der Vergangenheit an. Wenn erreicht wird, die Spirale des Hasses zu durchbrechen. Dann braucht es solche Erfahrungen nicht mehr. Dann wird man aus einer langen Reihe von Erlebnissen herausgehoben und es öffnet sich der Himmel auf Erden. Doch dazu braucht es die rechte Zeit. Ist der Mensch achtsam, und besitzt er vor allem ein offenes Herz, so wird er den rechten Zeitpunkt spüren. Denn das Schicksal kennt keine Eile, nur die richtige Zeit. Bis es soweit ist, heißt es ausharren, in Liebe anzunehmen was ist und seinem Herzen zu folgen. Das bedeutet keinesfalls, passiv zu sein. Achtsam zu sein, für die Stunde der Wahrheit, drückt es besser aus. Bis dahin gilt es, die Ketten zu lieben, die einen geißeln und kasteien. Bis der Moment der Erlösung reif ist. Dies ist hier und heute der Fall. Ich werde es vollziehen. Damit endet unsere Opfer-Täter-Beziehung.

Eine letzte Erfahrung aber möchte ich Ihnen noch offenbaren. In der Annahme, der Akzeptanz von Grenzen, von Blockaden, von Gefangenschaften, die das Leben einem bringt, bekommt die Situation schon einen ganz neuen Glanz. Dann gibt es sozusagen Zusatzgeschenke auf dem Weg zur Erlösung. In der Psychologie spricht man von „den Schatten umarmen."

Caspar verstand nicht. Das war zu viel. Was sollte das nun für ihn heißen? Seine Augen suchten flehentlich im Gesicht seines Gegenübers nach weiteren Erklärungen. Er fühlte sich wie ein orientierungsloses Tier, das in die Ecke gedrängt wurde. Doch

Jade wusste, nun waren alle Worte über die Vergangenheit gesagt. Und sie würden wirken in ihm. Die Worte. Dann würde er die Wahrheit finden. Denn das konnte nur jeder für sich selbst. Was nun einzig zählte, war die Gegenwart.

Sanft blickte sie in Caspars Augen. Sein Gesicht zeigte sogleich eine entkrampfende Wirkung. Nach und nach entzerrte es. Als konnte Jade mit ihren Augen verzaubern. All den Schmerz und den Kampf aus der Seele des Betrachteten lösen. Schweigen, sanfte Blicke und Schweigen. Nur ihre Atemzüge, das Rascheln der Bäume, der Ruf eines Käuzchens und das Plätschern einer Quelle stiegen in der Stille des Waldes auf. Atempause. Die Zeit schien still zu stehen, um Kraft zu schöpfen für eine neue Zeit. Dann setzte Jade die entscheidenden, letzten Worte.

„Ich verzeihe Ihnen, Mr. Caspar. Oder soll ich Sie besser bei Ihrem alten Namen nennen, Mr. Tannmut?"

War vor kurzem schon ein Teil seines Blutes aus ihm gewichen, so schien ihm nun noch der klägliche Rest zu entrinnen. Er begann, nach Luft zu ringen und vor sich hinzustottern.

„Sie wissen…, woher haben…, wer hat Ihnen…?"

„Meine Intuition und die allgöttliche Weisheit hat mir das eröffnet, was meine Familie über Recherchen ebenso herausgefunden hat." Caspars Gedärme krampften sich zusammen. Was würde ihm jetzt blühen? Unter den bisherigen Umständen hätte er zu seinen früheren Handlungsmethoden gegriffen und Gewalt angewendet. Aber das ging nicht. Nicht mehr. Nicht bei ihr, bei dieser Frau. Sie war geschützt von oben bis unten. Sie umwob eine magische Kraft, ein Seelenbegleiter, der sie unter seine sicheren Fittiche nahm. Das spürte er. Er fühlte sich machtlos. Doch er war ebenso frei von jeglicher Verbitterung. Viel mehr füllte seliger Frieden seinen Körper. Als ginge es um nichts als die höchste Wahrheit.

„Ich war noch nicht ganz fertig mit meinem letzten Satz." Jade blickte ihm durchdringend in die Augen. „Ich verzeihe Ihnen und bitte Sie, auch mir zu verzeihen. Schließlich habe ich Ihnen ebenso viel Leid in anderen Welten zugefügt. Das bedauere ich aus tiefstem Herzen. Nehmen Sie mein Friedensangebot an?"

Caspar brachte erst nichts als ein krächzendes Ächzen hervor. „Ich, mhhh, ich… ja natürlich, aber ich versteh nicht ganz."

„Hier geht es nicht um Verstehen. Hier geht es einzig und allein um Fühlen. Im jetzigen Augenblick. Dort ist alles verankert. Die Vergangenheit, die Zukunft, die Gegenwart. Sie umfängt alles."

Caspar räusperte sich noch einmal.

„Wie, äh…, was wird…., wie geht es jetzt weiter?"

„Keiner wird etwas von Ihrer alten Identität erfahren. Der Prozess wird eingestellt werden. Sie sind frei."

Caspars Gesicht sprach Bände. Fragend gruben sich seine Brauenbögen tief in die Augenhöhlen.

„Was macht Sie da so sicher?" Jetzt ließ Jade ihn noch etwas zappeln. Innerlich musste sie ein glucksendes Lächeln unterdrücken. Caspar merkte es. Er dachte angestrengt nach. Dann öffnete er seinen Mund und verkündete selbst die Antwort.

„Intuition und übersinnliche Weisheit?"

„So ist es. Die lange Zeit im Wald hat mir diese Gabe zum Geschenk gemacht. Somit habe ich sie im weitesten Sinne den tragischen Ereignissen, also auch ein kleines bisschen Ihnen zu verdanken. Aber das sollte sie keineswegs zum Wiederholungstäter werden lassen. Denn sie wissen ja: Es kommt alles zurück. Das Gute, das weniger Gute und auch das Glück. Handeln sie allseits stets bewusst und aus ihrem tiefsten Herzen, dann können sie wahrhaftig sein, wer sie sind. Machen sie sich auf in ein neues Leben, für eine neue Lebensweise. Öffnen sie ihre Augen und erkennen sie in jedem Gegenüber, dass er ihnen etwas mitteilen möchte. Nehmen sie es neutral an. Werten Sie es nicht. Erzeugt ihr gegenüber Wut in Ihnen, so ist es Ihre Wut, die er aus Ihnen herauskitzelt. Er möchte diese Energie quasi befreien. Zaubert Ihr Gegenüber Ihnen ein Lachen auf die Lippen, dann fördert er die Freude in Ihnen zu Tage. Aber werten sie nicht. Das ist ihre Hauptlektion für die nächste Zeit. Nehmen sie Ihre Wertungen immer mehr und mehr heraus aus den Geschehnissen, lassen sie ihre Gefühle aber frei fließen und schauen Sie, dass Sie sie in konstruktive Bahnen lenken. Dasselbe gilt dann auch für Sie in der umgekehrten Situation. Auch Sie dürfen achtsam Impulsgeber und Inspiration für ihr Gegenüber sein, die ebenso emotionale Heilung erzeugt und verursacht.

Heilung geschieht dann, wenn beide Parteien die Freiheit und die Akzeptanz bekommen, so sein zu dürfen, wie sie sind. Angenommen in ihrer Wut, ihrer Trauer, ihrer Verzweiflung, ihrer Freude. Das ist die neue Welt, die in dieser Erde Einzug halten wird."

Jade reichte ihm die Hand. Mit einem Ruck brachte sie Caspar wieder auf die Beine. Einen Moment lang hielten sie an dieser Haltung fest. Kraftvoll war ihr Händedruck. So fühlte es sich also an, wenn aus Feinden Freunde wurden.

Das Reh im Wald hatte Jade alles schon vorhergesagt. Und die Wesen dieses Fleckchens hatten es ihr abermals bestätigt. Wie ein Film waren die Ereignisse der Vorleben vor ihrem inneren Auge vorbeigezogen.

Eine Ära ging zu Ende. Eine lange, eine große, eine gewaltige. Aber eines war sicher. Eine noch größere stand gerade am Beginn ihrer Zeit.

XXXXX.

„Du bringst mich immer wieder zum Staunen, immer noch mehr."

Zärtlich schmiegte Hermann Jade an seine Brust. Beschwingte Tanzmusik drang aus den Lautsprechern. Sie wiegten sich zärtlich im Takt. Über ihnen stand der Sternenhimmel. Es war eine laue Sommernacht. Jade war überglücklich. Das hatte sie all die Jahre vor ihren Augen gehabt, sich in ihren Träumen ersehnt. Ein rauschendes Fest mit all ihren Lieben. Um sie herum tanzten, aßen und lachten Freunde und Familie.

Wer hätte das gedacht? Sie hatten das Barbecue um einen Tag verschoben. Gestern war alles noch zu frisch, zu aufgewühlt gewesen. Vor allem die Männer mussten sich von dem Schrecken, den Jades Alleingang in ihnen ausgelöst hatte, erholen. Wiedermal ein Zeichen, wie feinspürig und empfindsam dieses Geschlecht doch war. Außerdem wären gestern die Sigmunds noch nicht bei ihnen gewesen. Danias Eltern waren erst heute angekommen. Paul Sigmund hatte ihnen die Geschichte erzählt, wie er es herausgefunden hatte, dass Caspar in Wahrheit Georg Tannmut war.

Bei seinen Erzählungen hatten sie alle mitfühlend aber auch schmunzelnd seinen Ausschweifungen gelauscht. Sein Besuch im Altenheim, der ihn mit der falschen Identität nervlich fast an den Rand getrieben hatte. Das Fazit dieses Erlebnisses war jedoch, wie so vieles im Leben. Es hing an einer Kleinigkeit. Paul Sigmund hatte nach dem schroffen Aufruf der Bediensteten nur in deren Beisein das Zimmer im Seniorenheim betreten dürfen. Dort fand er Valerie Tannmut in einem Rollstuhl sitzend, ans Fenster geschoben, vor. Sie schien tief in eine andere Welt versunken. Doch sie schien glücklich. Beseelt. Es war kein verständlicher, vollständiger Satz mit ihr zu wechseln möglich. Doch eines war Sigmund aufgefallen. Akustisch und bildlich. Ein Wort war immer wieder auf Valeries Lippen gewesen. „Kasperle“, hatte sie ständig gemurmelt. Und ihm dabei eine alte, gestrickte, schon aufs Übelste verschlissene Puppe mit Zipfelmütze entgegengereckt. Erst konnte er dem Gespräch gar nichts abgewinnen. Schließlich verließ er nach etwa 20 Minuten frustriert das Zimmer und das Seniorenwohnheim.

Auf dem Nachhauseweg aber gingen bei ihm die Lichter an. Kasperle, Kasperle. Es war das Lieblingsspielzeug ihres Sohnes gewesen. Mit ihm war Georg Tannmut so glücklich gewesen. Diese Persönlichkeit aus Wolle und Stoff hatte ihm mehr gegeben als es je einer Menschenseele möglich gewesen war. Somit hatte er sich den Namen seines besten Freundes zu Eigen gemacht. Das war auch der Beweis für seine abgespaltene Persönlichkeit. Es war eine Realitätsflucht. Auch mit der Erschaffung seiner neuen Identität stand unmissverständlich seine kindliche Seele, ein kindliches Handeln, im Hintergrund.

Paul Sigmund hatte sich im Laufe seines Lebens, auch nach den Drohungen, die er in Amerika erfahren hatte, viel mit der menschlichen Psyche auseinandergesetzt. Hier handelte es sich eindeutig um einen abgespaltenen Persönlichkeitsanteil. Eigentlich konnte man wirklich großes Mitgefühl mit diesen Menschen haben. Denn sie tickten manchmal völlig unbewusst aus und ohne Beisein ihres klaren Verstandes, ohne jegliche Kontrolle. Dabei waren es oft hochintelligente, liebenswerte Menschen. Menschen, denen das Schicksal eben solche Wunden zugefügt hatte, dass sie dieses Erlebnis, diesen Schmerz eben aus sich verbannen wollten. Ihn abspalten wollten. Damit war die unkontrollierbare Identität geboren. Unkontrollierbar solange, bis die Seelenteile wieder zusammengefügt werden konnten. Dies hatte Jade auch ausdrücklich zu Caspar gesagt. Das war ihre Bedingung gewesen. Eine Therapie. Und sie wusste, er würde es schaffen. Auch das hatten ihr die Himmelskräfte deutlich gezeigt.

Was den Wandel der Erde betraf, so hatte Jade auch eine durch und durch neue Botschaft erhalten. Eine komplett neue Dimension, die vor ihrer Verwirklichung stand. Die kommende Zeit würde die Zeit der Individualisierung sein. Gleichzeitig auch die Zeit der großen Familie, der unbegrenzten Familie. Waren in der Vergangenheit Grund und Boden, Pflanzen,

Tiere, Mineralien und natürlich der Mensch miteinander eng verbandelt, so wird in der neuen Zeit ein jeder in sich selbst das große Ganze finden. In der ersten Zeit wird sich das wie eine jähe Trennung anfühlen. Jedoch nur zu Beginn. In dem Erkennen der eigenen Größe und der eigenen Vollkommenheit kristallisiert sich die Vereinigung im Inneren heraus. Mit dieser inneren Vereinigung erfolgt auch die Herzensvereinigung mit dem Leben. Mit allem was lebt. Es vereint Freiheit und Verbundenheit zugleich. Sämtliche Abhängigkeiten werden sich nach und nach lösen und freie Herzensverbindungen ins Leben rufen. Der Mensch braucht keinen Spiegel mehr im Außen, um sich selbst wahrzunehmen, zu erkennen. Er tut dies selbst in sich. Diese Worte waren selbst für Jade noch ungewohnt und schwer zu verstehen. Aber sie fühlte, alles würde wunderbar werden.

Hermann küsste Jade in diesem Moment auf die Wange und brachte sie damit wieder an Ort und Stelle. In den wunderschönen Garten von Samu. Dann blickten sie in dieselbe Richtung, zur Bar. Das Pavillon, welches Hermann heute noch hatte fertigstellen können, wurde kurzfristig zum Ausschank mit Theke umfunktioniert. Bunte Lichter und Girlanden zierten das Eisengestänge. Samu und Dania mixten gerade Cocktails für ihre Gäste. Immer wieder mussten ihre Hände, ihre Körper sich berühren. Wie schön es war, das anzusehen.

„Lady, wie wär´s, schwimmen wir nachher über den See auf unsere kleine einsame Insel? Dort könnten wir da weitermachen, wo wir gestern aufgehört haben."

Samu grinste von einem Ohr zum anderen. Dania liebte das an ihm. Seine pure Direktheit, seine Lebenslust, seine Männlichkeit. Sie fühlte unendliche Liebe in sich aufsteigen. Gefühle, die eine solch starke Anziehung zwischen ihnen entfachte, dass sie fast schwindlig vor Glück wurde. Aber heute ging es wirklich nicht. Sie hatten Gäste. Heute stand die Party im Vordergrund. Gespielt empört gab sie also Samu einen Klapps auf sein Hinterteil und ließ die Frage unbeantwortet. Gesten sagten manchmal mehr als Worte.

Trotzdem musste sie ihm Recht geben in seiner Begeisterung für die gestrige Nacht. Verliebt dachte sie zurück, ließ Revue passieren, was vor etwa 24 Stunden geschehen war. Als sie gestern Abend in trauter Runde den Tag mit einer Brotzeit ausklingen ließen, spürten sowohl Samu als auch sie, dass nun eine große Last von ihnen gefallen war. Alle waren heilfroh, dass sie Jade am Nachmittag gesund und wohlauf am Range Rover vorgefunden hatten. Zu Hause hatte sie ihnen dann die unglaublichen Geschehnisse ihres Waldbesuchs erzählt. Sie spürten, welche Schwere über ihnen gelastet hatte, als Jade von den gefährlichen Schrecksekunden berichtete. Und welche Leichtigkeit sich in ihnen nun ergoss, mit der gewonnenen Gewissheit, dass nun dieses Drama endgültig sein Ende gefunden hatte. Es glich einer Neugeburt. Als fanden tausend Seufzer eine Erlösung. Es war vorbei. Eine Odyssee.

Ihre beiden Familien hatten sich nicht nur gefunden sondern auch gegenseitig geheilt. Dania konnte das geknickte Verhältnis zu ihrem Vater glätten und damit ihr Herz wieder öffnen für die Liebe ihrer Eltern. Samu hatte seine Mutter und seinen Onkel wiedergefunden. Und Hermann und Jade konnten endlich ihre Liebe leben.

Sie alle hatten nun ihre Freiheit und ihre Unschuld zurückerlangt, nach langer Zeit. Diese riesengroße Erleichterung schürte irgendwie noch zusätzlich ihr Verlangen, ihre Zweisamkeit zu genießen. Denn das war ihr eigenes, größtes Geschenk. Ihre Liebe. Etwas explodierte in ihnen.

Also hatten Samu und sie den Entschluss gefasst, bei Eintritt der Dämmerung zu der Insel im See hinüberzuschwimmen. Sobald die Sonne langsam am Horizont versank, hatten sie sich ins kühle Nass gleiten lassen. Tausend Hummeln schwirrten in Danias Bauch. Sie vollzogen einen Tanz der Liebenden. Doch etwas war anders als sonst. Ein neues Gefühl hatte sich unter diese grenzenlose Liebe gemischt. Es war intensiv in der Wahrnehmung aber trotzdem sanft und zärtlich im Ausdruck. Inniger. Sie konnte es nicht weiter beschreiben. Auf der Insel sollte sie die Lösung dazu finden, und vor allem spüren. Den Ausdruck, der ihr neu war und sie zu erfüllenden Gefühlen hinreißen ließ, die sie noch nie zuvor erlebt hatte.

Als sie das neue Ufer erreicht hatten, die Insel, die fast mittig in dem großen See thronte, stand der Mond hoch am Himmel oben. Dania fröstelte leicht. Keineswegs vor Kälte, viel mehr vor Erregung. Aber es war anders. Ganz anders als bisher. Was folgte, glich viel mehr einer inneren Explosion, als der bisher äußeren. Es kam auch in Wellen, leise und sanft, war unvorhersehbar. Es offenbarte sich nur durch bedingungslose Hingabe.

Sie hatten sich geliebt, unendlich zärtlich geliebt, langsam geliebt. Hatten lange in unterschiedlichen Berührungen und Vereinigungen ausgeharrt, nur um den gemeinsamen Atemrhythmus zu finden, der ihre Lust auf Wellen herbeitragen sollte. Es war anders, ganz anders. Es war, als überließen sie die Herrschaft ihren Seelen und der Führung ihrer Herzen, die viel besser wussten, was zu tun war, was unendlich tiefe Befriedigung herbeiführte. Völlig kopflos, gedankenfrei. Als leite der Geist der Liebe sie höchstpersönlich für ihre Vereinigung an. Nur Liebe. Fühlen. Spüren. Sinnlichkeit. Feine, kleine Explosionen ließen in ihnen die Kraft ihrer Körper und die Freude an ihnen erleben. Diese neu gewonnene Lust war weniger mit Gier als viel mehr mit Entzücken bestückt. Es fühlte sich gigantisch an, dieses neue Erlebnis der Vereinigung. Ihr Eifer wurde damit tief geschürt, diese neu errungene Erfahrung weiter auszubauen. Sie hatte sich ihnen von selbst zugetragen. Ganz ohne ihr geistiges zutun. Ohne jegliche Gebrauchsanweisung.

Denn bei aller Liebe für das Lesen, die Dania in großem Maß besaß, so wusste sie auch, dass dies nur die Theorie war. Ohne die Praxis, das Tun, war alles umsonst, kam alles wie eine trockene Bedienungsanleitung herüber.

Außerdem war doch jeder Körper ein Unikat, jedes Paar einmalig. So besonders, wie jedes Baby, das in tiefer Liebe und Einmaligkeit gezeugt worden ist. Dania wollte ihre eigenen Erfahrungen und Erforschungen vornehmen und auch an die Kraft und die Intelligenz des Körpers glauben. Und daran, dass im Tun unendlich viel Weisheit und Rat herbeifloss. So war es auch bei ihnen gewesen. Denn weder Samu noch sie selbst hatten je explizit über Tantra gelesen. Gut, über Sex und verschiedene Praktiken durchaus. Aber nie über das, was sie in dieser Nacht erlebt hatten. Das war es nämlich gewesen. Das Erleben selbst. Es hatte sich ihnen offenbart, durch Vertrauen, Liebe und Hingabe. Beseelung. So etwas konnte man in keinem Ratgeber finden. Das musste man tun, erleben, zelebrieren. Es ging nicht theoretisch. Schon schwer in einer Welt, in der das Wissen und die Theorie doch Zeit unseres Lebens so im Vordergrund gestanden hatten.

Nun wandelte sich alles. Denn hier ging es um das Handeln. Um den puren Ausdruck. Den wir uns doch so oft im Leben schon verboten hatten. Diese Grenze wurde nun in ihnen in einer markerschütternden Explosion gesprengt. Wie herrlich! Dania und Samu waren nun der lebende Beweis dafür, wie heilsam körperliche Liebe war. Welche inneren, heilenden Prozesse dabei stattfinden konnten, wenn man sich aus purer Herzenergie an den anderen verschenkt. Diese Erfahrung hatte in ihnen auf das Innigste die Reinheit der Liebe und der sexuellen Vereinigung in jede einzelne Zelle, in ihre Herzen, in ihr Bewusstsein gebrannt. Ein Siegel göttlicher Gnade. Eine Botschaft für uns Menschen, dass dem Himmel unser größtes Glück noch lange nicht gut genug ist. Dass das Göttliche uns überschütten will mit Liebe und Fülle. Dass wir uns immer und immer wieder gewiss sein sollen, es verdient zu haben, glücklich zu sein, geliebt zu sein, geborgen zu sein. Ein göttlicher Same hatte sich in ihnen ausgesät. Es war der Glaube an die Kraft der Liebe, an die Gnade, die aus der Geduld geboren wird, an das Heil, das aus Vertrauen heraus erwächst. Die Natur und der Himmel hatten ihnen ihren Segen erteilt. Ihnen dieses Geschenk gemacht, das Vermächtnis ihrer Ahnen zur glückseligen Vollendung gebracht.….

Mit einem wilden Ruck wurde Dania aus ihrer Träumerei gerissen. Jemand zerrte an ihrer Hand und zog sie mitten auf die Tanzfläche. Dieser Jemand war ihr Traumprinz, ihr tapferer Ritter, ihr Held. Samu. Jack hatte ihr Lieblingslied aufgelegt. Learning to fly von Tom Petty. Die Vibration der Rhythmen und der Klang der Stimme sprengte den zweien das Blut durch ihre Adern. Wie von selbst bewegten sich ihre Körper zu den Beatschlägen, die aus den Lautsprechern drangen. Ausgelassen rockten Samu und Dania die Bühne. Losgelöst wirbelten sie über die Tanzfläche, um kurz darauf wieder eng umschlungen im Gleichklang miteinander hin und herzuwiegen. Glückshormone ergossen sich in Samus Körper, berauschten seine Gedanken. Machten ihn aber auch demütig. Er spürte, dass er etwas in sich wiedergefunden, etwas wiederbelebt hatte, das lange Zeit verloren war. Er hatte Zeit seines Lebens Schwierigkeiten gehabt, Frauen zu vertrauen. Als er damals von seiner Mutter verlassen wurde, hatte sich in ihm dieses Misstrauen ausgesät und war gemächlich und ganz unscheinbar immer weitergewachsen. Bei Dania war es der Vater gewesen, der tiefste Verunsicherung in ihr ausgelöst hatte. Wenn Samu rückblickend auf die Menschen blickte, die ihm in seinem Leben begegnet waren, dann handelt es sich damit um ein weitverbreitetes Dilemma. Die Suche nach dem Gegenstück, nach dieser anderen Hälfte, die einen komplett macht, bedeutete doch für den Großteil der Menschheit einen Lebenssinn. Gleichzeitig liegt genau in dieser Sehnsucht auch die größte Barriere, die es zu überwinden gilt.

Das Loslassen der Kontrolle, das Öffnen für einen anderen Menschen, das Einlassen auf eine andere Person. Damit muss auch ein Stück der eigenen Macht, der eigenen Selbstbestimmtheit aufgeben werden. Der Mensch muss sich öffnen, innerlich weich werden. Verletzbar. Genau da lag bisher das Problem. Hier versuchte die Angst, die vorgab, vor Verletzungen zu schützen, oft einen Keil zwischen Mann und Frau zu treiben. Viele Beziehungen kamen Samu vor, wie bittere Kämpfe, die zwischen Mann und Frau ausgetragen wurden. Machtspielchen. Nur, damit man sein Gesicht nicht verliert. Wie traurig. Manchmal versteckt sich auch in unserer heutigen Emanzipation, die sowohl beide Geschlechter betrifft, die tiefe Angst, sich in eine Abhängigkeit eines anderen begeben zu müssen. Die Überzeugung, alles selber zu schaffen, mag durchaus seine gesunden Früchte tragen, jedoch auch seine Schatten. Sie dient oft als Tarnung, sich nicht öffnen zu müssen.

Doch Samu hatte den Schlüssel nun gefunden. Auch durch die Hilfe seiner Mutter, das war ihm nun bewusst. Sie hatte ihn mit diesem großen Schmerz in Verbindung gebracht, aber auch mit dem großen Heil. Sie hatte durch ihr Ritual stellvertretend für so viele Menschen das innere Kind erweckt. Dieser heile Kern, der es einem möglich macht, wieder zu vertrauen. Der dem anderen die Hand reicht und sagt, komm, ich vertrau dir, ich öffne mich für dich. Ich sehe deine Stärke und weiß, dass du mich damit nicht zerstörst, sondern rettest. Ich vertraue deiner Kraft und erlaube mir auch, meine Schwächen anzunehmen. Selbst klein zu sein. Ebenso im umgekehrten Sinn. Denn jeder Mensch hat Stärken und Schwächen. Gemeinsam und in Liebe aber sind wir ganz.

Erfüllt von der tiefen Intensität seiner Gefühle breitete sich eine Klarheit in Samu aus, die er in dieser Reinheit noch nie empfunden hatte. Er wusste, was nun der nächste Schritt für ihn und Dania war.

„Bereit für einen Flug über alle Berge, Seen, Wälder und Täler dieser Erde? Dein Flugkapitän rollt dir den roten Teppich aus. Du musst nur noch ja sagen und einsteigen."

Strahlend blickte Samu Dania in die Augen. Seine Stimme zitterte, als er die Sätze über die lauten Rhythmen aus der Anlage in Danias Ohr legte. Dania ließ diese Liebeserklärung erst mal in ihrem Körper ankommen. Spürte mit jeder Pore Samus Worten und seinen Gefühlen nach. Dann zwinkerte sie ihm entzückt zu.

„Ist das ein Ja?"

Ein Flehen, ein Hoffen war in Samus Gesicht zu sehen. Verschmitzt schielte Dania mit leicht gesenktem Haupt aus den Augenwinkeln zu ihm hinauf. Ein bisschen musste er schon noch zappeln. Aber lange konnte sie ihn sowieso nicht warten lassen. Dafür liebte sie ihn viel zu sehr. Sie musste es hinausschreien in die Welt.

„JA, jaaaaa! JA, ja, ja, ja, aber ja doch! Jawohl! Ja, ja, ja, JA-HAAAAAA!"

XXXXXI.

Es war schon dunkel. In Gedanken versunken irrte Georg Tannmut, alias Timmothe Caspar, durch die Gassen des Altstadtviertels. Das Kopfsteinpflaster schien unter seinen Füßen zu schwanken. Er drosselte seine Schritte. Mit langsameren Begewunen rollte er seine Fußsohlen auf den von der Sonne noch aufgewärmten Steinen ab. In seinem Kopf, in seinem Herzen und auch in seinem Körper herrschte wildes Durcheinander.

Schließlich lehnte er sich an das Geländer einer Brücke, die er soeben bis zum Scheitel ihrer Wölbung betreten hatte. Der Fluss lag nun symmetrisch unter seinem Blickwinkel. Schwarz floss er in der Tiefe der Nacht dahin. Langsam und ruhig. Hie und da durchbrachen leichte Wasserverwirbelungen die Stille der Stunde. Nach einer gefühlten Ewigkeit hob Caspar seinen Kopf wieder empor. Seine Augen versuchten die Umgebung im dunklen Schein zu erfassen. Spärlich beleuchtete Straßenlaternen ließen Licht- und Schattenbilder an den Hauswänden entstehen. Caspar zitterte innerlich. Es war jedoch keine Angst, die wie bisher seine Knochen auf- und abgekrochen war. Es war ein ganz neues, anderes Gefühl. Es vibrierte leicht in seinen Muskeln, seinem Bauch und schien mit Etwas, das sich wie Glückseligkeit anfühlte, durchsetzt zu sein. Gefolgt von unendlicher Erleichterung.

Ihm war noch nie in seinem Leben Gnade widerfahren worden. Unendliche Gnade. Unendliche Liebe. Akzeptanz, die ihn so umarmte, wie er war. Jade Lander hatte ihm vor zwei Tagen seine Absolution erteilt. Nach all dem, was er ihr und der Familie angetan hatte. Caspar konnte es nicht fassen. Sein Herz drohte zu zerspringen. Er empfand nichts als Liebe im Moment, für sich, für die Frau, die ihm verziehen hatte, für das Leben. Wenn dieser Mensch ihn nun lieben konnte, so war er sich gewiss, dann würde er selbst das nun auch können. Ihre Liebe hatte etwas in ihm aktiviert.

Wie konnte sie ihm das alles verzeihen? Wahrlich, für ihn der größte Beweis für die Nächstenliebe. So empfand er es. Aber sie hatte ihm ja gestanden, dass nach dieser langen Zeit der Verbitterung, der Trauer, der Wut, nun eben die Zeit reif dazu war. Es war wohl der richtige Zeitpunkt erreicht. Das Ende dieser Ära, wie Jade Lander es genannt hatte.

Es tat so gut, so unglaublich gut, dass ihn endlich jemand verstand. Dass jemand auch seine Sicht anerkannte. Das Drama seines Lebens. Er konnte es sich nicht erklären, aber diese Erfahrung sprengte etwas in seinem Inneren. Als nähme sie den Rigel weg, der Zeit seines Lebens vor sein Herz geschoben war, und öffnete ihm endlich die Schleusen seiner Liebeskraft. Erweckte in ihm seine Fähigkeit, Empathie zu empfinden. Für sich, für die Mitmenschen, für die Welt.

Tränen flossen über seine Wangen und rollten über das Geländer die Brücke hinab. Wie lange hatte er schon nicht mehr geweint? Es schien Jahrzehnte her. Sein Hass hatte ihm alles verwehrt, hatte alles erstickt. Hatte ihn fast getötet. Nun schien er wieder lebendig zu werden. Er wusste, dass dieser Moment der Anfang dazu war.

Wie hätte sein Leben nun verlaufen können? Er hätte für immer hinter Gitter kommen können. Dabei wäre er sicherlich gestorben. An der Situation oder an dem Magengeschwür, das seit zwei Tagen Besserung andeutete. Auch eine heilende, körperliche Reaktion der Vergebung, die er erhalten hatte. Zum ersten Mal in seinem Leben fühlte er sich frei. Frei von Schuld. Er war sich seit je her wie ein böser Mensch vorgekommen, Zeit seines Lebens. Hatte unwillkürlich diesen Stempel aufgedrückt bekommen und auch danach gehandelt. Das bereute er zutiefst. So wollte er nie mehr in seinem Leben sein. Jedoch konnte er jetzt, mit der emfpangenen Liebe, das Ganze sehen. Das ganze Ausmaß seines Lebens, seiner Erfahrungen. Er war kein böser Junge gewesen. Er hatte sich das nur so zusammengereimt, weil er nur Schläge und Missachtung erhalten hatte. Das alles war jedoch der Verzweiflung geschuldet, die seine Mutter und auch sein Vater in sich getragen hatten. Aus der Zeit des Krieges und den Greueltaten, die doch niemand gewollt hatte. Sie selbst, seine Eltern, hielten diese eigene Missachtung in sich und übertrugen so all die Schuldgefühle auf die nächste Generation. Ja, so war es. Ein eindeutiges Zeichen, wie wertvoll der achtsame Umgang mit sich selbst und mit den eigenen Kindern war.

Er machte jedoch seinen Eltern keinen Vorwurf mehr. Das Leben konnte man nicht kontrollieren. Und die Ereignisse waren nun einmal so gewesen. Krieg war bestimmt das Schlimmste, was den Menschen wiederfahren konnte. Frieden das Höchste. Ihn gilt es zu wahren. Mit gegenseitiger Achtsamkeit, Würde und Offenheit kann es gelingen. Dann können Konflikte schnell ausgesprochen und bereinigt werden, damit keine Missverständnisse, die über die Jahre nur noch schlimmer werden würden, mehr aufkommen. Das wusste Caspar jetzt. Besser als manch anderer.

Zum ersten Mal in seinem Leben hatte er ein erfüllendes Ziel vor Augen. Er wollte Konfliktberater werden. Besser Friedensberater, das hörte sich doch gleich viel erhebender an. Neben seiner Therapie würde er eine Ausbildung zu einem Coach absolvieren. Nachdem der innere Krieg ihn Zeit seines Lebens begleitet hatte, würde nun der Friede sein Hauptanliegen sein. Frieden in sich, in seiner Umgebung, in dieser Welt. So konnte man also aus seinem Schicksal doch immer und zu jeder Zeit etwas Fruchtbares machen.

Unsere Wunden sind niemals umsonst. Sie sind der Weg zu uns und zu unserer Berufung. So ist es.

Caspar blickte zum Himmel. Klar war die Nacht. Von Sternen übersät. Der hellste Stern strahlte ihm ins Antlitz. Es war die Venus. Der Stern der Liebe. Sie schien ihm ins Herz zu leuchten, um dort den Funken für sein neues Leben zu zünden.

XXXXXII.

2 Monate später

„Hero, hier! Komm hier her! Sofort!!! Du kleiner Räuber, wag ja nicht, dich in meinem neu angelegten Gemüsebeet zu wälzen."

Dania stapfte gespielt respekteinflößend auf den mit Staketenzaun neu angelegte Küchengarten zu. Der Zaun war schließlich aus gutem Grund angebracht worden. Erstens gefiel ihr dieser Anblick eines Bauerngartens, zweitens sollten ihre Pflänzchen Schutz vor dem wilden, aber doch äußerst süßen Wirbelwind finden, den Samu und sie in ihre Familie mitaufgenommen hatten. Jedoch stand im Moment die Tür des Zauns offen. Also eigentlich ein Fehler ihrerseits. Sie hatte ihn heute Morgen, als sie ein paar Kräuter für ihre Smoothies abgeschnitten hatte, vergessen zu schließen. Das schien ihr kleiner Freund nun auszunutzen.

Hero, ihr neues Familienmitglied, war seines Zeichens Hund, durch und durch. Samu und sie liebten Tiere über alles. Und somit fiel ihre Wahl auf einen Wolfshund, seit je her der Urbegriff für Kraft und Weisheit. Dass er sie im Moment, mit seinen vier Monaten, sehr auf Trapp hielt, war ihnen bewusst gewesen. Jedoch schien im Moment alles zusammenzukommen. Auch Meggan schien sich noch an die Umstellung gewöhnen zu müssen. Schließlich war sie bisher Diva Nr.1 im Hause Lander. Jedoch würde das neue Energiebündel für viele positive Lerneffekte, auch bei Meggan, sorgen. Ein bisschen konnte die Miezekatze wirklich von ihrem ausgeprägten Egotripp runterkommen. Und auch Hero konnte seinerseits neue freundschaftliche Impulse setzten beim Thema Hund-und-Katzenfreundschaft.

Nur noch drei Schritte, dann hatte sie ihn erreicht. Huch, da hätte Hero Dania fast zu Fall gebracht, als sie nach seinem

Halsband langte und er verspielt daran zerrte. In einem Ruck schloss sie das Gartentürchen, streichelte Hero über den Kopf und belehrte ihn nochmals mit mahnenden Worten über die Regeln dieses Hauses. Als Dania die Hand wieder von seinem Halsband genommen hatte, spurtete er, sich keiner Schuld bewusst, schnurstracks in Richtung des Sees weiter. Welche Energie, sie konnte nur staunen, wie der Hund vor Lebenskraft so strotze. Ihr selbst stand der Schweiß auf der Stirn.

Hoch stand die Sonne am späten Nachmittagshimmel. Mit sanften Fingern wischte Dania sich den schwachen Film aus dem Gesicht. Da würde noch einiges an Arbeit auf sie zukommen, bis Hero ihrem Wort gehorchen würde. Aber es würde sich alles geben. Mit Liebe und klaren Linien. Zärtlich blickte sie zu Hero in die Ferne um gleich darauf mit derselben liebevollen Geste über ihren Bauch zu streicheln. Hero würde nicht der einzige Neuankömmling bleiben, der in diesem Haus Einzug halten würde. In 9 Monaten würde ein Baby das Glück der Familie noch komplett machen. Dania war schwanger. Sie wusste es erst seit ein paar Tagen. Noch hatte sie keinem die frohe Botschaft verkündet, denn sie wollte dieses Gefühl des Glücks erst noch in sich selbst ankommen lassen. Es auskosten.

Wie Samu wohl reagieren würde? Bestimmt würde er einen Luftsprung vollziehen. Dass nach so langer Zeit für sie nun endlich die Schleusen des Glücks geöffnet wurden, machte Dania zutiefst demütig. Sie gluckste innerlich. Schickte tausend Dankeschön gen Himmel. Heute Abend würde sie ihrem Liebsten davon berichten. Schließlich konnte sie von ihrem Naturell her eh schlecht etwas für sich behalten, und außerdem wollte sie dieses große Glück mit ihrer großen Liebe teilen und es damit verdoppeln.

Jade fiel ihr in dem Moment in ihre Gedanken. Gestern hatten sie miteinander telefoniert. Jade hatte in den letzten Wochen, kurz vor ihrer Abreise, noch den Kontakt zu den

Bewohnern ihres ehemaligen Guts gesucht. Sie hatten sich gesehen und es war Sympathie auf den ersten Blick gewesen. Ein Paar, Anfang und Mitte vierzig, wohnte dort schon seit einigen Jahren. Er, Conner, war Schlosser von Beruf und nutzte die Werkstatt von Matthis optimal. Sie, Violett, war als Buchhändlerin in der Stadt tätig. Was sie Jade im Laufe des Gesprächs berichteten, rührte sie alle zu Tränen. Es gab auch weiter Aufschlüsse über den Lauf des Lebens. Über eine höhere Kraft, die alles leitet, alles hütet.

Erst vor wenigen Tagen hatten Conner und Violett eine bauliche Maßnahme auf ihrem Grundstück beim Amt beantragt. Als der Mitarbeiter der Stadt ihre Grundstücksakte zur Hand nahm, fiel ihm auf, dass dem Katasteramt damals nach dem Überfall auf das Gut und der Übereignung des Anwesens auf Edward Firth ein Fehler unterlaufen war. Ihnen war entgangen, dass das große Waldstück ebenfalls zu dem bisherigen Anwesen gehörte. Also wurde Edward und später dann den neuen Käufern nur der Hof und die Gebäude vermacht. Der Wald lag weiterhin in seiner Unschuld. Im Besitz der Frau, die ihn besitzen sollte. Jade Lander. Er war weiterhin still auf ihren Namen eingetragen und rief sie zur rechten Zeit zu sich nach Hause. Ein weiteres Zeichen dafür, dass zusammenfindet, was zusammengehört. Dass das bleibt, was bleiben soll. Es allem trotz, was an ihm rüttelt.

Hätte sonst Conner und Violett das gleiche Schicksal ereilt? Wer weiß, wer weiß? Aber in der neuen Welt geht es viel weniger um Wissen als viel mehr um Herzensführung. Um Intuition und Vertrauen. Wir können unserem Schicksal nicht entrinnen. Im Gegenteil. Es anzunehmen birgt unendliche Schätze. Der Kopf strickt sich oft Muster, die dem Fluss des Lebens widersprechen. Das Herz allein kennt die Wahrheit.

In diesem Moment hatte Danias Herz gestern einen Hüpfer gemacht. Sie hatte ihre Schwangerschaft Jade jedoch noch nicht preisgegeben. Samu sollte der erste sein, der es von ihr erfährt. Der Abend schien lau zu werden. Sie würde etwas Leckeres kochen und dann bei Kerzenschein und Grillenzirpen ihm die süße Veränderung verkünden, die sie in ihrem Leben schon bald begrüßen durften. Am besten schlüpfte sie jetzt noch klammheimlich, ohne dass Hero es bemerken würde, durch den Zaun ihres Gemüsegärtchens, um gleich einen leckeren Salat für den Fisch und das Risotto heute Abend mit ins Haus zu nehmen. So tat sie es auch. Aber nicht ohne Hero. Sogleich hatte er ihre Fährte aufgenommen, musste sich aber vor geschlossener Tür geschlagen geben. Dania selbst entkam erst wieder dem Gehege, als sie etwas hilflos den Salatkopf nach draußen geworfen hatte, was fürs Erste genügte, um Hero mit seiner Schnüffelnase auf dieses Objekt zu lenken.

In der Küche konnte sie den Welpen dann schließlich mit etwas zu trinken und leckeren Knochen zur Ruhe bringen. Ein energisches Klopfen auf sein Kissen machte Hero deutlich, dass er nun Ruhe geben musste. Nach dem dritten Anlauf gelang dies auch. Schnell nutzte Dania die freie Zeit, um flink wie ein Wiesel durchs Haus zu fegen. Sie wollte oben das Bad en suite noch putzen und im Schlafzimmer mal wieder klar Schiff machen.

Mittlerweile war alles fertiggestellt. Wie gewünscht, stand ein Himmelbett in der Mitte des bis zum Dachspitz hohen Raumes. Liebevoll schüttelte Dania die Kissen auf, zog das Laken straff zurecht und schlug die Decke zu einer ansehnlichen Form kurz vor dem Kopfteil einmal um. Sie liebte ihre neue Rolle als Hausfrau. Doch die Bezeichnung gefiel ihr nicht. Sie umfasste in keinster Weise das, was sie für ihre Handlungen empfand. Irgendwie schwang für sie bei diesem Wort etwas Negatives mit. Dania wollte diese hochwertige Aufgabe anders betiteln. Hausherrin hörte sich irgendwie herrisch an. Wie sollte sie ihr neues Betätigungsfeld denn nun nennen?

Gutsdame. Wie wäre es damit? Für sie war es stimmig. Sie liebte dieses alte Wort „Gut“, das in Verbindung mit Gemäuern für eine lange Familientradition stand, die Schutz, Liebe und Beseelung versprach. Ja, sie war eine Gutsdame. Und es passte für ihr Anwesen am See. Der tiefbehütende Geist ihrer Ahnen war nach all ihrem Erlebten nun spürbar in das Holzhaus eingezogen. Und auch der von Samu neu angegangene Bau einer großen Scheune ließ gerade dieses Wort für ihr neues zu Hause als 100 % treffend erscheinen. In diesem großzügigen Außengebäude würde Samu Platz finden für seine Bildhauertätigkeiten und für neue Zugmaschinen, die er zum Bestellen von Feldern anschaffen wollte. Genauso, wie es sein Vater damals getan hatte.

Nun hatten sie sich ein neues Gut aufgebaut, bauten immer noch daran und wollten es immer noch mehr mit Liebe und Leben füllen. Mit Kindern, Tieren, Familie, Freunden, Bäumen und Blumen. Das war das Wichtigste für Dania und Samu. Die Liebe zu allen Lebewesen.

Drei Stunden später dann brutzelte schon der Fisch im Ofen und das Reisrisotto dampfte köstlich aus dem Topf. Auf leichten Füßen hantierte Dania zwischen Küche und Terrasse für ihren feierlichen Abend.

Man sollte jeden Tag tanzen, wenn auch nur in Gedanken. Dieser Spruch säuselte durch ihre Gedankenwelt. Dania liebte Poesie. Sie wollte unbedingt nun Poesie in ihre Welt bringen. In den Garten, mit liebevollen Blumenarrangements, in ihr Haus, mit selbstgestalteten Keilrahmenbildern und in ihr persönliches Tagebuch, das sie seit einigen Wochen wieder für sich gefunden hatte.

Noch immer musste sie sich manchmal kneifen, um sicherzugehen, dass sie nicht träumte. Ihr Leben hatte sich nun, nachdem sie erst vor Kurzem ihren 38. Geburtstag gefeiert hatte, in genau die Richtung gedreht, die sie sich immer gewünscht hatte. Sie wollte ein heimeliges Haus mit schönem Garten, dazu – und das war ich höchstes Gut - einen liebevollen, starken Mann, der ihr viele Babys schenken würde. Mit einem hatte es nun ja schon geklappt. Juhuuuu!!

Ein neues berufliches Feld stand auch schon in Danias Focus. Neue, zukunftsweisende Bilder waren die letzten Wochen, während der Umzug ihrer Habseligkeiten von Deutschland nach Amerika stattgefunden hatte, in ihr zum Vorschein gekommen. Gepaart mit einem sicheren Bauchgefühl, dass sie schon seit Jades Kennenlernen intuitiv wahrgenommen hatte. Sie wollte die Kommunikation mit der Natur erlernen. Vor allem die Tiersprache interessierte Dania brennend. Jade würde ihr gewiss zur Seite stehen und sie in diese Kunst einweisen. Als Samu und sie sich die letzten Wochen das Beet am Pavillon mit der Bepflanzung von Buchs, Rosen, Clematis und Schmetterlingsflieder vorgenommen hatten, war Danias Herz regelrecht zur Lotusblume aufgeblüht. Sie spürte genau, dass dies ihre Berufung war. Dass sie nicht umsonst in diese Familie hineingetragen worden war. Die Gabe der Waldtochter musste gelebt werden und ihre Früchte tragen. Weit in die Welt hinein.

Tja, ganz schön viele Wendungen im Leben der Dania Sigmund. Noch Sigmund. Denn auch ihre Vermählung stand demnächst auf ihrem Plan. Und natürlich das Baby. Puhh! Ganz schön viel.

Im Juni des kommenden Jahres sollte ihr Schatz das Licht der Welt erblicken. Doch gemach, gemach. Der neue Erdenbürger würde die erste Priorität in ihrem Leben haben. Alles andere würde sich dann schon darum fügen. So war jedenfalls der vorgesehen Plan. Mal sehen. Die Ziele selbst waren es ja schon, die Freude ins Leben brachten. Ließ man sie los und somit das Leben und den Himmel walten, dann würde es sich schon so gestalten, wie es für alle am besten sein würde. Dann konnte das Leben das tun, was seiner Bestimmung entsprach: Im Fluss sein. Seinen Lauf nehmen.

Dania spürte eine unglaubliche Kraft in sich aufsteigen. Als könnte sie die ganze Welt erobern. Gerade zupfte sie noch ein paar verwelkte Blütenköpfe aus den Pflanztrögen der Veranda, als zärtliche Hände sie von hinten umfingen. Ihr Herz machte einen liebestrunkenen Hüpfer.

„Hallo mein Schatz, ich hab dich so vermisst, den ganzen Tag heut." Samu flüsterte ihr leise seine Liebesgeständnisse ins Ohr. Langsam drehte er Dania zu sich, um ihr einen zärtlichen Begrüßungskuss auf die Lippen zu hauchen. Ein intensiver Blick in Danias grünstrahlende Augen folgte.

„Wie war dein Tag?"

„Och, nichts Besonderes, Hero hat mich auf Tapp gehalten und ich hab das Obergeschoss auf Vordermann gebracht."

Dania versuchte, keinen Verdacht auf ihren inneren Glücksvulkan zu lenken. Noch nicht. Sie wollte den richtigen Moment abpassen, um Samu die freudige Nachricht ihrer Schwangerschaft zu verkünden. Trotzdem hatte sie das Gefühl, er könne es von ihren Augen ablesen. Sie waren nun fünf Monate zusammen. Ihr kam es jedoch vor, als kenne ihr Freund sie in- und auswendig. Er spürte sie. Achtete sie auf das Ehrfürchtigste. Er schien ihre Gedanken zu fühlen, ihr ihre Freiheit zu gewähren, um ihr dann wieder genau die Nähe und Geborgenheit zu geben, die sie brauchte. In ihrer vorherigen Beziehung musste sie um Aufmerksamkeit kämpfen. Und auch darum, sich selbst zu behaupten. Samu schien ihr Seelengefährte, derjenige, der sie zu ihrer Bestimmung und freien Entfaltung führen wollte.

Langsam löste sich Dania aus Samus Händen. Sie wollte die Situation ablenken, bevor Samu doch noch ihr brodelndes Mitteilungsbedürfnis, das noch etwas warten musste, erkannte.

„Holst du die Getränke Schatz? Ich bring gleich das Essen nach draußen." Im Westen sank langsam die Sonne auf die

Erde hinab. Samu hielt Dania noch kurz fest und legte seine Wange an ihre, den Blick gemeinsam dem gelbroten Horizont zugewandt.

„So bist du für mich Dania. Aufregend und romantisch zugleich, ein Wunder der Natur. Du bringst meinen Atem zum Stocken, so faszinierst du mich."

Danias Wangen leuchteten vor Freude, aber auch etwas vor Scham. Sie selbst sah sich gar nicht so. Wie gut dass es Menschen gab, die diese Seiten in ihrem Gegenüber zum Klingen bringen konnten. Überwältigt vor Rührung ließ sie ihren Gefühlen nun freien Lauf. Auch ihre Vorsätze warf sie abrupt über Bord. Genau jetzt war der richtige Zeitpunkt. Sie spürte es. Schürte ihre Sinne. Das dämmernde Licht. Unten quakten Frösche am See. Ein laues Lüftchen schien die Verheißung herbeizutragen. Es konnte nicht perfekter werden. Ihre Augen füllten sich mit süßen Tränen. Ihre Stimme zitterte, so erfasst war sie von dem Moment, der jetzt folgen würde. Nun war sie es, die zärtlich nach Samus Händen griff. Verlegen wanderte ihr Blick erst zum Boden, als suche sie dort nach den richtigen Worten. Samu spürte die Nervosität von ihr. Er nahm ihr Kinn zwischen Daumen und Zeigefinger seiner rechten Hand und blinzelte ihr liebevoll ins Gesicht.

„Du bist schwanger, oder? Wir bekommen ein Kind."

Dania überkam eine Gänsehaut. Von oben bis unten spürte sie ihre Häärchen einheitlich aufsteigen. Sie war so gerührt, so ergriffen. Samu war ganz bei ihr. Sie waren eins. Er wusste es bereits. Kannte ihren Körper, ihre Seele, ihr Herz. Völlig aufgelöst nickte sie und ließ nun alle Tränen frei entrinnen. Etwas verschleiert nahm sie Samus Strahlen und seine Glückseligkeit vor sich wahr. Dieser Anblick hob sie in den Himmel der Seeligkeit. Stürmisch und innig ließ sie sich in Samus Arme fallen. Langsam wiegten sie einander hin und her.

„Woher weißt du es, besser gesagt, seit wann weißt du es?"

Erst folgte eine Pause voller Schweigen. Dann räusperte Samu sich leicht. Auch er hatte nun feuchte Augen und ein Kratzen auf der Stimme.

Ich spüre unsere neue Familienseele. Und dass die Zeit reif ist, für neues Leben. Für unsere Vereinigung zu einer neuen Generation. Deine Augen und dein Haar haben seit ein paar Tagen einen neuen Glanz in ihrer Form und Ausstrahlung. Es ist eine Mischung aus Verletzlichkeit und Strahlen, dass dich unglaublich natürlich und authentisch erscheinen lässt. Als läge das Seelchen schon in deinen Armen, an deinem Herzen." „Ich liebe dich Samu. Mehr als du es dir vorstellen kannst."

Dania blickte wieder liebestrunken zu ihm auf.

„Da irrst du dich mein Schatz." Samus Ausdruck wurde stark und sanft zugleich. „Ich kann mir alles vorstellen. Vor allem kann ich mir alles vorstellen mit dir."

Eine seliger Frieden lag über dem Waldanwesen. Sanft umspielte der Wind die Füße von Dania und Samu. Dieser Moment war der schönste ihres Lebens bisher. Sie wollten ihn am liebsten festhalten. Das ging natürlich nicht. Nicht in der Realität. In ihren Herzen aber sehr wohl. Dort würden sie ihr ganzes Leben lang von solchen Augenblicken zehren. Sich laben an der Freude am Leben. Auf dass sie mehr würden, diese Momente der Glückseligkeit. In der ganzen Welt.

Epilog

Wie das Leben so spielt. Ein jeder von uns macht Erfahrungen, die ihn prägen. Die Kunst besteht darin, Erlebnisse für unser Wachstum herzunehmen, anstatt daran zu zerbrechen. Es gibt nur diese beiden Möglichkeiten.

Dieses Buch wurde geschrieben, um dem Leser ein Gefühl für sein emotionales Zentrum zu geben. Der Leser soll berührt werden und sich somit wieder lebendige Gefühle erlauben. Denn unser Bauch ist eine Hochburg für Kreativität und Wahrnehmung. Oft haben wir Mauern darum gebaut, aus Angst vor Verletzungen, aus moralischen Gründen, aus alten Verboten heraus, etc.

Töten wir diese Lebendigkeit, dann schneiden wir uns vom Leben ab, trennen uns von uns selbst und lassen unsere Sinneswahrnehmungen brach liegen.

Die Natur hat mir persönlich geholfen, mich wieder in meine Ursprünglichkeit zu bringen. In ihr spüre ich wieder den Puls des Lebens. Ebenso geht es mir mit Geschichten. Sie katapultieren mein Herz hinein in die Fantasie, in der es sich einfacher anfühlt, den Körper wieder zu spüren. Hier scheint es für mich, als gäbe es ein Fangnetz, das uns verspricht, nicht zu Grunde zu gehen, wenn wir fallen. Hier bietet sich mir die spielerische Möglichkeit, Gefühle wieder auszuprobieren. Um dann in der Realität stark genug, frei und mutig, ebensolche Schritte zu wagen.

Danksagung

Ich danke dem Leben und allen Worten, die mich auf meiner wunderbaren ersten Reise durch die Welt des Schreibens geführt und gefunden haben. Es war wie die Geburt in ein neues Leben. Geschichten zu erfinden, Gefühle und Erlebnisse in Worte zu fassen, Worte damit fühlbar zu machen. Genial. Auch den Orten, an die es mich zum Schreiben gezogen hat, bin ich zu höchstem Dank verpflichtet. Es waren Orte der Inspiration, die mir ein Gefühl von Geborgenheit und Leichtigkeit, von behütet sein und sich frei ausdrücken zu können, gegeben haben. Natürlich waren dies vor allem Gartencafes und meine Liege an unserem Gartenteich. Wer hätte das gedacht. Ha,ha.

Aber die Natur berührt mich tief, streichelt meine Seele, gibt mir Kraft und Liebe. Hier bin ich vollkommen eingebettet in Vertrauen. In der Natur fühle ich mich so angenommen wie ich bin, mit all meinen Facetten.

Als große Inspirationsquelle danke ich meinen beiden Katzen, Hotzi und Sinca. Sie füllen mein Herz mit Liebe, einfach durch einen kleinen Nasenstümper, durch die sachte Berührung mit ihren Schwänzchen, ein seliges Schnurren, das meine Ohren erreicht oder den sehnsüchtigen Blick, vor dem Öffnen einer Futterdose. Vor allem aber ist es ihre Authentizität, die mich motiviert. Sie bleiben ihrem Wesen stets treu und zeigen ihre Gefühle und ihr Befinden unverfälscht. In ihrem Beisein fühle ich mich ebenso echt oder ich spüre, wo ich eben noch nicht echt bin. Sie sind wahre Therapeuten. ☺

Viele Zeilen wurden geschrieben, während Sinca selig auf meinem Schoß schlief. Manchmal ist er auch über die Tastatur gestakst, ohne Rücksicht auf Buchstabenverlust. Wie authentisch, wiedermal.

Und natürlich danke ich all meinen lieben Menschen um mich. Allen voran meinem Mann. Der mich bedingungslos schreiben lässt, mich und meine Ideen nie hinterfrägt sondern ohne Worte – witzig, ohne Worte - an meine Worte, an mich glaubt. Der mir, gerade in letzter Zeit, so oft das Gefühl gegeben hat, dass es gut ist, einfach da zu sein. Wie glücklich er ist, wenn ich um ihn herum bin. Es tut so gut, wenn wir fern dieses Leistungsdrucks, der in letzter Zeit doch so in dieser Welt wütete, uns angenommen fühlen, so sein zu dürfen, wie wir sind. Ohne Erwartung, ohne Forderung. Einfach Freude, Spass und Erfüllung in dieser Welt zu haben und daraus Schönes schaffen zu können. Mit Leichtigkeit und Liebe.

Meinen Eltern und meinen Freundinnen Evi, Heike, Silke, Dani, Ite, Bianka, Regina und Anja danke ich auch von Herzen. An ihren Gesichtern konnte ich meine und ihre Begeisterung für mein schriftstellerisches Werk ablesen. Wie gut das tut und wie wichtig so etwas ist, das weiß wohl jeder Autor. Auch danke ich meinem Bruder. Er hat ebenso maßgeblich zur Reifung meiner Seele beigetragen.

Ein bedeutendes Geschenk hat mir das Schreiben nebenbei gemacht: Ich habe einen Menschen in einem Cafe gefunden, zu dem ich eine unendlich tiefe Verbindung von Anbeginn an verspürt habe. Es ist meine Freundin Micha. Für mich ist sie meine Schwester. In ihrem Beisein konnte ich mein Talent noch mehr spüren. Ein Himmelsgeschenk!! Wir lernten uns kennen, als ich sie in dem besagten Cafe nach ihrem Laptop befragte, da ich zu diesem Zeitpunkt auf der Suche danach war. Gefunden habe ich eine Seelenschwester. Den neuen Laptop hab ich immer noch nicht! ☺

Auch danke ich allen anderen Menschen, die mich bisher auf meinem Weg begleitet haben und mich geprägt haben. Die mich zu dem gemacht haben, was ich heute bin.

Und schließlich herze ich auf diesem Weg auch noch all

diejenigen, die mir oft nur gelegentlich über den Weg laufen, mir aber trotzdem das Gefühl geben, dass sie mich und meine Quirligkeit, aber auch meine Feinfühligkeit und meine Verrücktheit schätzen und lieben. Dass sie glücklich sind, mich zu sehen und bei mir zu sein. Tausend Dank!!!

Anmerkung zu Personen, Orten, Text und zur Geschichte

Alle Personen sowie die meisten Orte, die in diesem Buch genannt wurden, sind frei erfunden. Sie entsprangen komplett meiner Phantasie. Obwohl ich in jeder Szene eine wahre, real erlebte Erinnerung aus meinem Bauch und meinem Herzen mitaufsteigen ließ.

Der Text wurde nicht Korrektur gelesen. Worte und Satzbau sind also komplett meiner individuellen Hand entsprungen, aus meiner künstlerischen Freiheit geboren. Außerdem kommt es viel mehr auf das Spüren der Worte und das Fühlen der Geschichte an, als auf deren richtige Schreibweise. ☺

Trotz der großen Phantasie beim Erzählen gibt es eine große Parallele in meinem Leben. Das Handwerk der Waldtochter. Ähnlich habe ich es bisher in meinem beruflichen Wirken als Gartenmalerin angewandt. Wenn ich einen Garten betrete, höre ich mit dem Herzen und tauche ein, in die umfangenden, liebenden Hände von Mutter Erde. In den 11 Jahren meiner Tätigkeit in diesem Bereich habe ich auf das Innigste erfahren, wie die Natur uns Menschen hilft. Wie sie uns tröstet, wie sie uns inspiriert, wie sie uns beschenkt, wie sie uns segnet. Vor allem, wie sie alles weiß. Alles wirkt und webt mit am Lauf des Lebens. Mensch, Tier, Pflanze und Gestein.

Die Philosophie, die ich in diesem Buch beschrieben habe, entspricht komplett meinem bisher Erlebten und den daraus gewonnene Erkenntnissen. Sie soll keinesfalls die eine, einzig

Gültige sein. Im Gegenteil. Jeder Mensch soll seine eigenen Weisheiten in sein Herz schreiben. Inspiriert von dem, was seinem Körper Gänsehaut bereitet, was Schmetterlinge in seinem Bauch tanzen lässt und die Seele jubeln lässt. All das sind Zeichen, dass er sich auf dem Weg zu seiner Wahrheit befindet.

Die Gabe der Waldtochter schlummert in jedem von uns. Sie ist uns allen gegeben. Am meisten brauchen wir dazu unser Körpergefühl, unsere Sinne und all unsere Liebe. Dann können Wunder geschehen.

Das wünsche ich Ihnen.

Herzlichst

Andrea Meitinger